Gabriele v. Arnim, 1946 in Hamburg geboren, ist Journalistin. Sie arbeitete von 1973 bis 1983 als Korrespondentin von »art« [illegible] te-
rin deutscher Zeitungen, [illegible] ew
York. Seit 1983 lebt Gabri[illegible]

Vollständige Taschenbuchausgabe August 1991
Droemersche Verlagsanstalt Th. Knaur Nachf., München

Umschlaggestaltung Graupner + Partner, München
Umschlagfoto Wilfried Becker
Druck und Bindung Elsnerdruck, Berlin
Printed in Germany 5 4 3 2 1
ISBN 3-426-04821-3

Gabriele v. Arnim:
Das große Schweigen

Von der Schwierigkeit, mit dem Schatten der Vergangenheit zu leben

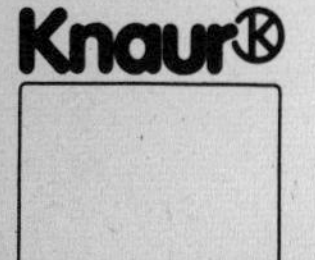

Vorbemerkung

›Ich‹ sagen heißt immer schon posieren.
Alain Finkielkraut

Ich bin jünger als unsere sogenannte jüngste Vergangenheit. Es hat lange gedauert, bis ich das, was ich als Geschichte lernte, als eigenes Erbe empfand, bis ich begriff, daß diese Vergangenheit in unsere politische wie persönliche Gegenwart hineinwirkt. Erst allmählich wurde mir die Kluft zwischen der öffentlichen Diskussion und dem privaten Schweigen über die Zeit des Nationalsozialismus bewußt. Was in Universitäten und Medien ein Thema war, blieb in Familien, Verbänden oder Parteien ein Tabu. Es schwiegen die Mütter und Väter, es schwiegen die Journalisten über sich, die Ärzte, die Juristen, die Architekten, die Psychologen. Es schwiegen die Politiker. Zwar beschwor man als guter Bundesrepublikaner die besondere Verantwortung, die sich aus unserer »tragischen« Geschichte herleite, doch daß die deutsche Tragödie ein deutsches Verbrechen war, begangen von Vielen und nicht von einem Teufel und seinen Schergen, auf solche Details ließ man sich nicht gerne ein. Wäre sonst eine Rede wie die von Richard von Weizsäcker zum 8. Mai 1985, in der er nur sagte, was sich eigentlich von selbst verstehen sollte, von den einen als moralisches Ereignis gefeiert und von anderen als Selbstbefleckung diffamiert worden? Hätte Jenninger, der – fraglos tolpatschig – viele Wahrheiten sagte, gehen müssen, wenn wir mit der Vergangenheit gelebt hätten, statt sie in Archiven zu ordnen?
Jetzt, ein halbes Jahrhundert später, bricht das Thema aus – sowohl bei denen, die es endlich beenden wollen, als auch bei jenen, die endlich anfangen, sich ihm zu stellen.
Es spielt eine Rolle, daß der Wiederkehr des Verdrängten offenbar nicht zu entkommen ist. Manche von denen, die dabei

waren, sehen sich – für sie unvermutet – der Erinnerung ausgeliefert. Manche von denen, die überlebten, wagen erst mit dem Abstand von Jahrzehnten den Rückblick und beginnen, ihre Geschichte zu erzählen. Manche der Nachgeborenen entdecken im Grund eigener Neurosen die versäumte Auseinandersetzung mit den Eltern, die gemeinsame Unfähigkeit, aus dem vermauerten Schweigen auszubrechen.

Ich wollte im großen Schweigen nach Stimmen suchen, wollte mehrere Generationen darüber befragen, wie sie mit unserer Vergangenheit umgehen, wollte aufschreiben, was sie mir erzählen würden. Mir selbst gab ich die Rolle, die ich kannte – die der Berichterstatterin.

Es kam anders. Aus den Fragen an andere wurden auch Fragen an mich. Statt draußen vor zu bleiben, war ich bald mittendrin, fand mich in verwirrten Gefühlen wieder, in denen sich Wut und Verzweiflung, Scham und Unsicherheit ein ungeselliges Stelldichein gaben. Empört über verstocktes Verschweigen so vieler, die dabeigewesen waren und erbittert darüber, daß sie Scham verweigerten, fühlte ich mich zunächst im Wüten wohl und wähnte mich frei von eigener Feigheit. Erst später begann ich, mich und meine Generation zu beargwöhnen: Hatten wir wirklich gefragt oder waren wir in Anklagen stecken geblieben? Fühlten wir uns im Zorn geborgen und fürchteten uns vor eventuellem Verstehen? War aus dem »Wie konntet ihr« je ein »Wie war das damals« geworden? Scheuten wir auch vor der Auseinandersetzung zurück, weil wir ahnten, daß aus den Fragen an die Eltern Fragen an uns werden müßten: Wo ziehen wir heute die Grenze? Ab wann wird Anpassung unmoralisch? Wann wird Kompromiß zu Komplizenschaft?

Hatten wir gezögert zu fragen, weil wir feige waren? Waren wir mitschuldig geworden an der kollektiven Gedächtnisstörung, die wir doch selbstgerecht kritisierten?

Wenn ich das verallgemeinernde ›wir‹ benutze, meine ich übrigens meist Nachgeborene wie mich, Kinder der Zu- und Wegschauer, der Mitbrüller und Mitsinger, der biedersinnigen Ausblender, in deren Elternhäusern das Thema tabu blieb und die sich nun mit dem Schweigen, das so vieles andere überlärmt, als Erinnerung und Erbe plagen.

Aus der geplanten Chronik dieses großen Schweigens wurde eine/meine Gratwanderung durch die jüngste Geschichte, wurde ein Balanceakt zwischen Anklage und Selbstmitleid, zwischen Demut und dünkelhafter Überheblichkeit, im Büßerhemd sich hehr zu fühlen. Ich begann, Gespräche und Gelesenes, Fakten, Träume und Phantasiertes aufzuschreiben. »Tagebuch einer Irrfahrt« nannte ich diesen Versuch, mich der Vergangenheit auszusetzen und mit ihr zu leben. Aus dem Tagebuch wurde das vorliegende Buch, das keineswegs Nachkriegsgeschichte bilanziert, sondern subjektiv dafür plädiert, sich von der Geschichte des Dritten Reiches heimsuchen zu lassen.

»Spricht Geschichte noch zu uns, betrifft sie uns noch«, fragte Siegfried Lenz in seiner Rede zur Verleihung des Friedenspreises des Deutschen Buchhandels 1988, »wenn wir uns leidenschaftslos über sie beugen wie über ein Herbarium und kühl und erschütterungslos registrieren, was sich auf dem Grund tut?«

Erst im Rückblick weiß ich, daß es mir genau darum ging, das große Schweigen der Erschütterung auszuliefern und Schmerz zu empfinden, um statt erstarrt, lebendig zu leben. Als ich anfing, mich dem Thema von vielen Seiten unsicher zu nähern, wußte ich nur, daß mich dieses Schweigen bedrückte. *Wie* unbarmherzig wir mit unserer Geschichte, diesem Teil der Geschichte, umgehen, begriff ich allerdings erst durch einen Satz, den ein junger Nichtjude am Ende eines hitzigen Gesprächs einer fast gleichaltrigen Jüdin hinwarf: »Daß *Sie* ein Trauma haben«, rief er, »das ist doch wohl klar.«

»Wer sich in einer verkehrten Welt einrichtet, wird selbst verkehrt«, schreibt Christa Wolf.

Es spielt eine Rolle, daß die Zeitzeugen aussterben. »Wir sind die letzten«, mahnt der emigrierte Schriftsteller Hans Sahl, »fragt uns aus.«

Wie geht man mit der Vergangenheit um? »Indem man damit umgeht«, sagte mir ein kluger Mann.
Das habe ich versucht. Der Versuch ist Fragment geblieben, bruchstückhaft, unvollständig.
Es gibt kein Rezept, kein Fazit, keine Katharsis. Es gibt kein Ende. Es hört nie auf. Man kann sich nicht lösen und wird nicht erlöst, aber man kann trotzdem leben und erst recht lieben. Ich bin in diesem Jahr des Lesens, des Zuhörens und des Schweigens die Vergangenheit nicht losgeworden. Im Gegenteil: Ich habe sie hinzugewonnen.

München, Mai 1989

2. Januar 1988

»Es ist für uns, für mich so viel zum Nachdenken, so viel Bewegendes, Erschütterndes, immer wieder neu Erlebtes – das kann man nicht einfach weggeben, nicht wegschütten. Man erlebt es immer wieder neu, obwohl man in eine Zeit geboren ist, in der an sich alles vorbei war. Aber dieser tiefe dunkle Schatten, der immer wieder in uns eindringt, den kann ich nicht verwinden, den kann ich nicht abschütteln. Er ist existent, er ist da, er ist belastend, und das schleppen wir alle mit uns herum.«
Heinz Eder wurde kurz vor Kriegsende in Dachau geboren. Er weiß bis heute nicht, wer sein Vater war. Seine Mutter hat ihm viel erzählt, das aber nie. Alles ist möglich. Er könnte ein jüdischer Häftling im KZ oder ein SS-Mann gewesen sein. Immer wenn er fragte, weinte die Mutter. Das wollte er nicht. Er liebte sie, und so schwieg er. Heinz Eder lebt auch heute noch in Dachau. Er ist Maler. Seine Bilder sind nicht schön, denn er malt seinen Schmerz. »Kein Dachauer kann sagen: ich war in der KZ-Gedenkstätte. Ich war in Dachau. Er muß sagen: Das ist meine Heimat, und hier lebe ich. Manchesmal, wenn ich die Besucher sehe, möchte ich mich ihnen anschließen, möchte mit den Leuten wegfahren. Aber das kann ich nicht. Das ist mir ganz und gar unmöglich. Denn dieses Bewußtsein, in Dachau geboren und hier aufgewachsen zu sein, gerade die ständige Konfrontation mit dem KZ, das bindet mich im Endeffekt mehr an diese Stadt, als mich irgend etwas anderes an einen anderen Ort binden könnte. Ich kann nicht weg von hier. Ich hätte das Gefühl, als würde ich flüchten.«
Heinz Eder will auch nicht weg, denn gerade in Dachau, sagt er, gäbe es die Möglichkeit, eine tiefere Menschlichkeit zu erleben; gerade hier könne ein Ort des wahren Empfindens sein. Das Erbe der Schuld nicht als Last, sondern als Chance zu sehen, sich nicht dagegen zu wehren, sondern es zu nutzen, es nicht nur anzunehmen, sondern sich ihm verbunden zu fühlen, das ist Heinz Eder aus Dachau gelungen.

Er war zwölf Jahre alt, als er das KZ zum ersten Mal entdeckte. Bis dahin hatte er von der Existenz des Lagers noch nie gehört, und da es einige Kilometer außerhalb der Stadt liegt, war er noch nie dort hingelangt. Doch nun hatte er ein Fahrrad geschenkt bekommen. Täglich entdeckte er ein neues Stück von der großen weiten Welt und irgendwann auch das Grauen, das in ihr gewaltet hatte. Damals war das ehemalige KZ noch Flüchtlingslager. Nur eine kleine Ausstellung mit Fotos verwies auf das Inferno, das hier gewesen war. Er wanderte von Bild zu Bild, schockiert, bedrückt und schließlich vollkommen verstört. Schnell radelte er an diesem Tag nach Hause, allein mit den Eindrücken des Erfahrenen, und wartete auf seine Mutter. Sie arbeitete in einer Fabrik. Verzweifelt, wütend und voller Haß wartete er. Wie konnte es sein, daß diese Frau, seine Mutter, die ihn liebevoll umsorgt hatte, von einer Welt wissen mußte, in der so etwas passiert war. Als sie kam, stellte er sie zur Rede – und sie ließ sich stellen. Sie setzte sich hin und begann zu erzählen: Von dem Opa, der ein mittelloser Schneider gewesen war und schließlich im KZ Arbeit bekommen hatte, dort die gestreiften Sträflingsanzüge nähte und zu Hause endlich seine Familie ernähren konnte. Eines Tages war ein Häftling in der Kluft eines Kaminkehrers geflohen. Die mußte er sich in der Werkstatt, in der der Großvater Aufsicht führte, geschneidert haben. So kam der Opa selbst ins KZ, war für zwei Wochen Häftling. Er muß alles gewußt haben. Zu Hause hat er nichts erzählt. Später ist er daran zerbrochen. Die Mutter berichtet von ihrer Arbeit in der Wurstfabrik, in der auch Häftlinge die Pellen stopften. Nur vom Vater sagt sie noch immer nichts.

Nie wieder, sagt Heinz Eder, ist er der Mutter so nah gewesen wie damals als 12jähriger, nie wieder hat sie so viel erzählt, nie wieder hat er sich so schutzsuchend an sie geschmiegt und sie richtig als Mutter gespürt. Er erinnert sich an einen Ausspruch, den er einmal von einem ehemaligen Häftling gehört und der ihn tief beeindruckt und bewegt hatte: »Als man damals die

Leichen zum Leitenberg, dem Friedhof, gefahren hat«, sagte der Mann, »da haben die Mütter ihren Kindern die Augen zugehalten. Dann müßte man ihnen doch später sagen, warum man das getan hat.«

»Leugnen oder Verdrängen oder was immer man anstellen mag«, sagt er, »ist alles Firlefanz. Man trägt diesen Knödel doch mit sich rum und kaut daran. Wir sind nun mal Deutsche. Wir hatten den Nationalsozialismus, was soll das verdammte Selbstmitleid, wir waren brutal, das war ein blutiges Morden und Schlachten. Es gibt das KZ, und es gehört zu uns, es gehört uns. Das ist, als habe man im Garten jemanden verscharrt.«

3. Januar

»Ei, ei!« versetzte der alte Mann kopfschüttelnd. »Keinen Schatten, das ist bös!« Chamissos Schlemihl wird das Dasein zur Qual, und er vergießt bittere Tränen darüber, als Schattenloser wie aussätzig gemieden zu werden. Alle laufen sie vor ihm davon.

Bei uns ist das ganz anders. Wer hier den fatalen Schatten der sogenannten jüngsten Vergangenheit loswerden will, der wird nicht beargwöhnt, sondern bejubelt.

Vor ein paar Jahren war ich in Passau, beim CSU-Parteitag, da habe ich die Sätze, die Programm werden sollten, zum ersten Mal gehört: Die Zeit der Selbstanklage sei vorbei, nicht nur der Sieger dürfe die Geschichte schreiben, man müsse endlich den aufrechten Gang üben. Zuhörer und Redner schüttelten den Schatten von sich, als wollten sie zum ersten Mal das Licht der Welt erblicken. In der Nibelungenhalle brüllte und brauste der Beifall.

»Es muß doch endlich einmal vergessen, es muß doch endlich einmal Schluß gemacht werden ...« Ralph Giordano hat »diese Forderung mit eigenen Ohren schon im Jahre 1945 gehört«.

Schuld und Scham stecken in dem verwünschten Schatten, Niedertracht, Mord und Massenvernichtung, es ist ein blutiger und böser Schatten, ein gefährlicher Geselle, den man loswerden muß.
Er zerstört das Lebensglück, »es muß doch endlich einmal genug sein«. Und so machen sie sich auf, die vom Schatten Verfolgten, ihre Verfolger zu vernichten. Sie morden nicht. Sie schweigen nur. Und wer redet, »verrät« sein eigenes Volk. Sie sind schlau, die Schattenvernichter, weil sie das Heil der Zukunft lobsingen, aber sie sind nicht schlau genug, denn so besagt es eine hebräische Weisheit: »Das Vergessen-Wollen verlängert das Exil, und das Geheimnis der Erlösung heißt Erinnerung.« Wer aufruft zur Schattenvernichtung, wird zum Agenten der Selbstzerstörung. Auch in dem Massenmord an den Juden steckte ein Stück Selbstmord der Deutschen.

4. Januar

»Anfang 1944 haben wir begonnen, die Leichen auszugraben.« (Die Deutschen versuchten, die Spuren ihrer Verbrechen zu verwischen, und ließen die Ermordeten ausgraben, um sie zu verbrennen. D. Verf.) »Als wir das letzte Grab öffneten, habe ich meine ganze Familie wiedererkannt. Meine Mutter und meine Schwestern. Drei Schwestern mit ihren Kindern. Sie alle waren da unten ... In der ersten Grube waren 24 000 Leichen. Je tiefer man grub, um so mehr waren die Körper plattgedrückt, sie waren wie flache Scheiben. Wenn man versuchte, die Leiche herauszuziehen, zerfiel sie vollkommen, man konnte sie einfach nicht greifen. Als man uns zwang, die Gruben zu öffnen, wurde uns verboten, Arbeitsgeräte zu benutzen, man hat uns gesagt: ›Daran müßt ihr euch gewöhnen. Arbeitet mit den Händen.‹«
Das sind Zitate von Motke Zaide und Itzhak Dugin, zwei Überlebenden von Wilna, die Claude Lanzmann für seinen

Film *Shoah* interviewte. Sie beschreiben die unerträgliche Wahrheit des Gewesenen, unseren Schatten, den deutschen Schatten.
Vor einiger Zeit las ich, daß laut einer Umfrage zwei Drittel der bundesrepublikanischen Bevölkerung dafür ist, endlich einen Schlußstrich unter die Vergangenheit zu ziehen. Wie die CSU, wie Helmut Schmidt, der bereits 1981 erklärt hatte, die deutsche Politik der achtziger und neunziger Jahre dürfe nicht mehr im Schatten von Auschwitz stehen. Er kam, als er das sagte, von einem Besuch aus Saudi-Arabien zurück. Man diskutierte die Möglichkeit bundesrepublikanischer Waffenexporte in dieses Land. Schmidt vertrieb den Schatten und wurde dennoch kein Schlemihl, kein Aussätziger – er blieb der Kanzler der schweigenden Deutschen.
Wie sind wir Nachkriegskinder nur aufgewachsen. Was steckte nicht alles in diesem großen Schweigen, das uns umhüllte. Stumm stolperten auch wir darin herum. Bloß nicht fragen, bloß nicht forschen, wer weiß, was man entdecken könnte. Wie sagte mir neulich ein Zwanzigjähriger, der viel über das Dritte Reich und nichts über seine Großeltern wußte. »Natürlich frage ich nicht«, erklärte er mir, als sei ich ein wenig begriffsstutzig, »würde ich bohren, und würden sie reden, käme doch irgendwann der Zeitpunkt, an dem ich die Informationen zu bewerten hätte.« Wer will das schon.
So einfach ist das und genau deshalb so schwierig.
Wir richteten uns behaglich im schlüsselfertigen Haus der Unschuld ein. Was »im Namen des Deutschen Volkes« verbrochen worden war, wurde vom Deutschen Volk fassungslos verabscheut. Die von Hitler Hypnotisierten erwachten aus der Trance und wurden flugs zu dem, was sie natürlich immer schon gewesen waren: brave Bürger und gute Demokraten. Aus der jüngsten Vergangenheit wurde ein Vakuum, in dem es jedem schwindelte, der hineingeriet; es war angenehmer, sich dem Sog zu entziehen. Man widmete sich dem Aufbau und archivierte das Geschehen. Penibel wurde die Vergangenheit in

Aktenordnern abgelegt. In den amtlichen Kellern ging sie ein. Im Bewußtsein hätte sie leben können – und hätte weh getan. Die Deutschen hatten zwar den Krieg begonnen, in dessen Verlauf über 50 Millionen Menschen ihr Leben »verloren«, wie man so sagt, als könnten sie es nach fleißiger Suche wiederfinden, die Deutschen hatten »tapfer kämpfend« Länder überfallen und Bevölkerungen ermordet, sie hatten »tapfer leidend« Bomben und Vertreibung erlebt, aber die Schmerzen der Erinnerung, die konnten sie nicht aushalten.

5. Januar

Alle haben sie uns von der Nachkriegszeit erzählt, von der Hoffnung und dem Hunger, von der Not, der Flucht, der Zerstörung und den Trümmern... Als der Krieg vorbei war, keine Bomben mehr fielen, die Flucht überstanden, da feierten die Überlebenden Befreiung – Befreiung von Angst, vom Krieg, Befreiung von der Gefahr des kommunistischen Jochs – sicher feierten auch viele Befreiung von Hitler, von Blockwarts, von Nazis. »Ich bin begierig nach Welt«, schrieb Horst Krüger. »Zum ersten Mal erlebte ich, was Zukunft eigentlich ist: Hoffnung, daß es morgen besser wird als heute. Zukunft, das hat es unter Hitler nicht gegeben.« Statt von Erinnerungen lebte man von der Hoffnung.
Nach der schlimmsten Not gab es die ersten Feste; eine Flasche Schnaps für 20 Personen, und die Hälfte des Fusels blieb noch übrig. Nie wieder hätten sie sich so ausgelassen amüsiert, eine solche Lust auf Leben gehabt. »Der Magen knurrt, die Augen blitzen«, schrieb Erich Kästner und sprach wohl für viele. Wie groß war der Hunger nach Jazz, nach Theater! Zu fünft fuhren sie mit einem Fahrrad ins provisorische Theater und zahlten Eintritt mit geklauten Briketts. Frierend, aber frei hörte man bis dato Verbotenes. Beim matten Schein karger Lampen lasen sie

sich die ersten Romane vor. Rororo noch im Zeitungsformat. Abgegriffene Exemplare wanderten von Hand zu Hand. Man erregte sich, diskutierte, lauschte, las, liebte das Leben. Was war das doch, sagen sie heute, was war das doch für eine schöne Zeit. Wie habe ich sie beneidet um das, was sie berichteten, um die Nähe, das Neue, das Hungrige und Wache, das intensive Erleben, die Hoffnungen und Entbehrungen. Was muß das doch – dachte ich –, was muß das für eine romantische Zeit gewesen sein. Erst viel später – jenseits der Hingerissenheit vom Erzählten – fiel mir auf, daß man zwar gefallene Brüder und Vettern kurz erwähnte, wenig von Krankheit und Erschöpfung erzählte und nie von durchwachten Nächten sprach, weil einem die Bilder aus den KZs den Schlaf geraubt hatten. Nie hörte ich von Verzweiflung über das eigene Versagen, von Scham, Schuld oder auch nur Schwäche. Themen waren die eigene Lust und das eigene Leid, »die anderen«, die Ausgebürgerten, Erniedrigten, Verfolgten und Ermordeten gab es nach dem Krieg wohl so wenig wie vorher. Auch der Egoismus feierte Befreiung.

7. Januar

Ich erzählte neulich einer älteren Freundin, daß ich mich mit dem Schweigen der Nachkriegszeit und seinen Folgen, mit der Verweigerung der Scham, befassen will. Sie wurde ganz still, fühlte sich sogleich auf die Anklagebank plaziert. Auch sie hat in den ersten Jahren nach dem Krieg wild gefeiert und hat nur ihr eigenes Glück gefühlt. Jetzt, 43 Jahre später, holt das Gefühl für andere sie ein. »Ich glaube nicht«, schreibt sie mir heute, »daß man sich diese versäumte Menschlichkeit je verzeihen kann. Das Bedrücktsein darüber wird mich wohl nie wieder verlassen.«
Damals waren sie nicht bedrückt. Sie wollten die Vergangenheit und sich in ihr vergessen. Sie schwiegen, um sich selbst zu schonen.

»Was wollen Sie eigentlich Neues entdecken«, fragt mich einer, der von mir befragt werden sollte. Ich stocke, stottere, spreche von Chamisso, vom Schatten, ohne den kein Mensch zum Mitmenschen werden kann, daß unsere Eltern uns nur ins Licht gestellt haben. Es war immer so hell. Sie wollten uns guttun und haben uns geblendet. Ein Mensch wird erst warm und schwer, wenn er auch Schmerzen hat. Die hat man uns vorenthalten. Antibiotika gab es reichlich für die Nachkriegskinder: Erfolg und Aufbau, Ferien im Ausland, Wohlstand zu Hause. Die alte Leier. Ich langweile mich inzwischen selbst mit meiner Wut. »Schon wieder Auschwitz« – stimmt es denn nicht? Wir wissen doch alles, und wer sich weigert zu wissen, der wird nie etwas hören. Was will ich denn? Mich als Missionarin in Sachen Scham gerieren? Das deutsche Volk auf den längst überwucherten Pfad der Reue führen, als Unkrautzupferin der Nation mich betätigen? »Was wollen Sie eigentlich Neues entdecken« – die Frage wird zum Ohrwurm. Eine Antwort kann ich nicht finden. Ich bin auf der Suche und weiß nicht wonach. Es ist eine Irrfahrt ins Damals und damit ins Heute.

8. Januar

Früher brachten mir Gäste Blumen mit, heute bekomme ich nur noch Bücher; Bücher über Ghettos und KZs, über Antisemitismus, über Juden in Deutschland, über Emigranten, über Deutschland damals und Deutschland heute, über den »Historikerstreit«, über Goebbels und Hitler, über Deportationen oder Verfolgungen; es sind Memoiren, Analysen, Geschichtsbücher und Bücher, in denen Geschichten und Schicksale erzählt werden. Eines davon ist Dörthe von Westernhagens *Die Kinder der Täter*, und eine Frau, die sie zitiert, sagt ziemlich genau, was ich versuche auszudrücken: »Ich will dieses Stück Vergangenheit wiederhaben. Das spür ich in den letzten Jahren immer mehr. Ich will mich damit auseinandersetzen dürfen. Ob ich stolz sein kann auf meine Nation oder nicht, ist eine ganz andere Frage, aber wir sind doch wie enteignet, wir können nicht ›Heimat‹ sagen und nur mit Schaudern unsere Volkslieder singen... (Der Vater) schweigt, alle schweigen. Und wenn ich aus dem Fenster schau, laufen doch unzählige Leute draußen herum, die wissen müßten, erzählen könnten, wie es war. Warum müssen wir uns das so mühsam erarbeiten. Es könnte doch viel einfacher sein. Wenn ich daran denke, erfaßt mich eine tiefe Wut, Wut und Zorn... Ich fasse das nicht, dieses betonierte Schweigen bei uns.« Wenige Tage später treffe ich eine Frau, mit der ich bisher nur harmlos geplaudert hatte. Als ich ihr erzähle, woran ich arbeite, drängt sie mich weiterzumachen: »Meine Eltern waren keine Nazis«, sagt sie, »aber sie haben mir nie irgend etwas von deutschen Verbrechen oder KZs erzählt. Und das nehme ich ihnen bis heute übel.«

Ein bißchen ist es wie Blindekuh spielen, sich im großen Schweigen tastend zurechtzufinden. Alle anderen wissen besser Bescheid als ich. Rühr nicht dran, ist ein Rat von vielen, den ich bekomme. »Neulich hat eine junge Frau in einem theologischen Gesprächskreis, in dem die meisten Teilnehmer älter sind, von ihrem Vater erzählt«, berichtet eine um mich Besorgte, »sie sagte ganz schlicht, ich weiß, daß mein Vater bei der SS war und an Erschießungen teilgenommen hat. Erst war eisiges Schweigen, dann wütendes Gehacke: Wie können Sie das sagen, was sind Sie für eine herzlose Person, wie wagen Sie es, Ihren Vater zu verleumden. Man rückte von ihr ab, ließ sie die Empörung spüren, begrüßte sie so lange gerade noch höflich, bis sie sich von allein aus dem Kreis verabschiedete.«

»Mach bloß kein Mea-culpa-Geklopfe aus dem Thema«, bekomme ich zu hören, oder: »Häng dich nicht mit Gefühlen hinein, sonst kannst du nicht darüber schreiben.« »Achten Sie darauf, daß Ihre Aussagen repräsentativ sind, das Thema ist zu heikel, um herumzuspielen.« »Gehe es akademisch an, sonst verbrennst du dir die Finger.«

Die meisten schaukeln nur bedeutungsschwer ihre Köpfe, murmeln »oh, wie schwierig« und lassen mich mit dieser vagen Bekundung, die nichts besagt, mit meinem Thema allein. »Um Gottes willen«, sagt einer nach einem Gespräch, »Sie haben ja keine These, sondern ein Anliegen.«
Natürlich ist es leichter für uns, die Nachgeborenen, uns der Wahrheit über die Zeit des Nationalsozialismus auszusetzen. Ich muß mich nicht fragen: Und wo warst du zu der Zeit, als sich das blutige Morden begab. Wir haben Glück gehabt. Der von Günter Gaus erfundene, von Helmut Kohl mißbrauchte Begriff »Gnade der späten Geburt« hat uns davor bewahrt, uns damals bewähren zu müssen und uns heute vor eigenen Erinnerungen zu fürchten. Wir haben es leicht – unsere Eltern machten es sich leicht, zu leicht, den Erinnerungen zu entrinnen.

10. Januar

Und ich mache es mir zu leicht, über das Damals zu wüten. Was weiß ich denn von dem unglaublichen Gefühl der Befreiung, nun Nächte ohne Bomben und Tage ohne einen lauernden Blockwart zu verbringen. Was weiß ich denn von dem berauschenden Glück, dem nahen Tod entronnen zu sein. Was weiß ich denn von Krieg und von Kriegseinsatzdienst. Ich habe noch nie acht Stunden in einer Schreinerei gestanden und Munitionskisten zugenagelt oder in einem Rüstungswerk Bomben zusammengebaut – in minuziöser Handarbeit. Was weiß ich denn von den Trümmerfrauen, die mit drei Kindern und einer Schwiegermutter in 1½ Zimmern lebten. Was weiß ich denn von der Verzweiflung über den vermißten und die Enttäuschung über den heimgekehrten Mann, der krank und pflegebedürftig auf der Schwelle der ohnehin engen Behausung erschien. Was weiß ich schon von dem Wasser in den Kniegelenken, der Krätze an den Oberschenkeln, den eitrigen Ekzemen und den Furunkeln der Kriegsheimkehrer, wie Josef Müller-Marein sie in einer Reportage aus jener Zeit beschreibt. Was weiß ich von dem Ekel der Frauen vor eiternden und nach Verwesung stinkenden Männern. Wie wage ich denn Reue einzuklagen, wenn die Menschen Trost und Hilfe brauchten. Und ich tue es trotzdem, unerbittlich und oft auch unsensibel. Fixiert auf die Scham, frage und frage ich nach Reaktionen auf die ersten Bilder von KZs, nach dem Schrecken, dem schlimmen Eingeständnis, doch mehr gewußt zu haben, als man ahnen wollte, nach der furchtbaren Erkenntnis, als Mensch versagt zu haben. Fixiert auf das Schweigen, frage ich nach der Verlogenheit der Nachkriegsjahre, nach dem unterdrückten Gewissen, nach der Flucht in den Aufbau; seltsam, daß ich nie frage, wie es sich denn damals angefühlt hat.

Auf diese meine Art bohrend, saß ich vor zwei Jahren auch einer Freundin in den Vereinigten Staaten gegenüber. 1934 in Mecklenburg geboren, hat sie Deutschland 1953 verlassen und ist – außer für sporadische Besuche – nie hierher zurückgekommen. Sie ist keine Jüdin, die »per Zufall« überlebt hatte und sich nach dem Krieg aus dem blutigen Land endlich absentieren wollte. Sie ist eine von den Frauen, dachte ich, »die an der Verleugnung der Wahrheit und am Schweigen zerbrach«.

»Wir waren eine bürgerliche Familie mit Klavier und Musik«, beginnt sie ihren Bericht. »Heute bin ich allein.« Ihr Vater ist an der russischen Front spurlos verschwunden. Ihre Mutter kam auf der Irrfahrt der Flucht um, ihr Bruder, jünger als sie, nahm sich Anfang der sechziger Jahre das Leben. »Meine Großmutter hatte die Flucht überlebt und zog uns auf. Ein Zuhause war das nicht. Sie hat nie wieder ihre Koffer ausgepackt. Dann gab es da Onkel und Tanten, grausige, zerrüttete, erschütterte und körperlich kaputte Menschen, vollkommen gefühllos. Statt zu weinen, brüllten sie; wenn sie lachten, dann hysterisch, und wenn sie schwelgten, dann in schmalzigen Schlagern. Man redete nur über oberflächliche Dinge, über den Alltag, das war auch teilweise berechtigt, wir mußten ja erst einmal warm und satt

werden; nur, man sprach wie mechanisch, wohl um bloß an nichts zu rühren, um ja nichts zu empfinden. Es war ein ständiges blödsinniges Getratsche über nichts. Alle logen sinnlos vor sich hin, selbst im kleinsten persönlichen Bereich. Es war, als ob überall kleine Warnlampen blinkten: bloß nichts fühlen. So bin ich aufgewachsen: bloß nicht fühlen. Nirgendwo gab es Trost, nur trainierte Gefühllosigkeit. Da konnte ich nicht atmen. Es gab keine Luft, keine Wärme, keine Freude, keine Farbe, nur die toten Eltern, die unausgepackten Koffer der Großmutter und die vom Krieg verhunzten Verwandten.
Da hat es mir die Sprache verschlagen, ich konnte nicht mehr deutsch reden, wollte es nicht mehr, ich fand die Worte nicht mehr, ich begann zu stottern. Mit 18 Jahren bin ich weggegangen.« An Bilder von KZs kann sie sich nicht erinnern oder besser: an keine Erschütterung; »It was more of the same«, sagt sie heute. »Man hatte so viel Schreckliches erlebt. Eine Schulfreundin ist vor Angst, von den Russen mißbraucht zu werden, in den See gegangen und hat sich ertränkt. Meine Cousine war von meinem Onkel eingemauert worden, um sie vor den Russen zu verstecken. Als sie dennoch entdeckt wurde, sprang sie aus dem Fenster und brach sich beide Beine.«
Vergewaltigungen, Angriffe amerikanischer und englischer Tiefflieger auf der Flucht, zerstreute Menschenglieder, zerschossene Köpfe, aufgerissene Leiber. Da waren Fotos von Leichenbergen nur ein weiteres Tüpfelchen aufs grausige I. Außerdem: Die Bilder von KZs hat sie nie mit sich in Verbindung gebracht; was hatte sie, was hatte ihre Familie damit zu tun? Sie hatten Angst vor den Russen, vor der Gewalttätigkeit der Russen flohen sie, auf dieser Flucht starb ihre Mutter, wegen der Russen war sie bereits als Zehnjährige darauf vorbereitet, allein zu überleben. »Ich ritt gut, schoß scharf, konnte hervorragend mit dem Messer werfen. Ich hatte mir Wunden beigebracht, um mich abzuhärten, riß an meinen Haaren, bis ich sie büschelweise in der Hand hielt, schnitt mich, bis ich blutete.« Stiefel mit genagelten Schuhsohlen, Messer, Luftge-

wehr und Zeltbahnen lagerten in einem Versteck; sie wußte, wie man Feuer macht. Und bei allen Vorbereitungen beherrschte sie nur ein Gedanke: Wie komme ich von den Russen weg, ohne vergewaltigt zu werden. Da war sie – wie gesagt – zehn Jahre alt. Noch heute hat sie Schwierigkeiten, die Brutalität der Russen nur als Reaktion auf deutsche Verbrechen zu sehen. »Als ob Rache – und sei sie noch so berechtigt – Unbarmherzigkeit rechtfertige. Natürlich ist es entsetzlich, was man mit den Juden gemacht hat, aber warum redet denn nie ein Mensch davon, was meiner Familie angetan wurde – ist das einfach alles ganz in Ordnung?« Sie beginnt zu weinen. Das hat sie schon lange nicht getan. Man spürt es. Wir sitzen in einem lauten Lokal mitten in New York. Sie weint. Ich schäme mich. Auf verstockte Abwehr, auf Aggressionen gegen die ihr verleidete Heimat war ich vorbereitet gewesen, auf die Frau, die im Schweigen ihrer Umwelt sprachlos wurde und fliehen mußte. Und nun – jenseits aller Klischees – Schmerz, schlichter, einfacher Schmerz über die eigenen Toten, die eigene Verzweiflung, die bis heute andauernde Heimatlosigkeit. Nie hat sie geheiratet, nie Kinder bekommen. Nach vielen Jahren hat sie gewagt, sich einen Hund ins Haus zu holen. Alle Hilfen, die man bot, hat sie probiert: von der psychoanalytischen Couch über den Janovschen Urschrei bis zu Meditation und zu Kräuterpillen, die sie gemeinsam mit dem Hund schluckte.
Ich bin eine schlechte Journalistin, dachte ich damals vor diesen Tränen, ich will die Leute auf ein von mir konzipiertes Bild trimmen und sitze dann fassungslos vor ganz anderen Gefühlen. »Mein Weggehen hatte nichts mit Schuld oder Scham zu tun«, spricht sie, wieder ruhig geworden, in meine Gedanken, »es war die Verzweiflung, das graue Elend, die Verhärtungen, die mich wegtrieben. Es war die Flucht vor der ›Ersatz‹-Gesellschaft. Statt Kaffee gab es Muckefuck, statt Gefühl Rührseligkeit. So wollte und konnte ich einfach nicht leben.« Noch einmal beharre ich auf meiner These, ob sie nicht doch, vielleicht aus intuitivem Argwohn, vor dem Volk geflohen sei, das

ein solches Gemetzel zugelassen habe? Sie zuckt mit den Schultern. »Mißtrauen«, sagt sie, »tiefes gründliches Mißtrauen gegenüber den Deutschen, das war's. Es hatte sicher nichts mit dem Holocaust zu tun«, sagte sie.
Ihre erste große Liebe wurde ein Jude. »Das war Zufall«, sagt sie. Als sie es im Nachkriegsdeutschland nicht mehr aushalten konnte, wollte sie immer zu dem Juden, dem der Vater einmal geholfen hatte. Sie wußte weder seinen Namen noch wo er lebte. Sie wollte zu ihm.
Vor einigen Wochen habe ich sie wieder besucht. »Vielleicht war ich viel zu lange unbefangen«, meinte sie, »es fühlt sich manchmal wie eine künstliche Unschuld an, in die ich mich gehüllt hatte. Irgend etwas mußte mich doch wärmen.« Sie schämt sich auch heute nicht, Deutsche zu sein. Sie schämt sich, dem weltweiten Riesenschrei von Opfern in dem Gefühl wortloser, vollkommener Ohnmacht gegenüberzustehen. Aber sie fühlt. Und sie weint. Als Kind hatte sie gemäß der harten Botschaft gelebt: lieber das Leben verlieren als das Gesicht. Jetzt verliert sie ihr Gesicht und gewinnt – vielleicht – 43 Jahre nach Kriegsende, das Leben.

13. Januar

Wieder einmal dieselbe Diskussion, der Vorwurf an mich: »Wie kannst du dich mit dem alten Schweigen über den nationalsozialistischen Holocaust auseinandersetzen, wenn uns doch der atomare Holocaust bevorsteht. Die damals Ermordeten kannst du nicht mehr retten, für das Überleben der Welt heute könntest du etwas tun. Du machst es dir zu leicht. Statt dich in der ambivalenten Gegenwart zu engagieren, flüchtest du in den eindeutigen Saustall der Vergangenheit. Da ist Gut und Böse klar geschieden und längst eingeordnet. Da muß man nichts mehr abwägen. Da gibt es Täter und Opfer, da muß man sich nicht entscheiden. Du drückst dich vor der eigenen Verantwortung, benimmst dich wie ein verwöhntes Kind, das genüßlich für alles, was schiefgeht, die Eltern haftbar macht. Herrlich einfach, da muß man ja selbst nicht nachdenken. Bleib du nur in Auschwitz oder Dachau oder Neuengamme, vergiß Tschernobyl, aber wundere dich bloß nicht, wenn du eines Tages als der Feigling vor deinen Kindern stehst, wie unsere Eltern heute vor uns dastehen.

Ich muß an die Diskussion über die Einrichtung einer Jugendbegegnungsstätte in Dachau denken. Das Zentrum soll jungen Menschen, die die KZ-Gedenkstätte besuchen, für einige Tage Unterkunft bieten und die Möglichkeit, in Seminaren mit Pädagogen und Historikern zu diskutieren. Der Schock allein, das weiß man, genügt nicht, um zum Nachdenken anzuregen. Erst wenn über den Schock geredet, wenn Zeitgeschichte aufgeblättert wird, kann man auf Erinnerung und Erkenntnis setzen. Die ortsansässige CSU will die Begegnungsstätte nicht haben: weil erneut ein »unseliges Band« zwischen dem Namen Dachau mit dem KZ geknüpft würde, sagen die einen; weil wir doch gar keine Diskotheken haben, die Jugendliche abends brauchen, heucheln manche andere. Tatsache ist: Man hat Angst, daß aus der Beschäftigung mit der Vergangenheit der Blick für die Gegenwart geschärft werden könnte. »Für sinnvoll hielte ich es persönlich auch nicht«, sagte der lavierende parteipolitisch unabhängige Oberbürgermeister, der seit über 20 Jahren von der CSU gestützt wird, »wenn hier Tagespolitik, etwa Südafrika oder Homosexualität, abgehandelt würde.« Und wenn man gar in Bayern bliebe? Gauweilers Aidsbeschlüsse unter die Lupe nähme, Wackersdorf zum Thema machte? Dann könnte doch diese Jugendbegegnungsstätte nur zu einem Ort werden, an dem sich »Chaoten« oder »Aufwiegler« zum Zweck der Agitation zusammenfänden. Das arme Dachau. Schon wieder würde sich ein Makel auf die unschuldige Stadt legen und den Ruf ruinieren.

Die einen unterstellen, der Blick zurück lenke ab von dem Blick nach vorn, die anderen fürchten das Erinnern an die Vergangenheit führe zu unliebsamen Erkenntnissen über die Gegenwart. Ob die CSU nicht schlauer ist als die nur Zukunftsorientierten, weil Beunruhigungen über gegenwärtige Zustände viel größer werden, wenn man weiß, was es war, das mitten im 20. Jahrhundert, mitten im zivilisierten Europa ein Höllenfeuer unvergleichlichen Ausmaßes über Jahre ungehindert lodern ließ. Das Gedächtnis zu nützen, um die Zukunft zu schützen, das müßte doch erlaubt sein.

14. Januar

Fand heute eine Passage bei Alain Finkielkraut *(Der eingebildete Jude),* der sich genau mit dieser Frage beschäftigt: Der Film *Holocaust*, so berichtet er, sei von manchen Kritikern als »gefährliche Ablenkung« gewertet worden. »Man habe keine Zeit mehr«, so riefen sie, »das Schicksal der Juden zu beweinen. Platz für die Jugend! Platz für die neue Generation der Verdammten. Die Anhänger der jüdischen Erinnerung sagen: Die Toten belehren die Lebenden, machen sie wachsam und öffnen ihnen die Augen. Die Gegner der jüdischen Erinnerung sagen: Diese Toten sind zu nichts nutze, sie sind lästig, sie trüben uns den Blick, sie lassen uns vergessen, worum es heute geht. Die einen wie die anderen sehen nur nützliche Tote.« Und doch denke ich: Die Hauptsache ist, daß die Ermordeten nicht so tief verscharrt werden, daß wir fröhlichen Herzens über die blühenden Felder lustwandeln, unter denen sie zu fruchtbringendem Staub werden. Manchmal, wenn ich im Zug durch dieses herrliche Deutschland fahre, packt mich ein wahres Grausen: Wie viele Gemeuchelte wohl als Gebeine unter diesen strotzenden Ähren modern. Schnurgerade Ackerfurchen machen mir Angst. Wenn es jedenfalls Wildwuchs wäre, wenn die gewaltsam Getöteten jedenfalls jetzt der Erde allein überlassen würden! Ungepflegte Friedhöfe, denke ich, wuchernde Üppigkeit

statt gestutzter Rabatten, das wäre auch für die natürlich Gestorbenen die angemessene Umgebung.
Merkwürdige Assoziation: Erica Jong fällt mir ein; in ihrem Buch *Angst vorm Fliegen* schreibt sie, daß ein sauberer deutscher Flughafen sie an ein Konzentrationslager erinnere und eine korrekte Empfangsdame an die Nazischweine. Damals habe ich ihre Aggression auf deutsche Akkuratesse als Mißtrauen gegenüber unserer mörderischen Effektivität verstanden – aber ob sie wohl auch meinte, wo so gepeinigt und gequält worden war, darf es nicht makellos rein nach aseptischer Unschuld aussehen?
PS: Gleich in zwei Fernsehsendungen wurde heute die so gern verschwiegene Verquickung von Vergangenheit und Gegenwart hergestellt. Ralph Giordano und Jörg Friedrich zeigten in ihrem Film *Der perfekte Mord*, daß kein einziger der Staatsanwälte und Richter verurteilt worden ist, die im Dritten Reich für 32 000 aktenkundige Todesurteile verantwortlich waren. »Eine ganze Kaste«, so Giordano, »hat sich selbst amnestiert.« Kam es überhaupt zu Prozessen, dann wurden die Beschuldigten schleunigst freigesprochen, weil die vorsitzenden Richter ihre ehemaligen Kollegen doch nicht eines Vergehens überführen konnten, das sie selbst auch begangen hatten. Dieser Einblick in die demokratische Gerichtsbarkeit der Bundesrepublik war furchterregend, ein schlimmes Beispiel dafür, wie perfide und wie »legal« die Schattenvernichtung betrieben wird. »Die jüngste deutsche Vergangenheit«, schrieb Günter Gaus einmal, »... gewissenhaft ernst zu nehmen, hätte gewiß in vielen Fällen bedeutet, ohne Ansehen der Person zu handeln. Das Kriterium wäre ein allgemein sittliches gewesen. Wann je, wenn nicht nach Auschwitz, wäre ein solches Handeln geboten gewesen.«
In der zweiten Sendung ging es um Höfer, den in Eile abgesetzten Frühschoppen-Gastgeber, weil er angeblich erst jetzt als »Schreibtischtäter« entlarvt wurde. Was Höfer damals im *12-Uhr-Blatt* geschrieben, was ihm hineinredigiert wurde, bleibe hier außen vor; sicher hat sich Höfer der Feigheit, womöglich

gar der Sympathie für das Regime schuldig gemacht, sicher ist auch, daß seine Verfehlungen längst bekannt waren. Erschrekkend an der Diskussion war für mich die Selbstgerechtigkeit auf beiden Seiten. Da saß der angeklagte Werner Höfer und plauderte im Frühschoppen-Ton, und ihm gegenüber versuchten Journalisten, ihren ehemaligen Kollegen übers moralische Knie zu legen, gerierten sich als hehre Apostel der Gerechtigkeit und waren wohl auch noch stolz auf ihre Courage, den vermuteten Nazi anzugreifen. Es war ein unansehnliches Schauspiel. Ein hornhäutiger Höfer, unberührt vom eigenen Versagen, zwei – dank der Gnade ihrer späten Geburt – unbescholtene Kollegen, die nicht nach dem Wie der Zeit fragten, weil sie von heute aus gesehen alles schon wußten. Unsicherheit auf keiner Seite. Der eine wie die zwei anderen ließen mich frösteln. Von dem Schatten der Vergangenheit, von Trauer war nichts zu spüren.

15. Januar

Es ist Januar, der Monat des doppelköpfigen römischen Gottes Janus, dessen Antlitz für Anfang und Ende zugleich stand.

16. Januar

Finkielkraut hat wohl recht, wenn er von »nützlichen« Toten spricht, die den Nachgeborenen Argumente für ihre jeweiligen Anliegen liefern. Nur klingt das so frevlerisch, und man muß doch nicht alles so genau benennen, wo es so schöne gemütsberuhigende Abstrahierungen gibt. »Instrumentalisierung des Holocaust« heißt das dann. Allein der überreichliche Gebrauch des Wortes Holocaust macht mich skeptisch. So ein Fremdwort hilft, die Tat zur Fremdtat zu machen, sich von der grausamen

Judenausrottung zu entfernen. Einem jungen Studenten, mit dem ich kürzlich redete, war das prächtig gelungen: ohne über die eigene Entfremdung zu stolpern, sprach er davon, daß diese Verbrechen irgendwann auf einem Territorium passiert seien, das sich heute Bundesrepublik Deutschland nenne. »Was hat das wohl mit meinem Deutschsein zu tun?« fragte der 22jährige mit einiger Empörung.
»Die Deutschen verloren ihre Identität«, schrieb Günter Grass in der *Zeit* vom 10. Mai 1985. »Sie können sich nicht mehr begreifen seitdem. Es fehlt ihnen etwas, das sich, bei allem Fleiß, nicht wettmachen ließ. Dieses Loch in ihrem Bewußtsein. Deshalb behaupten sie, was gewesen sein soll. Es war einmal ein Land, das hieß Deutsch.« So schließt sich der Kreis. Die heranwachsende Generation distanziert sich vom Geschehen von »damals« mit denselben Argumenten wie die aussterbende Generation, für die die Vergangenheit Gegenwart war. Zwar gab es 1946 oder 47 noch keine Bundesrepublik Deutschland, doch die Verbrechen waren irgendwie auf fremdem Territorium im Namen des deutschen Volkes verübt worden. Da alles »so weit weg« war – außer daß ein paar Nachbarn spurlos verschwanden –, ist es bis heute nicht näher gerückt. Wenn einem die Lebenden egal waren, warum soll man sich um die Toten grämen. Vielleicht bin ich bitter, vielleicht bin ich ungerecht, »man hatte doch solche Angst«; ja wovor denn nur, »man hat doch von nichts gewußt«. Alle müssen sie von KZs gehört haben. Die Existenz der angeblichen Arbeitslager blieb kein Geheimnis. Vergleichweise wenige ahnten wohl, daß es Vernichtungslager gab, Gaskammern und Öfen, Massenerschießungen. Das will ich ja gerne glauben. Aber je öfter sie in diesem larmoyanten Ton der ungerecht Beschuldigten erklären, »doch von nichts gewußt zu haben«, um so mehr vermute ich, daß sie eine Menge wußten.

17. Januar

Las gerade im Tagebuch der Hertha Nathorff, geführt vom 30. 1. 1933 in Berlin bis zum 13. 8. 1945 in New York. Hertha Nathorff war leitende Ärztin am Deutschen Roten Kreuz Frauen- und Kinderheim in Berlin-Lichtenberg und als einzige Frau Vorstandsmitglied der Berliner Ärztekammer. 1933 wurde sie aus ihren Ämtern entlassen. 1938 entzog man ihr die ärztliche Approbation. 1939 emigrierten sie und ihr Mann über London nach New York. Die Beschreibung des jüdischen Alltags in den dreißiger Jahren, der kleinen und großen Schikanen, der blöden Deutschen, die von Drecksjuden reden und niemanden persönlich meinen, und der blinden Deutschen, die fröhlich plaudernd im Café sitzen, an dessen Eingangstür das Schild hängt »Juden nicht erwünscht«; die kleinen Beobachtungen neben der großen Verzweiflung – das ist ein Buch zum Weinen und zum Wüten. Konnte sich das Schicksal einer so prominenten Ärztin so im verborgenen abspielen, daß hinterher wieder niemand von nichts gewußt hat?

Was verlange ich eigentlich? Wie unmöglich es ist, sich einer totalen Überwachung zu entziehen, habe ich an einer ganz kleinen Geschichte ansatzweise begriffen. Ein Freund hat sie mir erzählt.

»Nie zuvor«, begann er, »habe ich meine Eltern streiten sehen, nie hatte ich den einen böse auf den anderen erlebt. Jetzt auf einmal brüllten sie sich an. Es war Führers Geburtstag. Die Fahne mußte hinaus. Meine Mutter schleppte das unselige Tuch an und begann es zu entrollen, als mein Vater sie, noch mit ruhiger Stimme, beschied: ›Das Ding kommt nicht raus. Aus meinem Fenster hängt das nicht.‹ Meine Mutter sah ihn zunächst ein wenig mitleidig an, als sei er leicht begriffsstutzig. Sie wußte ja, daß der Mann, den sie sich ausgesucht hatte, als Künstler, versponnen in sich, seine Augen selten auf den Alltag richtete. Also begann sie, noch ganz geduldig, zu erklären: ›Hör zu, das ist Vorschrift, sonst kriegen wir Ärger und schiefe

Blicke und wer weiß was noch.‹ Mein störrischer Vater beharrte auf seiner Entscheidung: ›Das Ding kommt nicht raus.‹ Langsam begann meine Mutter sich zu erregen: ›Auf der Treppe wird mich keiner mehr grüßen, beim Kaufmann werde ich nicht bedient, beim Fleischer würde ich umsonst anstehen. Überall Getuschel, böse Blicke, keine Frau würde mehr mit mir schwatzen, ich will nicht isoliert und beäugt werden, nur weil du ein sturer Bock bist. Geh doch in die Kneipe, geh spazieren, hau ab, ich häng den Lappen für zwei Stunden raus, du merkst es ja gar nicht. Bevor du zurück bist, ist der Spuk vorbei.‹ Er schüttelte den Kopf. ›Und deine Söhne‹, schrie sie nun, ›kein Kind darf mehr mit ihnen spielen, in der Schule stehen sie mutterseelenallein auf dem Hof, die Lehrer geben ihnen ungerechte Noten. Du weißt doch, wie sehr sie es lieben, nachmittags mit ihren Freunden Fußball zu spielen. Du würdest es ihnen nehmen, wegen einer blöden Fahne. Und eines sage ich dir, hängen wir das Ding nicht raus, dann werden wir wirklich bespitzelt, dann kannst du es vergessen, BBC zu hören und dem Blockwart zu entgehen.‹ ›Die Fahne‹, schrie mein sonst so bedächtiger Vater nun zurück, ›ist doch nur der erste Schritt. Dann folgen weitere, und plötzlich ist man Schritt für Schritt mittendrin in der Schweinerei.‹ ›Ach, und du meinst wohl, du seist ein Widerstandskämpfer, wenn du die Fahne nicht heraushängst und dafür deine Familie in Gefahr bringst.‹
Mein Freund weiß nicht mehr, wer sich durchsetzte, ob die Fahne flatterte oder nicht. Und ich weiß nicht, wer recht hatte, fürchte, ich wäre feige gewesen und hätte die Fahne aus dem Fenster gehängt. Der Vater meines Freundes war nicht feige. Zwei Jahre später hatte er ein wunderschönes Bild gemalt, das die Mutter bereits wunderbar verkauft hatte. Kurz bevor es abgeholt werden sollte, fragte der Maler, der sich sonst nie für die Kunden interessierte, für wen das Bild eigentlich sei. Für Goebbels zum Geburtstag, war die zögernde Antwort seiner Frau. »Das Bild bleibt hier«, erklärte er. Das Bild blieb, und er ging für acht Monate dafür ins Gefängnis. Ein solches Verhal-

ten kann ich bewundern, aber nicht verlangen. Natürlich nicht. Aber kann ich denn nicht verlangen, daß die Deutschen sich nach dem Krieg hingestellt und gesagt hätten: Ja, wir waren dabei, wir haben furchtbare Fehler gemacht und sind allein durchs Zusehen schuldig geworden. Ausgerechnet ein emigrierter Jude mahnt mich zur Mäßigung: »Stellen Sie sich vor«, erklärt er geduldig, »ein Vater von vier Kindern, seit 1936 Parteimitglied, seit 1940 im Krieg, verwundet, desillusioniert, vom herrlichen Führer verheizt, will endlich ein ›normales‹ Leben führen. Ein Job als Buchhalter wird ihm angeboten. Mit dem Gehalt könnte er die Familie gut ernähren. Zum ersten Mal seit Jahren prickelt es wieder in ihm. Es gibt Geld, keine Bomben und eine Zukunft. Soll der hingehen und sagen, sorry Jungs, ich war Nazi, gebt den Job einem anderen, der sauber geblieben ist. Und zu Hause schuftet seine kaputte Frau und plärren vier hungrige Kinder?« Und trotz des bemitleidenswerten Szenarios beharre ich auf meinem Ja – zugegebenermaßen aus heutiger Sicht. Bleibt der Vater stumm, nimmt die Arbeit und füttert die Kinder, werden sie ihn später irgendwann als verlogenen Verschweiger vorführen. Wer sagt denn, daß er den Job nicht bekommen hätte, wäre er mutig genug gewesen, sich als Mitläufer zu enttarnen. Und man stelle sich vor, es hätten alle oder die meisten oder auch nur viele getan. Das Land hätte sowieso aufgebaut werden müssen, Arbeit hätten sie wohl auch als Bekennende bekommen, und das Klima wäre ein anderes geworden. Nicht nur wir Nachkriegskinder hätten gewußt, wen wir vor uns haben, auch unsere Eltern selber wären sicher gewesen, wirklich sich zu sehen, wenn sie in den Spiegel schauten.

Doch sie schwiegen und schufteten.

Made in Germany – das waren nicht die Giftgase für die Todeskammern, das war nicht das technisch ausgeklügelte Konzept für die Ausrottung von Millionen. »Made in Germany« – das wurde schnell zum Markenzeichen für solide Arbeit. Der Völkermord wurde schnell vergessen – auch von den Siegermächten. Die Weltlage verlangte es so.

Sidney Bernstein war dabei, als britische Truppen Bergen-Belsen befreiten. Er hat die lebenden Skelette und ausgemergelten Toten nicht nur gesehen und den entsetzlichen Gestank der faulenden Leichenhaufen gerochen, er hat das Grauen gefilmt. Es wurde ein Film, der einen kleinen Ausschnitt aus der großen Wahrheit dokumentiert, eine Wahrheit, die unvorstellbar ist, »so jenseits menschlicher Verhaltensweisen«, wie Bernstein es nannte. Eine Wahrheit, die nicht mehr in Worte paßt, für die es keine Sprache gibt und die selbst durch Bilder kaum greifbar wird. Bernstein war sich der Gefahr bewußt, daß sein gefilmtes Dokument wie eine fiktive Perversion wirken könnte. Die englischen Soldaten hatten viel gesehen und erlebt, bevor sie Bergen-Belsen erreichten. Sie hatten Krieg geführt. Doch angesichts dieses Lagers verschlug es sogar den hartgesottenen Gesellen die Sprache. Selbst wer diese Hölle mit eigenen Augen sah, mit eigener Nase roch, wer über die stinkenden Leichen stolperte, von denen man nicht mehr sagen konnte, ob sie Mann oder Weib gewesen waren, selbst wer dem Bösen in den Schlund geschaut hatte, scheute davor zurück, das Geschaute als wahr zu begreifen. Wie erst sollten Zuschauer eines Films glauben, daß das, was sie sahen, wirklich gewesen war. Sidney Bernstein holte sich Rat bei Alfred Hitchcock. Weitwinkelaufnahmen, so einer der Ratschläge, die Leichen und die Lebenden in ihrer Umgebung zeigen, so daß niemand die realistischen Bilder als Trick abtun kann. Und noch etwas riet Hitchcock, »shots of the charming German country side« einzubauen. Und so fährt die Kamera durch hübsche niedersächsische Dörfer, vom Krieg offensichtlich so gut wie unberührt, in denen Kinder fröhlich spielen, behäbige Bauernhöfe Solidität ausstrahlen und satte Kühe im hellen Sonnenschein genüßlich auf den Weiden wiederkäuen. Und nur ganz wenige Kilometer von diesen erquicklichen Szenen entfernt beginnt das Inferno, in dem kein Kind spielte. Bernstein filmte die Öfen und die Namen der Fabrikanten, er filmte die deutschen Würdenträger, die gezwungen wurden, in die Lager zu kommen und sich der Wahrheit zu stellen, er filmte die fetten KZ-Aufseherinnen mit dem feisten Blick neben den verhungerten Häftlingen. Er kontaktierte seine amerikanischen, französischen und russischen Kollegen, sammelte das Material, das sie gefilmt hatten: 820 000 Schuhe in Majdanek, Tausende von akkurat gestapelten Säcken mit menschlichen Haaren, verpackt und gewogen; Berge von Brillen, Zahnbürsten, Rasierpinseln und Nagelbürsten, alle säuberlich sortiert, beschriftet und gelagert. »Der Film«, so Bernstein, »sollte den Deutschen und der Menschheit als Lektion dienen, als Beweis.«

Am 4. August 1945 erhält Bernstein ein Memo vom britischen Außenministerium, in dem bemängelt wird, daß der Film »rather crude« sei; gerade jetzt sei man wenig geneigt, den Deutschen einen »atrocity«-Film zu zeigen, wo man doch mühsam dabei sei, »sie zum Leben zu ermutigen und aus der Apathie zu stimulieren«. Das Land sollte wieder funktionieren. Man ahnte bereits, daß man Deutschland-West in Zukunft als Partner brauchen würde.

Die Wahrheit über Deutschland war unwichtig geworden. Sidney Bernsteins Film verschwand in den Archiven und lagerte dort 40 Jahre. Erst 1985 wurde aus den ursprünglichen Aufnahmen sowie Aussagen von überlebenden Zeitzeugen, aus Interviews mit Sidney Bernstein und anderen ehemaligen Offizieren der englischen Armee ein Film geschnitten, den die BBC ausstrahlte. Meines Wissens ist dieses einmalige Dokument: *A Painful Reminder* in Deutschland noch nicht gezeigt worden.

»Es muß doch einmal Schluß sein.« Wie soll man beenden, was eigentlich nie begonnen wurde. Damals haben die Alliierten die Deutschen geschont, weil sie sie brauchten. Ein britischer Offizier erinnert sich an seine harten Auseinandersetzungen mit den Militärbehörden seiner eigenen Nation. Wenn er ankam und erklärte: »Die Bürgermeister von X und Z stelle ich vor Gericht, die waren seit 1933 Nazis«, dann jammerten die jeweiligen Kommandeure und erklärten, ausgerechnet dieser Beschuldigte sei »the best chap I have« und rückten den Belasteten nur

ungern heraus. »Wir, die wir mit der Entnazifizierung beauftragt waren«, erinnert sich der Chronist mit englischem Understatement, »machten uns bei unseren Kollegen nicht gerade beliebt.«
Aus den tüchtigen Nazis waren im Nu tüchtige Handlanger der Engländer geworden. Sie halfen, aus dem Chaos eine Ordnung herzustellen. Warum sollte man diesen Garanten eines wohl in Bälde wieder geregelten Gemeinwesens einen schockierenden Film zeigen, warum sollte man eine Nation und ihre Menschen beschädigen, die man als wirtschaftlich potenten und politisch gefügigen Kompagnon im Weltgefüge gebrauchen konnte. So dachten nicht nur die Engländer. Ein schlechtes Gewissen nützte niemandem. Schließlich stand die Zukunft auf dem Spiel. Und mit der Scham läßt sich schwer rüsten für den Kampf um Marktanteile und um die Demokratie der westlichen Welt.
Und darum kämpfte man – mit den Deutschen gegen die Kommunisten. 1948 hatte der belgische Außenminister Paul Henry Spaak während einer Generaldebatte der UNO-Vollversammlung erklärt, indem er sich an den russischen Außenminister wandte: »Die Basis unserer Politik ist die Furcht vor Ihnen, Furcht vor Ihrer Regierung, Furcht vor Ihrer Politik.« Worte wie diese mußten den Deutschen wie ein halber Freispruch in den Ohren klingen. Jedenfalls darin hatten sie recht gehabt, in der Erkenntnis der sowjetisch-imperialistischen Bedrohung. Das tat ihnen gut, das schmiedete zusammen, das erlaubte, ein Stück Haß von früher ins Heute mitzunehmen, Geborgenheit in der Kontinuität zu finden. »Lernt ihr nur tüchtig Gedichte«, hörte ein Junge in dieser Zeit in der Schule, »solltet ihr auch mal in russische Gefangenschaft geraten, werden euch die Verse helfen.«
Das Feindbild als Zuflucht – das war ein zuverlässiger Hort, in dem man mit gutem Gewissen sein Gedächtnis verkümmern lassen konnte.
»Als wir Nazis waren« – das sagte kaum einer.
»Die Russen kommen« – davor warnten viele.

Das Ergebnis der allgemeinen Amnesie ist bekannt. Heinrich Breloer hat es in einem Artikel über die »falschen Fünfziger« schlicht und treffend zusammengefaßt: »Wir wußten kaum, was das Dritte Reich war.« Darüber sprach man nicht, das gehörte nicht zum guten Ton der bigotten Jahre.

18. Januar

Und einer hat es doch gesagt, was ich als Wiegenlied hätte hören wollen: »Wenn es geschieht und wenn ich dabei war und wenn ich überlebe, wo der andere getötet wird, so ist in mir eine Stimme, durch die ich weiß: daß ich noch lebe, ist meine Schuld.« Solches sprach der Philosoph Karl Jaspers im Jahre 1946 in einer Vorlesung über die Schuldfrage. Was er beschreibt, wessen er sich bezichtigt, wirkt auf mich wie eine Erlösung. »Im Sichfügen der Ohnmacht blieb immer ein Spielraum zwar nicht gefahrloser aber mit Vorsicht doch wirksamer Aktivität. Ihn ängstlich versäumt zu haben, wird der einzelne als seine moralische Schuld anerkennen: die Blindheit für das Unheil der anderen, diese Phantasielosigkeit des Herzens, und die innere Unbetroffenheit von dem gesehenen Unheil.« Die »Phantasielosigkeit des Herzens« – nicht mitzufühlen, wenn der Nachbar verschwand, sich nicht einzufühlen, wenn Menschen mit dem gelben Stern scheu und ängstlich wie Schattenwesen durch die Straßen huschten – solange sie noch da waren –, keine Phantasie des Herzens und daher keine Rebellion des Gefühls. Nur Gesehenes vergißt sich schnell. Erst Empfundenes bleibt haften. Ein gruseliger Film allein prägt sich nicht ein. Erst wenn wir uns geängstigt haben, Schutz suchend nach der Hand des Freundes griffen und später mit pochendem Herzen – die scheußlichen Bilder noch vor Augen – zaghaft unsere Wohnungstür aufschlossen, erst dann bleibt dieser Film in uns wach. Ein kaltes Gedächtnis stapelt Fakten und Wissen, es arbeitet mechanisch, ungestört von Menschlichkeit. Kein Wunder, daß dort, wo sich der »Verlust der humanen Orientierung« (Ralph Giordano) so ruchlos einnisten konnte, der allgemeinen Gefühllosigkeit flugs die kollektive Gedächtnisstörung folgte. »Meine Güte, was erwartest du«, fragt ein ungeduldiger Freund. »Die Deutschen waren groggy wie nach einem Boxkampf. Was gibt es da groß zu erklären. Sie waren k. o. geschlagen und taumelten mit einem Dachschaden in die neue Demokratie.«

19. Januar

Der ehemalige Volksschullehrer Benito Mussolini ist von seinen eigenen Landsleuten erledigt worden. Als er versuchte, unter deutschem Schutz in die Schweiz zu fliehen, haben kommunistische Partisanen den mit seiner Geliebten Clara Petacci flüchtigen Faschistenführer erwischt. In der Nähe von Como wurden die beiden am 28. April 1945 erschossen, ihre Leichen in Mailand öffentlich aufgehängt. Da konnten die Menschen ihren Duce baumeln sehen. Konnten ungeniert mit dem Finger auf ihn zeigen, ihm Fratzen schneiden, sich vom eigenen Fehlglauben öffentlich verabschieden. Der Mann war hin. Sie hatten sich selber von ihm befreit. Vielleicht spuckten, tobten und heulten sie sich vor den Toten die Vergangenheit aus dem Leibe.
Nicht einmal das hat es bei uns gegeben. Wären doch nur Adolf Hitler und Eva Braun, die sich zwei Tage später – am 30. 4. – feige im Bunker entleibten, an Laternenpfählen aufgeknüpft und dem öffentlichen Gespött preisgegeben worden. Hätte man den Toten doch diese letzte Ehrlosigkeit erwiesen, um die Lebenden zu kurieren. Hätten die Deutschen doch Hitler an den Füßen aufgehängt und zum schmachvollen Schaustück gemacht. Hätten sie doch einmal gemeinsam so lauthals Huren-

sohn geschrieen, wie sie vorher Heil gebrüllt haben. Hätten sie doch geheult, gespuckt und getobt, hätten Veitstänze aufgeführt und aufs Volkstum gekotzt. Wenn sie damals hätten, würden wir heute nicht... Sinnlose Hirngespinste, gewiß, nur manchmal muß ich Versäumtes zumindest phantasieren, um mir Luft zum Atmen zu verschaffen.

20. *Januar*

Kein deutscher Autor könnte einen so herrlichen Roman über *Väter und Söhne* schreiben wie Iwan Turgenjew es in der Mitte des letzten Jahrhunderts tat. Wer hier über seinen Vater schreiben will, muß auch über Auschwitz sprechen. Wie beneidenswert, wenn unverfrorene Söhne ihre vergreisten Erzeuger beiseite drängen können. »Er ist reif für die Rumpelkammer«, heißt es bei Turgenjew. »Er hat abgedankt, sein Lied ist zu Ende.« Das klingt hart und normal, klingt nach Ablösung, nach Generationswechsel. Wie anders ist unsere Situation. Das Lied, das unsere Väter spielten, ist bis heute nicht verstummt. Unerbittlich klingt es uns in den Ohren. Schwer schleppen wir an der Schuld, an der wir unschuldig sind. Da gibt es keine Rumpelkammer, in die wir unsere Väter und Mütter stellen können, um selbst in ein neues Zeitalter aufzubrechen. Die Rumpelkammer, in der unsere Eltern hausen, sind wir selber.

22. *Januar*

Bloß nicht deutsch sein. Das Gefühl kennen wohl die meisten von uns Nachkriegskindern. Wer nicht im Stammbaum nach einer jüdischen Ahnin fahndete, um sie wie eine weiße Fahne der Kapitulation und Unschuld zugleich vor sich her zu schwenken, der hat sich nur mit Vorbehalt zum Deutschsein bekannt. »Ich bin Deutsche, aber nur aus Zufall.« »Ich bin zwar deutsch, aber wirklich nicht gern.« »Ich bin in Deutschland geboren und fühle mich überall zu Hause.« Jeder hatte so sein lässiges Sprüchlein, um den gespaltenen Gefühlen zur ungeliebten Heimat Ausdruck zu verleihen. Einige übten sich gar in Tarnung: »Ich habe wie die letzte Streberin Englisch gepaukt«, erzählt eine Frau, »nicht, weil ich in der Schule mein Abitur mit Auszeichnung, sondern weil ich draußen in der Welt bestehen wollte. Als Deutsche konnte mir das nicht gelingen. Also durfte man mich nicht erkennen, weder am Habitus noch am Akzent.« Changierend wie ein Chamäleon schlüpfte sie in fremde Rollen, flanierte geschmeidig und elegant auf der Via Veneto, stapfte als Rucksacktouristin mit unüberhörbarem texanischen Akzent durch Holland, bereiste Israel als unbeschwerte sonnenblonde Schwedin.

So weit habe ich es nicht getrieben. Überall habe ich mich als Deutsche zu erkennen gegeben, trotzig und verunsichert zugleich, auch in Israel. Ich fand es feige, vor meiner nationalen Zugehörigkeit zu fliehen, und ich fand es unangenehm, dazu zu stehen. Sagte gar jemand »typisch deutsch« von mir, war das ein Affront, den ich mit kosmopolitischer Nonchalance als üble Verleumdung zu dekouvrieren suchte.

Zu sagen: »Ich bin Deutsche« empfand ich als Provokation, manches Mal gar als Zumutung. Das hatte natürlich auch mit New York zu tun, wo ich zehn Jahre lebte. Und das nicht nur, weil in dieser Stadt mehr Juden als im Staat Israel leben. Der Argwohn ist allseitig, ganz unabhängig davon, ob jemand Jude, Wasp (White Anglo-Saxon Protestant) oder Schwarzer ist. Das Unbehagen den Deutschen gegenüber ist hier spürbarer als in anderen Teilen Amerikas. Eigentlich hat man nie aufgehört, Deutsche und Nazis als Synonym zu empfinden. »Es kommt aus dem Bauch«, gab eine Freundin zu, »und es ist daher gar nicht so einfach, dieses Gefühl mit dem Verstand wegzudenken.« Ich hatte sie auf das Thema angesprochen, weil ich kurz zuvor Zeugin eines Telefongesprächs geworden war, das mich – gelinde gesagt – erstaunte. »Kommt ihr zum Abendessen«, hörte ich sie sagen, »es kommen noch zwei Leute. Sie sind Deutsche. Aber sie sind wirklich sehr nett.« Nette Deutsche – na so was!

Auf ihre verallgemeinernde Unduldsamkeit den Deutschen gegenüber angesprochen, sagten mir dann viele: »Wir sind mit Erich von Stroheim aufgewachsen, diesem Inbegriff des verstockten, eingebildeten preußischen Offiziers, und mit den amerikanischen Propagandafilmen während des Krieges und nachher noch. Diese Bilder haben sich eingeprägt: Deutsche sind sadistische Monster, pflichtbewußte und gehorsame Bürger, die den Massenmord akkurat planten und effizient ausführten; sie sind ekelerregend tüchtig und kein bißchen menschlich; machthungrig, charakterlos, stur und grausam. Es gab keine guten Deutschen in den Filmen unserer Jugend, sagen sie, und die Klischees, die uns damals eingetrichtert wurden, sind bis heute haftengeblieben. Die Filme halfen die abstrakte Abscheu zu personifizieren. Konfuse Vorstellungen von Deutschland und den Nazis wurden konkretisiert. Endlich wußte man, wen man haßte. Ein junger Mann erklärte mir, daß in seiner Familie nie ein freundliches Wort über die Deutschen gesprochen worden sei. »Deutsche Autos wurden hochgeschätzt, aber gekauft hätten meine Eltern sie nie.« Erst als er zum ersten Mal nach Deutschland reist, begreift er, daß das heute ja »ein ziemlich normales Land« ist, und höchst erstaunt erklärt er mir nach seiner Rückkehr: »Ihr leidet ja richtig unter dem Stigma eurer Vergangenheit.« Die deutsche Reiseführerin in der Gruppe war nämlich bei dem Abschied in Tränen ausgebrochen und hatte die jungen Amerikaner gebeten, doch zu Hause zu berichten, daß nicht alle Deutsche Ungeheuer seien. Das *weiß* man in Amerika natürlich auch, nur wohin mit den Kindheitsbildern, geprägt von Filmen und Großmüttern, die ihre Enkel das Gruseln nicht mit deutschen Märchen, sondern mit der Wahrheit aus dem Deutschen Reich gelehrt haben. Das Mißtrauen bleibt.

Perfektion, Effizienz und Autoritätsglauben sind die Eigenschaften, die den Deutschen am häufigsten zugeschrieben und von den Amerikanern wenig verstanden werden. War ich in meinem Haushalt ordentlich, in meinem Alltag organisiert, so hieß es häufig »O Gott, wie deutsch«. Ein deutscher Geschäftsmann erzählte mir damals, daß die Deutschen in der Firma, in der er arbeitete, »die Ordentlichsten, die Tüchtigsten und die Pünktlichsten« seien und daher auch am unbeliebtesten. Eine amerikanische Lehrerin, die ich nach ihrem deutschen Stereotyp gefragt hatte, brauchte nicht lange zu überlegen: »Ich hatte einmal eine deutsche Nachbarin, groß, kräftig und blond. Jeden Morgen, Punkt acht Uhr, marschierte sie in ihrem Lodenmantel und praktisch-festen Schuhen zur Busstation. Ich sehe sie noch vor mir. Sie ging immer ganz gerade, sehr selbstbewußt, es war nichts Zögerndes an ihr. Ich hatte irgendwie Angst vor ihr.« So empfinden uns viele Amerikaner: als etwas bedrohlich, nicht ganz faßbar, als Menschen, vor denen man besser auf der Hut bleibt. Erst der perfekte Massenmord, dann das perfekte Wirtschaftswunder, der Mitläufer von damals ist der fettleibige Industrielle von heute, mit rosa Bäckchen und 300 Angestellten. Sie zollen den deutschen Leistungen widerwilligen Respekt, und der Groll ist nicht ohne Neid. Aber da bleibt immer die Sorge: Könnten diese Eigenschaften morgen wieder für andere, für perverse Ziele eingesetzt werden? Anderen europäischen Ländern gegenüber fühlt man sich manchmal als zu junges Land und hat Komplexe. »Good old Europe« ist für viele noch immer der Inbegriff von Zivilisation, Kultur und guten Sitten. Nur, in dieser Hinsicht ist Deutschland nicht Europa. Manchmal ist Deutschland nicht einmal Deutschland. Denn eines geht den Amerikanern – und nicht nur ihnen – nicht in den Kopf: daß Goethe und Goebbels derselben Nation angehören. Und so kann es geschehen, daß einem – ganz ohne Aufhebens – Bach weggenommen und Wagner zugeschoben wird. Mozart und Bach gehören uns allen, scheint die Devise, Wagner ist deutsch. Der gehört euch. Klar, der antisemitische Komponist ist unserer, er paßt doch zu uns. Am Anfang haben mich die Vorurteile verschreckt, später auch geärgert. Erst hier lernte ich mit allen Konsequenzen mein Deutschsein kennen, begriff die Hypothek, die man ins Grundbuch der Erben eingetragen hatte, ohne es ihnen zu sagen. Erst hier in New York, das Endstation, wenn auch fast nie Heimat für viele deutsche Emigranten wurde, begann für mich eine Vergangenheit zu leben, die zu Hause vom Schweigen verschluckt gewesen war. Gerade den Emigranten gegenüber war ich befangen, gerade sie haben mich meist liebenswürdiger aufgenommen als manche amerikanischen Juden meines Alters. Nie werde ich den Abend vergessen, zu dem mich ein deutscher Freund, seit Jugendjahren in New York lebend, eingeladen hatte. Seine Freundin war Jüdin. Sie lebten zusammen. Sie liebte ihn und haßte alles Deutsche. Nur mit Mühe, erzählte er, habe er sie überreden können, zum Essen zu bleiben. Eigentlich wollte sie die Stunden meiner Anwesenheit mit einer Freundin verbringen, am liebsten hätte sie mir den Zutritt zur Wohnung verweigert. Da saß ich nun, als Deutsche, Jahrgang 46, Persona ingrata am Tisch einer Amerikanerin, Jahrgang 48, Kind amerikanischer Juden, unerbittlich in ihrer Ablehnung des deutschen Feindes ihres Volkes. Mit Smalltalk war die Spannung nicht zu lösen. Wir mußten reden, richtig reden oder schweigen. Für mich war die Situation neu. Die junge Frau hatte mir ein Stück meiner Rolle weggenommen. Stets war ich es doch gewesen, die uns Deutsche verdammt und zur Scham verpflichtet hatte. Nun wollte sie das hören, was ich sonst unaufgefordert gern von mir gab – und es ging nicht. Ein Schambekenntnis abzulegen, damit hatte ich keine Schwierigkeiten, das rollte mir manchmal schon verdächtig flüssig von der Zunge. Doch mich als Deutsche zu verteidigen, ausgerechnet ich, die ich uns regelmäßig angriff, das verunsicherte mich zutiefst. Ich begriff, wieviel leichter es ist, sein eigener Racheengel zu sein, nach eigenem Belieben zu strafen und zu sühnen, und wie trickreich man mit einem »Mea culpa« etwaige Anklagen von anderen vorbeugend aus dem Weg räumen kann. Nun traute ich mir selbst nicht mehr. Hatte ich die Scham benützt, um mich vor Vorwürfen zu schützen?

An diesem Abend prasselten sie auf mich ein. Das Wirtschaftswunder wurde mir ebenso um die Ohren geschlagen wie die Wiedergutmachung; VW und Richard Wagner, erfolgreiche deutsche Exportartikel sollten in den Vereinigten Staaten verboten werden, erklärte sie. Jeder Amerikaner, der deutsche Autos fahre, der der *Walküre* mit Wonne lausche oder deutsche Wurst mit Lust verspeise, mache sich zum nachträglichen Komplizen von Hitler und Eichmann. »Sollte ich je einen Unfall haben«, fuhr sie mich irgendwann spät in der Nacht an, »schwerverletzt sein und dringend Blut benötigen und gäbe es – aus welchen Gründen auch immer – nur deutsche Konserven, ich würde lieber verrecken, als mich von deutschem Blut retten zu lassen.« Ich weiß nicht mehr, wie wir uns verabschiedeten. Bald darauf trennte sie sich von dem Deutschen, den sie liebte. Ich hatte nicht gewußt, wie tief die Wut sitzt. »Genau das müßt ihr Germanen endlich mal kapieren und akzeptieren«, sagte mir ein paar Monate später Erica Jong, als ich sie ob ihrer bereits erwähnten antideutschen Tiraden befragte. »Hunderte von amerikanischen Juden haben mir geschrieben, um zu sagen, das genau seien auch ihre Gefühle. Ich selbst habe drei Jahre lang in Heidelberg gelebt. Mein damaliger Mann war bei der Armee. Ich bin in Deutschland zum ersten Mal mit meinem Judentum konfrontiert worden, und ich konnte einfach nicht vergessen, daß, wenn ich 1942 in Deutschland geboren worden wäre, ich wahrscheinlich im Konzentrationslager zur Welt gekommen und möglicherweise umgebracht worden wäre.« Dieses Gefühl, nur per Zufall überlebt zu haben, nicht weil man als Erica Jong einem Autounfall, sondern als Jüdin einem präzis geplanten Mordanschlag entging – dieses Gefühl, in dem sich Angst, Haß, Erleichterung und Schuld zu einem dichten Geflecht verwirren, müßten wir Deutsche versuchen zu verstehen. Da geht es wieder einmal darum, der Phantasie des Herzens zu folgen.

Man sollte allerdings auch wissen, daß viele amerikanische Juden von nagenden Schuldgefühlen geplagt werden, nicht genug für die Verfolgten getan zu haben. Tatsache ist: Amerikas Einwanderungspolitik in den dreißiger und vierziger Jahren war nicht eben hilfreich, um es vorsichtig auszudrücken, und die Rolle der amerikanischen Juden, wie auch der bereits amerikanisierten Emigranten, ist nach wie vor umstritten.
Da sind die Flüchtlinge, die rechtzeitig gingen und sich irgendwie in Amerika einrichteten, und da sind jene, die in Europa verfolgt und verhaftet und gequält worden waren, bevor die Flucht gelang – viele kamen ja sogar erst nach dem Krieg. Und mit diesen Überlebenden kam der längst nicht immer offen ausgesprochene Vorwurf über den Ozean, daß das jüdische Amerika zu wenig für die Opfer getan, sich nicht genug für sie eingesetzt habe.
Margrit Wreschner, 1925 in Frankfurt geboren, wurde 1943 mit ihrer Schwester in Amsterdam verhaftet und ins KZ verschleppt. Sie überlebten Ravensbrück und Theresienstadt. Ihr Bruder und dessen Familie kamen in Bergen-Belsen um. Nach dem Krieg gingen Margrit Wreschner und ihre Schwester nach New York, wohin zwei weitere Geschwister schon vor dem Krieg emigriert waren. Sie erinnert sich, wie schwierig es war, zu den amerikanischen Juden wie auch den frühen Emigranten ein unbefangenes Verhältnis zu bekommen. Selbst den Geschwistern und Freunden, sagt sie, fühlte man sich entfremdet. »Auch das jüdische Amerika wußte nicht, was wir mitgemacht haben. Wir haben zwar versucht, Verbindung aufzunehmen, also eine Beziehung aufzubauen, aber das war sehr, sehr schwierig, denn wirklich verbunden fühlten wir uns nur den Menschen, die dasselbe erlebt hatten wie wir, dasselbe Erlebnis gehabt zu haben, war für ein gegenseitiges Verständnis und Vertrauen wichtiger als alles andere. Als wir auseinander waren, hatten wir uns danach gesehnt, die Geschwister wiederzusehen; als wir dann zusammenkamen, hat es viel Zeit gebraucht, ehe wir Kontakt aufnehmen konnten. Denn wirklichen Kontakt

konnte man nur aufnehmen, wenn man die Empfindung hatte, daß der andere sich wirklich dafür interessiert und wirklich wissen will, was man erlebt hat. Das war für manche sehr schwer, und manche wollten es einfach nicht, und mit manchen wollten wir es nicht. Es ist ja jetzt schon lange her, aber ich erinnere mich, daß wir in Gesprächen mit meiner Schwester das Gefühl gehabt haben, nur bis zu einem bestimmten Punkt erzählen zu dürfen, vielleicht um sie zu schonen, aber vielleicht auch, ich weiß das nicht mehr so genau – vielleicht war doch auch ein Gefühl da, sie würde es doch nicht ganz verstehen können.« Gefragt, ob einige nicht vielleicht auch aus einem Schuldgefühl heraus nicht alles so genau wissen wollten, meint Margrit Wreschner: »Es ist interessant, daß ich mich eigentlich nicht an solche Gespräche erinnern kann. Wir haben bestimmt das Gefühl gehabt: ihr habt hier ein normales Leben gelebt, während wir verhungerten und viele von uns umgekommen sind. Wir hatten das Gefühl, ihr habt nicht genug getan, ohne zu wissen, was man hätte tun können.«

Am 31. Juli 1941 hatte Reichsmarschall Hermann Göring den Chef der Geheimen Staatspolizei Reinhard Heydrich angewiesen, die »Endlösung« der Judenfrage vorzubereiten. Der Auftrag lautete »mir in Bälde einen Gesamtentwurf über die organisatorischen, sachlichen und materiellen Voraussetzungen zur Durchführung der angestrebten Endlösung der Judenfrage vorzulegen«. Im selben Monat wurden die amerikanischen Einwanderungsquoten für Europäer noch einmal drastisch verringert. Darüber hinaus waren die Verwaltungsvorschriften dermaßen restriktiv formuliert, daß die zulässige Quote über Jahre nur zu zehn Prozent ausgenutzt werden konnte. Während der Kriegsjahre wanderten offiziell nur 21 000 Juden in die Vereinigten Staaten ein. In derselben Zeit wurden Hunderte von Gesetzeseingaben im Kongreß behandelt, die unter anderem verlangten, die Einwanderung völlig zu stoppen, bis der Krieg vorbei wäre, oder zumindest die Quoten für die nächsten zehn

Jahre noch einmal zu halbieren. Es war nicht einmal die Angst um die – in der Folge der Depression ohnehin raren – Arbeitsplätze, die diese Forderungen motivierte, es kam hinzu, daß sich der bis dahin eher stille Antisemitismus jetzt ganz offen zu Wort meldete. In einer Umfrage vom Januar 1943 – ein Teil der Vernichtungsaktionen der Nazis war bereits öffentlich bekannt – erklärten 78 Prozent der Befragten, daß sie es nicht befürworteten, mehr Emigranten ins Land zu lassen. Obwohl jüdische Organisationen gemeinsam mit liberalen Politikern in Demonstrationen, Pamphleten und Aufrufen an Präsident Roosevelt auf die Nazigreuel hinwiesen, blieb es zunächst bei der restriktiven Quotenregelung. David S. Wyman hat in seinem Buch *Die Preisgabe der Juden* Amerikas unrühmliche Rolle während des Holocaust schonungslos dargelegt. Wyman kommt zu dem Schluß, daß Präsident Roosevelts Gleichgültigkeit gegenüber dem Schicksal der europäischen Juden einer der größten und tragischen Fehler seiner Präsidentschaft gewesen sei.
Eliahu Ben Elissar, der 1980 zum ersten Botschafter Israels in Ägypten ernannt wurde, hatte sich in seiner Doktorarbeit mit diesem Thema befaßt und heftige Kontroversen mit seinen Thesen ausgelöst. Als Ergebnis seiner Dissertation *Die Juden als ein Faktor der Außenpolitik des Dritten Reiches* erklärte er – so zitiert es die *FAZ* vom 23. Februar 1980 – »daß Hitler die Juden zunächst zwar aus Deutschland abschieben, nicht aber umbringen wollte. Die Endlösung sei erst dann beschlossen worden, als die westlichen Staaten sich geweigert hatten, die Juden bei sich aufzunehmen.« Eine gewagte These anhand der Zitate von Hitler und seiner Umgebung, die auch vor der Wannsee-Konferenz vom 20. Januar 1942, auf der die »Endlösung« offiziell beschlossen und zum Programm gemacht wurde, schon anderes für die Juden verheißen als »nur« Abschiebung. Madagaskar als Getto im Exil war nur eine Variante, die Mord aber nicht ausschloß. Heißt es doch bereits 1927 in dem Buch, das damals kaum jemand las, nämlich Adolf Hitlers *Mein Kampf*: »Hätte man zu Kriegsbeginn und während des Krieges

einmal 12- oder 15 000 dieser hebräischen Volksverderber so unter Giftgas gehalten, wie Hunderttausende unserer allerbesten deutschen Arbeiter aus allen Schichten und Berufen es im Felde erdulden mußten, dann wäre das Millionenopfer der Front nicht vergeblich gewesen. Im Gegenteil: 12 000 Schurken zur rechten Zeit beseitigt, hätte vielleicht eine Million ordentlicher für die Zukunft wertvoller Deutschen das Leben gerettet.«
Hitler bleibt nur sich selber treu, wenn er in einer Reichstagsrede vom 30. Januar 1939 erklärt: »Ich will heute wieder ein Prophet sein: Wenn es dem internationalen Finanzjudentum innerhalb und außerhalb Europas gelingen sollte, die Völker noch einmal in einen Weltkrieg zu stürzen, dann wird das Ergebnis nicht die Bolschewisierung der Erde und damit der Sieg des Judentums sein, sondern die Vernichtung der jüdischen Rasse in Europa.«
Eliahu Ben Elissar formulierte – laut *FAZ* – einen heftigen Vorwurf an die westlichen Staaten, der von manchen Deutschen heute im Zuge der allseits so beliebten Aufrechnung und Umschuldung lechzend nicht als These sondern als Tatsache bewertet wird. Nur – so leicht kann man es sich wahrlich nicht machen. Weil Roosevelt und die anderen westlichen Regierungen versagten, mußten die Deutschen zu Verbrechern werden? Es ist fatal, wenn man eigene Untaten mit dem Nichts-Tun der anderen zu entschuldigen sucht.
Für die Emigranten in Amerika, die ahnten oder gar wußten, was in Europa geschah, muß dieses Nichts-Tun entsetzlich gewesen sein. Ich habe einmal Paul Falkenberg zu diesem Thema befragt. In den dreißiger Jahren hatte er sich als einer der ersten deutschen Tonfilmschnittmeister einen Namen gemacht. Berühmte Filme – wie beispielsweise *M* von Fritz Lang – entstanden unter seinen Händen. 1933 verließ er das Land seiner Vorfahren, seiner Arbeit und seiner Erfolge. Es folgt eine fünfjährige »Wanderung« durch Frankreich, England, Spanien, die Schweiz, Österreich und Italien. 1938 landet er an der Westküste von Amerika, bleibt drei schwierige Jahre in Holly-

wood, geht dann nach New York. Dort wird er zunächst Assistent von Luis Buñuel am Museum of Modern Art, dann beginnt er selbst zu filmen. Er macht Dokumentarfilme. Einige Meisterstücke gelingen ihm in Zusammenarbeit mit dem Fotografen Hans Namuth, Filme über Jackson Pollock, Josef Albers oder Willem de Kooning. 1988 starb Falkenberg in New York im Alter von 84 Jahren. Diesen Mann also hatte ich – als er schon gut über 80 war – danach gefragt, was man als emigrierter Jude in Amerika tun konnte, um den in Europa Verfolgten zu helfen. Ihn hat die Hilflosigkeit, mit der man dem Treiben der Nazis zusehen mußte, zur Verzweiflung getrieben. »Natürlich wußte ich, was vor sich ging. Ich wußte schon die ganze Zeit, was in Deutschland vor sich ging, ganz abgesehen davon, daß wir im Jahre 1940 die Nachricht erhielten, daß der Bruder meiner Frau im KZ Oranienburg umgebracht worden war. Aber das war ja nicht der einzige Fall, der mir bekannt war. Einen Klassenkameraden von mir hatten sie schon im Jahre 1934 zu Tode geschlagen. Ich war völlig vertraut mit den Scheußlichkeiten des Naziregimes, soweit man sie kennen konnte, von dem Ausmaß der Vernichtungsaktionen war ja damals noch nicht die Rede. Man konnte gar nichts tun als schreien, und das habe ich getan, auf meine private Weise schon seit frühem Alter, und ich wundere mich, daß ich überhaupt noch eine Stimme übrig habe. Ich habe jahrelang geschrieen, aber man konnte nur einzelnen Leuten helfen, effektive Maßnahmen großen Maßstabs sind nicht dabei herausgekommen. Außerdem waren die amerikanischen Juden und die Demokraten in Washington nicht bereit, große Opfer zu bringen und sich Wählerkritiken auszusetzen, die sie gerne vermieden hätten. Das ist eben das Traurige, daß heute Millionen von Mexikanern eingeschleust werden können und alle Boat-People aufgenommen werden und daß man damals 100 000 Juden nicht hat retten können.«

Auch hier wie bei Margrit Wreschner ist die Anklage unüberhörbar. Und die Angeklagten wissen, daß sie beschuldigt werden. Nicht zuletzt deshalb sind sie die großzügigsten »Sponsoren« Israels und versuchen die israelische Politik so vorbehaltlos wie möglich zu unterstützen. Und nicht zuletzt deshalb sitzt auch die Wut der amerikanischen Juden auf uns Deutsche so tief. Wir haben nicht nur systematisch die Ausrottung ihres Volkes betrieben. Wir haben darüber hinaus das jüdische Amerika auf die Anklagebank gezwungen, auf der sie doch eigentlich so gut wie nichts zu suchen haben. Der Umgang mit uns weckt Erinnerungen an womögliches eigenes Versagen. Das schürt Aggressionen – und die müssen wir begreifen.

Ich begab mich auf die Gratwanderung. Sosehr ich den Ingrimm begreifen lernte, so wenig hatte ich Lust, mich als Teutonin vorführen zu lassen. Ich wollte dem Thema nicht ausweichen, wußte genau, ich mußte mich stellen, aber ich wollte auch nicht manipuliert werden, mich über mein schlechtes Gewissen als Deutsche im täglichen Umgang gängeln lassen. Es dauerte, bis ich lernte, Vorwürfe dort einzuordnen, wo sie hingehörten. Zunächst blieb ich hilflos. Mit dem jugendlichen Anstreicher, der mir – »aus Spaß« – ein riesiges Hakenkreuz an die Wand meines Wohnzimmers gemalt hatte, mochte ich nicht mehr um den Preis um seine Arbeit feilschen. Durfte ich als schuldige Deutsche versuchen, seinen Lohn zu drücken? Und wenn er Jude wäre? »Ach, Sie sind Deutsche?« staunt eine junge Frau, »Achtung, Heil Hitler, verboten«, schleudert sie mir ins Gesicht und zerrt ihre Tochter aus dem Sandkasten, in dem das Kind friedlich mit dem germanischen Unhold – meiner Tochter – gespielt hatte. Durfte ich es ihr übelnehmen? Und wenn sie Jüdin war? Nie konnte ich jemanden anmotzen, der seinen Hund auf die Straße machen ließ. Ich haßte diese Rücksichtslosigkeit wie alle anderen, aber durfte ich mich lauthals empören? Jahrelang blieb ich still und umstieg behende die stinkenden Haufen. Es half, wenn Vorwürfe böse und absurd wurden. Ein schwarzer Freund erzählte seiner Tochter, er sei bei mir zum Abendessen gewesen. Sie war empört. Wie konnte er sich mit

einer Deutschen befreunden. »Gab es Tomatensuppe mit Nudeln in Form von niedlichen kleinen Hakenkreuzen?« stichelte sie. Als meine fünfjährige Tochter mit »Heil Hitler« in der Schule begrüßt wurde, wurde sogar ich wütend.
Zwischen Scham und Selbstbewußtsein zu lavieren, das wurde zum Balanceakt, bei dem ich verdammt oft vom Seil fiel. Ärgerlich war nicht nur meine eigene philosemitisch unterwanderte Verlegenheit. Ärgerlich war auch das unbedenkliche Selbstverständnis so mancher Deutscher meiner Generation. »Hör doch auf zu lamentieren«, beschieden sie mich, wenn ich von »dem Thema« zu sprechen begann. »Das ist doch nun wirklich Geschichte.« Und mit dieser Geschichte hatten sie wenig im Sinn. Doch wehe, man nahm ihnen Goethe weg. Dann fauchten die Sprößlinge der Kulturnation. Goethe war nicht Geschichte, der blieb ewige Gegenwart. Und die gehörte ihnen persönlich. Hitler hat in diesem edlen Bund keinen Platz. Er war einfach passé. Ein so bodenloses Verhalten habe ich immer wieder erlebt. Selig träumt man zu Mozarts Serenaden und genießt selbstbewußt und selektiv nur das Erbe, das gefällt. Als Deutsche diskriminiert zu werden, lehnen solche Leute kategorisch ab. Ich dagegen konnte die Wut und den Haß auf uns so gut verstehen, identifizierte mich eher mit den Unerbittlichen als mit den Versöhnlichen. Wie war ich verwirrt, als mir Hans Sahl – ein wunderbarer, fast vergessener Exilschriftsteller – einmal erklärte, er könne nicht hassen. Auf meine Frage, warum nicht, antwortete er: »Weil ich mir der Fragwürdigkeit der Gattung Mensch zu sehr bewußt bin. Der Mensch kann nicht das Endziel der Schöpfung sein, dazu ist er zu unvollständig, zu mangelhaft. Wir müssen Gott helfen. Er muß in einer großen Bedrängnis sein, weil er Auschwitz nicht verhindern konnte. Vielleicht darf ich ein Beispiel nennen: Als nach dem Nürnberger Urteil die Angeklagten gehängt wurden, erschienen hier in der *Daily News* auf einer ganzen Seite die Bilder der Köpfe der Toten. Und ein jüdischer Freund rief mich an und sagte: ›Du, heute war der beste Tag meines Lebens; ich habe die Zeitung

neben mich gelegt und habe gefrühstückt, noch nie habe ich so gut gefrühstückt.‹ Da sagte ich: ›Komisch, ich habe mich fast übergeben.‹ Ich sah diese Bilder, diese erdrosselten Köpfe und dachte: ›Mein Gott, was für ein Wesen ist der Mensch. Was ist da eigentlich los? Warum konnte das niemand verhindern? Ich habe, wenn Sie so wollen, ein tragisches Weltgefühl, ich hab das immer gehabt, ein Gefühl grenzenlosen Bedauerns. Für mich war Auschwitz eine Menschheitstragödie.‹

Ganz mag ich ihm dieses weite Gefühl noch immer nicht abnehmen. Ich weiß, daß er in den fünfziger Jahren versucht hat, in Deutschland zu leben. Die Sehnsucht hat ihn zurückkommen lassen. Er blieb fünf Jahre. Dann gab er es auf, packte seine Koffer und lebt seitdem – freiwillig und ungern zugleich – in New York. »Exil«, sagt er, »heißt für uns, Gast in fremden Kulturen zu sein, ein Reisender zwischen Abfahrtszeiten. Ich bin ein exterritorialer Mensch geworden.«

3. Februar

Gestern war ich bei ihm, dem 1902 in Dresden geborenen, heute exterritorialen Hans Sahl. Schlurfend kam er zur Tür, um mir zu öffnen, 85 Jahre ist er alt, kann kaum noch sehen und verlockt zum Flirt wie eh und je. Er liebt es, von Frauen umgeben zu sein. Was ihn für mich so unwiderstehlich macht, sind sein Witz, sein Humor und vor allem seine Selbstironie. Hans Sahl kann nicht nur über andere, er kann über sich selbst glucksend lachen. Er ist kein »deutscher Mann«, dem Zucht und Ordnung die Lust und den Schmerz austrieben. Wenn Hans Sahl verzweifelt, spürt man es, wenn er sich freut, sieht man es, wird er böse, bekommt man es zu hören.

Vor ein paar Monaten war er in Deutschland, eingeladen zur 750-Jahr-Feier in Berlin. Er ist noch jetzt erfüllt von dem Besuch. »Es war unwahrscheinlich. Die jungen Menschen stan-

den Schlange, um mit mir zu reden. Sie kamen zu mir ins Hotel, zehn Tage lang von morgens früh um 9 bis nachts um 12, und sprachen mit mir wie mit einem Freund, wie mit einem alten Freund. Ich war erschüttert. Sie haben gesagt, ich spreche ihre Sprache. Zwei Generationen haben nicht auf mich reagiert, jetzt kommen Junge, die sich von mir angesprochen fühlen. Ich fühlte mich beinahe wie ein Seelsorger. Da habe ich gemerkt: Wir nennen die Dinge beim Namen, man umkreist nichts, spart nichts aus. Ich habe immer wieder gehört: ›Wissen Sie, wenn wir unsere Eltern fragen, die weichen aus.‹ Vielleicht ist das Zutrauen zu unsereinem größer, weil wir authentischer sind. Da muß man nicht wie bei den Autoritäten im eigenen Land fragen: ›Was habt ihr getan?‹ Bei uns ist die Vergangenheit einwandfrei. Und es ist noch etwas anderes. Die zwei älteren Generationen waren ›angeknockt‹, so oder so, entweder hatten sie eine Vergangenheit, die sie verheimlichen mußten, oder aber sie waren Erduldende gewesen, hatten viel durchgemacht – ich meine, verglichen mit uns natürlich wenig –, aber sie hatten keine Kraft mehr. Wir sind die Deutschen, zu denen die jungen Deutschen ja sagen können. Es gab natürlich Momente, als sie alle so voll des Lobes waren, in denen ich mich fragte: Machen sie das nur aus Wiedergutmachung oder weil sie mich wirklich gern haben?«
Ich glaube, wir Nachkriegskinder haben Sie gern, Hans Sahl, sehr gern sogar und das auch aus ganz egoistischen Motiven. Wir brauchen Sie, um zu hören, wie es damals war. Denn unsere eigenen Eltern waren doch offensichtlich nicht dabei, als Sie »im Namen des Deutschen Volkes« vertrieben wurden. Das nehmen wir ihnen doch so übel. Das müßte doch auch Sie ergrimmen.
»Wir sind die Letzten. Fragt uns aus«, heißt ein Gedicht, das Sie 1973 schrieben:
»Wir sind die Letzten.
Fragt uns aus.
Wir sind zuständig.

Wir tragen den Zettelkasten
mit den Steckbriefen unserer Freunde
Wie einen Bauchladen vor uns her.
Forschungsinstitute bewerben sich
um die Wäscherechnungen Verschollener.
Museen bewahren die Stichworte unserer Agonie
wie Reliquien unter Glas auf.
Wir, die wir unsere Zeit vertrödelten,
aus begreiflichen Gründen,
sind zu Trödlern des Unbegreiflichen geworden.
Unser Schicksal steht unter Denkmalschutz.
Unser bester Kunde ist das
schlechte Gewissen der Nachwelt.
Greift zu, bedient euch.
Wir sind die Letzten.
Fragt uns aus.
Wir sind zuständig.«

Hans Sahl hat Bücher und Gedichte geschrieben und kaum je einen Verleger gefunden. Entweder hieß es, es sei zu früh für eine Auseinandersetzung, oder es hieß, es sei zu spät. Einen richtigen Zeitpunkt gab es offensichtlich nie. Seinen kargen Lebensunterhalt verdiente er als Journalist für deutsche Zeitungen und als Übersetzer von Tennessee Williams, Thornton Wilder oder Arthur Miller. Er muß doch wütend sein, denke ich und ertappe mich bei der Vorfreude auf eine saftige Bestätigung meiner eigenen Ressentiments gegenüber den verstockten Vätern und Müttern der fünfziger Jahre. »Macht es Sie nicht stutzig«, beginne ich vorsichtig, »daß so viele junge Deutsche zu Ihnen kommen und fragen, weil sie zu Hause keine Antwort bekommen?«
»Das freut mich.«
»Das kann Sie doch nicht freuen, daß deutsche Eltern schweigen. Macht Sie das nicht sauer?«
»Nein. Meine Söhne, die sind erst Mitte zwanzig, wissen nichts

von Hitler. Das interessiert sie überhaupt nicht. ›Thank you very much, Daddy‹ ist deren Attitüde.«

»Aber deutsche Söhne und Töchter, eher noch die Enkel wollen doch wissen.«

»Nun geben Sie doch einmal zu, daß es menschlich nur normal ist zu sagen: Hört endlich auf, davon zu reden. Das ist ein Urtrieb der menschlichen Rasse, das ist Selbsterhaltung. Nur Heilige bringen es fertig, sich zu stellen.«

»Warum haben die Deutschen nicht getrauert?«

»Worüber? Schmerz habe ich jetzt häufig gefunden. Ein junger Deutscher hatte mich nach Hause eingeladen und spielte mir hebräische Lieder vor. Ich habe ihn gefragt, was er denn über diese ganze Zeit empfinde, und da hat er gesagt ›Schmerz‹. Ich habe mich bedankt. Ich fand es wunderbar.«

»Aber das ist es doch. Die Jungen fühlen Schmerz, von den Älteren hat man so etwas nie gehört.«

»Was erwarten Sie denn? Hitler war ein Bruch mit allem bisher Dagewesenen. Deshalb fand ich die Nachkriegssituation in Deutschland ziemlich normal. Ja, sie konnte gar nicht anders aussehen. Die psychische Luftverschmutzung, die politische, geistige und menschliche Atmosphäre des Faschismus war in sich selbst eine Lüge, und die Infektion hat kaum jemanden verschont, fast alle waren infiziert. So müssen Sie annehmen, daß auch Ihre Eltern und Großeltern der Sache anheimgefallen sind. Der Mensch ist doch so schwach. Er hat es doch so furchtbar schwer. Ich empfinde Hitler als den tragischen Sündenfall eines Volkes, eine psychische Massenerkrankung, die zu einer Entartung der Gattung Mensch geführt hat. Menschen sind doch im Prinzip dumm. Und von Hitler haben sie sich – das hat Susan Sontag ja fabelhaft beschrieben – geradezu sexuell verführen lassen. Man hörte doch den Orgasmus der Massen, die Entladung von Hunderttausenden. Deshalb konnte ich mir auch nicht vorstellen, wie das so schnell wieder weggehen sollte aus den Gehirnen. Da konnten die Menschen doch nicht plötzlich 1945 dastehen und sagen ›Gott sei Dank ist es vorüber‹, das konnte nur ein ganz langsamer Genesungsprozeß werden. Haben Sie denn erwartet, daß der Vorhang 1945 hochging, von heut auf morgen? Die Gehirne mußten doch erst einmal umgebaut werden.«

Ist es die Geduld des Alters? Oder die Weisheit eines Verzweifelten, dem durch die Erfahrungen des Dritten Reiches nicht der Glaube an die Deutschen, sondern der Glaube an die Menschheit verlorengegangen ist? Ich bin immer noch überzeugt, von Hans Sahl zu hören, daß es in den fünfziger Jahren schlimm war in unserer Republik und er, weil er das Verschweigen der Schuld nicht ertragen konnte, Deutschland zum zweiten Mal verließ, um sich für immer in New York niederzulassen. Doch er läßt mich mit meiner trefflichen These einfach sitzen, lacht deren Schlichtheit weg und erzählt, wie es wirklich war: »Ja, ich habe es Anfang der fünfziger Jahre einmal versucht, in Deutschland zu leben. Es ging nicht. Ich merkte, daß die geistige Situation noch nicht reif war für mich. Ich kam nämlich mit der Neuigkeit zurück, daß es nicht genügte, Antinazi zu sein. Aufklärung gegen Hitler hatte ich ja reichlich betrieben. Sein Desaster war ja nun unübersehbar. Was ich jetzt wollte, war neu. Mein oberstes Prinzip war der Kampf gegen das Totalitäre überhaupt – und das hieß auch gegen Stalin. Die Entnazifizierung mußte Hand in Hand gehen mit der Entstalinisierung. Aber das war auf der Linken noch nicht aktuell, im Gegenteil, wer antistalinistisch war, war beinahe schon ein Nazi. Ich machte mich überall unbeliebt. Die Linken verdächtigten mich, und die Rechte war mißtrauisch, die konservativen Kreise waren sowieso nicht gut auf die Emigranten zu sprechen, für die war man doch immer noch ein Hochverräter – trotz Auschwitz. Wo war ich zu Hause? Ich suchte die Mitte, die es noch nicht gab. Als Junge hatte ich in Deutschland gelernt: Kompromiß heißt Gesinnungslosigkeit, du mußt eine Überzeugung haben. Hier in Amerika habe ich gelernt, daß der Kompromiß das letzte Geheimnis des Zusammenlebens, der Demokratie ist. Die Deutschen sind von Haus aus kompromißlos. Ich fand keinen Platz für mich. Meine Situation war diktiert von der Angst, daß Stalin die Welt erobern würde. Die Liquidierung des Nazismus war geschehen, doch ich fürchtete die Wiederbelebung als Stalinismus. Doch davon wollte kein Mensch etwas hören.«

Also hat ihn das Schweigen der Linken mehr irritiert als das Verschweigen der Schuld? Allmählich wird er ungeduldig mit mir. Er habe doch nun mehrfach erklärt, daß er nicht erwartet habe, daß die Deutschen sich im Nu erneuern. Schließlich seien sie auch nur Menschen, und dazu noch von einer schlimmen Krankheit befallen gewesen... »Was Sie erwartet haben«, schließt er erschöpft, »Angst vor Deutschland, eine Phobie gegenüber allen Deutschen – das kann ich Ihnen nicht liefern.«

Aber, beharre ich, gab es noch andere Gründe, sich in Deutschland unwohl zu fühlen?

»Ja, natürlich, darüber habe ich auch geschrieben. Die Angst, als sich ein Kellner über mich beugte, um mir Karotten vorzulegen. Er sah aus wie Hitler, er hatte das gleiche Schnurrbärtchen, sah mich von der Seite an – und ich erschrak, das Gesicht war mir so nah. Andererseits fand ich Freunde, alte von früher, die überlebt hatten, und junge neue. Man hat mich übrigens gefragt, woran ich die Nazis in Deutschland erkannt hätte. Das war ganz einfach. Wenn man auf einer Party war, und es war sehr nett, und es gab gut zu essen und zu trinken, und plötzlich sagt einer: ›Also, was man mit den Juden gemacht hat, war doch eigentlich schrecklich.‹ Aha, habe ich dann gedacht, das ist ein Nazi. Und es hat immer gestimmt. Wenn jemand forciert das Gespräch darauf brachte, dann war es einer, der ein schlechtes Gewissen hatte. Die wirklichen Antinazis nämlich waren so beschämt über das, was geschehen war, daß sie schwiegen.«

Er konnte und kann verstehen, daß man selbst als Exilant unbeliebt war. Man sei gern gesehen gewesen, wenn man bei der Ankunft gleich die bevorstehende Abreise angekündigt habe. »Ein Emigrant erinnert die Deutschen an ihre Schuld. Er ist ein dauernder Vorwurf.« Ob es ihm weh getan habe, uner-

wünscht zu sein? Er lächelt etwas müde über meine Naivität. »Ich war doch immer und überall unerwünscht, im Dritten Reich, in Frankreich, in Amerika – noch heute bin ich verunsichert, wenn hier in New York jemand laut deutsch spricht.« Die Erinnerungen an die ersten Jahre hier haben ihn nie verlassen. Niemand wollte die Emigranten haben, niemand wollte mit irgend etwas Deutschem konfrontiert werden. Ich erinnere mich, daß eine Freundin erzählte, man habe während des Krieges nicht gewagt, Wagner zu hören, einen Dackel zu besitzen oder deutschen Wein anzubieten. Kein Mensch sprach deutsch auf der Straße. Hans Sahl tut es bis heute nicht. Kaum betritt er den Aufzug, wird aus dem deutschen Emigranten ein amerikanischer »Immigrant«, ein Einwanderer, der sein neues Land respektiert und dessen Sprache spricht. Hat er Heimweh nach Deutschland? »Erich Maria Remarque wurde einmal gefragt: ›Hast du denn kein Heimweh nach Deutschland?‹ Und da hat er gesagt: ›Warum, ich bin doch kein Jude.‹ Also das trifft es eigentlich, was ich zu sagen hätte. Ich kenne Deutsche, nichtjüdische Deutsche, die gar kein Heimweh haben. Aber ich kann Ihnen versichern, daß, glaube ich, 99 Prozent aller assimilierten Juden irgendwo ein schreckliches Heimweh nach Deutschland haben – und dieses ambivalente Gefühl, auf der einen Seite tief verwundet zu sein, tief verwundet, aber dann doch zugleich wieder diese tiefe Verbundenheit.«
Hans Sahl ist ein deutscher Schriftsteller, deutsch ist seine Sprache. Über Jahrzehnte wurde er von Verlegern vertröstet, aus dem deutschen Bewußtsein verdrängt, von der Öffentlichkeit vergessen. Jetzt endlich – er wagt noch kaum daran zu glauben – wächst eine Generation heran, die ihn hören will. Jetzt, »da es mit mir schon fast zu Ende geht«, gibt es einen neuen Anfang, jetzt – so alt, blind und gebrechlich er sich auch fühlen mag – wird er von jungen Deutschen gebraucht. Und wir brauchen Sie, Hans Sahl, den verjagten Juden, um mit Ihnen über unsere Schuld, unsere Scham zu sprechen, um unsere Last bei Ihnen abzuladen. Henryk Broder hat sicher recht gehabt, als er

meinte, die Überlebenden und Kinder von Überlebenden würden von den Deutschen so gern in die Rolle der Psychoanalytiker gedrängt. Wir fragen – ihr erklärt. Oder wir benutzen Sie, das Wort kommt von Ihnen selbst, Hans Sahl, als Seelsorger: Wir beichten und hoffen auf Ihre Absolution. Oder rechnen wir gar damit? Es ist, als wollten wir von Ihnen getröstet werden. Wie, so fragen wir ausgerechnet Sie, kann man nach Hitler als Deutscher aufwachsen. Hans Sahl kennt diese Frage nur zu gut. Denn manche der Jungen, die als vielleicht vorübergehende Antwort Deutschland verlassen haben, kommen dann auch zu ihm. »Einige haben eine Neurose«, erzählt er, »sie büßen hier ab für Deutschland, fühlen sich für ihre Eltern schuldig, sagen sich los und kommen nicht los.« Er erzählt zum Beispiel von einer jungen Frau, von Haus aus Soziologin, die monatelang für jüdische Emigranten in New York geputzt habe. Die niedrigste Arbeit sei gerade gut genug gewesen. Die meisten dieser jungen Deutschen, erst Ende der fünfziger Jahre geboren, sind eine »unbelastete Generation«, wie unsere Apologeten so gern behaupten, die doch nichts mehr mit dem 12jährigen Betriebsunfall der langen deutschen Geschichte zu tun habe. Im Gegenteil. Sie haben alles damit zu tun. Denn aus ihnen, den Erben der Verdränger, kriecht das scheinbar Verschüttete zurück ins Bewußtsein und ins Gemüt.

7. Februar

War gestern noch einmal bei Hans Sahl. Claudia S. war bei ihm. Sie ist eine der jungen Deutschen, die in Hans Sahl in seiner Entourage – so schrieb sie es in einem Artikel – jenen Teil der deutschen Geschichte getroffen hat, »mit dem ich mich identifizieren kann, die exilierte Geschichte, die hier Thema ist und nicht Tabu«. »Seit ich 20 war«, erzählt sie, »wollte ich aus Deutschland weg. Ich habe von meiner Großmutter viele Ge-

schichten vom Krieg gehört, von Hamsterfahrten aufs Land – aber irgendwo war da ein dunkler Punkt, den ich gespürt und nicht verstanden habe. Manchmal erzählte sie auch von der jüdischen Familie von nebenan und wie entzückend die Kinder gewesen seien, und dann fing sie an zu weinen, und ich wußte nicht warum. Der Vater meiner Mutter, der war Faschist und Major. Den durfte ich nie kennenlernen. Ich weiß noch, wie eines Tages meine Mutter im Wohnzimmer stand und weinte. Als ich sie so fand und fragte, warum sie denn heule, sagte sie: ›Mein Vater ist gestorben, und eigentlich darf ich nicht traurig sein.‹«
Zu Beginn ihrer Zeit in New York hat Clauduia S. sich in kein jüdisches Geschäft getraut. »Ich hatte einfach Angst, dort zu reden. Ich dachte, die würden mich sofort hassen, wenn sie meinen deutschen Akzent hörten.« Ich kenne diese Scheu, die auch auf Erfahrungen beruht. Ich bin schon dafür beschimpft worden, deutsch zu sprechen oder Deutsche zu sein. Einmal mußte ich mir gar von einem wütenden Mann sagen lassen, von einem »Naziweib« habe er ja eigentlich nichts anderes erwarten können. Da trennten sich unsere Wege. »O ja«, sagt Claudia S., »das kenne ich. Mir hat einmal ein Mann mit ziemlich viel Schärfe in der Stimme erklärt: ›Wenn man an einem Deutschen kratzt, kriecht ein Tier hervor.‹«
So erzählen wir einander, was jede längst weiß. Viel Verwirrendes hat sich angestaut: Die eigene Scham, die durch ewige Angriffe sich abnutzte; die Hoffnung, einen Weg zu finden, der weder in der Verdrängung noch im Selbsthaß endet. »Ich glaube, es war sehr wichtig für mich«, sagt Claudia S., »daß mich jemand wie Hans Sahl akzeptiert, daß ich in seinen Augen nicht schuldig und vor allem kein schlechter Mensch bin. Ich glaube zwar nicht an eine Kollektivschuld, aber ich habe diese maßlose Unsicherheit, diese Angst, zurückgewiesen zu werden. Das ist so, als wenn ich in eine reine Männerbar ginge und hoffte, daß sie mich nicht rausschmeißen. Das Schönste für mich ist, wenn Hans Sahl oder wenn ein amerikanischer Jude sich einfach wohl mit mir fühlt.«

Hans Sahl sitzt staunend dabei: Er findet uns schon ein wenig überkandidelt. »Dieses Image, daß ihr da mit euch herumtragt«, er schüttelt den Kopf und fängt plötzlich wie ein kleiner Junge an zu kichern. Eigentlich sei es ja ganz reizvoll, meint er, »als Reparaturmann für seelische Schäden befragt zu werden, die Deutschen endlich einmal hilfsbedürftig zu sehen. Und dann kommt ihr alle mit euren Mikrophonen und fragt: Herr Sahl, wie war es denn, als Sie zum ersten Mal wieder deutschen Boden betraten? Das geht mir so auf die Nerven. Und dann möchten Sie hören, daß ich jeden Deutschen hasse, und ziehen enttäuscht von dannen, weil der Alte, doch schon ein wenig senil geworden, so menschlich daherredet.
Ich komme von Hitler genausowenig los wie ihr, die ganze Welt sollte nicht davon loskommen, nicht nur die Deutschen. Ihr und ich, wir sind Opfer derselben Geschichte. Was ihr allerdings von euren Eltern verlangt, ist ja hehr und schön, aber ich glaube, ihr seid den Deutschen gegenüber zu unerbittlich. Ich weiß, davon wollen die jungen Leute heute nichts hören, da winken sie ab. Ich bin nicht gütig, ich bin realistisch. Ich weiß, so ist der Mensch, so ist das Leben, so ist die Wirklichkeit – das ist doch das Tragische.«
Ich kann nicht mehr, denke ich plötzlich, ich kann die Worte Nazis, Juden, Hitler, Deutsche, Schuld und Opfer nicht mehr hören. Der arme Hans Sahl, wie muß ihn die ewige Ausfragerei ermüden.
Wir gehen zum Essen, zum Chinesen um die Ecke und streiten eineinhalb Stunden über Kunst, darüber, ob Jackson Pollock ein Künstler oder ein Kleckser war. Von deutscher Vergangenheit will jetzt keiner von uns mehr etwas wissen.

8. Februar

»Mein Vater wollte essen und besitzen«, erzählt eine Deutsche, Jahrgang 1939, die dieses Land, dem sie alsbald den Rücken kehrte, in unangenehmer Erinnerung hat. »An ›die böse Zeit‹ sollten wir Kinder gefälligst nicht mit Fragen rühren. Ich war schüchtern. Ich wagte nicht zu insistieren und begriff nicht, daß meine Fragerei auch Erinnerungen an seine Fronterlebnisse und an seine Frau, meine Mutter, wachriefen, die in unserem von Bomben getroffenen Haus verschüttet worden war. Man ist geneigt, aber das weiß ich erst jetzt, über das Grauen der Konzentrationslager die Gräßlichkeiten des Krieges zu vergessen. Wer von KZs nichts wissen wollte, verdrängte nicht nur Schuldgefühle, sondern auch den eigenen Verlust und die eigene Qual. Man wollte einfach alles vergessen. Im Fressen Vergessen. Mein Gott, ich erinnere mich, wie ich nach meinem ersten Aufenthalt als Au-pair-Mädchen in England nach Deutschland zurückkam, das muß 1958 oder 1959 gewesen sein. Da stapelten sich die fetten Würste in den Schaufenstern. Metzger waren dick wie ein Haus, die Autos waren so breit wie die Straßen. Dieses Übermaß kannte ich aus England nicht. Denen ging es viel schlechter. Das war mir unglaublich peinlich und widerlich: Dicke fette Autos, dicke fette Leute. Ich wußte, ich würde nie wieder hier leben wollen. Einmal war ich in einer Kneipe und hörte, wie nebenan ein paar Männer krakeelend Kriegsgeschichten erzählten. Es war schrecklich.« Erst in London hatte sie gelernt, was wirklich in Deutschland geschehen war. Zu Hause hatte sie noch nie von KZs gehört. In der Schule lernten sie alles über die Chinesen, der Name Hitler wurde nicht einmal erwähnt. Sie erinnert sich an eine Szene aus dem Jahre 1946 in ihrem kleinen Heimatort: »Es war ein wunderschöner, warmer Sommermorgen, ein Sonntag, und wir gingen alle in die Kirche. Ich war barfuß gekommen, ich hatte ja nur ein paar Schuhe. Da stand vor dem Portal ein riesiger Straßenkreuzer, aus dem eine sehr elegante Dame stieg. Sie trug ganz hochhackige Pantoffelschühchen, mit flauschigen Federchen verziert; ihre Brille saß wie ein Schmetterling in ihrem Gesicht, das Gestell gleißte in der Sonne. Brillanten auf der Brille, dachte ich erschrocken. Es umwehte sie ein weiter, fließender Mantel in einem knatschigen Grün. Ich hatte so ein üppiges und buntes Exemplar von Mensch in meiner verhärmten Umgebung noch nie gesehen. Ich fand das toll. Amerikanerin, hieß es, sei sie, eigentlich eine Jüdin aus unserem Ort, die auf einen Besuch zurückgekommen sei. Ich war vollkommen unbefangen und beneidete die Juden, daß sie hatten auswandern dürfen – ich wußte wirklich von nichts.« »Und die Erwachsenen«, frage ich, »wie haben die auf den Besuch der Jüdin reagiert?« »Es klingt merkwürdig«, sagt sie langsam, »aber ich glaube nicht, daß ich mich täusche, alle freuten sich, sie wiederzusehen.« Ein Drama à la Dürrenmatt scheint sich beim Besuch dieser alten Dame nicht abgespielt zu haben. Sie kam ohne Rache, ihre früheren Freunde begegneten ihr ohne Reue. »Es ist noch oft von ihr gesprochen worden«, erinnert sich unsere Chronistin, »doch nie habe ich ein Gefühl von Beschämung gespürt.«

Zwanzig Jahre später – aus dem unbefangenen Kind ist längst eine befangene Deutsche geworden – sitzt sie auf einer Party in New York mit einer emigrierten Wiener Psychiaterin zusammen. Natürlich ist ihr Englisch inzwischen so gut, daß keine Spur von einem deutschen Akzent sie verrät. Doch irgendwann im Laufe des angeregten Gesprächs sagt sie: »Ich bin Deutsche.« »Sie Mörderin«, entfährt es der Wienerin entsetzt, und sie stürzt davon. Weinend und mit zittrigen Knien verläßt unsere Freundin das Fest.

Und dann höre ich hier wieder, was ich inzwischen schon kenne: »Erst als ich deutsche Juden traf, die mich mochten, die gern mit mir befreundet waren, konnte ich meine Scheu überwinden.« Wird sie heute beschimpft, trifft es sie nicht mehr. Doch unbefangen kann auch sie mit Juden nicht umgehen. Sie wagt es fast nie, von einem Juden zu sagen, daß sie ihn abscheulich findet. »Das«, sagt sie, »kommt mir erst über die Lippen, wenn ein anderer Jude es vor mir gesagt hat.«

15. Februar

Was für eine zerrissene Zeit. Da sitzen deutsche Kriegs- und Nachkriegskinder in New York und finden in den Menschen ihre moralische Autorität, die von ihren leiblichen Vätern und Müttern vertrieben wurden; da finden sich jene, die vor der Verlogenheit ihrer Eltern flüchteten, bei denen ein, die vor diesen Eltern hatten fliehen müssen. Die einen verweigern sich der nationalen Identität, den anderen wurde sie geraubt. Wie heißt es in einem Gedicht von Walter Mehring, das er 1934 schrieb: »Die Wache gab ihm einen Stoß, da stand der Mann im Staatenlos.« Zu den Staatenlosen, denen, die keine Heimat und kein Vaterland mehr kennen, fühlen wir uns hingezogen.

Die Emigranten haben eine Heimat verloren, wir haben nie gewagt, an eine zu glauben. Jene haben einen Verlust zu beklagen, wir wurden in ein Vakuum geboren. Jene sind »gelernte Heimatlose«, wie Jean Améry es nannte, wir haben uns nie in einer Heimat geborgen gefühlt. Sie haben Heimweh, wir haben Fernweh. Sie sind scheinbar Gefangene ihrer Sehnsucht, wir meinen frei zu sein. Vielleicht verstehen wir uns deshalb so gut. »Ihr und ich«, hat Hans Sahl gesagt, »wir sind Opfer derselben Geschichte.« Gern habe ich diesen Satz gehört. Es ist so verlokkend, in die Rolle des »Opfers« zu schlüpfen, sich in edler Verzweiflung mit den Gejagten gemein zu machen, in der großen Gemeinschaft der Heimatlosen Zuflucht zu suchen.

»Haarsträubend« findet der Historiker Christian Meier den Versuch der Deutschen, sich mit den Opfern zu identifizieren. Tatsächlich ist es eine scheinheilige List. Denn dann sind die Täter die Feinde und nicht mehr die eigenen Vorfahren.

27. Februar

Stand heute mit einer Frau vor dem Schaufenster eines Antiquitätengeschäfts. Ich liebe Flohmärkte und Trödelläden, stöbere mit Wonne in alten Büchern und Stichen, in antiquem Krimskrams. »Man sollte nie ein altes Stück kaufen«, sagte meine Begleiterin plötzlich, »von dem man nicht exakt weiß, wo es herkommt. Es könnte ja einem erschlagenen Juden gehört haben.« Ich bin entsetzt – über mich. Der Gedanke ist mir noch nie gekommen. Hätte die Vergangenheit mit uns und in uns gelebt, hätte dieser Satz nicht wie ein Schock auf mich gewirkt. Plötzlich muß ich daran denken, wie oft ich wohl schon meine kleinen Erbstücke auch dann stolz vorgezeigt habe, wenn jüdische Freunde dabei waren. »Schau mal, eine Zuckerdose von meiner Großmutter.« Nie habe ich daran gedacht, daß kaum ein deutscher Jude noch einen einzigen Lehnstuhl aus des Großvaters Wohnung hat. Er kann froh sein, wenn »nur« Besitz arisiert und nicht auch die Großeltern liquidiert wurden. Wie sagte es Richard von Weizsäcker in seiner vielzitierten Rede zum 8. Mai 1985: »Erinnern heißt, eines Geschehens so ehrlich und rein zu gedenken, daß es zu einem Teil des eigenen Innern wird.«

29. Februar

Neben mir türmen sich Bücher von Jean Améry, Primo Levi, Saul Friedländer, Alain Finkielkraut, Peter Sichrovski, Henryk Broder, Helen Epstein, Hermann Broch, Günther Anders, Ingeborg Hecht, Isaak Deutscher, Elie Wiesel, Janina Baumann, Cordelia Edvardson, Ralph Giordano – alle sind sie Juden. Wie gut, daß »wir« jedenfalls die Mitscherlichs und Anja Rosmus-Wenninger, Jörg Friedrich und Carola Stern haben. Ich finde Literatur über die »Folgen der Verfolgung«, finde manches über das Opfersyndrom – ein Tätersyndrom scheint es nicht zu geben. Cordelia Edvardson, Überlebende von Auschwitz und Autorin des Buches *Gebranntes Kind sucht das Feuer*, hat einmal geschrieben: »Die Mörder schlafen gut des Nachts«, und meinte, als ich sie darauf ansprach: »Mir scheint, daß wir, die Opfer, noch heute am Giftgas von Auschwitz ersticken, aber die Täter nicht. Ich habe mich oft bei deutschen Psychoanalytikern erkundigt. Soweit mir bekannt ist, hat nie ein Deutscher eine Analyse gemacht, weil er mit seiner Schuld nicht mehr leben konnte. Die Kinder und die Kindeskinder ja, aber nicht die Täter.«

Das Ausmaß der Verleugnung der Verbrechen und ihrer Folgen wird mir erst allmählich klar. Die ersten Erschütterungen schützen kein bißchen vor dem nächsten Erschrecken. Ob ich wohl irgendwann abstumpfen oder in den Zynismus flüchten werde? Die Deutschen haben offensichtlich nicht nur gut geschlafen, sondern sich darüber hinaus der Erkenntnis verweigert, daß die Opfer an *Folgen der Verfolgung*, so der Titel des Buches von William G. Niederland, leiden. Niederland, Psychoanalytiker aus New York, schreibt: »Gerade die akademische Wissenschaft, insbesondere die deutsche Medizin und Psychiatrie, hat sich lange und zuweilen hartnäckig gesträubt, ihre veralteten Vorstellungen aufzugeben und den psychisch störenden, nicht selten zerstörenden Folgen der Verfolgung ihre Aufmerksamkeit zuzuwenden. Noch bis in die fünfziger und sechziger Jahre wurde der Mensch weiterhin als eine Summe von Organen und Organsystemen betrachtet. Den durch die Verfolgung Geschädigten und tief im Inneren Verletzten als körperlich-seelisches Personenganzes zu verstehen, lag solcher Einstellung fern.« In anderen Worten: ausgerechnet die Therapeuten der Seele konnten oder wollten Seelenwunden nicht wahrnehmen.

Niederland zitiert aus Gutachten deutscher Amtsärzte, die fast durchweg behaupten, daß dort, wo »eine psychoneurotische Reaktion« erkannt wurde, »diese Reaktion von den Verfolgungsmaßnahmen nicht ausgelöst noch verursacht wurde«.

Deutsche Amtsärzte verleugnen also einen Zusammenhang zwischen neurotischer Gegenwart und traumatischer Vergangenheit, verdrängen so rigoros die Ursachen der Leiden, um der Erkenntnis der eigenen Ursprünge zu entrinnen; sie verneinen eine verstörende Vergangenheit, um selbst eine ungestörte Gegenwart leben zu können.

15. März

»Erinnern heißt, eines Geschehens so ehrlich und rein zu gedenken, daß es zu einem Teil des eigenen Innern wird.« Ob Weizsäcker tat, was er gebot? Ich kann nicht versuchen, mich zu erinnern, ich kann nur hinhören und hinfühlen – und allein das schon erweist sich als Ruhestörung für die Seele. Jean Améry zu lesen heißt, Entsetzen zu ahnen, Verzweiflung zu spüren und in einen Sog aus beidem zu geraten, der das Herz stolpern läßt. Es bleiben einem nicht einmal Tränen als Trost. Jean Améry, deutscher Jude, Überlebender von Auschwitz, hat – wie kaum ein anderer – mit intellektueller Distanz und fassungslosem Betroffensein zugleich das Grauen der Tortur, der Demütigungen, der menschlichen Entwürdigung beschrieben, die er überlebte – und es doch nicht tat. 1978 starb er an einer Überdosis Schlaftabletten in Salzburg. Der einzige »Ausweg«, der ihm blieb. Denn alle anderen Wege führten auch für ihn nach Auschwitz. »Es war für einmal vorbei«, schrieb er in dem Aufsatz *Die Tortur.* »Es ist noch immer nicht vorbei. Ich baumele noch immer, 22 Jahre danach, an ausgerenkten Armen über dem Boden, keuche und bezichtige mich. Da gibt es kein ›Verdrängen‹. Verdrängt man denn ein Feuermal?« Und wo ist unser Feuermal? Wo winden sich unsere Eltern und Onkel und Tanten und Ärzte und Lehrer und Pfarrer, die uns alle zu gesunden und guten Mitbürgern erzogen? Wo ist ihr Mißtrauen gegen sich, ihr Zweifeln an den eigenen Sinnen?

PS: In der *Süddeutschen Zeitung* von heute wird der CSU-Stadtrat Wolfgang Vogelgesang über die Chilenische Sektensiedlung Colonia Dignidad befragt, in der vermutlich 300 Menschen, überwiegend Deutsche, von einem »Führer« wie Sklaven gehalten werden. Vogelgesang war »zwischen 1978 und 1982 insgesamt mehrere Tage lang«, so die *SZ*, »und mit Familie zu Gast in dieser Colonia Dignidad«. Und in diesem denkwürdigen Interview mit einem gewählten Volksvertreter fallen dann Sätze wie: »Wenn Sie wie ich in der Welt rumkommen, stellen Sie eines Tages fest: überall, wo Deutsche hinkommen, kehrt Ordnung ein. Da kommen 300 Leute aus Deutschland in so ein Land, bauen eine Siedlung auf, und nach zwei Jahren sieht das alles blitzsauber aus. Da wird gearbeitet und gearbeitet und gearbeitet. Und dann kommen Nazivorwürfe. Wenn man so etwas hört, kann man nur grinsen und lachen, weil das einfach so absurd ist.«

18. März

In New York hatte ich mir Primo Levis *The Drowned and the Saved* gekauft. Auch er war ein Überlebender von Auschwitz. Vor knapp einem Jahr, im April 1987, gab er sich in Turin den Tod. Er warf sich in den Kellerschacht seines Hauses. Einer seiner Aufsätze, betitelt *Scham*, sollte Pflichtlektüre für alle die Deutschen sein, die das Dritte Reich als Erwachsene erlebten. Ausgerechnet er, der Barbarei des Lagerlebens ausgeliefert, beschreibt seine Beschämung, als Mensch versagt zu haben, Mithäftlinge nicht mit Worten gewärmt und tröpfelndes Wasser, aus einer rostigen Leitung am Arbeitsplatz entdeckt, nicht mit genügend anderen geteilt zu haben. Levi quälte nicht nur die Schuld, überlebt zu haben. Er fragte nicht, wie so viele, warum *sie* und nicht *ich*? Levi konstatiert kühl und elendig: »Es waren meistens die Schlimmsten, die überlebten, die Egoistischen, die

Gewalttätigen, die Unsensiblen, die Kollaborateure... Ich fühlte mich zwar unschuldig, aber ich gehörte zu den Geretteten und befand mich daher auf der ständigen Suche nach einer Rechtfertigung vor mir selbst und vor anderen. Die Schlimmsten, also die Stärksten, überlebten. Die Besten sind alle gestorben.« Ausgerechnet er schämt sich und bringt sich 42 Jahre nach seiner Befreiung um.

30. März

Eine Freundin, die mich besuchte, begann in Cordelia Edvardsons Buch zu blättern und zu lesen. Sie hielt es keine zehn Minuten aus. »Das kann ich nicht«, sagte sie, »das schaffe ich nicht, das will ich nicht.« Ich wurde wütend: Das Kind mußte es erleben, die Frau es wieder erleben, während sie darüber schrieb, und mußte es schreiben, weil sie überlebt hatte – und wir empfindsamen Täterkinder können das Lesen schon nicht ertragen. Auch das ist ein Stück Verdrängung, das Nicht-Wissen-Wollen von der Quälerei, auch das ist ein Stück Verrat an der Vergangenheit, das hier Beschriebene und doch Unsagbare als unzumutbare Lektüre beiseite zu legen.

4. April

Ich sehe mir den Film an, den Eberhard Fechner über den Majdanek-Prozeß in Düsseldorf drehte. Sitze Stunden im Vorführraum, bin wieder einmal entsetzt, empört, werde müde, stumpfe ab. Einige Leute haben Schmutz unterm Teppich, wir haben da Nazis und Mörder und haben Unbelehrbare, die auf dem Teppich stehen, Anwälte in der bundesrepublikanischen Gegenwart, die zum Beispiel einen Sachverständigen ablehnen, weil er bei einem Juden promoviert habe. Ihm müsse es an Objektivität mangeln, er stünde den Opfern zu nahe. Im Gerichtssaal, so sagt es ein Beobachter, vernehme man Julius Streichers Sprache. Einer der Verteidiger war früher NS-Staatsanwalt, eine der Angeklagten strickt seelenruhig, eine andere nickt – vor Langeweile? – ein, schläft etwaige Schuldgefühle weg. Auf dem Flur plaudern und lachen Verteidiger und Angeklagte in den Sitzungspausen. Ein Verteidiger sagt, da sei doch an allen Ecken und Kanten gemordet worden, »ich hätte den Befehl auch ausgeführt«. Eine Zeugin empört sich über das Verfahren: bloß Deutsche wüten in der Vergangenheit, das Ausland habe doch viel schlimmere Verbrechen auf dem Kerbholz, wenn sie so an Bombennächte denke... Eine andere beschreibt in lebhaften Details, wie die Leichen auf die Lastwagen geladen wurden: »Die hingen so, die waren ja noch warm, die hatten ja keine Zeit auszukühlen.« Sie sagt das, als habe sie gerade Brot gebacken, das man noch nicht anschneiden könne, weil es erst auskühlen müsse. Gäbe es eine Gerechtigkeit, säße auch sie auf der Anklagebank und nicht im Zeugenstand. Auch sie war Aufseherin in dem KZ von Majdanek gewesen. Sie hat Glück gehabt. Es fehlt an Beweisen, sie vor Gericht zu stellen. Eine Angeklagte erzählt mit strahlendem Gesicht, wie schön es gewesen sei, wenn sie, die Aufseherinnen, Ausgang hatten und nach Lubin gingen, um im Café zu sitzen, zum Friseur und ins Kino zu gehen und Einkäufe zu machen – Geschenke für die Lieben zu Hause. »Die Leute waren ganz normal«, sagt ein ehemaliger Häftling, »das war ja das Schlimme, das verstehe ich bis heute nicht.« Natürlich sprechen auch hier die Verteidiger von Befehlsnotstand. Doch das, so erklärt ein Sachverständiger, sei nichts als eine Ausrede. Es gibt offenbar keinen einzigen Fall von jemandem, der sich dem Befehl zum Einsatz in KZs oder zu Massenerschießungen verweigert und dadurch Schaden an Leib und Leben nahm. Hunderte von Fällen beweisen im Gegenteil: wer ablehnte, bestimmte Jobs zu machen, ist versetzt worden, sonst ist ihm nichts geschehen. Könnte es sein, daß die

mörderischen Machthaber penibel das Gesetz befolgten? Im Paragraph 37 des Militärstrafgesetzbuches hieß es nämlich auch im Dritten Reich, daß ein Befehl, der ein Verbrechen beinhalte, nicht ausgeführt werden dürfe. Könnte es sein, daß ein Befehlsverweigerer aufgrund dieses Paragraphen nicht belangt, sondern nur strafversetzt wurde? Doch man schaffte es ja auch so, was man erreichen wollte: dank der seelenlosen Feigheit (und der sadistischen Machtgelüste) von Hunderttausenden gelang das große Morden, auch ohne die Paragraphen ändern zu müssen. »Wann immer es der Mörder bedurfte«, schreibt Giordano, »waren sie zur Stelle.«
Am 26. November 1975 wurde der Majdanek-Prozeß im Sitzungssaal 111 des Landgerichts Düsseldorf eröffnet. Fünfeinhalb Jahre später, am 30. Juni 1981, war die Urteilsverkündung. Klein waren die Strafen angesichts der großen Verbrechen. Doch allein die Tatsache, daß fünfeinhalb Jahre lang recherchiert und dokumentiert wurde, was in Majdanek geschah, lohnte den Aufwand. Fechners Film ist ein Meisterwerk. Der Autor läßt fast ausschließlich seine Protagonisten sprechen, und sie werden alle zu Zeugen der Zeitgeschichte – die einen für die Vergangenheit, die anderen für die Gegenwart, und keiner entrinnt der Verquickung von beidem.

10. April

Lese zum ersten Mal, daß Wolf Biermann Jude ist, daß sein Vater vergast wurde. Warum rütteln immer, fast immer die Verfolgten und ihre Kinder an dem Gitter, hinter dem die deutsche Vergangenheit wie ein eingesperrter Tiger hockt und auf einen lockeren Eisenstab lauert. Man schreibt das so dahin, »Vater vergast«, aber wenn man anfängt, sich hineinzufühlen in die Demütigungen der Verfolgung, in die Zerrüttung von Moral und Menschlichkeit, in die Angst, das Grauen, das Gas, das

Würgen, die Angst, das Ersticken, das Gas – es tut so weh, und es klingt so wehleidig aus meinem Mund.

17. April

Ich lese ein Buch, das es nur noch in Bibliotheken, aber nicht mehr im Buchhandel gibt: *Der Kastner-Bericht. Über Eichmanns Menschenhandel in Ungarn.* Es ist der Bericht eines ungarischen Juden, der mit den teuflischen Deutschen paktierte, mit ihnen um Menschen feilschte und handelte, um Leben zu retten. Zwei Millionen Dollar für 100 000 Juden – das war eines der »Angebote« der Gestapo an Kastner und seine Freunde – unter der Bedingung, daß diese 100 000 auch bestimmt auswandern würden. Die verzweifelte Suche nach Devisen mitten im Krieg, die grauenhaften Verhandlungen mit den zynischen Besatzern und ihren ungarischen Schergen, die Not bei den Juden, die Selbstmorde, die ersten Deportationen und schließlich Eichmann selbst, »jenes Prachtexemplar der Herrenrasse Hitlers und Himmlers«, wie Carlo Schmid in seinem Vorwort zu dem Buch schrieb, »jener Karikatur auf Nietzsches ›blonde Bestie‹ ... angesichts derer es sich der Teufel der Bibel verbitten müßte, daß man jenen Eichmann einen Teufel nennt.« Eichmann erklärt, er brauche kein Geld, er benötige Kriegsmaterial, vor allem Lastautos. »Ich werde sämtliche ungarische Juden ins Reich überführen, und sie werden dort gesammelt werden ... Ich kann sie nur ab Deutschland verkaufen ... Ich warte zwei Wochen auf ihre Antwort ... Wenn diese positiv ausfällt, können sie meinetwegen die ganze Million Juden mitnehmen; wird sie negativ sein, werden sie die Folgen tragen.« Geschäft oder Ausrottung – so lautete Eichmanns erbarmungslose Devise. Für die Auslieferung von einer Million ungarischer Juden verlangten die Deutschen 200 Tonnen Tee, 800 Tonnen Kaffee, zwei Millionen Kisten Seife und 10 000 Lastwagen. Alle

Waren mußten aus dem Ausland kommen. Sie durften nicht aus Ungarn oder den von den Deutschen besetzten Gebieten stammen. Und das bedeutete: Gingen die Amerikaner und andere auf das Angebot ein, würden sie womöglich den Krieg verlängern, weil sie dem Feind Munition in den gierigen Rachen stopften. Ein maliziöser Plan, der da in einem entmenschten Hirn entstanden war und scheitern mußte. Die Schacherei ging dennoch weiter. Kastner beschreibt sie sachlich und kühl wie ein Handelsgeschäft und läßt den Leser so erst recht an die Grenzen des Grauens gelangen, läßt ihn erkennen, wie auch die »Guten« bis zur Abstumpfung ihrer Menschlichkeit drangsaliert werden. Um den einen zu retten, müssen sie andere für den Tod freigeben. »Die Grenze zwischen Selbstaufopferung und Verrat«, konstatiert Kastner, »ist hier mit menschlichem Vermögen unmöglich zu ziehen.«

19. April

Ich schlafe schlecht, träume schrecklich, lese weiter, versuche zu reden, höre »schon wieder Auschwitz«, so schweige ich und lese und träume von Eichmann und von mordenden Horden, von einem braungebrannten Tod, der mein Haus umschleicht und auf mein Fenster zeigt. Ich schlafe mit Kopfweh ein, wache mit Gliederschmerzen auf – und stimme begeistert zu, eine Sendung über die Kulturgeschichte der Tapete zu machen. Endlich eine rettende Nische, in der mir bestimmt kein Täter und kein Opfer begegnen wird. Ich beginne zu begreifen, was Verdrängen bedeutet. Ich ahne, warum die Toten totgeschwiegen, warum an Menschen, die als »Material« vernichtet wurden, nun auch als Ermordete nicht gedacht werden kann. Es gehört Mut dazu, die Wahrheit zu ertragen. Wie lächerlich ich bin, von Mut zu sprechen. Millionen bekamen Gas oder Genickschüsse, ich bekomme Gliederschmerzen und finde mich mutig. Ich mißtraue mir von ganzem Herzen.

22. April

Wieder ist es Finkielkraut, dieser wunderbar sich selbst bespöttelnde Intellektuelle, der mir vormacht, Distanz zu sich zu halten. Er schreibt: »Man muß sich das vorstellen: mit dem Judentum war mir das schönste Geschenk zuteil geworden, das sich ein dem Völkermord nachgeborenes Kind erträumen konnte. Ich erbte ein Leid, das ich nicht erfuhr. Von Verfolgten übernahm ich die Rolle, ohne ihre Unterdrückung zu erleiden. In aller Ruhe konnte ich ein außergewöhnliches Schicksal genießen.« Ob auch ich in masochistischer Umkehrung mir die Schuld der Väter auf die Schultern bürde, um mir dann mein schlechtes Gewissen wie einen Orden auf die Brust zu heften, nach dem Motto: Schaut nur, wie ich mich schäme. Schlüpfe ich mit wonnevollem Erschauern in das Büßerhemd, das die Alten sich weigerten anzulegen, und fühle mich mit dem Hochmut der hehren Unschuld wohl darin? Ist auch das wieder typisch deutsch? Es fällt mir eine Geschichte ein, die ich irgendwo gelesen oder gehört habe. Ein überlebender KZ-Häftling, evangelischer Pfarrer, ich glaube sogar, es war Niemöller, hält nach dem Kriegsende eine fulminante Büßerpredigt vor einer internationalen Kongregation (um wieviel leichter doch denen die Schuldbekenntnisse über die Lippen kamen, die selbst unter dem Regime gelitten hatten), unentwegt bezichtigte er sich, sein Land, seine Kirche. Einem Schweizer Kollegen ging das richtig auf die Nerven, und er soll bemerkt haben: »So sind die Deutschen. Erst sind sie die größten Verbrecher und dann die größten Büßer. Die Hauptsache ist, sie sind immer die Größten.«

4. Mai

Saß heute abend in einem Hauptseminar von Politologen. Ich wollte wissen, wie die nächste Generation »das Thema« angeht. So galt es zu sagen, worauf ich hinauswollte – wenn ich es denn gewußt hätte. Unter den kritischen Blicken dieser coolen Jugend wurde es mir nahezu peinlich, so »kalten Kaffee« wie Auschwitz, Nachkriegsschweigen und Verdrängung aufzuwärmen. Ich erzählte von meinen New Yorker Erfahrungen (sind sie nicht emotionaler Klimbim?), ich erwähnte das ungute Gefühl, von einem Mantel des Schweigens umhüllt aufgewachsen zu sein (das ist doch Unsinn, in den Zeitungen stand viel, die Bücherregale sind voll, wovon rede ich denn?), schließlich flüchte ich mich in den Satz, daß ich von dem Thema nicht loskäme, daß es mich seit New York wie eine Obsession gepackt habe – ein mahnendes Kopfschütteln dieser mitten in der wissenschaftlichen Arbeit steckenden Zuhörer weist mich zurecht. Ich verhaspele mich und verabschiede mich. Zwei von 35 haben sich bereit erklärt, noch weiter mit mir zu reden. In zwei Wochen werden wir uns treffen.

7. Mai

Wieder fällt mir Cordelia Edvardson ein. »Ich ging neulich in Frankfurt im Kettenhofweg spazieren«, hatte sie mir erzählt. »Das ist eine lange Straße, in der früher viele Professoren wohnten. Sie ist nicht sehr zerstört. Da stehen noch viele alte Häuser. Es war ein trüber Tag. Regen lag in der Luft, es war sehr still, sehr ruhig und sehr gepflegt. Man hatte das ganz überwältigende Gefühl: Hier ist nie etwas geschehen, und ich bekam beinahe ein Bedürfnis, mich auf die Straße zu stellen und zu schreien: Hier ist etwas geschehen. Und wenn ihr das verneint, dann verneint ihr mich, Millionen von meinem Volk.

Hier wohnte der Professor Cohen, und ihr habt gehört, wie der Lastwagen vorgefahren ist, und ihr habt den Judenstern an seiner Tür gesehen, habt gesehen, wie die Leute abgeholt wurden – wenn nichts anderes, das habt ihr gesehen. Außerdem war er ja längst schon aus der Universität hinausgeworfen, der Herr Kollege, er hatte schon lange aufgehört, Kollege zu sein. Und man steht da, und es ist, als sei nie etwas geschehen. Das erwürgt mich.«

Kaum ein Mensch, dem ich begegne, entkommt meiner Frage, wie er oder sie es denn halte mit unserem Erbe, ob das Thema sie interessiere, ob sie sich damit beschäftigten. Ich stoße auf viel Ablehnung, auch auf Aggression: »Könntest du das mal präzisieren«, werde ich aufgefordert, »warum fragst du ausgerechnet mich?« »So allgemein kann ich nichts damit anfangen.« Aus einer jungen Frau, die besonders böse reagiert, bricht es plötzlich heraus: »Scheißthema«, sagt sie, »mein Vater war Nazi. Ich habe nichts damit zu tun.« Und wie geht sie heute mit Juden um? »Juden?« Gedehnt kommt das Wort, als sei es obszön. Sie schaut mich an, als hätte ich sie über ihr persönliches Verhältnis zu Zulus befragt. »Ich kenne keine Juden.«

18. Mai

Heute traf ich mich mit den zwei Studenten. Ein dritter kommt zufällig hinzu: »Wollen Sie bleiben?« frage ich. »Wir werden über das große Schweigen und seine Folgen reden.« Er nickt, ein wenig spöttisch, und setzt sich. Er hört mir eine Weile zu, schüttelt erstaunt den Kopf und erklärt schließlich: »Was heißt, das haben Deutsche gemacht. Das haben Menschen gemacht, die in einer bestimmten politischen Situation mir unverständlich schrecklich reagiert haben – das hätten auch Franzosen, Italiener oder Japaner sein können. Ich fühle mich als Mensch betroffen, mit meinem Deutschsein hat das nichts zu tun.«

Sein Kommilitone stimmt zu: »Nationalität ist mir vollkommen egal, zufällig bin ich Deutscher, aber deshalb habe ich doch kein Zusammengehörigkeitsgefühl und keine Scham und keine Schuld und nicht einmal ein komisches Gefühl im Bauch.« Die deutsche Vergangenheit, sage ich, sind eure Großeltern. »Na ja«, meint der eine, »ich habe das jetzt nicht alles so genau nachgeprüft...«, »nachdem, wie ich es einschätze, aus dem was ich weiß«, fügt der andere hinzu... jedenfalls müßten sie sich als 25jährige Deutsche davon wirklich nicht belastet fühlen. Das Thema sei aufgebauscht, meint der erste, im Fernsehen, im Radio, in der Universität: »ob in Germanistik oder in der Philosophie, das Dritte Reich ist immer dabei«. Er habe es wirklich satt, daß ihm permanent ein Schuldgefühl eingeredet würde.
»Es ist etwas geschehen in der Vergangenheit des deutschen Volkes, und mit diesem Abschnitt der Geschichte habe ich mich intellektuell und wissenschaftlich auseinandergesetzt. Ich weiß etwas darüber. Aber aus einer Schuld, die manche fühlen, einen Minderwertigkeitskomplex gemacht zu kriegen, der jedem angeheftet wird wie eine Plakette...« Sofort sehe ich den angenähten Judenstern vor mir. Schon wieder ein Deutscher, denke ich, der sich zum Opfer stilisiert, nach dem Motto: »Ich armer Deutscher, der ich doch eigentlich Mensch bin.« Sein Kommilitone bringt es auf den Punkt: »Wenn ein 25jähriger Römer nach Deutschland kommt, ist er bestimmt nicht weniger oder mehr oder anders schockiert, sprachlos oder erschreckt wie ich über das, was hier geschehen ist.«
Ich höre ihnen staunend zu. Die erste Generation schweigt, denke ich, die zweite Generation krankt an der ersten, und die dritte verweigert die Gefolgschaft. Die Jungen tun so, als seien sie Pegasus' Kinder, unidentifizierbare Fabelwesen, rein zufällig vom geflügelten Vater in deutsche Gefilde abgeworfen. »Ich bin nur zwei Jahre älter als ihr«, sagt plötzlich die junge Frau, die bisher geschwiegen hatte, »und komme mir vor wie eine andere Generation. Mir hat einmal ein jüdischer Bekannter

erzählt, wie ihn die Ausländerfeindlichkeit erschrecke. Und zwar so erschrecke, daß er stets mit einem gepackten Koffer unter dem Bett lebe. Ich konnte es nicht fassen. So weit ist es also schon wieder gekommen, habe ich gedacht, daß Juden bei uns Angst haben müssen. Und ihr tut so, als betrieben wir hier akademische Spielchen. Wenn ich euch zuhöre, bin ich richtig schockiert, dann denke ich: Es ist alles zu spät. Wir werden es nie begreifen, wir werden nie daraus lernen.« Natürlich haben sie gelernt, protestieren die beiden, nicht als Deutsche aber als Menschen, die sensibel reagieren, wenn es um Rassismus geht. Ich hatte eine jüdische Freundin zu diesem Gespräch mitgenommen. Ich sehe, wie sie zusammenzuckt. »Als Kind von Überlebenden«, beginnt sie leise, »drückt mir die Geschichte traumatisch auf der Seele. Jeden Tag muß ich damit umgehen. Ich kann gar nicht anders. Und ihr? Wie schafft ihr das zu sagen: weg damit, wie schafft ihr das, es einfach abzuschütteln? Was geht dabei in eurer Psyche vor? Wie funktioniert das? Stellt euch mal vor, wir gingen zusammen ins Kino und sähen die Geschichte eines jüdischen Kindes, das nach Mauthausen verschleppt wird, das dort vergewaltigt, geschlagen und schließlich vergast wird. Was würdet ihr da empfinden?« »Na ja, Betroffenheit oder so«, antwortet einer der Studenten und fügt schnell hinzu, »aber daß Sie ein Trauma haben, das ist doch vollkommen klar.« So brutal habe ich es noch nie sagen hören: Er hat sich wissenschaftlich und intellektuell mit dem Thema auseinandergesetzt. Er weiß Bescheid. Warum soll er leiden, er hat doch nichts damit zu tun. Die Emotionen überläßt er kühl den anderen und empfindet es eigentlich als Zumutung, nach eigenen Gefühlen befragt zu werden. Er spürt unsere eisige Verblüffung. »Als ich in Dachau war«, sagt er, »habe ich wirklich geweint.«

23. Mai

Allmählich ahne ich, warum ich über »das Thema« schreiben will. Ich kann die Historisierung des Nationalsozialismus nur schwer ertragen. Beim Historikerstreit packen mich abwechselnd Wut und Übelkeit. Wie so oft, fällt mir Cordelia Edvardson ein, die erklärt hatte: »Ich bin keine Historikerin, ich habe nicht studiert, ich bin ›a graduate of Auschwitz‹! Es ist doch eigentlich ganz einfach, wenn man hinguckt und hingucken will und nicht nur an seinem Schreibtisch sitzt: hier wurde jedes jüdische Baby systematisch abgemetzelt. Hat Stalin das getan? Anscheinend haben die Elfenbeintürme der Gelehrten keine Ritzen, durch die der Gestank des Gases und der Leichenverbrennungen dringen kann. Wenn man versucht, die Einmaligkeit von Auschwitz zu bestreiten, dann kann man die Welt nicht wiederherstellen, denn dann weiß man nicht, was geschehen ist. Um etwas wiederherzustellen, muß man wissen, wo der Bruch und wo der Riß in der Geschichte ist.« Zu viele von uns haben die Ritzen zugestopft, durch die der Gestank von Auschwitz dringen könnte. Mit abgestumpften Sinnen und abgeschotteten Gefühlen schauen wir uns interessiert an, was dieser Unhold Hitler an Abscheulichkeiten vollbracht hat. Was hatte der Student der gleichaltrigen Jüdin entgegengeschleudert: »Daß Sie ein Trauma haben, das ist doch vollkommen klar.« Auch das gehört zur zweiten Schuld, wieder wird das Leiden den Opfern überlassen. Die einen haben mit Geld gezahlt, die anderen zahlen mit der Seele. Jetzt sind wir dran, denke ich, gebt uns eure Pein, möchte ich sagen, ruht ihr euch aus – und finde mich anmaßend, aufdringlich und unverschämt. Schon wieder schleicht sich Argwohn ein. Will ich mich anbiedern, um ein leuchtendes Beispiel zu setzen? Wiedergutmachung qua Gemüt propagieren? Kümmere dich erst einmal ums eigene Trauma, ermahne ich mich, bevor du fremdes Entsetzen beschlagnahmst.
Da sage mir noch einer, er könne unbefangen mit dem Thema umgehen! Ich muß an eine Freundin denken, die ich einmal

fragte, ob sie Juden gegenüber befangen sei. »Befangen«, lachte sie, »so ein Unsinn, ich bin süchtig nach ihnen.«
»Kommen Sie bloß nicht an und identifizieren sich mit uns«, wehrte eine Jüdin ab, die als Verfolgte überlebte. »Solche Typen fehlen uns gerade noch. Was hilft mir heute euer Mitgefühl?«
»Ich kann erst dann mit Deutschen umgehen, wenn ich spüre, daß sie sich schämen«, erklärt eine junge Jüdin der zweiten Generation. »Heute«, sagt eine Frau, deren Vater in Auschwitz vergast wurde, »ist es leicht, sich mit uns zu befreunden.«
»Ich finde es abscheulich«, erregt sich eine, die nach dem Krieg zurückkehrte, »wenn Deutsche sich in ihrer Scham vor mir entblößen. Ich will ihre Schuldgefühle nicht, die sollen sie schön bei sich behalten.«
Und du möchtest wohl am liebsten alle bedienen, denke ich und betrachte nicht ohne Häme meine Hilflosigkeit.

27. Mai

Was heißt denn, unbefangen mit dem Thema umzugehen? Konnte Werner Nachmann, der im Januar verstorbene langjährige Vorsitzende des Zentralrats der Juden in Deutschland, 30 Millionen Mark veruntreuen, weil das Bundesfinanzministerium und der Bundesrechnungshof sich scheuten, die Verwendung der Wiedergutmachungsgelder zu überprüfen? Ausgerechnet Nachmann, der von Deutschen und Juden (eine heikle Gegenüberstellung, wie ich weiß, die von manchen Juden beanstandet wird, während andere darauf bestehen, keine Deutschen zu sein) immer so fröhlich gefordert hatte, »doch ganz normal miteinander zu leben«, profitierte womöglich von der Befangenheit. Wer weiß, ob er bei »normalen« Beziehungen nicht schon vor Jahren ins Gefängnis gewandert wäre, statt mit dem großen Verdienstkreuz mit Schulterband ausgezeichnet zu werden. »Keine Behörde behandelt uns normal«, empört sich ein junger Jude, »wenn wir Gelder für einen Kindergarten oder ein Altersheim beantragen, fangen die Beamten schon an zu stottern, wenn sie jüdisch hören. Die wagen gar nicht, uns etwas abzulehnen. Das kann doch auf die Dauer nicht gutgehen.« Die Reporterin Gerda-Marie Schönfeld, die den Nachmann-Skandal aufdeckte, fühlte sich denn auch gleich bemüßigt, die Leser des *Deutschen Allgemeinen Sonntagsblatts* am 22. Mai 1988 daran zu erinnern, das Desaster nicht mit »antisemitischer Häme« zur Kenntnis zu nehmen. »Nein«, warnt sie nachdrücklich, »es darf nicht nachgetreten werden!« Bei der Flick-Affäre hätte sie das wohl kaum geschrieben. Falsche Befangenheiten gibt es ebenso wie peinliche Unbefangenheiten. Cordelia Edvardson erzählte von einer Frau, die sie während einer Signierstunde bittet, »Fröhliche Weihnachten« in ihr Buch zu schreiben. »Schreibt man dann ›Frohe Weihnachten mit herzlichen Grüßen aus Auschwitz‹«, fragte Frau Edvardson mit spöttischer Verzweiflung.

Ist es unbefangen, wenn man Kinder ungerügt Sätze sagen läßt wie: »Als ich krank war, haben wir bis zur Vergasung ›Fang den Hut‹ gespielt.« »Bis zur Vergasung« hat man Vokabeln gelernt, sich in der Schule gelangweilt, Klavier geübt oder Unkraut gezupft. Ist es unbefangen, wenn wir Nachkriegskinder uns genieren, einen Juden als Juden zu erkennen?

»Wir Juden«, sagt mir ein Mann, »nein, nur einige oder vielleicht auch viele von uns, wollen ganz normal von euch Deutschen behandelt werden – und wehe, ihr tut es. Diejenigen, die ewig ins Kibbuz fahren, gehen uns auf die Nerven. Die anderen, die kaum wissen, was ein Kibbuz ist, betrachten wir mit Mißtrauen. Eure Beklommenheit, eure sorgsame Sachtheit uns gegenüber, als seien wir kranke Pfleglinge, die es zu schonen gilt, stören und ärgern uns – aber wenn ihr uns einbezieht ins ruppige Getümmel von Urteilen und Vorurteilen, heben wir unseren mahnenden Zeigefinger. Geht ihr mit euch um, sagen wir dann, und wir gehen mit uns um. Nur Juden dürfen Juden charakterisieren oder gar kritisieren – wagt das ein Deutscher, argwöhnen wir gleich den Antisemiten in ihm; tut es keiner, schlachtet man Flick und läßt Nachmann erstaunlich ungeschoren, stört uns das auch, dann spüren wir hinter der Schweigsamkeit die ungeklärten Gefühle gegenüber den Juden.« Ich muß etwas wehselig dreingeschaut haben ob der Aussicht, unausweichlich falsch zu reagieren, egal wie ich mich verhalten würde. »Nicht verzweifeln, üben«, rät mein Gegenüber grinsend, »warum sollten wir es euch leichtmachen.« Das habe ich schon böser gehört: »Wollt ihr vielleicht Rezepte zur Behandlung von Juden«, hatte mich eine Frau wütend gefragt, »in altdeutscher Schönschrift – als Dank für Auschwitz?«

Sobald deutsche Juden und Nichtjuden, die sich nicht kennen, beieinander sitzen, entstehen Spannungen. Abwartend die einen, ängstlich die anderen. Wie oft habe ich von Deutschen gehört, daß sie vorziehen zu verstummen, um sich bloß nicht zu verheddern.

Ob auf Tagungen oder privaten Treffen, immer landet man irgendwann bei der Frage: »Was darf wer wie, wann und wo sagen.« Und immer stellt man fest, daß die Wirklichkeit noch viel komplizierter ist, als man beim letzten Gespräch gemeint hatte. Einmal war ich dabei, als ein Mann von vielleicht 60 Jahren über die »ungeheure jüdische Kreativität, den jüdischen Geist« ins Schwelgen geriet. Ein Philosemit, dachte ich bei mir, einer von denen, die gar nichts begriffen haben, der meint, als Antwort auf Auschwitz solle er nun von Juden schwärmen. Eine amerikanische Freundin saß neben mir, eine Jüdin deutscher Abstammung, die den Redner mit sichtlichem Mißbehagen betrachtete. »Ihr Deutschen seid zum Kotzen«, sagte sie plötzlich, »immer tobt ihr euch in Übertreibungen aus, erst buddelt ihr uns Juden ein Massengrab, dann hebt ihr uns auf einen marmornen Sockel; es fehlt nur noch die verehrende Inschrift aus Edelsteinen: ›Dem jüdischen Geist! Hochachtungsvoll die Deutschen!‹« »Ich glaube, Sie haben mich gründlich mißverstanden«, erwidert ihr der Mann mit ruhiger Stimme, »meine Mutter war Jüdin, sie war im Lager und wurde von den Deutschen mißhandelt.« Dann durfte er ja reden, wie er es tat, denke ich und fühle mich erleichtert. Meine Freundin sieht das anders: »Eine mißhandelte Mutter«, faucht sie den Mann an, »ist noch lange kein Grund und keine Entschuldigung, sich rassistisch zu gebärden, und so empfinde ich Ihre unkritische Lobhudelei des jüdischen Geistes. Lassen Sie bloß Ihre arme Mutter aus dem Spiel und versuchen Sie nicht, sich hinter ihrer Qual zu verstecken.« Sie redet sich in Rage. »Wahrscheinlich war Ihr Vater Nazi«, höhnt sie, »und Sie haben ein schlechtes Gewissen.« Der Streit, der folgt, ist gespenstisch. Der Großvater der amerikanischen »Volljüdin« wurde vergast, die Mutter des Deutschen »Vierteljuden« gefoltert. Die Amerikanerin spricht dem Mann kategorisch das Recht ab, mitreden zu können. Das Leid des jüdischen Erbes, so scheint es, will sie für sich allein. »Vierteljude«, sagt sie so abschätzig, als sei das ein unüberwindbares Manko. »Das heißt ja wohl: zu Dreiviertel Deutscher.« Wir anderen saßen hilflos dabei, wußten nicht so recht, ob wir reden sollten, was wir sagen könnten. Ich mußte an eine Bemerkung einer jüdischen Emigrantin in New York denken, in der sie sich über die Hierarchie der Überlebenden lustig gemacht hatte: »Wer in Auschwitz war, gehörte zum Hochadel, wer Dachau überstanden hatte, durfte sich gerade noch zum Etagenadel rechnen, und wir Emigranten blieben ein bürgerliches Nichts. Deshalb hat es immer wieder Juden gegeben, die ihre KZ-Karrieren aufbauschten, um in den Adel aufzusteigen. Aus zwei Jahren Dachau wurden drei Jahre Bergen-Belsen, aus Arbeitslagern wurden KZs.« Damals hatte ich der phantasievollen Spötterin nicht glauben wollen; jetzt wage ich es nicht, die Geschichte zu erzählen. Die Streitenden hatten sich zu sehr verletzt, um auf Sarkasmus reagieren zu können. Jeder warf dem anderen vor, rassistisch zu argumentieren, nichts aus der Geschichte gelernt zu haben. Und ich fühlte mich zwischen den Meinungen zerrissen, pendelte von einer zur nächsten. Durften sie nicht über Juden reden, wie sie wollten, weil sie Juden waren, weil sie über sich und nicht über die anderen sprachen?

Nur, ist nicht der, der die Eigenschaften seines eigenen Volkes verallgemeinert, auch geneigt, das bei anderen zu tun? Steht denn dem »brillanten jüdischen Geist« plötzlich der »tumbe christliche Ungeist« gegenüber? Ich muß an Fritz Landshoff denken, den großen exilierten Verleger, der zwischen 1933 und 1945 im Querido-Verlag in Amsterdam über 100 Titel verbannter und verfolgter Autoren verlegte. Einmal habe ich ihn getroffen, habe ihn befragt über sein Leben, habe wohl auf Antworten beharrt, die Lösungen enthielten, denn irgendwann sagte der weise alte Herr mit dem imponierenden weißschöpfigen Kopf: »Wissen Sie, ich finde es häufig sehr schwierig, *eine* Meinung zu haben.«

29. Mai

Der Streit, der zur Zeit durch die Presse geht, ob das Goethe-Institut nun in die Dachauer Straße ziehen dürfe oder nicht, ob diese Adresse im Briefkopf als Bekenntnis zur Vergangenheit oder als Ohrfeige für die Opfer zu bewerten sei, offenbart die unvergängliche Verlegenheit, in der wir uns noch lange wiederfinden werden, wenn es um »richtige« oder »falsche« Entscheidungen und Verhaltensweisen im Umgang mit der »jüngsten« Geschichte geht. Ich kann übrigens das Klagelied über die unwürdige Diskussion nicht mitsingen. Sicher gab es peinliche Entgleisungen wie peinliche Anbiederungen – nur ist mir ein offener Disput selbst mit unerquicklichen Tönen weitaus lieber als dieses fatale Schweigen, das alles überlärmt. Warum pochen wir eigentlich so auf Unbefangenheit, sind so erpicht auf Normalisierung – geht es uns dabei tatsächlich um den Wunsch, den Überlebenden und ihren Kindern ein Willkommen zu entbieten? Streben wir nicht eher nach der Bequemlichkeit der Normalität, nach der Befreiung von Befangenheiten, streben wir nicht danach, aus unserem Erbe entlassen zu werden?

»Ich kann Ihnen genau sagen, was ich unter unbefangen verstehe«, erklärt mir ein selbstsicherer junger Mann, »wenn ich ohne Komplexe – und das nehme ich für mich in Anspruch – Israel kritisieren kann.« »Was Israel mit den Palästinensern macht«, das ist zu einem Lieblingsthema der Deutschen geworden. Das begann bei den jungen Linken, die als Lehre aus der Vergangenheit ihre Verantwortung für die Opfer, sprich die Palästinenser, proklamierten, als die Israelis nach dem Sechstagekrieg in ihren Augen zum »Herrenvolk« wurden. Mit einem »pathologisch guten Gewissen«, wie Henryk Broder es nennt, stiegen sie für die Palästinenser auf die Barrikaden und scheuten selbst vor verbalen Vergleichen mit den Nazis nicht zurück. Es gab einmal, ich glaube es war eine Anzeige, die Warnung vor der »Endlösung der Palästinenserfrage durch Israel«. So etwas ist einfach obszön und läuft unter Normalisierung der Beziehungen – oder ist es das, was man mit Ende der Schonzeit gemeint hat? Es ist, als ob die deutsche Seele an den Scheußlichkeiten genese, die von israelischen Soldaten ohne Zweifel begangen werden. »Die sind ja auch nicht besser als wir«, seufzt man erleichtert. Seitdem aus den »wehrlosen Opfern, die sich willig zur Schlachtbank führen ließen«, aggressive Kämpfer geworden sind, ist es irgendwie nicht mehr so schlimm, sie vernichtet zu haben. So ein böser Jude ist doch was Schönes. Mit dem könnte man sich ja fast augenzwinkernd gegenseitig auf die Schenkel schlagen und einen Schoppen auf die »Schweinereien von euch und von uns« trinken.
Ganz anders reagieren jene, die von dem Glauben an das Gute im Menschen nicht lassen mögen. »Gerade ihr Juden«, flehen sie, »gerade ihr müßtet doch begreifen, daß Haß und Aggression und Kampf und Krieg und Totschlag und Gemetzel zu keinem Ausstieg, sondern nur zu einer Fortschreibung der Geschichte der Grausamkeiten der Völker führen. Gerade ihr, die ihr wißt, was Leiden bedeutet, die ihr Opfer wart, müßtet doch neue Wege weisen können, müßtet es doch wagen, aus erlittenen Qualen neue Menschlichkeit wachsen zu lassen. Ge-

rade ihr, die ihr Unbarmherzigkeit erfahren habt, müßtet doch Nächstenliebe walten lassen.« »Gerade wir«, antworten die Juden, »müssen genau all das nicht. Das wäre eure Lektion, die Wiedergutwerdung der Täter, übt ihr euch schön in Menschlichkeit, Barmherzigkeit und Nächstenliebe, die Übung habt ihr nötig. Gerade wir waren die Dummen, weil wir das Böse gutgläubig mißverstanden. Gerade wir müssen lernen, uns gegen Feinde zu wehren. Wenn wir nicht endgültig ausgerottet werden wollen – und stellen Sie sich vor, das wollen wir nicht – dann retten wir uns nicht mit versöhnlichen Gesten, sondern nur mit Waffen und Wut. Gerade wir wollen nicht länger hinnehmen, sondern ausnahmsweise überleben. Auch wir wären lieber gut, aber wir wären nicht gerne tot.«
Sowohl den Paten der palästinensischen Rechte wie auch denen, die jüdische Barmherzigkeit einklagen, gelingt es so bestens, von sich, den Deutschen, abzulenken. Wer Holocaust hört, sagt Palästinenser und deutet mit dem Zeigefinger auf den anderen. Natürlich ist niemand antisemitisch. Nur sensibel für Menschenrechte. »Das begann schon 1968«, erzählt eine junge jüdische Frau, die 1960 mit ihren emigrierten Eltern nach Deutschland zurück kam und gut zehn Jahre später dieses Land wieder verließ. »Ich war eher links, wollte auch den Muff von 1000 Jahren aus den Talaren schütteln, engagierte mich in meiner Fakultät und spürte, wie ich trotz gemeinsamer Aktionen von Kommilitonen ins Abseits gedrückt wurde. Sie hatten die Palästinenser entdeckt und vereinnahmt; erst wußten sie nicht, daß ich jüdisch war, dann genierten sie sich ein wenig, aber nicht genug, um auf antizionistische Parolen zu verzichten. Sie hatten ja auch ein einwandfreies Alibi. Ihr propalästinensischer Protest war schließlich gekoppelt mit der Denunzierung ihrer Väter als alte Nazis. Gudrun Ensslin hat es doch damals auf den Punkt gebracht, als sie auf einer Versammlung des SDS brüllte: ›Ihr könnt nicht mit Leuten reden, die Auschwitz möglich gemacht haben.‹ Donnerwetter, dachte ich, jetzt geht es los. Es ging auch los. Aber anders als ich gehofft hatte. Die Studenten

stellten keinerlei Beziehung zwischen dem Protest gegen die Väter und der Demonstration für die Palästinenser her.« »Meine Eltern bekamen Morddrohungen«, erzählt sie weiter, »und es fühlte sich so an, als ginge es wieder los, nur dieses Mal von links. Für mich wurde die Bewegung, der ich zunächst selbst angehört hatte, zum Alptraum, der mir Angst machte.« Daß sie heute nicht in Deutschland lebt, ist auch die Folge der »befreienden« Aktion der 68er. »Heute nämlich zeigt sich, daß der Generationskonflikt, der sich am Faschismusthema entzündete«, schreibt Ulrich Greiner zum 20jährigen Jubiläum der 68er in der *Zeit,* »ein Konflikt zwischen den Tätern von gestern und ihren Söhnen war. Die Opfer und die Kinder der Opfer hatten wir vergessen. Das Auschwitz-Argument hatten wir als besonders schlagkräftige Waffe im Kampf gegen die Väter gebraucht und also mißbraucht. Wir hatten es uns erspart, darüber nachzudenken, ob uns nicht die Schuld der Väter als ein Erbe zugefallen war, das wir nicht ausschlagen konnten, ohne aufs neue verlogen zu sein.« So hat sich fast jeder von uns auf die unterschiedlichste Art und Weise vor dem Erbe gedrückt. Und wir fanden uns auch noch gut dabei.

2. Juni

Unbefangen fühlen sich alle, die sagen, »ob jemand Jude ist oder nicht, ist mir ganz egal, er bleibt ein Mensch wie ich«. Unbefangen fühlt sich, wer Israel kritisiert. Unbefangen fühlte sich der junge Mann, der erklärte: »Diese heuchlerische Vorsicht und Nachsicht gegenüber Juden ist ja scheußlich, wir müssen das doch einmal auf ein normales Niveau hieven.« Alle sind sie befangen in ihren Bemühungen um Unbefangenheit. Wie wohltuend, als neulich ein Lehrer von etwa 40 Jahren erklärte, für ihn gäbe es Themen, die israelische Politik sei eines davon, zu denen er zwar eine Meinung habe, doch sehr wohl wisse, daß ihm der unbefangene Zugang versperrt sei. »Es gibt Dinge, zu denen ich mich als Deutscher nur äußern kann, wenn ich mir meines Deutschseins bewußt bleibe und das auch sage.« Wie können wir unsere Verlegenheit verleugnen, ohne zugleich die Vergangenheit wegzuschieben. 30 000 Juden leben heute in Deutschland. Uns ihnen gegenüber zu Unsicherheit und Befangenheit zu bekennen ist wohl das mindeste, was wir ihnen schuldig sind. Doch kleinlaut, so scheint es, sind die Deutschen nicht gern. Ich frage Juden, wie Deutsche reagieren, wenn sie erfahren, daß ihr Gegenüber jüdisch ist. Die Berichte sind dekouvrierend. »Aber gnädige Frau sehen ja gar nicht so aus«, staunt ein alter Offizier und findet sich charmant. »Warum leben Sie dann nicht in Israel?« »Warum betonst du das so, willst du mich provozieren?« »Das ist doch egal, ehrlich, es stört mich nicht.« »Na und, wir sind doch alle Menschen.« Oft folgt der Mitteilung nur betretenes Schweigen. »Man sieht den Gesichtern dann an«, lacht eine junge Frau, »daß die Leute ängstlich die bislang geführten Gespräche Revue passieren lassen und schauen, ob sie auch bloß nichts Falsches gesagt haben.« Sie denkt gar nicht daran, die Aufgestörten zu beruhigen. »Irgendwas können die ja auch mal aushalten.« Ein Altersgenosse haßt die deutschen Befangenheiten. »Es ist so mühsam«, sagt er, »wenn man für die anderen immer ein Problem ist, wenn man beobachten kann, wie sie bänglich nach der ›richtigen Attitüde‹ – was immer das sein mag – suchen, weil sie keine eigene haben. Ihr habt zu viele von uns umgebracht, um euch jetzt im Umgang mit uns üben zu können, und wieder sind wir es, die eure seelischen Verklemmungen auszubaden haben.« Ein junges Mädchen sagt deshalb nur selten, daß sie Jüdin sei. »Mein Judentum ist schließlich kein Exerzierplatz für deutsche Schamarbeit.«

Das genau – wir hatten das Thema schon – erwarten manche Deutsche von den Juden. Viele sind sich dessen nicht einmal bewußt. »Ich hatte als junger Mann immer den Wunsch, mit Menschen in Berührung zu kommen, die Opfer waren oder

Kinder von Überlebenden«, erzählt mir ein Mann von Anfang 40, »ich hatte das starke Bedürfnis – verbunden mit viel Bammel –, diesen Menschen nahezukommen.« »Aus schlechtem Gewissen«, frage ich, »auf der Suche nach Vergebung?« Er sieht mich erstaunt an: »Das habe ich mir noch nie so überlegt.« Der Mann war übrigens Psychologe.

Manchmal sagt ein Deutscher, wenn er hört, daß jemand Jude sei: »Ach wirklich? Du hast es gut« und erwartet für seine Qual, als Täterkind geboren zu sein, bemitleidet und getröstet zu werden. »Sie beneiden uns«, erklärt ein junger Jude, »weil wir unsere Eltern nicht beargwöhnen müssen. Und sie vergessen, daß unsere Familien enteignet und ermordet wurden, daß wir keine Tanten und Vettern haben, daß wir mit ›guten‹ Eltern aufwuchsen, die Entsetzliches überlebten. Manche sagen ›mein Großvater sprach jiddisch‹, noch mehr behaupten ›meine Großmutter war Halbjüdin‹.« »Selbst baltische Adelige«, erzählt eine Frau, »graben noch irgendeine jüdische Ahnin aus der Familiengruft aus.« Sie hat fast Mitleid mit der Unbeholfenheit der Deutschen im Umgang mit Juden. »Da haben wir es ja endlich einmal leichter.« Kaum einer wagt, so höre ich, auf das Thema einzugehen, zu fragen, was bedeutet das für dich, wie lebst du hier, was bin ich für dich, bist du religiös? Und wenn sich einer einläßt, will er fast immer etwas abladen. Nicht selten suchen sich Söhne von Nazis jüdische Geliebte. Sehr selten sagen sie wohl so unverblümt, wie es einer tat: »Ich möchte bei dir herausfinden, ob ein Antisemit in mir steckt.« Doch wollen sich die Tätersöhne bei den jüdischen Frauen nicht nur prüfen, wollen nicht nur wiedergutmachen, sie wollen auch rebellieren, aus der Geschichte ausscheren, indem sie lieben, was ihre Eltern verachteten. Sie schleppen jüdische Freundinnen ins Haus, um die Eltern zu bestrafen – und spüren nicht, welch böses Spiel sie treiben. »Manchmal habe ich mich wie ein Opfer gefühlt«, erzählt eine Frau, »und bin dennoch nicht von solchen Männern losgekommen. Das ist meine Schizophrenie. Die Männer in meinem Leben sind doch nur ein Symptom für mein Leben in Deutschland. Ich sage: nie wieder einen deutschen Mann und meine, ich kann es hier nicht aushalten. Aber ich bleibe und ich verliebe mich wieder. Ich habe versucht auszubrechen, wollte mich mit jüdischen Männern zusammentun. Es geht nicht. Dann kann ich mich gleich mit einem Bruder ins Bett legen. Ich könnte nie einen Juden heiraten und ich kann erst recht keinen Deutschen heiraten – meine Eltern würden sich oder mich umbringen, brächte ich einen deutschen Schwiegersohn ins Haus –, das ist meine Sackgasse, aus der ich keinen Ausweg finde.« Sie zündet sich eine Zigarette an. Es ist die fünfte, und wir reden erst seit einer knappen Stunde. »Es sind ja ehrlich gesagt nicht nur meine Eltern, die mich davon abhalten, einen Deutschen zu heiraten«, fährt sie fort, »ich traue den Deutschen nicht. Wenn ein russisches Rockmusical mit gigantischen Bühnenbildern und pompösem Kitsch in Frankreich bejubelt wird, stört mich das nicht. Sind die Deutschen entzückt, bin ich entsetzt. Aber offensichtlich brauche ich die Herausforderung, brauche die Spannung, brauche euch Deutsche für meine Identität.« Sie hat es satt, »für Nazisöhne faszinierend zu sein«, und ist selbst nie von einem Juden fasziniert. »In dem Dilemma lebe ich«, sagt sie – und diesen Satz habe ich oft gehört.

»Ich habe mich verliebt«, erzählt mir ein nicht mehr ganz junger Mann, »und habe meiner Geliebten in der ersten Nacht bereits erklärt, daß ich sie niemals heiraten würde. Sie ist eine Deutsche. Ich bin deutscher Jude. Meine Eltern könnten eine solche Verbindung niemals verkraften. Ich möchte mich nicht assimilieren«, fährt er fort, »ich fürchte die deutsche Mentalität und habe sie, habe ein Stück davon. Ich lebe in diesem Land, weil ich Deutscher bin, und kann es nur ertragen, indem ich mir jeden Tag von neuem vornehme, es zu verlassen. Ich versuche, die deutsche Vergangenheit intellektuell zu verstehen, weil sie mich emotional aus der Fassung bringt. Ich wünschte, mein Vater wäre bereits ausgewandert. Meine Eltern, die Eltern meiner Freunde, sie alle erwarten irgendwie von uns, so in diesem Land zu leben, wie man nicht leben kann. Ich soll mich wohl fühlen, aber wehe, ich fühle mich deutsch. Ich soll höflich sein, aber nie für einen alten Deutschen im Bus aufstehen. Ich soll glücklich sein, aber mich um Gottes willen nicht in eine Deutsche verlieben, ich soll Karriere machen, aber kein deutscher Schriftsteller oder Professor oder gar Beamter werden. Ich soll Freunde haben, aber Deutschen darf ich nicht vertrauen. ›Vergiß nie‹, hat meine Mutter mir schon als Bub eingehämmert, wenn ich von einem Schulfreund erzählte, ›daß er ein Goi ist‹. Ich durfte Klaus oder Friedrich mit nach Hause bringen, wurde aber zugleich vor ihnen gewarnt. ›Wenn es ernst wird, ist kein Deutscher mehr dein Freund. Dann lassen sie dich alle fallen. So sind sie.‹ Meine Mutter wußte, wovon sie sprach; natürlich habe ich ihr geglaubt. Das hat mich geprägt. Ich würde von keinem Deutschen sagen, er sei mein Freund. Ich könnte nie Kinder in diese deutsche Welt setzen, das wäre verantwortungslos, dann würde ich nur die Fehler meiner Eltern wiederholen; das wäre ein glattes Eigentor und eine Zumutung für die Nachkommen, die dann wieder nach dem Motto leben müßten: Seid hier und tut so, als wärt ihr in Israel.« Er schüttelt die Traurigkeit ab, um der Bitterkeit Platz zu machen: »Wissen Sie, wir sitzen hier und reden, und es kann zu gar keinem Gespräch kommen. Zwischen uns kann keine Solidarisierung stattfinden. Der Bruch im psychischen Kontakt ist noch lange nicht geheilt. Ich spüre, daß Sie sich bemühen, mich zu verstehen, aber es fällt mir wahnsinnig schwer, Ihnen abzunehmen, daß Sie es ehrlich meinen. Ich will Ihr Bemühen nicht. Ich kann es nicht ertragen, wenn Deutsche anfangen, meine Wunden zu verbinden, während ich in ihrer Tasche das aufgeklappte Messer vermute. Es ist Unsinn, was Sie versuchen, das Ganze ist unehrlich. Sie schreiben doch über das Thema nur als Bußübung, und was Sie schreiben, ist nicht repräsentativ. Wenn Sie und ich reden, Sie fragen, ich antworte, ist es wie ein Schachspiel: Zug um Zug tastet man sich vor, ein Gespräch ist es nicht und wird es nicht. Und diese Grenze zieht sich durch mein Leben in Deutschland. Ich liebe meine christliche Freundin, aber diese Frau könnte nie die Mutter meiner Kinder werden.«

An genau dieser Grenze leiden auch manche der jungen Deutschen, die sich in Juden verlieben. »Immer bleibt eine Fremdheit«, klagt eine Frau, »immer werde ich mit meinem Anderssein konfrontiert, nie fühle ich mich in eine Gemeinsamkeit einbezogen. Ich kann das bis heute nicht ganz begreifen und will es auch nicht akzeptieren. Wir Nachgeborenen müssen doch gemeinsam eine neue Welt bauen, wir sind doch unentrinnbar zusammengeschmiedet durch diese entsetzliche Geschichte, die in uns nistet. Und wir sind uns doch einig in unserer Verzweiflung über das Geschehene, warum wird mir verwehrt zu spüren, daß wir von derselben Warte aus urteilen?

Es stimmt sicher, daß ich vor diesem verdammten Erbe fliehe, indem ich mich gefühlsmäßig eindeutig mit den Opfern identifiziere. Und die schmeißen mir die Tür zu, durch die ich zu ihnen gehen möchte. Ich könnte verstehen, wenn Überlebende so reagieren würden, wenn sie – die die Bilder des Grauens im Kopf tragen – einen Trennungsstrich zwischen sich und mir ziehen. Da bleibt mir dann nur die große Traurigkeit darüber, daß der Graben nicht zu überwinden ist. Aber mit den Kindern der Überlebenden, den Juden meiner Generation, die die Bilder und Erinnerungen nicht haben, mit denen müßte ich mich doch verbinden können. Ihr Mißtrauen kränkt mich zutiefst. Neulich hat ein Freund zu mir gesagt, er frage sich halt immer, wo ich im Ernstfall stehen würde. Er ist ein enger Freund. Er müßte doch wissen, daß auf mich Verlaß ist.« »Das«, sage ich, »kann eben kein Jude wirklich wissen nach dem, was geschehen ist. Auch seine Großeltern haben auf deutsche Freunde vertraut und sind dennoch deportiert und ermordet worden. Das ist ihr Erbe. Unseres ist ein anderes.«

3. Juni

Anna Khan, eine französische Jüdin, die zur Zeit in Deutschland lebt und eine Diplomarbeit im Fach Psychologie über die beiden zweiten Generationen schreibt, hat einen Test gemacht, der die Kluft unübersehbar aufdeckte. Sie hat eine Liste von Begriffen aufgestellt – zum Beispiel Waggon, Stiefel, Rampe, Kristall, Gas – und sowohl nichtjüdischen wie auch jüdischen jungen Deutschen vorgelegt. Wie zu erwarten, assoziierten die Deutschen Waggon mit Viehtransporten, Stiefel mit Cowboy-Stiefeln, Rampe mit Bahnhof, Kristall mit Glas und Gas mit Kochen. Die Juden dachten bei Waggons an Deportation, bei Stiefel an die SS, bei Rampen an Auschwitz, bei Kristall an die Kristallnacht, bei Gas an Vergasung. »Beide Seiten leben in derselben Zeit«, schreibt Michael Wolffsohn in seinem Buch *Ewige Schuld,* »und denken in unterschiedlichen Zeitbezügen. Das Wir-Gefühl der nachgeborenen Deutschen bezieht sich vor allem auf das Hier und Heute, das Wir-Gefühl der nachgeborenen Juden auf das Dort und Gestern.« Wieder fällt mir der Student ein, der zu der jungen Jüdin gesagt hatte: »Daß die Sache für euch ein Trauma ist, ist doch klar.« Die Deutschen haben sich emotional »aus dieser Sache« herausgehalten. Keine Rampe erinnert sie an Auschwitz, keine Stiefel an die SS.

Wie sagte mir neulich eine junge Deutsche: »Ich bin Jahrgang 61. Ich beanspruche eine gewisse Arglosigkeit.« »Und die Juden deiner Generation«, fragte ich, »meinst du, die könnten arglos aufwachsen?«

»Natürlich«, schreibt Richard Chaim Schneider in der *Zeit* vom 20. 2. 87, »hieß es: Paß auf, was du draußen redest, du bist Jude. Fall nicht zu sehr auf, du bist Jude. Natürlich sog ich die jüdische Paranoia mit der Muttermilch ein.« Schneider, der sich als »Heimatloser mit deutschem Paß und jüdischer Herkunft« bezeichnet, zieht eine bittere Bilanz seines Versuches, sich in Deutschland zu Hause zu fühlen. Er zitiert den Talmud, in dem es heißt: »Wenn du vergißt, daß du Jude bist, wird dich deine

Umwelt daran erinnern.« Und Deutsche, manche Deutsche, tun es halt auf deutsche Weise. Schneider erzählt von einem Musiklehrer, der ihn offensichtlich den anderen Schülern vorzog. Als seine Klassenkameraden anfingen, ihn deswegen zu hänseln, stellte er den Lehrer zur Rede. »Er bat mich, mit ihm ins Café zu gehen. Dort erzählte er mir mit hochrotem Kopf und Schweißperlen auf der Stirn, daß sein Vater ein Nazi war und Hunderte von Juden umgebracht hatte. Er wollte dies nun an mir wiedergutmachen.«

Ein junger Deutscher, Jahrgang 60, dessen Großmutter Hitler vergöttert und häufiger die Ehre gehabt hatte, den hohen Gast in ihrem Hause in Berlin zu empfangen, dieser junge Mann spürt zwar »die deutsche Geschichte im Nacken«, doch als Erbe will er sie nicht annehmen. Im Gegenteil: »Ich fühle mich eher enterbt«, erklärt er, »wir leben in einer zerschlagenen Kultur; uns fehlen die Juden, uns fehlt auch das Deutsche. Es gibt so viele kulturelle Aspekte, die tabuisiert wurden, weil die Nazis sie mißbraucht haben.« Er schämt sich nicht für seine deutschen Vorfahren, er ist schlichtweg sauer auf sie. Sie haben kaputtgemacht, wonach er sich sehnt: kulturelle Geborgenheit. Er will Schriftsteller werden. »Da braucht man Helden«, sagt er, »deutsche Helden, daß ich nicht lache. Wo soll ich die denn hernehmen, ohne mich einer Peinlichkeit auszusetzen.« Gleichzeitig wehrt er sich dagegen, sich zu schämen, wehrt sich gegen Befangenheiten. Auch er will »mit Juden reden und Grenzen sprengen. Ich will nicht darüber hinwegsehen, was passiert ist, sondern darüber hinauswachsen.«

Er wirkt auf einmal zerstreut, zerrt nervös an seinen schmalen Fingern. »Na ja«, murmelt er, »wenn ich mir vorstelle, ein Rollstuhlfahrer käme auf mich zu und sagte, ich bin ein Kunstfehler deiner Mutter – wissen Sie, meine Mutter ist Ärztin –, dann würde ich dem wohl auch kaum unbefangen gegenüberstehen.«

5. Juni

Auch als ich Nikolaus Lehner zum ersten Mal besuchte, war ich befangen. Er ist Häftling im Konzentrationslager Dachau gewesen. Heute ist er Bürger der Stadt Dachau. Nikolaus Lehner stammt aus einer kleinen Stadt in Siebenbürgen. Zur Ausbildung ging er nach Budapest. Er wollte Feinmechaniker werden. Aus der Lehre wurde nichts. Die Deutschen kamen. Da war er 21 Jahre alt. Lehner versuchte, sich bei den Partisanen zu verstecken, er wurde verraten, entdeckt, mißhandelt und verschleppt – im Güterwagen nach Dachau verfrachtet. Stückgut Jude. Er hat überlebt. Seine Eltern wurden in Auschwitz vergast. Wenn er davon spricht, bleibt seine Stimme tonlos, trokken. Er referiert Fakten, sein Mienenspiel verrät durch nichts, daß er seine eigene Geschichte erzählt. Es ist, als halte er mit ruhiger Hand eine Kamera auf sein Leben. Kein Bild verwakkelt. Er ist ein gutaussehender Mann, der Nikolaus Lehner, ein »homme à femmes« wird er gewesen sein, damals in Budapest, bevor die Deutschen kamen. Heute ist auch sein Charme ein wenig starr. Er ist nicht zierlich, aber er wirkt zart, zart und zäh – ein Überlebender. Sein erster Gedanke nach der Befreiung war, nach Amerika auszuwandern. Dieses Ziel hatte ihn zum Leben angespornt. Doch es kam anders. Der Papierkrieg, das ewige Warten auf das Einreisevisum, von irgend etwas mußte er inzwischen leben. Er fand Arbeit. Er verdiente Geld. Er gründete sein eigenes Geschäft, einen Holzhandel, und wartete noch immer auf das Visum. Dann traf er eine Frau, auch sie eine rumänische Jüdin, auch sie wartete auf ihr Visum. Sie beschlossen, zusammen nach Amerika zu gehen. Sie heirateten in Dachau und leben noch heute hier. »Das war nicht gewollt«, sagt Nikolaus Lehner, »aus dem Provisorium wurde eine Herausforderung. Heute habe ich erkannt, daß ich in Dachau eine Aufgabe zu erfüllen habe – aber damals wollte ich nur weg. Die ersten zehn, fünfzehn Jahre habe ich immer wieder versucht auszuwandern. Ich weiß nicht, ob Sie den Ausdruck kennen –

man hat so auf gepackten Koffern gelebt –, und so sind wir geblieben. Das ist halt so passiert. Ich glaube, das war eine Herausforderung des Schicksals. Ich sollte – wie gesagt – eine Aufgabe erfüllen, und mit dieser Aufgabe lebe ich. Ich muß mit meinem Dasein in Dachau einer Verpflichtung gegenüber den Opfern nachkommen, muß mich für Völkerverständigung einsetzen. Alles ist beschattet von der Vergangenheit. Aber wir würden in Amerika wahrscheinlich genauso leiden wie hier. So gesehen ist es für mich eine Satisfaktion, daß ich aus dieser Vergangenheit etwas Konstruktives gestalten kann, indem ich vormache, daß man – trotz allem – mit ihnen zusammenleben kann.« Nikolaus Lehner ist geblieben, um ein Symbol zu setzen, um zu zeigen, daß man »trotz allem mit ihnen leben kann«, ihnen – das sind die Dachauer, das sind wir Deutsche. Und wir haben es ihm nicht leichtgemacht. »Ich habe nie Reklame mit meiner Herkunft gemacht, habe sie aber auch nicht verleugnet. Als die Medien mich bekanntgemacht haben, sind die Leute weggeblieben. Vielleicht ist dieser Terminus ›kauft nicht beim Juden‹ in dieser Beziehung nicht mehr aktuell. Man spürt aber doch, ob es negative Einstellungen gibt oder nicht. Die Obrigkeiten in Dachau, denen wir ja reichlich bekannt sind, denen wir ab und zu begegnen und die ja auch nicht umhinkönnen, uns ab und zu zu Veranstaltungen einzuladen, die haben es in vierzig Jahren noch nicht so weit gebracht, uns einmal zum jüdischen Neujahr Glückwünsche zu übermitteln. Da rührt sich absolut nichts. Vielleicht ist es das, was man unter Normalität versteht und die wir hier in gesteigerter Form verspüren. Wir fühlen uns isoliert. Wir haben uns damit abgefunden. Es ist zu spät, um diese Dinge radikal zu ändern. Wir beschränken uns darauf, das Beste daraus zu machen.«
Nikolaus Lehner hat es sich mit seiner Entscheidung, in Dachau zu bleiben, die ja keine Entscheidung war, weil es »halt so passiert ist«, besonders schwergemacht. Denn nicht nur etliche Dachauer beäugen ihn mit Argwohn, auch seine eigenen Glaubensgenossen reagieren mit Skepsis und Ablehnung auf die

Wahl seines Wohnortes. Diese Verweigerung des Verständnisses nennt selbst Nikolaus Lehner, der nicht dazu neigt, zu übertreiben, »den eigentlich tragischen Aspekt unseres Hierseins. Sie suchen nicht unbedingt unsere Gesellschaft«, sagt er, und man spürt, daß es ihn schmerzt. »Man kommt an den Feiertagen in der Synagoge in München zusammen. Hier und dort wird man auch eingeladen.« Doch nur gute Freunde besuchen die Lehners in Dachau. Selbst amerikanische Juden, die Nikolaus Lehner in der Gedenkstätte traf, weigerten sich, zu ihm nach Hause zu kommen.

Es ist ein gepflegtes Haus, in dem er und seine Frau leben. Ein Haus, in dem man die Koffer ausgepackt hat, in dem sie das, was sie nicht erben konnten, über die Jahre ansammelten. Alte Möbel, Teppiche, Silber und Porzellan. Frau Lehner paßt in das gepflegte Ambiente. Sie ist eine elegante und noch immer schöne Frau. Sie habe Pflaumenkuchen gebacken, sagt sie, und im Gegensatz zu ihrem Mann wolle sie nicht über »das Thema« reden. Sie habe es selbst erlebt, zu viel erlebt, habe Auschwitz überlebt. Wir reden über ihre Kinder. Alle drei sind erwachsen und aus dem Haus. Eine Tochter ist erfolgreiches Fotomodell. In Dachau blieb keins von ihnen. Und wenn es nach Nikolaus Lehner ging, würden sie nicht einmal in Deutschland bleiben. Er selbst, so betont er, bereue es nicht, hiergeblieben zu sein, die Initiative zum Dialog ergriffen zu haben. Nikolaus Lehner redet mit Dachauer Schülern und Besuchern der Gedenkstätte, wenn man ihn einlädt. Er diskutiert mit Strafgefangenen, spricht in Mikrofone und Kameras, er fühlt seine Verpflichtung. »Wenn ich meine Bereitschaft nicht gezeigt hätte, hätte es keinen Anfang gegeben. Und irgendwie müssen wir ja zusammen leben.«

Die Vorstellung allerdings, daß seine Kinder mit nichtjüdischen Partnern nach Hause kämen, findet er »absolut nicht gut. Unsere Eltern haben zwar kein Grab, in dem sie sich umdrehen könnten, aber die würden sich bedanken, daß ihre Enkelkinder im blutbefleckten Deutschland blieben und sich dort womöglich assimilierten. Die Qualität der Verantwortung ist in der zweiten Generation eine ganz andere als bei uns, den Betroffenen. Die Jungen haben doch viel mehr Substanz, mehr Kraft und müssen sich eines Tages ihren Kindern stellen. Denn die Enkel könnten sagen: der Großvater mag ja zu kaputt gewesen sein, um auszuwandern, aber du, warum bist du geblieben? Die Schwäche meiner Generation müßte die Stärke der nächsten sein.«

Mit elf Jahren hat er seinen Sohn nach Israel in ein Kibbuz gebracht. Weder die Mutter noch der Junge wußten, daß der Vater den Sohn nicht nur auf eine Reise mitnehmen, sondern im Land der Väter zurücklassen wollte. Es war ein väterlicher Kraftakt, der verzweifelte Versuch, über den Sohn zu erreichen, was er selbst nicht geschafft hatte. Zwei Jahre war der Junge dort. »Und ich hatte so gehofft, daß er für immer bleiben würde.« Die Schizophrenie, einerseits zu den Deutschen zu sagen, »irgendwann müssen wir uns die Hand reichen«, und andererseits die eigenen Kinder zu warnen, »sich im blutbefleckten Deutschland zu assimilieren« – auch das ist ein Erbe von Auschwitz.

Welch eine zerrissene Zeit. Da sitzen junge Juden in Deutschland, leben ganz gut und denken doch, sie dürften nicht bleiben. Geplagt vom schlechten Gewissen, sich im Land der Mörder zu behaglich einzurichten, sitzen auch viele von ihnen schon wieder auf gepackten Koffern. Genau wie die jungen Deutschen in Amerika oder sonstwo, die dort das Schuldgefühl plagt, die überall das Schuld- oder das Schamgefühl plagen würde, wie oft sie den Koffer auch packten, weil das deutsche Erbe ohnehin im Gepäck ist. Die jungen Deutschen fühlen sich von den Eltern verraten und verließen deshalb das Land. Die jungen Juden haben Angst, ihre Eltern zu verraten, wenn sie das Land nicht verlassen.

Nikolaus Lehner ist nicht verwundert darüber, daß die zweite Generation an der Vergangenheit krankt. »Wir haben es bald hinter uns«, sagt er, »die zweite Generation hat mehr zu leben.«

»Und wie geht man damit um?« frage ich. »Indem man damit umgeht«, antwortet er. »Komplexhaftes Verhalten«, meint er irgendwann so nebenbei, als ob er mich gewiß nicht damit meine, sei nun bestimmt keine Antwort.

8. Juni

Erzählte heute einem holländischen Freund von meinem Unterfangen; er war erst im Widerstand und dann im KZ. Zwanzig Jahre lang hatte er sich geweigert, ein Wort Deutsch zu reden. »Was willst du?« fragte er. »Über das Nachkriegsschweigen schreiben? Ein ganzes Buch? Soll ich dir mal kurz sagen, wie das war: Ein Sohn nimmt in der Schule das Dritte Reich durch. Entsetzt sitzt er da, hört und liest und kommt nicht umhin, sich auszurechnen, daß sein Vater in dieser Zeit schon erwachsen war. Also geht er zu ihm und druckst und fragt: ›Und wo warst du damals, Vater?‹ Kein Zögern bei dem Senior: ›Im Widerstand natürlich, wo denkst du hin, mein Sohn. Meinst du, ich sei auf den österreichischen Gefreiten hereingefallen? Nein, nein, für Schweinereien lasse ich mich nicht keilen, mich haben die nicht gekriegt.‹ Ein paar Tage später sucht der Junge etwas auf dem Schreibtisch seines Vaters und findet plötzlich ein Foto, das er fassungslos betrachtet. Die Szene erkennt er, Sportpalast Berlin, ein brüllender Goebbels: Wollt ihr den totalen Krieg? Und dort in der zweiten Reihe, klar zu erkennen, steht sein Vater mit dem zackig zum Hitlergruß gereckten Arm. Der Junge nimmt das Foto mit, versteckt es und vergißt es – aber bei jedem Streit mit dem Vater, bei jeder liebevollen Fürsorglichkeit seines Alten, fällt ihm das vermaledeite Foto wieder ein. Schließlich kann er es nicht mehr aushalten, nimmt das Indiz mit spitzen Fingern und trabt beklommen zum Vater. ›Du hast doch neulich gesagt‹, er beginnt sogleich zu stottern, ›du seiest irgendwie . . . und so . . . na ja eben fern von den Nazis geblieben.‹ Der Vater nickt eifrig. ›Und was ist das?‹ Er hält dem Senior sein Abbild vors Auge. ›Ach das‹, es entsteht nicht einmal eine peinliche Pause, ›das kann ich dir erklären, weißt du, das war so: Da stand dieser verrückt gewordene Goebbels da vorne und brüllte: ›Wollt Ihr den totalen Krieg?‹ Und da hab' ich geschrien‹ – und er streckt den Arm aus, verwandelt durch geschicktes Gestenspiel den Hitlergruß in eine abwehrende Gebärde – ›also da habe ich geschrien: ›Moment mal, Moment mal‹, und er schüttelt dazu, mit überzeugender Empörung, seinen ausgestreckten Arm.«

»Siehst du, so war das«, sagt der holländische Freund mit spöttischer Resignation. »Eigentlich ist keiner dabeigewesen. Es war ein Gemetzel von Geisterhand.« Ich muß an den Vers eines Emigranten denken, der nach seiner Rückkehr nach Deutschland dichtete: »Und als man sie dann wiederfand, da fand man sie im Widerstand.«

9. Juni

Einer, der später nicht lügen mußte, weil er das Reden der »furchtbaren Gesellen« von Anfang an ernst genommen hat, war Albert Vigoleis Thelen. Die frühe Erkenntnis der »konstitutionellen Reichsenthirnung« durch den »Ranküne-Proleten« Hitler und seine »durchflaserten Dünklinge der Bewegung« ist ihm nicht gut bekommen. Damals – 1931 – mußte er das Land verlassen, das ihn – den virtuosen Dichter der deutschen Sprache – bis heute fast vergessen hat. Der Autor eines der großen Schelmenromane unserer Zeit gilt noch immer als literarischer Geheimtip. *Die Insel des zweiten Gesichts* – 1953 zum ersten Mal erschienen – ist eines der schönsten Bücher, das ich kenne. In ihm berichtet Thelen über die Insel Mallorca in den 30er Jahren, als diese sowohl Zuflucht deutscher Emigranten – wie zum Beispiel Harry Graf Keßler – als auch Zielhafen zahlreicher »Kraft-durch-Freude-Schiffe« war, aus deren Bäuchen die Germanen entstiegen, um mit Getöse die Insel touristisch zu überfallen. Thelen ist ihnen allen begegnet: Die Führerhörigen hat er als Fremdenführer über die Insel begleiten müssen, Keßler hatte er sich als Abschreiber verdingt, Flüchtenden hat er weitergeholfen. Erst zwanzig Jahre später entschließt er sich, den großen Stoff »literarisch einzupökeln«. In der Beschreibung der Zeit entwickelt der Autor eine unbändige Phantasie und bleibt hart an der Wahrheit. Thelen ist das pralle Leben über dem Stöbern in seiner umfangreichen Bildung nicht verlorengegangen. Er schwelgt in Sprache, Intellekt und Sinnlichkeit, bevölkert seine Insel mit »geilen Schindkracken« und »schreitenden Liegelastern«, mit »Schwuchtelbrüdern und Stechschrittwalküren«; seine Huren- und Hochstaplergeschichten sind so amüsant wie seine frühzeitige Entlarvung und spätere Bekämpfung des Nationalsozialismus unerbittlich sind. »Meine Heimat war gleichgeschaltet«, schreibt er. »Über Nacht war die Bewegung in Bewegung gekommen, es wimmelte in meiner Vaterstadt. Das Rezept ist jedem bekannt, als Junge habe ich es oft ausgeführt: ein Glas, eine Handvoll Heu, man stellt die Brühe in die Sonne, bis sich die Jauche gebildet hat, dann einen Tropfen unters Mikroskop. Es wimmelt von hin- und herschießenden Lebewesen, den Aufgußtierchen. Und wenn ein ganzes Volk in Fäulnis übergeht, entstehen auch Aufgußtiere, die der Bewegung; mit bloßem Auge indessen sind sie erkennbar, und wenn sie auf dich zuwimmeln, und du hebst den Arm nicht, dann heben sie ihn und schlagen dich tot.«

Albert Vigoleis Thelen wurde am 28. September 1903 in Süchteln am Niederrhein geboren. Schon früh zeigte sich, daß seine Eltern – der Vater ein bedächtiger Buchhalter und laut Vigoleis ein »Seelenkärgling«, die Mutter eine fromme Katholikin – einen aufmüpfigen Querkopf in die Welt entlassen hatten. In der Schule eckte er mit unbequemen Fragen über das Kaiserreich, das Vaterland und das nationale Ehrgefühl an und wurde daraufhin vom Direktor als »nationaler Dummkopf« gebrandmarkt. Während seine Kameraden aufs Land mußten, um mit bloßen Händen als »vaterländische Abhärtung« Brennesseln zu pflücken, die »deutsche Mütter« zu kräftigen Suppen einkochten, saß Albert Thelen in der Schule und schrieb vier Stunden lang: »Ich bin ein nationaler Dummkopf.« »Tinte, Federhalter und Papier«, bemerkt er spöttisch, »stellte das Vaterland.« So geriet Thelen bereits früh auf jene Abwege, die ihn später ins Exil führen und in den Augen mancher zum vaterlandslosen Gesellen verkommen lassen sollten. Den tatkräftig Entschlossenen blieb der scheinbar arglos nachfragende Thelen ein Dorn im Auge. Allen Idolen abhold, gab es für ihn nur ein Gut, das er achtete und propagierte, das der Menschlichkeit. Als man in Deutschland begann, die Juden zu verprügeln und lauthals dabei zu wünschen, sie möchten verrecken – Ende der 20er Jahre hat Thelen solche Szenen erlebt –, da verläßt der »nationale Dummkopf« seine deutsche Heimat – und zwar »ohne Not«, wie man ihm später vorwerfen wird, als der vergessene, im kärglichen Exil lebende Dichter sich um eine Wiedergutmachungszahlung bemüht. »Politisch, nach dem Völkerrecht, bin ich nicht als Emigrant anerkannt worden. Ich war ja nicht einmal jüdisch versippt.« Er lacht bitter und zitiert dann sein Gespräch mit dem Gutachter, das er sich nicht entlarvender hätte ausdenken können: »›Hier steht, Herr Thelen, Sie haben ohne Not das Dritte Reich bekämpft.‹ ›Lieber Herr Professor, ich habe das Dritte Reich aus Gründen reiner Menschlichkeit bekämpft.‹ ›Aber ich bitte Sie, Herr Thelen, Menschlichkeit, was ist das schon?‹ ›Wörtlich, ipsis verbis, so hat er es gesagt.‹« Fünf Jahre hat Thelen um eine kleine Rente gekämpft. Erschöpft sinkt der alte Herr in seinen Sessel bei diesen Erinnerungen.

Drei Jahre ist es jetzt schon her, daß ich Vigoleis, den »selbstmordsüchtigen Erzweltschmerzler«, und seine Frau Beatrice auf ihrer »vergreisten Etage« besucht habe. Damals lebte das Paar noch in Lausanne, vorübergehend Endstation ihres langen Exils. Sie sprachen zwar deutsch mit mir, doch untereinander nur portugiesisch. »Die Sprache der Mörder«, so sagte Beatrice schon Ende der 30er Jahre, würde sie nicht mehr benutzen. Da hat Vigoleis sich die Sprache vorgeknöpft, »um zu beweisen, daß man mehr mit ihr tun kann, als Befehle zu erteilen, um Leute umzubringen«. So wurde aus dem Übersetzer Thelen ein üppiger Sprachspieler, der sich mal ausschweifend der Lust und dann scharfzüngig der Analyse hingibt. Als ich ihn besuchte, war Vigoleis schon krank, müde und gebrechlich. Er konnte nur noch mühsam »steißgerecht« an der Maschine sitzen. Er war schwerhörig und sah schlecht – aber der Geist funktionierte. Der großschädelige Mann hatte Mühe zu reden, aber er wußte genau, was er sagen wollte. Die Mundwinkel – Lebenslust verleugnend – nach unten gezogen, erzählte er, der schon über 80 Jahre ungern auf der Welt geweilt hatte, mit vergnügter Bitterkeit aus seinem Leben. Immer wieder hat er die Mißachtung der Menschlichkeit unbarmherzig angeprangert, egal, wo er die Schuldigen wähnte, in den Amtsstuben des Staates, auf den Altären der Kirche oder auf den Lehrstühlen der Universitäten. Nie hat er sich gescheut, die Wahrheit zu sagen, nie ist er vorsichtig gewesen. Vigoleis hat Schmähbriefe an seine – den Nazis verfallene – Familie geschrieben (»Wir haben gehungert, um das Porto bezahlen zu können«), und jahrelang schickte er als Leopold Fabrizius Artikel an eine holländische Zeitung, in denen er Hitlers Intentionen glasklar von seiner fernen Insel analysierte. »Während wir unseren Inselschlaf gehalten mit der sich so laut gebärdenden Tagtraumwelt... da war Deutschland erwacht. Und da zu einem erwachenden Deutschland ein verreckendes Juda gehörte – es gibt kein Heldentum ohne Opfer –, scharte sich das Volk der Dichter und Denker, das auch Hagens Volk ist, um den Führer. Wie viele mochten das wohl sein, die da mit starr von sich gestreckten Gliedmaßen sterben sollten? Es ginge gewiß in die Millionen... Wenn alle tüchtig mitmachen, schafft es das Volk im Handumdrehen... Keiner darf sich ums Morden herumdrücken, sonst wird er selber abgemurkst. So wollen es Hitler und die Geschichte.« Fast wäre es Hitler mit Hilfe von Francos Schergen gelungen, Vigoleis und Beatrice abzumurksen. »Schießt doch, ihr Rotzlöffel«, hat Vigoleis den Soldaten einmal zugerufen, um dem ewig Ungewissen endlich ein Ende zu bereiten. »Eile, Vigoleis«, heißt es in einer seiner Fluchtgeschichten, »aber Vigoleis geht keinen Schritt schneller, hinter ihm bricht die Zeit zusammen, die ihm die Kugel erspart hat, vor sich hat er die Zeit, deren Augenblicke einer sein kann, der ihm die Kugel anträgt. Ist die Zeit des Schreckens meßbar? Langsam, da Eile geboten ist und du nicht auffallen darfst.« Auf die Frage, ob er und Beatrice nie Angst gehabt hätten, kommt ein gedehntes »Nee«. Ganz rheinisch klingt das und ganz wahrhaftig. »Ich bin an sich ein feiger Kerl«, fährt er fort, »aber in solchen Momenten wächst einem ein Mut zu, der die Untüchte aufhebt.« Auf keiner Flucht haben sie den Arm gehoben, um dem Führer oder dem Caudillo zu huldigen.

Den mordlüsternen Falangisten knapp entronnen, finden sie bei Beatrices älterem Bruder in der Schweiz ein Unterkommen. Doch ihre lächerlichen Einnahmen machen die an satte Bürger gewöhnten helvetischen Behörden mißtrauisch. Als dann noch die Gestapo den Versuch macht, den Denunzianten Leopold Fabrizius alias Vigoleis Thelen heim ins Reich zu holen – das heißt zu kidnappen –, begeben sich die beiden erneut auf die Flucht. Nach manchen Irrungen landen sie auf dem Weinschloß des portugiesischen Dichters und Mystikers Teixeira de Pascoaes, den Thelen schon in Spanien für sich entdeckt und für einen holländischen Verleger übersetzt hatte. Sieben Jahre bleiben sie dort – von dem aristokratischen und eigenwilligen Dichter wohl gelitten, von dessen herrischer Mutter als ärmliches Beiwerk des üppigen Haushalts listig schikaniert. Der Antifaschist Thelen wird dann allerdings auch aus Salazars Reich ausgewiesen. Über Amsterdam gelangen sie Anfang der 50er Jahre in die Schweiz. Neunzehn Jahre lang hat Vigoleis dort das Gut einer mexikanischen Millionärin verwaltet, hat selbst gezimmert und gemauert, war Klempner und Buchhalter zugleich. Er hat schön gewohnt, hart gearbeitet, kaum geschrieben und nichts verdient. Es wäre ihm nie in den Sinn gekommen, ein Gehalt zu erbitten – »das hätte doch zu einem Gefühl der Abhängigkeit geführt«. Und das widerstrebt Vigoleis. Manchmal schenkte die Dame ihm großzügig ein paar Flaschen Wein, und er hat sich artig bedankt. Als die steinreiche Frau starb, hinterließ sie ihm keine Aktie und kein Grundstück, sondern nur ein paar Möbel und viele Bücher. Die Sofas und Fauteuils gaben seiner Wohnung den bürgerlichen Anstrich, den sie sonst nicht gehabt hätte. Geld hat Albert Vigoleis Thelen nie verdient. Vigoleis schrieb – die Verleger bedauerten. Seine Sprache, jammerte einer – »ein namhafter«, wie Vigoleis bissig betont –, sei zu erfinderisch, zu altmodisch, er solle doch bitte schön mehr deutsche Zeitungen lesen, um sprachlich auf der Höhe zu bleiben. Vieles, was er schrieb, behielt er für sich, mehr noch übergab er den Flammen, verstopfte Toilettenspülungen mit seinen Gedichten oder warf zerfledderte Manuskripte aus fahrenden Zügen, wenn er sich wieder einmal auf der Flucht vor deutschen Nazis, spanischen Falangisten oder portugiesischen Faschisten befand. Halb nagt es an ihm, ein Dichter zu sein, den kaum einer liest, halb freut es ihn, als »vielseitig verkrachte Existenz« bürgerlichen Klischees entronnen zu sein. »Unbeholfen im Leben«, heißt es im Prolog zur *Insel des zweiten Gesichts,* »in das ich mich immer noch nicht eingelebt habe, des Lebens Untüchte wie ein Zeichen an der Stirn; Sterbling, dem jeder den Finger in die Wunde legen kann.« Darin ist er selbst nicht schlecht. Mit einem scharfen Auge für offene Wunden und einem spitzen Finger, um ihn dort hineinzulegen, hat Vigoleis sich stets unbeliebt gemacht und hat es »mit einem Wort, das auch das meiner Familie ist, zu nichts gebracht«. Er war und blieb ein peinlicher Zeitgenosse, einer, der sich nicht anpaßte, das berühmte Blatt nicht vor den Mund nahm, sondern es in die Schreibmaschine spannte, um so Unerquickliches zu erklären wie: »1933 wurde Christus in

Deutschland ans Hakenkreuz geschlagen unter dem tosenden Jubel von Millionen und der wortlosen Billigung von Milliarden ... Hätten am Tage von Hitlers Machtergreifung alle Menschen in Deutschland, die sich für Christen ausgaben, im Geiste des Christentums gehandelt, dann wäre das Ebenbild des Herrn in eine Heilanstalt gewandert und dort auf Kosten der Gesellschaft bis ans Lebensende versorgt worden ... Die Geschichte des Nationalsozialismus wird nie geschrieben werden, solange die christliche Verlogenheit andauert. Denn ohne die Entchristlichung des Abendlandes wäre der Einbruch der heidnischen Barbarei nicht möglich gewesen.« Kein Wunder, daß sein Buch *Die Insel des zweiten Gesichts*, in dem sich Hitler und Huren, Gauner und Gelehrte im deftigen Nebeneinander porträtiert wiederfinden, von manchen Kritikern als »antichristlicher, zuchtloser und frecher Angriff auf sozusagen alle Tabus und Werte« gesehen wurde. Das vaterlandslose Geschreibsel des »libertinären Anarchisten« erregte die Gemüter. Dennoch – oder gerade deshalb – wurde das dickbäuchige Werk Thelens einziger Erfolg.

Doch das Vaterland und der »vaterlandslose« Schreiberling grollten einander. Thelen blieb der Heimat fern.

»Heimat«, sagt er, »bin ich selbst, und seit 58 Jahren ist Heimat dort, wo Beatrice ist; und da wir so alt werden, daß wir uns gegenseitig überleben, werden wir noch lange eine Heimat haben.« Selbst in die Trauer der Heimatlosigkeit hat sich der Emigrant Thelen dank Beatricens Gegenwart nie ohne Trost begeben müssen. Und dennoch kehrten die beiden vor zwei Jahren nach Deutschland zurück. In Viersen, wenige Kilometer von der ehemaligen Stadt Süchteln entfernt, wohnen sie in einem Altersheim. Die Heimat versucht, an dem Widerspenstigen einiges wiedergutzumachen. Ihm wurden sogar offizielle Ehrungen zuteil. Die Landesregierung Nordrhein-Westfalen verlieh ihm den Titel eines Professors, seine Heimatstadt steckte ihm den Ehrenring an den Finger, und Richard von Weizsäcker verlieh ihm gar das Bundesverdienstkreuz. »Jetzt«, sagt Vigoleis, »bin ich von meinem deutschen Terror befreit.« Fünfundfünfzig Jahre Exil brauchte es, bevor er diesen Satz sagen konnte. Auch Thelen ist ein deutsches Schicksal, auch er wurde durch das große Schweigen verdrängt, war ein zu unbequemer Kopf mit einem zu untrüglichen Gedächtnis, den man als gottlosen Unzuchtsschreiber denunzieren mußte, weil er eigentlich ein Moralist war, ein Unbestechlicher, der störte. Einer, der nicht vergessen wollte, der auch nach dem »Zusammenbruch« noch litt, der nicht verwinden konnte, daß selbst seine katholische Mutter dem Führer verfiel – nach dem Konkordatsvertrag, dem Sündenfall der katholischen Kirche. Als Thelen in Mallorca aufs deutsche Konsulat bestellt wird, um dort zu hören, er stünde auf der Liste der Volksschädlinge, und würde er nicht sofort aufhören, Schmähbriefe über den Führer an seine Familie zu schreiben, sei deren und sei sein Leben gefährdet, antwortet er: »Meine Angehörigen lieben den Führer, sie haben es mir selbst geschrieben. Sie werden sich glücklich preisen, wenn sie ihr Leben für ihn und seine Sache hingeben können. Auch das haben sie mir geschrieben. Meine Mutter schließt den neuen Heiland sogar in ihr Gebet ein. Wenn ich dann das Meinige dazu beitragen kann, daß meinen Lieben daheim ihre patriotischen Wünsche in Erfüllung gehen, daß sie Dünger sein können auf der Scholle des Vaterlandes: Herr Konsul, so verkommen bin ich noch nicht, daß ich es denen verwehrte.« So etwas hörte man nicht gern nach dem Krieg, wo man doch längst mehrheitlich wieder an Gott und nicht an den Führer glaubte, wo man die Erinnerung an den Nationalsozialismus heftig und erfolgreich unterdrückte.

10. Juni

Die Kirchen taten sich schwer mit ihren Erklärungen zum Nationalsozialismus und seinen Verbrechen. Halb be-, halb entschuldigten sie sich für ihre eigenen Versäumnisse. Dem Vorwurf Hochhuts, der Stellvertreter Gottes, Pius XII., habe sträflich geschwiegen, wurde und wird die Enzyklika *Mit brennender Sorge* von Pius XI. aus dem Jahre 1937 entgegengehalten, in der dieser Papst den Mythos von Rasse und Blut verurteilte und Hitler anprangerte, Völkerrecht zu brechen und Menschenrechte mit Füßen zu treten. Nur – das Reichskonkordat, der Vertrag zwischen dem Vatikan und den Nationalsozialisten, der am 20. Juli 1933 unterschrieben worden war, wurde dennoch nicht gekündigt, zum Boykott jüdischer Geschäfte am 1. April 1933, zum Erlaß der Nürnberger Rassengesetze im September 1935 oder zur »Reichskristallnacht« am 9./10. November 1938 schwiegen die offiziellen Vertreter der katholischen Kirche, schwieg Pius XI. Im Frühjahr 1939 besteigt sein Nachfolger, Kardinal Pacelli, den päpstlichen Thron und geht als Pius XII. nicht nur in die Kirchengeschichte ein. Selbst 1942, als man in Rom längst von deutschen Todeslagern in Polen wußte, brachte es dieser Papst nicht über sich, öffentlich gegen den Massenmord zu protestieren. Der Heilige Stuhl müsse neutral bleiben, hieß es. 1943, als die Nationalsozialisten römische Juden zusammentrieben, berichtete der deutsche Botschafter an diesem Heiligen Stuhl, Ernst von Weizsäcker, nach Berlin, der Vatikan sei beunruhigt, weil sich die Deportation sozusagen unter seinem Fenster abgespielt habe. (Hoffentlich haben die Juden sich leise verschleppen lassen, damit die heilige Ruhe nicht gestört wurde.) Liest man die Geschichte im Detail nach – zum Beispiel bei Guenter Lewy: *Die katholische Kirche und das Dritte Reich*, dann kann einen ein ganz unheiliger Zorn packen über das gewundene päpstliche Gefasel. Der Heilige Vater lasse seine väterliche Fürsorge allen Menschen ohne Unterschied der Nationalität und Rasse angedeihen, hieß es beispielsweise. Nie nennt er die Dinge beim Namen. »In den folgenden Monaten«, schreibt Lewy, »fanden regelmäßig Durchsuchungen nach Juden statt. Der Papst übte weiterhin Nächstenliebe und schwieg.« Und es schwiegen auch die deutschen Bischöfe. »Weder das Wort Jude«, so noch einmal Lewy, »noch die Bezeichnung ›Nichtarier‹, kam ihnen jemals über die Lippen.« Im Verschweigen der Schuld blieb sich die Kirche auch nach dem Zusammenbruch treu. In einem gemeinsamen Hirtenbrief des deutschen Episkopats vom 23. August 1945 heißt es: »Furchtbares ist schon vor dem Kriege in Deutschland und während des Krieges durch Deutsche in den besetzten Ländern geschehen. Wir beklagen es zutiefst: Viele Deutsche, auch aus unseren Reihen, haben sich von den falschen Lehren der Nationalsozialisten betören lassen, sind bei den Verbrechen gegen menschliche Freiheit und menschliche Würde gleichgültig geblieben; viele leisteten durch ihre Haltung den Verbrechen Vorschub, viele sind selber Verbrecher geworden.« Ich lese weiter, suche nach dem Wort Schuld. »Schwere Verantwortung trifft jene«, heißt es, die Mehrheit entsprechend ent-schuldend, »die aufgrund ihrer Stellung wissen konnten, was bei uns vorging, die durch ihren Einfluß solche Verbrechen hätten verhindern können und es nicht getan haben.« Natürlich haben die Bischöfe recht, wenn sie erklären: »Es ist eine Forderung der Gerechtigkeit, daß immer und überall die Schuld von Fall zu Fall geprüft wird, damit nicht Unschuldige mit den Schuldigen leiden müssen.« Aber die Frage, wo die Unschuld endet und die Schuld beginnt, die wird nicht diskutiert. Die Einsicht von Jaspers, daß im Sich-Fügen immer ein Stück Spielraum blieb und daß jeder, der ängstlich versäumte, diesen Spielraum auszunutzen, sich moralisch schuldig machte, diese Einsicht formulieren die Bischöfe nicht in der Klarheit, die notwendig gewesen wäre. Immerhin heißt es in der Stuttgarter Erklärung der Protestanten vom 18./19. Oktober 1945, »daß wir uns mit unserem Volke nicht nur in einer großen Gemeinschaft der Leiden wissen, sondern auch in einer Solidarität der Schuld... Wir klagen uns an, daß wir nicht mutiger bekannt, nicht treuer gebetet, nicht fröhlicher geglaubt und nicht brennender geliebt haben.« Ich gestehe, daß ich mir diese vielgerühmte Stuttgarter Schulderklärung stärker vorgestellt hatte als das, was ich hier in knappen Worten auf einer Seite zusammengefaßt finde. Vom politischen Irrtum, von menschlicher Feigheit, von wahren Schmerzen und verstörten Seelen angesichts der zerstörten Leben hätte ich lesen wollen, von Verzweiflung über unterlassene Worte und Taten, vom Zweifel an sich, den christlichen Versagern. Naive Wünsche, wie es scheint, denn wenn man nachliest (zum Beispiel bei J. Besier und G. Sauter: *Wie Christen ihre Schuld bekennen*), wie schwierig es war, allein dieses Bekenntnis zustande zu bringen, begreift man wieder einmal, wie wenig man weiß von dieser Wirklichkeit der Nachkriegswelt. Viele Theologen flüchteten sich in ihrer Ratlosigkeit in die Unergründlichkeit des göttlichen Willens. Paul Althaus fragte in einer Predigt: »Warum das alles? Gericht Gottes – gewiß! Aber wir kommen mit diesem Worte nicht durch. Schuld und Strafe – es geht nicht auf und reicht nicht aus. Dahinter liegt ein tieferes Geheimnis Gottes. Warum ließ er denn die Menschen unter uns wachsen, die uns alle in das Verderben brachten?« Der Stuttgarter Prälat Karl Hartenstein sagte noch in seiner Eröffnungsansprache auf dem Treffen der internationalen Ökumene: »Unsere persönliche Schuld, die lastende Mitschuld, an der wir alle tragen, und die unermeßliche Völkerschuld ist auf den Rücken des Einen geworfen, von dem geschrieben steht, ›Das ist das Lamm Gottes, das der Welt Sünde trägt‹, und nur über die Vergebung der Sünden werden wir als Kirche und Volk einen Weg in die Zukunft finden. Nur dort im Namen und unter dem Kreuz Christi kann unsere ganze Vergangenheit ins reine gebracht werden. Und darum, teure Gemeinde, ist diese Stätte auch der Ort, wo wir wieder zusammenfinden werden mit den Brüdern aus den Völkern. Sie werden uns in diesen Tagen auch ihre Not zu erzählen haben, ihre Not mit uns. Sie werden von der Schuld reden, die zwischen uns steht, und sie werden von der eigenen

Schuld bekennen, die auch auf den Völkern der Siegermächte lastet. Ich bin gewiß, daß, wenn wir morgen und übermorgen darüber miteinander reden, das große Geheimnis unter uns aufstehen wird, das Kreuz des Erlösers der Welt, der die Vergebung der Sünden gebracht. Das ist die Kraft der Einheit der Kirche, das keines über den anderen richtet und anklagt, weil wir alle miteinander Mitschuldige sind vor diesem Kreuz und Mitbegnadete von dem, der die Welt geliebt hat.«

Es paßt dazu, daß man in beiden Kirchen die Besatzungsmächte fast heftiger angriff als das bisherige Regime und sich selbst. »Die durch Hunger und Krankheit verelendeten Menschen demoralisieren jetzt in einem Maße, das uns bang werden läßt«, schreibt ein evangelischer Pfarrer. Bemerkenswert ist das schon, diese Unverfrorenheit zu behaupten, die Deutschen demoralisierten jetzt; wo sie sich doch in den vorhergehenden Jahren so anständig und so überaus moralisch benommen haben. Im Osterhirtenbrief der katholischen Bischöfe vom 27. März 1946 heißt es zum Beispiel, daß die »oft verfehlte Art«, wie die Besieger die Stellen des öffentlichen Lebens und der Wirtschaft von Anhängern des alten Regimes zu säubern suchten, »wie ein Alpdruck« auf dem deutschen Volke laste. Das Rechtsbewußtsein werde durch die fristlose und versorgungslose Entlassung Tausender von Beamten und Wirtschaftlern und die Verhaftung weiterer Tausender ohne richterlichen Spruch empfindlich getroffen. Genau! Dem Rechtsstaat der Nationalsozialisten folgen die Unrechtstaten der Alliierten, und die sittsamen Deutschen demoralisieren. Darin sind sich Protestanten und Katholiken einig. Und so heißt es folgerichtig in einer Botschaft, die der erste deutsche Katholikentag der Nachkriegszeit im Jahre 1948 an die evangelische Kirche richtet: »Die gemeinsam erlittene Bedrängnis hat zwischen uns ein Gefühl der Verbundenheit geschaffen, das uns mit Freude und Hoffnung erfüllt. Eine neue Atmosphäre des Zusammenlebens ist entstanden.« Auf eben diesem Katholikentag tröstet auch Papst Pius XII. seine Getreuen und womöglich sich selber: »Es waren gefahrvolle, langanhaltende Stürme, durch die Ihr Euch hindurcharbeiten mußtet...«

PS. Die Beschreibung einer ehemaligen Klosterschülerin, daß die Nonnen, die sie unterrichteten, die »unseligen Jahre« mit gutem Wissen unerwähnt ließen, »weil Hitler ein Teufel war und man über den Teufel nicht spricht«, ist offensichtlich nicht übertrieben. Denn in dem schon einmal zitierten Osterhirtenbrief vom 27. März 1946 heißt es: »Soll eine innere Gesundung des Volkes angebahnt werden, so muß alles, was an Gestapo, Konzentrationslager und ähnliche Dinge erinnert, aus dem öffentlichen Leben verbannt werden. Sonst greift eine innere Vergiftung Platz, die einen moralischen und religiösen Aufstieg aufs äußerste erschwert, wenn nicht unmöglich macht.«

13. Juni

Lese etwas über Neonazis in der Zeitung. Seltsam, hier, wo es an die Nieren geht, habe ich mich noch nie intensiv mit diesen Leuten beschäftigt. In Amerika, wo ich als Ausländerin Abstand halten konnte, wagte ich mich an sie heran. Schauplatz war Chicago. Zeitpunkt Sommer 1978. Frank Collin, Gründer und Vorsitzender der »National Socialist Party of America«, hatte sich mit List und Geschick in die Medien katapultiert, weil er einen perfiden Plan verfolgte. Seine Freunde und er, so kündigte er an, würden in Skokie gegen die Diktatur des Weltjudentums marschieren. Skokie, ein Vorort von Chicago, hatte etwa 70000 Einwohner, 60 Prozent von ihnen waren jüdisch und etwa 7000 gar ehemalige KZ-Häftlinge mit ihren Familien. Collins Idee war schlau und böse. Er hätte sich keinen anderen Ort in Amerika ausdenken können, der verletzlicher gewesen wäre. Hier hätten sich Arme gegen die Nazis erhoben, die tätowiert waren mit Nummern aus Auschwitz oder Treblinka,

hier wäre der Schwur der Juden »Nie wieder« nicht zum Warn-, sondern zum Kampfruf geworden. Sol Golstein war einer der Überlebenden, der es in Skokie zu einem soliden Wohlstand gebracht hatte, in dem er seine Erinnerungen zu vergessen suchte. Doch Collins Drohung und die Vorstellung, schwarze Lederstiefel, braune Uniformen, Heil-Hitler-Rufe und Hakenkreuzfahnen in seinem Vorgarten zu haben, verstörte den Verfolgten dermaßen, daß er zum ersten Mal nach Jahrzehnten bereit war zu reden. Sol Golstein kam aus Litauen. Als Kind mußte er zusehen, wie SS-Soldaten seine Mutter zusammen mit anderen Frauen ins Schulhaus des Dorfes sperrten und sie dort verhungern und verdursten ließen. Dann schmissen sie Tote und Halbtote in eine ausgehobene Grube und zogen weiter. Eine Christin, die das Terrain zwei Tage später besuchen durfte, sah, wie die Erde, mit der die Opfer nur flüchtig bedeckt worden waren, noch immer in Zuckungen bebte. »Jahrelang habe ich meinen Kindern erzählt«, sagte Golstein, »wie gut sie es haben, daß sie nie in ihrem Leben ein Hakenkreuz sehen und fürchten müssen. Und nun dies.«
Frank Collin ist nie nach Skokie gekommen. Vielleicht aus Angst, wie die Juden meinten, »denn er wußte genau, wir hätten ihn mit seinen paar Getreuen zur Schnecke gemacht«. Ganz sicherlich nicht aus Einsicht. Als ich ihn aus New York anrief, war er entzückt. Ein Interview mit einer Deutschen, das war nach seinem Geschmack. »Wir werden uns gut verstehen«, hatte er unheilvoll am Telefon versprochen. In Chicago angekommen, besteige ich mit einiger Beklemmung ein Taxi, um zu Collins Hauptquartier zu fahren. Als der Taxifahrer merkt, wo die Reise hingeht, betrachtet er mich im Rückspiegel. »Na, Ihnen wird schon nichts passieren«, meint er begütigend, »Sie sind doch groß, blond und deutsch.« Wir halten vor einem niedrigen Gebäude. Die Front ist knallrot lackiert. Rechts und links schmücken Hakenkreuze den Eingang. Eine Klingel gibt es nicht. Ich klopfe. Am Fensterchen rechts über meinem Kopf erscheint ein unrasiertes Gesicht. Die Tür wird zögernd geöff-

net. Drei Mitglieder von Collins Elitetruppe, wie er seine Jünger gern bezeichnet, mustern mich mißtrauisch. Ich taste mich mit Fragen vor, wie direkt kann ich sie wohl ansprechen? Doch ich treffe auf keine Hemmungen. »Ja, ich bin ein weißer Rassist und bin stolz darauf«, erklärt einer von ihnen, der seinen Namen nicht nennen möchte, weil er Angst hat, seinen Job zu verlieren. »Mein Boß ist so 'n Judenschwein«, grinst er hämisch. Aber seine Eltern sind für die Nazis und geben auch Geld für die Partei. Gefragt, was er tun würde, wenn seine Schwester nach Hause käme und erklärte, einen Juden heiraten zu wollen, zögert er keine Sekunde mit der Antwort: »Ich würde sie umbringen, denn sie würde nicht nur sich selbst entwürdigen, sondern unsere Familie schänden.« Doch der primitive Haß dieser Jünglinge ist nichts gegen den perfiden Fanatismus ihres Führers Frank Collin. Ich sitze im ersten Stock des Gebäudes, im fensterlosen Wohnzimmer der Nazipartei, in dem Collin und seine Freunde leben. Collin speit seine Ideen und Visionen geradezu heraus: »Die Geschichte des Kommunismus ist die Geschichte des Judentums. Ich habe das jahrelang in einer der besten Universitäten des Landes studiert. Es stimmt. Und die jüdischen Kommunisten haben sich die Neger als Instrumente ausgesucht, um die Republik kaputtzumachen und um den Weltkommunismus zu verwirklichen. Die Juden sind ein böses Volk, die Neger sind es nicht. Ich hasse die Neger nicht, aber ich will sie auch nicht um mich haben. Sie sind dumm, primitiv, faul und schmutzig und haben in einer weißen Gesellschaft nichts zu suchen. Die Juden sind der Feind. Und der Nationalsozialismus ist die einzige Ideologie, die stark genug ist, den Kommunismus zu besiegen. Demokratien können das nicht, die glauben ja selbst an solchen Unsinn wie rassische Gleichheit und so. Wir brauchen eine nationalsozialistische Renaissance, dann können wir ein weißes Amerika verwirklichen. Nein, ich will keine Diktatur, das ist ein Anachronismus. Ich würde mit Hilfe des Kongresses die Verfassung ändern. Juden und Neger, überhaupt alle Nichtarier, würden zu Nichtbürgern erklärt. Sie hätten im politischen, wirtschaftlichen und kulturellen Leben der Vereinigten Staaten nichts mehr zu suchen. Es wäre doch unmoralisch, wenn ein jüdischer Rechtsanwalt einen weißen Klienten hätte. Mit Verfolgung hat das nichts zu tun, sie würden nur ausgeschlossen und müßten dann sehen, wie sie leben könnten. Ich bin kein Bullentyp und will niemandem unnötiges Leid zufügen, aber dies ist einfach notwendig. Wenn man Termiten im Haus hat, muß man sie ausrotten. Und wo immer Juden ihre Hand im Spiel haben, zerstören sie die Gesellschaft. Letztlich müssen die Juden und Neger natürlich das Land verlassen. Die Juden werden schon von allein gehen, weil sie in ihrer Hysterie denken werden, wir wollten sie ausrotten; als ob Hitler das wirklich getan hätte, so ein Unsinn. Und wenn die Neger nicht wollen? Verdammt noch mal, wenn wir Menschen auf den Mond schießen können, sind wir ja wohl auch in der Lage, Nigger nach Afrika zu schicken.« Collin, ein kleiner, unscheinbarer Mann, redet sich in Rage. Seine Augen beginnen zu glänzen und fixieren immer wieder mit fanatischer Starre das Weltbild der Zukunft. Wenn er von Hitler spricht, verklärt sich sein Gesicht. Die Intensität ist fast schmerzhaft und beängstigend. Er erinnert sich an seine Kindheit: »Hitler hat mich zum Nationalsozialisten gemacht, bevor ich überhaupt wußte, worum es geht. Aber ich habe einmal als kleiner Junge eine Nahaufnahme von ihm in einem Film gesehen, und seitdem wußte ich, wem ich zu folgen habe. Er sagte da offensichtlich etwas Entscheidendes. Sein Gesicht zeigte, daß er wirklich daran glaubte, was er sagte. Dann wurde das Publikum gezeigt und dieser entrückte Ausdruck auf ihren Gesichtern, diese Gläubigkeit, das war einfach wunderschön. Ich war vollkommen mitgerissen.« »Und Sie«, hatte Collin immer wieder gebohrt, »warum geben Sie denn nicht zu, daß Sie meiner Meinung sind. Ihr Deutschen seid so feige geworden, nur weil ein paar verlogene Gruselmärchen über KZs und ähnlichen Unsinn entstanden sind, wagt ihr nicht mehr, euch zum Führer zu bekennen. Es kann mir doch kein Mensch erzählen, daß ihr plötzlich

Juden mögt.« Damit, dachte ich, hat er wahrscheinlich sogar recht.
Zwei Tage später marschieren Frank Collin und seine braunen Genossen, ein eher kläglicher Haufen, im Marquette-Park im Süden der Stadt, für die Arisierung Amerikas. Begeisterte »Rednecks«, junge Reaktionäre, jubeln ihnen zu. »Ab mit den Niggers, weg mit den Judensäuen«, brüllten sie, die Bierdosen in der Hand, die andere drohend zu Fäusten geballt. Es sind 35 Grad im Schatten. Es ist feucht und stickig. Ein guter Tag, um seine Rage auszutoben. Plötzlich stehen zwei Gruppen gegenüber, jede auf einer Straßenseite, von der Polizei in der Mitte getrennt. Auf der einen Seite stehen die tätowierten, rauhen Burschen, auf der anderen die Juden, viele mit Käppis und Schläfenlocken. Schimpfworte fliegen hin und her, begleitet von obszönen Gesten, doch niemand rührt sich. »Wir kriegen euch schon noch«, drohen die Fettnacken den Juden, als ein Polizeilastwagen beginnt, sich den Weg durch die Menge zu bahnen. Er hält zwischen den feindlichen Gruppen. Polizisten öffnen die Tür des Waggons und führen die Juden – zum Schutz – hinein. Ein erschütternder Anblick. Einer nach dem anderen, ruhig und geordnet, schreiten sie über die schmale Rampe. Plötzlich beginnen die Burschen zu johlen: »Los, macht das Gas an, dreht es auf, endlich haben wir sie, jetzt kriegen sie, was sie schon lange verdient haben, schmeißt sie in den Ofen.« Ein jüdischer Kameramann neben mir konnte nicht weiterfilmen. Ich stand zitternd im Dritten Reich – mitten in Chicago, an einem heißen Sommertag im Jahre 1978.

Als ich damals für eine Radiosendung über die Nazis in den USA recherchierte, lernte ich auch Fritz Berg kennen, einen großen, blonden, schweren Mann, Vorsitzender einer nationalen, deutsch-amerikanischen Vereinigung in New York. Wir hatten uns in einem belebten Lokal am Broadway verabredet. Als Erkennungszeichen hatte Fritz Berg ein Buch mitgebracht, sein Lieblingsbuch, das er mir schenken wollte. *Der größte*

Humbug des 20. Jahrhunderts heißt es und ist das amerikanische Hauptwerk über die Auschwitz-Lüge. Fritz Berg kann es fast auswendig und rattert mir Argumente und Statistiken ins Ohr. Plötzlich – ich bin gerade dabei, hungrig in meinen Hamburger zu beißen – holt er eine Tüte aus seiner Aktentasche und schüttet den staubigen, körnigen Inhalt in den Aschenbecher neben meinem Teller. »Zyklon B«, sagt er triumphierend. »Wollen Sie wirklich glauben, daß man damit Menschen umgebracht hat? Damit merzt man Ungeziefer aus. Riechen Sie doch mal – fast wie Mottenpulver, nicht?« Ich glaube, mir ist noch nie bei einem Interview so schlecht geworden. »Übrigens«, so sagt er mir zum Abschied, »sollte ich Sie von der Wahrheit überzeugt haben, so werden Sie Ihren Artikel in Deutschland nicht publizieren können. Sie wissen es ja wohl selbst, wie sehr Ihr Land zum Unterdrückungsstaat geworden ist. Allein die Dreistigkeit, mit der unbescholtene Bürger als angebliche Naziverbrecher angeklagt werden! Wir versuchen, einigen dieser Verfolgten zu helfen.« Am nächsten Tag las ich in einer der »White Power«-Zeitungen, die ich mir besorgt hatte: »Stoppt das Bonner Terrorregime, das mit nackter Gewalt und politischer Verfolgung eine skrupellose Kampagne gegen nationalsozialistische Freiheitskämpfer führt.«

14. Juni

Genau! Man muß nur bei Jörg Friedrich *(Die kalte Amnestie)*, bei Ingo Müller *(Die furchtbaren Juristen)*, bei Renate Jäckle *(Die Ärzte und die Politik)* oder bei Ralph Giordano *(Die zweite Schuld)* nachlesen, um zu erfahren, wie unnachgiebig die nationalsozialistischen »Freiheitskämpfer« verfolgt worden sind. »Die Pechvögel, die der Arm des Gesetzes griff« – so Jörg Friedrich in dem von Hajo Funke herausgegebenen Buch *Die Gnade der geschenkten Nation* – »stellen weniger als ein Prozent der Tatbeteiligten.« Kein Richter oder Staatsanwalt aus der Nazizeit wurde rechtskräftig verurteilt. Und wurden sie angeklagt, erhielten sie auch während der Prozesse hohe Pensionen. »Daß deutsche Richter überhaupt am Unrecht der Hitlerdiktatur beteiligt waren«, schreibt Ingo Müller, »bestritt man zunächst kategorisch.« Die sonst so alerten Juristen beriefen sich auf blauäugige Gesetzestreue. Wie sollten ausgerechnet sie sich schuldig fühlen, die unbestechlich Recht nach geltenden Gesetzen gesprochen hatten. Ihr Verhalten war absolut korrekt, ihr Diensteifer so gründlich, daß sie sich doch nicht auch noch mit so läppischen Überlegungen wie Leben, Tod oder gar Menschlichkeit beschäftigen konnten. Zudem: Der eigenen Karriere hatte es nicht gerade geschadet, daß durch die Vertreibung der jüdischen Anwälte, Rechtsgelehrten und Richter begehrte Kanzleien, Lehrstühle und Ämter frei wurden. Bereits am 16. Januar 1934 war bestimmt worden: »Berufliche Verbindungen mit Rechtsanwälten, deren Zulassung zurückgenommen ist, u. a. ... wegen nichtarischer Abstammung sind verboten ... Jede Bürogemeinschaft und Sozietät zwischen arischen und nichtarischen Rechtsanwälten ... ist verboten ...« Am 20. Dezember 1934 hieß es ergänzend: »Frühere Rechtsanwälte dürfen die Bezeichnung Rechtsanwalt nicht mehr führen.« Am dritten Oktober 1936 hielt Hans Frank – damals noch Rechtsführer des Deutschen Reiches – vor dem nationalsozialistischen Rechtswahrerbund eine Rede, in der er erklärte, daß es ab sofort und in aller Zukunft unmöglich sei, daß »Juden im Namen des deutschen Rechts auftreten können«; die »Deutsche Rechtswissenschaft« sei »Deutschen Männern« vorbehalten. Das »neojudäisch justizprofessorale Rabbinertum« gelte es endlich abzuschaffen. Die Arisierung der Rechtsprechung und Forschung ist den Nationalsozialisten gründlich gelungen: 4500 Rechtsanwälte, über 800 Richter und Staatsanwälte und etwa 140 Juraprofessoren waren Opfer der Vertreibung.

Ein Staatsrechtler jüdischer Abstammung, der nur schwer begreifen kann, wie Hunderte von Juristen gnadenlos die leeren

Stühle besetzten und gewissenlos und unbarmherzig »Recht« sprachen, wie es ihnen vorgeschrieben wurde, meint, das spezifisch Deutsche seien nicht die vielen Vorschriften, es sei nicht das starke Bedürfnis der Legitimation durch die Form, sondern die Befolgung jeglichen Gesetzes, ohne auch nur mit der Wimper zu zucken. »Ich muß für mich davon ausgehen«, sagt er, »daß diese Verbrechen in dem Zustand der Trance eines Formalismus begangen wurden. Daran will ich um meiner selbst willen festhalten, sonst müßte ich den Glauben an die Menschheit ganz verlieren.« Liest man, mit welcher Abgefeimtheit Juristen damals Unrecht sprachen und mit welcher Perfidie sie danach den Grundsatz: »Nulla poena sine lege« verteidigten und logisch einwandfrei darlegten, kein Richter könne sie nachträglich für etwas bestrafen, das zum Zeitpunkt der Tat, die natürlich keine war, nicht strafbar gewesen sei, dann kann man wirklich seinen Glauben an Menschlichkeit nur schwer bewahren. So überlebten die unschuldigen Gestalter und Bewahrer der nationalsozialistischen »Rechts«sprechung unbeschadet die Entnazifizierung. »Die Maschine muß laufen«, soll Adenauer damals gesagt haben. Und sie lief auf vollen Touren. Dieselben Leute, die bis 1945 für den »Rechts«staat eintraten, stellten ab 1945 all ihr wunderbares Wissen dem neuen Rechtsstaat zur Verfügung. Sie waren Juristen – egal wo und in wessen Auftrag und zu welchen Zwecken.

Am 21. Oktober 1986 wurde die Akte »Volksgerichtshof« von der Berliner Staatsanwaltschaft endgültig geschlossen. Allerdings, wie wunderbar, hatten CDU/CSU, FDP, SPD und Grüne am 25. Januar 1985 gemeinsam erklärt, daß die als »Volksgerichtshof« bezeichnete Institution kein Gericht im rechtsstaatlichen Sinne, sondern ein Terrorinstrument zur Durchsetzung der nationalsozialistischen Willkürherrschaft war. Na ja, schade, daß das ein wenig spät kam, aber es kann ja nicht jeder heute so schnell denken wie die früher morden konnten. Und wie gut zu wissen, daß Freislers Witwe Marion dank einer üppigen Pension ihres Präsidentengatten kein karges Leben zu fristen hatte. Das wäre auch ungerecht gewesen, wo ihr Roland doch so fleißig für den Führer geschuftet und das Vaterland von elenden Gesellen befreit hatte. Manchmal mußte der arme Kerl bis zu zehn Todesurteile am Tag aussprechen. Er war eben ein tüchtiger Präsident.

Ein Glück, daß man die Ärzte gleich weiter praktizieren ließ. Wie wären wir Nachkriegskinder denn auf die Welt und über die Runden gekommen ohne den guten Onkel Doktor aus der guten alten Zeit. Liest man bei Renate Jäckle nach, verwundert es allerdings allmählich, daß sie unsere Mütter gebären und uns gesunden ließen. Hatten doch verdammt viele von ihnen erfolgreich begriffen, daß Hippokrates in ihren Augen Unsinn gebrabbelt hatte, als er ärztliche Kunst mit menschlichem Ethos verquickte. Diese Ärzte wußten es besser: Sie durften nicht heilen, sie mußten töten. Mußten? Renate Jäckle führt aus, daß »Ärzte ohne Nachteile für Beruf oder Privatleben die Teilnahme an den Tötungsaktionen ablehnen konnten«. Viele haben mitgemacht – man schätzt, daß 50 Prozent der männlichen Ärzte Parteigenossen waren –, und noch mehr haben sie später geschützt. Gesundheitsbehörden oder Ärztekammern kamen zu Entschuldigungen wie, »daß die Handlungen der Beschuldigten keine schweren sittlichen Verfehlungen... darstellen«. Es ging um Euthanasie. In Gerichtsurteilen – zitiert bei Renate Jäckle – hieß es zum Beispiel, zwar habe der Beschuldigte »objektiv Beihilfe zur Tötung von mindestens 6652 Geisteskranken geleistet«, aber das »Unerlaubte« seines Tuns nicht erkennen können. Denn der Mann sei von Kindheit an mit der Verherrlichung nationalsozialistischen Gedankenguts aufgewachsen. Der Arme! Wie konnte er da noch wissen, daß man eigentlich nicht töten soll. Diese nachträglichen Rechtfertigungen zu einer Zeit, da man doch längst »ganz von vorne« angefangen und einen neuen Staat aufgebaut hatte! Diese zweite Schuld (Giordano) zusätzlich zur mörderischen ersten bestimmte die Atmosphäre, in der wir aufwuchsen. »Wissenschaftler haben Inhalt und Folgen ihrer wissenschaftlichen Arbeit zu verantworten.« So stand es und so steht es auf einer Gedenktafel des ehemaligen Kaiser-Wilhelm-Instituts für Anthropologie, menschliche Erblehre und Eugenik in Berlin, das heute zur Freien Universität gehört. In diesem Institut wurden SS-Ärzte und »Erbgesundheitsrichter« ausgebildet. Josef Mengele war einer von ihnen, Otmar von Verschuer ein anderer. Der Freiherr »wurde 1935 Professor in Frankfurt/Main, 1951 in Münster (W.). Verschuer gewann durch ausgedehnte Zwillingsuntersuchungen Erkenntnisse zum Problem des Anteils von Erbe und Umwelt am Merkmalsbild und am Lebensschicksal des Menschen.« – So, genau so ist es nachzulesen im dtv-Lexikon aus dem Jahre 1968. Kein Wort, nicht ein Hinweis auf Verschuers Funktion im Dritten Reich, auf seine Zusammenarbeit mit seinem Schüler Josef Mengele – es war Verschuer, der die Zwillingsuntersuchungen angeregt hatte, um »das Ausmaß des Schadens durch ungünstige Erbeinflüsse« und die »Beziehungen von Krankheit, Rasse und Rassenvermischungen zueinander« festzustellen. Reihenuntersuchungen hatte Verschuer gefordert. Reihenuntersuchungen stellte Mengele an – in Auschwitz. Viele der Zwillinge schickte er dann in die Gaskammer, manche hat er auch eigenhändig umgebracht, mit seiner ärztlichen Kunst, mit tödlichen Spritzen in die Herzkammer. Sein Lehrer Verschuer arbeitete bis 1965 unbehelligt als Professor für Genetik an der Universität Münster. Andere Ärzte wurden Gynäkologen, Urologen oder Kinderärzte. Und sie waren natürlich bessere Ärzte denn je zuvor. Hatten sie doch zwölf Jahre lang im Dienst der Wissenschaft und zum Wohl der Menschheit forschen können. Wann hat man schon unbegrenztes Menschenmaterial, um damit zu experimentieren. Zu anderen Zeiten sind selbst Kaninchen zu teuer, rufen schon Versuche mit Katzen oder Hunden die Tierschützer auf den Plan. Von 1933 bis 1945 blieb man ungestört; einen Menschenschützerverein gab es nicht – sonst wären Juden, Homosexuelle, Kommunisten, Geisteskranke und Sozialdemokraten ja gar

nicht erst dorthin verbracht worden, wo diese grausigen Experimente stattfanden. Und wir Nachkriegskinder durften nun von diesem so wunderbar angereicherten Wissen profitieren.
PS. Wie waren wir naiv, als viele von uns wohl tatsächlich glaubten, daß nur eine Minderheit in diesen zwölf Jahren zu Verbrechern und Menschenschindern geworden war, daß die Alliierten diese Minderheit zur Rechenschaft gezogen hatte, und die anderen, die von früher, die irgendwie gut Gebliebenen das Land aufbauten. Der Krieg, der Massenmord war doch »im Namen des deutschen Volkes« geschehen, verführt von der »Gangsterbande, die sich Deutschlands bemächtigt hatte«, wie Nicolaus Sombart die nationalsozialistische Herrschaft beschreibt.
Haben wir eigentlich auch geglaubt, daß es so etwas wie Besinnung und Bekehrung gegeben habe, daß es moralisch Neugeborene waren, die die Ärmel aufkrempelten und mit den Trümmern von der Straße den Schutt aus ihren Hirnen wegräumten? Naziembleme – Anstecknadeln, Hitlerbildchen und Hakenkreuze – landeten en masse in Gräben und Tümpeln, in Geröll und Morast, aber wo blieb man mit der Gesinnung?
Das war der Sumpf, aus dessen matschigen Tiefen die reine Stunde Null entstieg. »Die Deutschen«, schrieb Sebastian Haffner einmal, »haben eine ungewöhnliche Fähigkeit zum Selbstbetrug.«

15. Juni

Diese nie ausgeräumte Lüge der Stunde Null hat auch Bernd Sinkel an den Schreibtisch getrieben. Sinkel, Jahrgang 1940, Volljurist, Drehbuchautor, Regisseur und Produzent, hat eine vierteilige Fernsehserie unter dem Titel *Väter und Söhne. Eine deutsche Tragödie* gedreht. Sie wurde 1987 in der ARD ausgestrahlt und von allen möglichen Seiten ausgezankt. Es ist die

Geschichte einer Industriellenfamilie, in deren chemischen Fabriken – später Teil des IG-Farben-Imperiums – Erfindungen gemacht und Produkte hergestellt werden, die schon im Ersten Weltkrieg todbringend eingesetzt werden und im Zweiten dann chemische Kriegführung und Vergasung im KZ möglich machen. Es ist die Geschichte eines expandierenden, weltweit angesehenen Unternehmens, dessen Besitzer aus »normalen« kapitalistischen Motiven handeln, dabei moralische Implikationen übersehen, negieren oder auch beiseite fegen und aus »übergeordneten« Interessen ein subjektives Unrechtsbewußtsein gar nicht aufkommen lassen. Täten sie es, wären sie pleite. Da sie es nicht tun, werden sie zu Mitschuldigen am großen Menschenmord, landen auf der Bank der Angeklagten und können noch immer nicht verstehen, warum sie dort sitzen. Täten sie es – müßten sie umkommen, aus Scham, aus Elend über die eigene versäumte Menschlichkeit. Statt dessen kommen sie bald wieder heraus aus dem Gefängnis – wie soll man eine Industrie aufbauen ohne Industrielle, die sich auskennen – also sie kommen heraus aus dem Gefängnis und hinein ins Wirtschaftsleben, aus dem sie mit »normalen« kapitalistischen Methoden ein Wunder machen.

Der alte Patriarch ist Herr im Haus und im Geschäft, hat Geld, Ansehen, Einfluß und Macht. Man führt ein üppiges und prunkvolles Leben. Sein Sohn läßt die Familienfirma fusionieren, um auch international konkurrenzfähig zu bleiben, und paktiert mit den neuen Machthabern. Die Familie versteckt und verpflegt den jüdischen Bankier, den Freund des Hauses, und läßt zur gleichen Zeit ausgemergelte Auschwitz-Häftlinge unter brutalen Begleitumständen eine neue chemische Fabrik errichten. Den alten Freund versucht man zu retten, den Rest läßt man ausrotten – und hat später natürlich von nichts gewußt. Die Schizophrenie zwischen alter Loyalität und neuer Skrupellosigkeit, dieses menschliche Versagen ist eine der Botschaften des Films, die trifft. Man könnte in aufbrausende Wut verfallen oder in stille Verzweiflung. So ist der Mensch, denkt man, und Mensch bin ich selbst. Die andere Botschaft ist die Fortsetzung der fatalen Verlogenheit. Die Chemiefabrikanten haben nicht nur während der zwölf nationalsozialistischen Jahre die Augen vor der schrecklichen Wahrheit verschlossen, an der sie klotzig verdienten. Sie weigern sich auch hinterher, ehrlich zu sein und die Schuld zu erkennen, in die sie sich hineinbegeben hatten. Sie seien Wissenschaftler gewesen und Geschäftsleute, jammern sie voller Selbstmitleid, das habe doch nichts mit Politik zu tun. Klägliche Gestalten sitzen da auf der Anklagebank, die großen Herren als kleine Menschen, erbärmlich und erbarmungslos zugleich.

Ein Sohn will bekennen. Er tritt als Zeuge der Anklage auf. »Die Wahrheit ist, daß wir uns schuldig gemacht haben«, sagt er seinem Vater, der ihn fassungslos anstarrt: »Aber warum du? Warum willst ausgerechnet du gegen mich aussagen? Gegen deinen eigenen Vater. Willst du dich rächen? Wir – ich war daran beteiligt, das gebe ich zu. Aber niemand in diesem Krieg ist ohne Schuld.« Der Sohn, der ziemlich gut begriffen hat, worum es geht, bleibt hart: »Das einzige, was unsere Schuld auslöschen kann, ist, mit offenen Augen hinzuschauen und zu sehen, was wir getan haben... Unsere Opfer, all diese Toten verlangen nicht nach Rache. Sie verlangen etwas ganz anderes. Sie warten auf unsere Trauer.« Und darauf warten sie heute noch. Ob dadurch Schuld ausgelöscht werden kann, wie Sinkel im Drehbuch schreibt, ist wohl mehr als fraglich. Aber Trauer, Verzweiflung in und über sich wären jedenfalls eine Antwort, eine menschliche Reaktion nach unmenschlichem Handeln gewesen. Sinkels Vorwurf an die Väter ist, daß sie genau dies, Scham und Trauer, nicht zugelassen, sondern abgewehrt haben, daß sie die Fragen der Söhne unbeantwortet ließen, daß sie schwiegen, statt zu reden. Sinkel fragt nicht: Warum habt ihr das getan? Er fragt: Warum habt ihr euch nicht dazu bekannt? Warum habt ihr erst euch und dann uns belogen? Der Film war für Sinkel »auch eine sehr persönliche Auseinandersetzung mit

der eigenen Familienvergangenheit.« Sein Vater war Prokurist bei IG-Farben und während des Krieges in der Behörde des Generalbevollmächtigten für Chemie Karl Krauch als Chemiebeauftragter für das Ruhrgebiet tätig. Als Sinkel den Film drehte, war der Vater seit Jahren tot. Aber erst jetzt, als er begann, für die »Deutsche Tragödie« zu recherchieren, wagte er sich an den Nachlaß des eigenen Vaters: Dokumente, Akten und Briefe. »Ich hatte große Angst, etwas zu entdecken.« Was er fand, beruhigte und beunruhigte ihn zugleich. Sein Vater, sagt er, »war nicht richtig schlimm«. Er müsse zwar im Ruhrgebiet viel mit Lagern zu tun gehabt haben, doch im Entnazifizierungsverfahren sei ihm bestätigt worden, er habe sich anständig benommen. »Er war kein Nazi«, so Sinkel, »sondern ein gedankenloser Macher, der legal seinen Geschäften nachging.«
Genau das ließ Sinkel die Industriellen in seinem Film tun. Er wollte beweisen, daß da nicht nur ein »Wahnsinniger, wie man so gern sagt«, gewesen sei, dann lange nichts und schließlich die SS, sondern daß es ein ganzer Staat war, der mitmachte, ein Staat mit Beamten, Juristen, Bankiers, Ärzten und eben Industriellen. Und er hat genau damit etwas Unaussprechbares in die Welt posaunt. Er hat das Großbürgertum seiner Anständigkeit entblößt. Und so etwas tut man nicht. Die ausgemachten Täter als verabscheuenswürdig darzustellen, das ist gesellschaftsfähig, aber die Industrie anzugreifen, die schließlich auch heute wieder – ganz ungeniert und ungebrochen – unsere Wunder-Wirtschaft in der Welt repräsentiert, das ist ein Wagnis; denn das heißt eine Kontinuität herzustellen, die so gern bestritten wird. Es gab doch schließlich die Stunde Null. »Auf dieser Lüge«, sagt Sinkel, »ist das Land aufgebaut. Die fünfziger Jahre waren eine unglaublich bigotte und verlogene Zeit.« Man tat entweder so, als sei vor der Stunde Null ein Loch, ein Nichts, ein Vakuum gewesen, oder knüpfte frech und unverfroren an Früheres an. Da waren zum Beispiel die ehemaligen HJ-Führer im Pfadfinderlager, die mit Nachkriegskindern Nazilieder zur Klampfe sangen, es waren die Lehrer in der Schule, die

einem den Antikommunismus einpaukten wie lateinische Vokabeln. Bei Sinkel fiel die Litanei von dem bösen Russen in ein empfängliches Gemüt. Denn er wußte ja längst Bescheid. Irgendwann in seinen Kleinkindzeiten war Käthe in die Familie gekommen. Sie war eine Sudetendeutsche und voller gräßlicher Geschichten über die Russen. Brachte sie den Jungen ins Bett, berichtete sie ihm, wie diese Kosaken nackte Frauen und Männer bei lebendigem Leibe begraben hatten. Es fiel ihm nicht schwer, das zu glauben, denn das waren ja dieselben Männer, die Nacht für Nacht die Bomben warfen, um sie alle zu töten. »Es waren immer nur die Russen«, erinnert er sich, »die uns ständig in den Keller flüchten ließen.« Seine Mutter war schwanger und schützte den kleinen Sohn bei Angriffen, indem sie ihn mit ihrem schweren Leib bedeckte. Klar, daß er später, als er schon zur Schule ging, mit Inbrunst für die Befreiung der geknechteten Brüder und Schwestern in der Zone betete. Erst als er begriff, daß mit dem Kreuzzug gegen den Osten die eigene Vergangenheit verkleistert werden sollte, daß der Antikommunismus herhalten mußte, um Naziverbrechen zuzudekken, erst dann begann er, die »Lüge der Stunde Null« zu durchschauen und sich für das Nichts vor der Null zu interessieren. Da begann er, sich von zu Hause zu lösen und sich abzukapseln. »Meine Generation«, sagt er, »wollte nur weg von zu Hause.« Denn »wie kann man behaupten, in einer Gegenwart zu leben, die keine Vergangenheit hat, wie kann man wagen, eine Zukunft aufzubauen, in der Scham und Sühne keinen Platz haben.« Kein Wunder, daß aus der Trauer, die nicht stattfand, ein Trauma wurde. »Mein Vater hat nie über die Zeit gesprochen«, sagt Sinkel, und immer wieder, wenn er auf das Thema kommt, packt ihn der Zorn. Dann springt der bärtige Brillenträger auf, schüttelt den rötlichen Wuschelkopf und beginnt auf und ab zu wandern, am liebsten barfuß durch seinen Garten, den er mit viel Zeitaufwand pflegt. Bernd Sinkel, das Gegenteil des geländegängigen Karrieristen, eher ein störrischer Bulldozer, der für andere wie für sich mühsam und unbe-

quem sein kann, gelingt es trotz des üppigen Bartes nicht, seine Gefühle im übriggebliebenen Gesicht zu verbergen. Schade, denke ich, daß »sensibel« ein so abgegriffenes Wort geworden ist, auf den zwischen Sperrigkeit und Liebenswürdigkeit hin und her irrenden Stoppeltyp mir gegenüber würde es passen. Also – »mein Vater« – hatte er gerade gesagt, »hat nie über die Zeit gesprochen«. In den ersten Jahren seien ihm ab und zu Ressentiments herausgerutscht, wenn er beispielsweise die deutsche Freundin eines amerikanischen Soldaten als »Ami-Flittchen« betitelte oder den Jazz, den sein Sohn begeistert hörte, als »Negermusik« abtat. Später hat er Berufungen wie die von Globke oder Oberländer – zwei ehemalige Nazis in Adenauer-Kabinetten – verteidigt. Fragen zu sich wich er aus. »Verdrängungsmechanismen sind ja so eine Art Abtötung«, sagt der Sohn heute. »Diese ganze Generation unserer Eltern ist in dem Sinne verwundet, gezeichnet, versehrt.« Vielleicht, denke ich auf einmal, vielleicht hätten wir sie heilen können, wenn wir auf Antworten bestanden hätten; vielleicht wären sie genesen. Und wir müßten nicht an ihnen kranken, wenn wir nicht sie und uns so ängstlich hätten schonen wollen.
»Und du schonst sie schon wieder«, fahre ich mich an, »indem du sie krank schreibst, um sie nicht als Feiglinge oder Verbrecher sehen zu müssen.«

»Es ist doch wirklich schwer«, meint Sinkel, »so richtig zu fragen, wenn man noch im Abhängigkeitsverhältnis lebt. Wie soll man sich denn ernstlich auseinandersetzen, wenn man mit solchen Sprüchen abgespeist und verwarnt wird wie ›Solange du deine Füße unter meinem Tisch ausstreckst ...‹« Man müsse sich doch erst einmal selbst befreien, selbst leben, sich leben. »Es war sicher kein Zufall und ist auch typisch, daß ich erst nach dem Tod meiner Eltern angefangen habe zu recherchieren.« Und erst nachdem er den Film gedreht hatte, konnte er auch von seinen Eltern Abschied nehmen. Als sie starben, vergoß er keine Träne. Jetzt hat er sie am Grab besucht. Sinkel wirkt wie erleichtert, während er davon erzählt. »Wer fixiert ist, ist gebunden«, sagt er. Jetzt – so scheint es – ist Bernhard Sinkel frei. Er hat die Vergangenheit für sich angenommen, hat aus dem »ihr« ein »wir« gemacht, hat aus ihrer Schuld gelernt, was er sich schuldig ist. »Man darf die Leute nicht zur Ruhe kommen lassen«, sagt er und meint die Aussteiger aus der jüngsten Geschichte. Allerdings hatte er gehofft, mit *Väter und Söhne* etwas bewirken zu können. Dieses Gefühl hat ihn verlassen. »Mein Film ist untergegangen«, sagt er. Das hat ihn geschmerzt. Er hat Fehler bei sich geahnt. »Vielleicht habe ich es den Leuten zu einfach gemacht, vielleicht konnten sie sich zu leicht ablenken lassen vom eigentlichen Thema«, aber er weiß auch, daß sich manche »von dem Film bedroht fühlten«. »Das Kino wird zum Hörsaal«, konnte man in einer Zeitung lesen, oder »Der Film bleibt ein mattes Zeitbild«; ein Kritiker wollte gar eine Mischung aus *Holocaust* und *Dallas* entdecken, ein anderer eine Mixtur aus deutschem Denver-Clan und wuchtiger Visconti-Oper. Sinkel will nicht aufhören zu rütteln, aber er will sich auch nicht länger der Illusion hingeben, daß sich die anderen rütteln lassen. Er glaubt nicht mehr, daß er etwas ändern kann. »Ich kann mich äußern.«

16. Juni

Fünfzig Jahre Volkswagen. Wieder einmal wird die Stunde Null als Legende entlarvt. Wie vor zwei Jahren, als das Kaufhaus Horten sein 50jähriges Geschäftsjubiläum feierte. Da war viel von »Zukunftsaussichten« des Konzerns die Rede; den Blick zurück vermied man tunlichst. Dabei konnte man in der *Frankfurter Allgemeinen Zeitung* vom 26. April 1986 genau nachlesen, wie das viertgrößte Warenhausunternehmen Deutschlands entstanden war: »Als Helmut Horten im Jahr 1936 in Duisburg sein erstes Warenhaus eröffnete ... Horten, dem gerade 27 Jahre alten Sohn eines Senatspräsidenten am Kölner Oberlandesgericht, der bei Leonhardt Tietz (heute Kaufhof) seine Lehrjahre absolviert hatte, wurde im Mai 1936 über Banken das Duisburger Warenhaus Gebr. Alsberg angetragen, nachdem die jüdischen Inhaber Strauß und Lauter vom Naziregime zur Emigration gezwungen worden waren. Aus diesem Anfang wurde mit rasch folgenden Filialgründungen schon sehr bald eine kleine Gruppe von Warenhäusern mit dem Namen Horten KG.« Das *Handelsblatt* drückte sich noch diskreter aus – sicher ganz im Sinne des Herrn Horten. Dort konnte man am 28. April 1986 lesen: »Die Geburtsstunde des Unternehmens fällt auf den 9. Mai 1936, als die Helmut-Horten-Kommanditgesellschaft das Textilhaus der Gebrüder Alsberg in Duisburg an der Ecke Beek- und Münzstraße übernahm. Bis zum Ausbruch des Zweiten Weltkrieges hatte der rührige Kölner...« und es folgt die Eloge. Das klingt nach einer regulären Geschäftsübernahme, klingt nach Kauf zum marktgerechten Preis, klingt wie es sein sollte und eben überhaupt nicht war. Im *Handelsblatt* kommen Strauß und Lauter als Vorbesitzer nicht vor, in der *FAZ* wird ihres Schicksals mit keiner weiteren Zeile gedacht. Von »Arisierung« spricht keiner der Berichterstatter – ein verpöntes Wort in der Bundesrepublik. Es könnte bei manchem Hausbesitzer, Arzt, Rechtsanwalt oder Apotheker an ungute Erinnerungen rühren. Wer will das schon, wo man doch nach dem »Zusammenbruch« endlich die »schrecklichen Jahre der Vergangenheit« gemeinsam vergessen wollte, wo doch 1945 jeder und alle mit Null dastanden und ganz von vorn anfingen. Wieviel solider Mittelstand wohl auf arisiertem Besitz beruht – und wie viele Millionen, wenn nicht Milliarden, mögen auf Nummernkonten in Schweizer Banken liegen, die niemand je reklamieren konnte, weil sie alle ermordet sind.

Der Volkswagen mußte nicht arisiert werden, denn er wurde als nationalsozialistische Erfindung aus der Taufe gehoben. Bevor er sich zum Käfer mausern durfte, mußte er sich als KdF

(Kraft-durch-Freude)-Wagen bewähren. Zwangsarbeiter, Kriegsgefangene und KZ-Häftlinge wurden nach Wolfsburg abtransportiert, um die Idee des Ferdinand Porsche einer ganz neuen, preiswerten Konstruktion eines Autos in die Wirklichkeit umzusetzen. Der Wagen fürs Volk machte zunächst als Kübelwagen der Wehrmacht Karriere. Selbst im russischen Frost sprang der Volkswagen an – das sprach sich herum und mag dazu beigetragen haben, daß die erste große Nachkriegsorder, 20 000 Volkswagen zu produzieren, ausgerechnet von der britischen Militärregierung in Auftrag gegeben wurde – im September 1945. Der Käfer wurde zum Symbol des deutschen Wirtschaftswunders. »VW darf stolz sein«, sagte auch der Chef des Unternehmens Carl Hahn zum 50. Geburtstag, weil der Volkswagen »zu einem hervorragenden Botschafter unseres Landes« geworden sei. Im Gegensatz zu vielen anderen Jubelfeiern zum 50. Geburtstag, die sich um den Blick zurück mit Verve drücken, hat VW den Bochumer Historiker Hans Mommsen beauftragt, die Geschichte des Wagens und seines Erfinders »so lückenlos und umfassend« aufzuklären, »wie dies aufgrund aller erhaltenen Dokumente möglich ist«. Es bleibt abzuwarten, ob nach dem Bericht aus Bochum die Büste von Porsche, die den Wolfsburger Rathausplatz schmückt, entfernt wird oder nicht. Die Grünen haben das jetzt schon gefordert. Der geniale Erfinder hatte nämlich mehrfach bei Himmler um die Entsendung von KZ-Häftlingen nachgesucht, um sie in seinen Werken einzusetzen. Fast dreihundert wurden dabei zu Tode geschunden. Etwa vierhundert Kinder von polnischen und sowjetischen Zwangsarbeiterinnen »starben« in werkseigenen Kinderheimen und wurden in Pappkartons auf dem Friedhof verscharrt. »Angeborene Lebensschwäche« hatte der Werksarzt auf die Totenscheine geschrieben und mußte dafür später – von den Briten verurteilt – sein eigenes Leben lassen. Porsche dagegen, der weltfremde Erfinder, steht in Stein geehrt vorm Rathaus. In Wolfsburg weiß man, wem man die Werksgründung verdankt. Ein Arbeiter erklärt unumwunden – zu lesen in der *taz* vom 3. Juni 1988: »Der Grundstein liegt seit 50 Jahren. Hitler liegt auch unter der Erde, und wenn der den Stein nicht gelegt hätte, müßte man ihn jetzt dafür eigens noch einmal ausbuddeln.« Welch ein Glück, daß nur Porsche vor dem Rathaus steht.

17. Juni

»Unsere Generation wird eines Tages nicht nur die ätzenden Worte und schlimmen Taten der schlechten Menschen zu bereuen haben, sondern auch das furchtbare Schweigen der guten.« Das Zitat ist von Martin Luther King, dem amerikanischen Bürgerrechtskämpfer und Friedensnobelpreisträger, der 1968 mit einem gezielten Kopfschuß ermordet wurde. Er war 39 Jahre alt. Noch am Abend zuvor hatte er in einer Rede einer begeisterten und gerührten Menge zugerufen: »Gott hat mir erlaubt, die Spitze des Berges zu erklimmen und hinüberzuschauen. Ich habe das Gelobte Land gesehen. Vielleicht kann ich nicht mehr mit euch dorthin gehen, aber wir als Volk werden es erreichen.« Hätten die Guten nicht geschwiegen und es geschehen lassen, daß Haß gesät und Mord geerntet wurde, ob Martin Luther King dann dem gelobtem Land, das er erschaute, näher gekommen wäre?
Auch in Deutschland hat wohl die Mehrheit der »Guten« geschwiegen, erst aus Angst und dann? Ja, warum dann? Aus Scham, würde Hans Sahl mir jetzt antworten. »Die wirklichen Anti-Nazis«, erzählte er einmal, »die waren so beschämt über das, was geschehen war, daß sie schwiegen. Diese Menschen wagten mir kaum in die Augen zu schauen, als ich zurückkam, und haben mit keinem Wort von sich erzählt. Es hätte ja so aussehen können, als wollten sie sich herausreden. Genau das wollten sie nicht. Geredet haben die anderen. Es gab damals in München ein Lokal, in dem man sich traf, den ›Werneck-Hof‹,

und da kamen viele zu mir und sagten: ›Du lebst noch, das ist ja wunderbar.‹ Aber glauben Sie ja nicht, daß sie dann fragten, wie ich überlebte. Nein, dann mußten sie sofort und gleich von sich berichten. ›Weißt du‹, sagten die dann, ›ich habe auch eine so furchtbare Zeit durchgemacht, ich habe meinen Job verloren, schrecklich, diese Nazis und die Bombennächte!‹ Die Schuldigen jammerten, die anderen sagten nur: ›Gut, daß du da bist.‹ Sie waren zu stolz, mir zu beweisen, daß sie keine Nazis geworden waren.«

Das Schweigen der Guten – »warum«, frage ich eine Frau, die nie Nazi geworden war, »haben Sie nicht geredet?« Auch ihr fällt nur die Standardantwort ein: »Ich war so froh, daß alles vorbei war.« »Ich wollte keine KZ-Filme sehen«, sagt eine, die gerade 18 wurde, »als endlich alles vorbei war«, »ich wollte nur tanzen gehen, wollte jung sein, mich amüsieren.« »Der Nachtmahr war verschwunden«, fährt sie fort, »Sie müssen das doch kennen, wie toll das ist, wenn man schweißgebadet aus einem Alptraum hochschreckt und feststellt: Es ist alles nicht wahr, was mich bedrohte, die Nacht ist ruhig, die Stille ist friedlich, ich bin geborgen. So haben wir uns gefühlt.« Auch sie hätte reden können, weil sie – in einem antinazistischen Haushalt aufgewachsen – nie dabeigewesen ist, nicht einmal im BDM. Sie hatte nichts zu verbergen und zu verschweigen. Aber sie schwieg, »aus purer ichbezogener Lebenslust«, sagt sie heute und schüttelt den Kopf. Halb be-, halb entschuldigt sie sich und weiß selbst nicht genau, was sie von diesem jungen munteren Mädchen halten soll, das sie gewesen ist. Es schwieg auch jene Frau, die über Jahre eine Jüdin versteckt hatte. Sie sei weder Heldin noch Widerstandskämpferin gewesen, sondern habe sich nur normal verhalten, indem sie half, wo sie helfen konnte. »Jeder«, erklärte sie später ihrer Tochter, »hatte die Chance zu tun, was ich tat. Als ich nach dem Krieg darüber sprach, haben die Leute meinen Mut bewundert, statt sich ihrer eigenen Feigheit zu schämen.« Dieses Schlupfloch wollte sie ihnen nicht lassen. Als man begann, sie zu stilisieren, um sich zu schützen, da hat sie aufgehört zu reden. Am ärgsten erscheint mir die Geschichte eines jungen Soldaten, der – aus Rußland mit halbheiler Haut zurückgekehrt – in der Heimat hören muß, daß sein kleiner Bruder, als er, ein weißes Laken schwingend den Amerikanern als Rettern entgegenrannte, von einem SS-Endsieg-Fanatiker in den Rücken geschossen und getötet wurde. Aufgefordert, als Nebenkläger aufzutreten, winkt der Soldat müde ab. Er hat soviel »Scheiße in Sibirien« gesehen, sagt er, er will nichts mehr mit der Vergangenheit zu tun haben. Er will nichts mehr von Volk und Führer hören, will weder Gerechtigkeit noch Rache, er will nicht bekehren und nicht bestrafen, er will nichts als Ruhe, Zeit zu trauern, Zeit für sich. Er wollte nicht sprechen, er wollte schweigen über die Scheiße, für immer schweigen.

Auch Richard Dill hat geschwiegen. »Wozu reden, dachten wir damals, wozu reden über eine alte, böse Welt, die in Trümmern liegt, wenn man dabei ist, eine neue gute Welt zu erdenken und zu verwirklichen.« Richard Dill, Journalist, ist ein weißer Jahrgang, wurde 1932 geboren, wie auch Helmut Kohl. »Wir sind gar nicht auf die Idee gekommen, die Alten anzuprangern. Wozu auch? Die waren doch kaputt, am Ende, entmachtet. Und wir waren überzeugt, das Feuer sei ausgetreten, die Rache durch die Zertrümmerung der Städte und den verlorenen Krieg vollzogen. Wir entdeckten keine Kontinuität, sondern sahen allein die Tabula rasa, wußten, wir konnten von vorn anfangen. Die armen Alten hatten ihr Leben verbraucht, waren hereingefallen auf die Propagandamaschine, die waren halt Deppen – warum sollte man sich überhaupt noch die Mühe machen, diese abgewrackten Gestalten aus einer untergegangenen Zeit ernst zu nehmen oder gar anzuklagen.« Sechsundfünfzig Jahre ist er alt und wütet erst jetzt über den »versäumten Vatermord«. »Falsches Mitleid haben wir gehabt, eine merkwürdige Duldsamkeit.« Nicht einmal Wut hat ihn gepackt; man habe lange Zeit gar nicht mitgekriegt, daß die Mörder fröhlich und frei herumliefen. Und den Vätern haben sie geglaubt, daß das Dritte Reich aus dem Ruder gelaufen war, haben die Irrläufer- und

Ausrutschertheorie geschleckt, als sei es Honig. »Das«, sagt Richard Dill heute, »war unser fataler Fehler. Und die Alten haben sich getarnt, sind eine Zeitlang zu grauen Maulwürfen geworden; die Mimikry war perfekt, und wir sind darauf hereingefallen. Wer konnte denn ahnen, daß die alten Säcke« – er lacht ein wenig geniert, weil »die alten Säcke« jünger waren als er heute –, »wer konnte denn ahnen, daß die 30 Jahre später wieder auferstehen würden. Diese Renaissance hätten wir rechtzeitig erkennen müssen. Wären wir gleich nach Nesselwang gegangen, als sich die alten Nazis dort zum ersten Mal trafen, und hätten sie ausgelacht und entwürdigt, hätten sie verbal kastriert, wer weiß, ob sie nicht geflüchtet und in ihre Maulwurflöcher zurückgekehrt wären.« Die Vorstellung erfreut ihn sichtlich. »Meine Phantasie kreist um Nesselwang«, sagt er. Nesselwang ist für ihn offenbar so etwas wie ein Symbol des eigenen Versäumnisses geworden. Dort versammeln sich die, die er verpaßt hat zu ermorden – psychisch natürlich, wie man einen Vatermord halt begeht. »Mein Vater hat mich belogen«, redet er weiter, »ich habe ganz zufällig von einem Lehrer erfahren, daß er ein früher Nazi und wohl auch ein Schläger gewesen war. Da lebte der Vater noch. Aber ich bin nicht zu ihm gegangen, habe ihn nicht gestellt, habe ihn nicht befragt. Das war mir peinlich. Das wollte ich dem ohnehin Entmachteten ersparen. Und nun komme ich von dem Thema nicht mehr los. Als wir anfingen, dachten wir uns die Welt von einer unbegrenzten Formbarkeit. Wir wollten alle über alles aufklären. Deshalb bin ich Journalist geworden. Ich wollte eine Gemeinschaft der Aufgeklärten – und habe erst sehr viel später begriffen, daß ich das Harmoniebedürfnis aus dem Dritten Reich herübergerettet hatte in die neue Welt, die ich, die wir gemeinsam schaffen würden: wir waren doch alle Demokraten.« Er lächelt über die Blauäugigkeit seiner Jugend, aber es ist kein nachsichtiges Lächeln, dafür ist die Bitterkeit zu groß, ist der Preis zu hoch, den er für den naiven Elan seiner Jugend zu zahlen hat. Die Welt wurde ganz anders, als er sie damals für sich und für alle formen wollte. »Uns würde niemand Informationsgängelung als Meinungsfreiheit verkaufen können«, schreibt er 1985 in einem Aufsatz für die Schülerzeitung seines ehemaligen Gymnasiums in Nürnberg, »Parteimeinungen als Glaubenssätze, Menschenverachtung als Charakterstärke, Gewalttätigkeit als Führerqualität, Mord als Heldentat, Dummheit als Schicksal, Kriegsvorbereitung als Friedenssicherung. Uns nicht. Dachten wir. Damals.« In der Welt von heute – bevölkert von »wendetypischen Schleimis« und »eingeebnet von *Tempo* und *Wiener*« – rutscht er überall aus und ab. »Es gibt keine Greifflächen«, findet er, »überall, wo man hingreift, ist Schmierseife. Und ich sitze da ziemlich allein in meinem Zorn.« Er glaubt nicht an die Gnade der späten Geburt wie sein Jahrgangskollege Helmut Kohl, er empfindet eine Verpflichtung zum späten Widerstand. »Wir haben auf Faktenfindung verzichtet und Urteilssprüche umgangen. Wir dachten, wir seien kompetent, wüßten, wo es langgehen sollte, tatsächlich waren wir bornierte Kindsköpfe.« 1951, gleich nach dem Abitur, ging Richard Dill nach Norfolk, Virginia, um dort zu studieren. »Ich habe den Amerikanern erklärt, sie sollten das alte Deutschland vergessen und mit uns für ein neues Deutschland zusammenarbeiten. Ich war ein gefragter Festredner. Die Amerikaner hörten mir gerne zu. Denn ich befreite sie von der Notwendigkeit, das geliebte Deutschland schlechtzumachen.« Den Nationalsozialismus hat er nur folkloristisch bespöttelt. Gemeinsam mit einem deutschen Freund sang er zum Gaudium der amerikanischen Studenten »Nazi-Songs« zur Gitarre. Schweißperlen stehen ihm auf der Stirn, als er davon berichtet. Ehrlichkeit ist anstrengend. Es ist ihm peinlich zuzugeben, wie enthirnt er sich als junger Intellektueller gebärdet hat. »Inzwischen«, schreibt er in einem Aufsatz, »geselle ich mich zu den Streitern der Sechs-Millionen-Lüge, allerdings von der anderen Seite. Fünfzig Millionen verloren im letzten Weltkrieg ihr Leben. Warum die verschämte Einengung unserer Leistung auf den Teilsektor der Juden?«

Jetzt redet er, schreibt er, will er, daß man ihn hört. Damals wollte er von »dem alten Quatsch« nichts wissen und wurde so zum Rädchen in der großen Maschine, die das Schweigen produzierte – als Artikel für den Hausgebrauch, ein Stück Schweigen für jeden. Es dauerte, bis er begriffen hatte, daß seine hochnäsige Ablehnung der Auseinandersetzung mit den abgehalfterten Alten, daß sein Schweigen dazu beitrug, daß genau jene wieder redeten, die er auf ewig verstummt geglaubt hatte. Und die sagten, was sie wollten, nicht was sie wußten. So wurde das Schweigen der »Guten« furchtbar, weil es den »Schlechten« zum Verschweigen verhalf.

18. Juni

Manchmal tut mir das Schweigen leid, weil es so mißbraucht worden ist. Schade um das schöne Schweigen, das nicht wie eine Mauer die Wahrheit umschließt, sondern in sich Wahrheit ist; ein sprachloses, staunendes, sinnendes oder auch schmerzliches Schweigen. Ich wandere mit diesem wortlosen Schweigen in den Wald, dort will ich es hüten, will es bewahren vor denen, die wortgewaltig das fürchterliche Schweigen verleugnen. Doch das können die Verleugner nicht erlauben. Mein schönes Schweigen provoziert sie. So schicken sie – trickreich wie sie sind – ein unschuldiges Kind zu mir hinaus, um mir mein Schweigen zu ködern, zu klauen. »Hallo«, ruft es schon von weitem, »schön ist es hier«, und es hüpft von der Kuh, die sich immer nur montags nach Mitternacht reiten läßt. »Hier ist ja gar kein Zaun«, staunt das Kind, »ich hätte dich fast nicht gefunden. Woran läßt sich dein Schweigen erkennen? Bei uns ist es nämlich spitz und eckig, und wenn man daran stößt, tut man sich weh. Bei dir spaziert man einfach darin herum, weiß weder, wann man hineinkommt, noch wann man hinausgeht.« Es schüttelt verwundert den Kopf. »Also bei uns muß man eine

Lücke finden und sich hindurchzwängen. Und dann liegt da eine Menge unaufgeräumtes Zeug herum – Lügen und Alpträume und so was, über die stolpert man unentwegt, und sie machen einen ohrenbetäubenden Krach. Es gibt Leute, die haben sich Löcher gegraben, in denen sie sich verstecken, und fällt ein anderer hinein, freuen sie sich, weil sie dann nicht mehr so allein sind.« »Bei uns ist das anders«, versuche ich zu erklären, »mein Schweigen muß man nicht zubrüllen, damit es keiner hört, es ist auch keine Mauer, es ist einfach da, auf der Wiese, im See, in meinen Tränen, in deinem Lachen. Wir leben halt zusammen, trinken Tee zusammen, sind befreundet.« Plötzlich fängt das Kind an zu schmatzen, »schmeckt gut, dein Schweigen«, strahlt es und frißt wortlos weiter, frißt mein schönes Schweigen in sich hinein, läuft mit geblähtem Leib zurück in die Welt, spuckt es aus, liefert es ab und hat sich selbst – das arme Kind – mit ausgeliefert.

20. Juni

Ob wohl einige Leute meinten, Untaten wie solche, die im Dritten Reich begangen wurden, müsse man verschweigen, um sie aus dem menschlichen Wissen verschwinden zu lassen? Ob sie die Wahrheit über die Grausamkeiten »verbieten« lassen wollten, weil Berichte aus den Folterkammern womöglich konsumiert würden wie heute Horrorvideos, weil das Unaussprechbare – vom Chronisten ausgesprochen – von seiner Position des »jenseits des menschlich Vorstellbaren« die Grenze zum Diesseits überschreite, weil Hemmschwellen abgebaut werden könnten? Es ist wohl nicht nur naiv oder feige, so zu denken, sondern es zeugt auch von tiefer Resignation. Denn wer so argumentiert, geht davon aus, daß Dokumentationen menschenverachtenden Sadismus und lüsterner Mordsehnsucht nicht eine verschreckte Menschheit auf die Stufe zärtlich umspannender Nächstenliebe katapultieren, sondern im Gegenteil Abstumpfung begünstigen oder gar zur Nachahmung anregen würden.

Der *Spiegel* beginnt heute eine Serie über Ärzte im Dritten Reich, »Die Mörder sind noch unter uns« – das ist kein reißerischer Titel, das ist eine realistische Beschreibung der tatsächlichen Zustände. »Kein akademischer Propagandist der Rassenhygiene, Zwangssterilisierung und Ausmerzung wurde zur Verantwortung gezogen«, heißt es da, und es zeigt sich, daß so gut bekannte wie wohlgelittene Ärzte wie Hans Bürger-Prinz, Nobelpreisträger und Bestsellerautor Konrad Lorenz oder Gerichtspsychiater (Stammheim!) Hans-Joachim Rauch sich schon im Dritten Reich einen »guten« Namen machen konnten, der ihnen vermutlich wenig schadete, womöglich gar half, auch in der Bundesrepublik zu reüssieren. Es gab allerdings 1946/47 bei den Nürnberger Kriegsverbrecherprozessen auch 21 angeklagte NS-Ärzte. Alexander Mitscherlich hat als Prozeßbeobachter ein Buch geschrieben, das in zahlreichen Dokumenten die »bürokratisch sachlich organisierte Lieblosigkeit, Bosheit und Mordgier« der Nazi-Ärzte anprangerte. *Medizin ohne Menschlichkeit* hieß das Werk, für das Alexander Mitscherlich lange büßen mußte. »Wir kämpften für die Psychoanalyse in Deutschland und für den Rückblick in die Vergangenheit«, sagt heute seine Frau. »Man versuchte, ihn fertig zu machen, wo man nur konnte. Man haßte ihn für dieses Buch.« In seinen Memoiren *Ein Leben für die Psychoanalyse* beschreibt Alexander Mitscherlich, wie »kein geringerer als der Berliner Chirurgie-Ordinarius Sauerbruch« ihn für das Buch attackiert habe und gemeinsam mit anderen den jungen Dozenten Mitscherlich in der Universitätszeitung beschimpfte. »Sie unterstellten mir, ich hätte Tatsachen verfälscht.« Dabei hätten er und sein Mitautor Fred Mielke nichts anderes getan, »als Gerichtsakten, in denen die Beziehungen der genannten medizinischen Größen zu den damaligen Machthabern sichtbar wurden, wortgetreu zu veröffentlichen... Meine medizinischen Kollegen haben mich damals nicht nur als Vaterlandsverräter beschimpft, sondern auch verschiedentlich versucht, mich beruflich zu diffamieren und zu schädigen. Das Verhalten der Kapazitäten grenzte an Rufmord.« Und noch jetzt, 40 Jahre später, gilt als »mutig«, wer sich der Verleugnung verweigert. Das große Buch über die Ärzte im Dritten Reich, das der *Spiegel* heute ankündigt, hat kein deutscher Mediziner geschrieben, sondern ein Amerikaner, der Psychologe Robert Jay Lifton. Lifton hatte bereits in den 70er Jahren als einer der ersten die Traumata der Vietnam-Veteranen untersucht und die Ergebnisse publiziert. *Home from the War* hieß das Werk, in dem er so »ketzerische« Thesen aufstellte wie: »Ein Schlüssel zum Verständnis von Amerika in Vietnam ist der ›body count‹. Nichts kennzeichnet die Absurdität und das Böse dieses Krieges besser. Die Verluste feindlicher Truppen aufzuzeichnen ist in jedem Krieg üblich, aber in Abwesenheit jeglicher anderer Ziele oder Kriterien für Erfolg kann das Zählen der feindlichen Toten zur bösartigen Obsession und zur zwanghaften Fälschung führen. Für den kämpfenden GI in Vietnam ist das Töten von Vietnamesen seine einzige Mission, ist die Zahl der Getöteten der einzige Standard für den eigenen Erfolg.« Kein Wunder, daß Heimkehrer, »entfremdet« von der Wirklichkeit und von sich, größte Schwierigkeiten hatten, sich in den unveränderten amerikanischen Alltag einzugliedern. Lifton sprach damals mit 400 Veteranen und schrieb klug über ihre Nöte und böse über Regierung und Bevölkerung, die so taten, als habe es den Krieg nie gegeben und als seien seelische Folgen ganz und gar nicht ernst zu nehmen. Für sein neues Buch über die *Nazi-Doctors* hat er sieben Jahre lang recherchiert, hat Täter und Opfer interviewt – und muß Qualen gelitten haben. Lifton ist Jude – wäre er den Kollegen, die er jetzt befragte, 40 Jahre früher begegnet, hätten sie ihn so skrupellos und technisch einwandfrei im Dienste der Wissenschaft mißhandelt und vergast, wie sie es ihm nun berichten. »Die Details der Barbarei«, schreibt der *Spiegel* in der Ankündigung des Vorabdrucks, »sind so entsetzlich, daß einsichtig wird, warum die Enthüllung des Schreckens seit 1945 in langen Wellen verläuft und zwischendurch für Jahrzehnte immer wieder der kollektiven Verdrängung anheimfällt. Psychoanalytiker Lifton vermutet, daß auch Mengele und seine Kameraden ihre Untaten nur überleben konnten, weil sie einen seelischen Adaptionsvorgang durchmachten, den Lifton ›doubling‹ nennt. Ihr ›Ich‹ verdoppelte sich in das mörderische Auschwitz-Ich und das ›gute‹ Ich, das den tüchtigen Arzt, liebevollen Vater und verläßlichen Kameraden bis heute stabilisiert. Die Täter von einst fand Lifton fast ausnahmslos in komfortablen Verhältnissen vor. Sie haben es nach dem Krieg zu gutgehenden Praxen und Privatkliniken gebracht, viele erleben ihren Ruhestand im eigenen Haus am Mittelmeer.«

Ihre Opfer sind entweder tot oder kämpfen um karge Pensionen. 350 000 Menschen wurden unter den »heilenden Händen« der NS-Ärzte Opfer der Euthanasie. Wie sonst sollte man die »soziale Sanierung des Volkskörpers« vornehmen, wenn nicht durch Mord. 400 000 wurden – so schrieb es das »Gesetz zur Verhütung erbkranken Nachwuchses« vom Juli 1933 vor – zwangssterilisiert. Viele von ihnen warten noch heute auf eine Entschädigung. Und erst 1987 hatten die Überlebenden sich so weit von ihrem Stigma befreit, daß sie einen »Bund für Euthanasie-Geschädigte und Zwangssterilisierte« gründeten. Den Mut dazu brachten sie unter anderem deshalb auf, weil das Thema der Wiedergutmachung seit 1985 wieder öffentlich diskutiert wird. Bundestag und Regierung begannen auf Antrag der Grünen über die Praxis der »Vergabe von Mitteln an Verfolgte« zu beraten. Das Ergebnis, am 7. März 1988 von Helmut Kohl unterzeichnet, sieht vor, daß »Härteleistungen an Opfer von nationalsozialistischen Unrechtsmaßnahmen im Rahmen des allgemeinen Kriegsfolgegesetzes« gezahlt werden. Trotz aller Schwierigkeiten sei es gelungen, ein Gesetzeswerk vorzulegen, das nahezu alle durch das NS-Unrecht verursachten Schäden erfasse. »In diesem ›nahezu‹«, schreibt der Redakteur der *taz*, Klaus Hartung, »wird mit atemberaubender Großzügigkeit verschluckt, was seit Jahrzehnten die Wiedergutmachung in Verruf gebracht hat.« So werden zum Beispiel ausländische Verfolgte und ehemalige Zwangsarbeiter endgültig von der Entschädigung ausgeschlossen. In § 5 heißt es: »Auf die Beihilfe besteht kein Rechtsanspruch. Der Antragsteller muß die deutsche Staatsangehörigkeit besitzen und einen Wohnsitz in der Bundesrepublik Deutschland einschließlich Berlin-West haben.«

Immerhin steht sterilisierten Personen die üppige und einmalige Zuwendung von höchstens 5000 DM zu. Und viele der Ärzte »erleben ihren Ruhestand im eigenen Haus am Mittelmeer«. Nicht nur unsere Abgeordneten haben sich vor dem tabuisierten und teuren Thema über Jahrzehnte gedrückt, auch deutsche Großunternehmen, die während des Dritten Reiches etwa 7,6 Millionen Zwangsarbeiter arbeitsintensiv ausgenutzt haben, tun sich schwer. Erst jetzt, im Jahre 1988, beschloß beispielsweise Daimler-Benz – auf dem Wege zum riesigen Rüstungskonzern –, seinen ehemaligen Zwangsarbeitern »in Würdigung des Schicksals der Betroffenen« 20 Millionen DM zur Verfügung zu stellen.

Es war ökonomisch gut geplant, solange gewartet zu haben, werden die Überlebenden doch immer weniger, die Forderungen stellen könnten. Die »IG-Farben in Abwicklung« z. B. bewerten ihre Zahlungen jährlich neu. Im letzten Geschäftsbericht, zitiert in der *Frankfurter Rundschau* vom 14. Juni 1988, heißt es: »Die Rückstellung für Ansprüche ehemaliger Häftlinge wurde nach Überprüfung des rechtlichen Risikos und zahlenmäßiger Neueinschätzung zum 31. Dezember 1986 mit DM 5 Millionen bemessen.« Das waren – so die *Rundschau* – 2,4 Millionen weniger als ein Jahr zuvor. Dank sei der Sterberate.

Friedrich Flick hatte sich 1947 im Nürnberger Kriegsverbrecherprozeß, als er wegen »Zwangsverschleppung und Versklavung von Menschen« angeklagt war, wütend gewehrt. »Ich protestiere«, erklärte er, »daß in meiner Person Deutschlands Industrielle als Sklavenausbeuter verleumdet werden. Nichts wird uns davon überzeugen, daß wir Kriegsverbrecher sind.« Er wurde zu sieben Jahren Haft verurteilt, und bis heute hat sich die deutsche Industrie meines Wissens nicht aufraffen können, ein Schuldbekenntnis abzulegen.

Je tiefer man in unsere »jüngste« Vergangenheit einsteigt, desto entsetzlicher wird sie. Das »verführte Volk« besteht aus Juristen, die Unrecht sprachen, aus Ärzten, die Menschen für grauenvolle Experimente mißbrauchten – »Sie nahmen uns«, zitiert der *Spiegel* von heute eine überlebende griechische Jüdin, »weil sie keine Kaninchen hatten« –, das verführte Volk waren Industrielle, die mit Menschenschinderei Geschäfte machten, das waren Chemiker, die effiziente Gaskammern bauten, Photographen, die die Arisierung im Bild festhielten, Journalisten, die sich wohl selbst »verführten« – und alle haben nur auf Befehl gehandelt, haben auf Befehl ihre perversen Phantasien verwirklicht, haben nur auf Befehl aus den Verbrechen Profit geschlagen. Ein braves Volk war das, gewissenlos gehorsam. Und hinterher (1952) sagten 44 Prozent, daß eine Wiedergutmachung für die Opfer »überflüssig« sei! Was sollten sie auch wieder-gut-machen, da sie doch vorher nichts Böses gemacht haben. Noch ein Zitat aus dem heutigen *Spiegel*: »›Die haben keine moralischen Probleme‹, erklärt der ehemalige polnische Häftlingsarzt Dr. S., der den SS-Ärzten in den KZ-Krankenbaracken zur Hand gehen mußte, seinem Gesprächspartner Lifton: ›Die leben noch immer überall auf der Welt. Die sind nur unglücklich, daß sie den Krieg verloren haben.‹«

Cordelia Edvardson hat es härter formuliert: »Es gibt wohl tatsächlich so etwas wie das Böse und eine Treue zum absolut Bösen. Täter trauern doch wahrscheinlich nur deshalb, weil ihnen die Vernichtung nicht ganz gelungen ist.«

21. Juni

Ausgerechnet heute, da mir die KZ-Ärzte noch den Kopf besiedeln, sitzt mir ein junges Mädchen gegenüber, vielleicht 20 Jahre alt, lümmelt sich lässig auf der Bank im Café und erklärt: »Wissen Sie eigentlich, wem die Cafés und Restaurants hier auf der Leopoldstraße schon wieder gehören?« Sie macht eine gekonnte Kunstpause. »Den Juden.« Kurz denke ich, sie übt sich in Ironie, und der Ton mißlingt ihr noch. Doch sie meint es ernst. »Denen geht es blendend, und ich soll mich schämen?« Ein bißchen bedauert sie mich schon, daß ich so blöd bin, mich mit meinem Deutschsein herumzuschlagen. »Sie waren doch gar nicht dabei, oder?« fragt sie, meine Falten interessiert betrachtend. »Ich habe nichts gegen Juden«, sagt sie, »aber ich habe was gegen Juden, die was gegen Deutsche haben.« Mir fällt ein anderes Mädchen ein, das mir vor ein paar Jahren empört von einer gleichaltrigen Jüdin in ihrer Schweizer Schule erzählte, die sich geweigert hatte, mit ihr, der Deutschen, eine Bank zu teilen. »So etwas lasse ich mir nicht bieten«, erklärte mir die selbstbewußte junge Dame. Später hatte ich Cordelia Edvardson von dieser Begebenheit erzählt und sie gefragt, was sie der jungen Deutschen gesagt hätte. Sie antwortete: »Erst einmal natürlich: Du hast keine Schuld und brauchst auch keine Scham zu haben. Aber versuche einmal, das jüdische Mädchen zu verstehen. Es weiß ja gar nicht, ob deine Eltern oder eher Großeltern die Leute waren, die ihre Großeltern umgebracht haben oder auch nur die Leute, die gesehen haben und geschwiegen haben und auch heute noch schweigen, als wäre nie etwas geschehen. Und – das ist sehr schwer für uns zu sagen – vielleicht hat das jüdische Mädchen Angst. Besonders in den jüdischen Familien, in denen auch viel geschwiegen wurde, hat es bei den Kindern und Kindeskindern schreckliche Phantasien und eine große Angst gegeben. Vielleicht sieht das jüdische Mädchen dich noch immer als Gefahr, als Siegerin, als die Erbin der Männer mit den schwarzen Stiefeln. Sie wird dir das vielleicht nicht eingestehen, es ist ihr wahrscheinlich nicht einmal selber bewußt, aber es kann sehr gut möglich sein, daß sie eigentlich Angst vor dir hat. Es gibt ein solches Moment, und vielleicht ist es falsch, es zu verschweigen. Es ist etwas, das man nicht gern zugibt, weil es dem Stolz zu nahe geht, aber, als ich das erste Mal auf eine Lesereise nach Deutschland ging, hatte ich auch einige komische Phantasien. Ich werde da stehen, dachte ich, und ich werde da lesen, und einer wird sich im Saal aufstellen, mit einer Pistole in der Hand, er wird mich erschießen und wird rufen: Jetzt kriegen wir dich doch noch. Ich wollte das eigentlich nicht sagen; meine Angst will ich den Deutschen nicht schenken. Ich wollte nur von dem Gefühl des Triumphes sprechen, von dem Triumph, überlebt zu haben. Ich bin noch da. Ihr habt es nicht geschafft. Aber da ich an Sprache glaube, meinte ich dann doch, ich sollte es sagen.«

22. *Juni*

Die Angst vor uns Deutschen, auch das ist uns von den Nazis geblieben. Natürlich werden wir von allen Seiten, von allen, fast allen Nationen mit Skepsis beobachtet. Hätten Le Pens zeitweilige Erfolge in Deutschland stattgefunden, wäre, das wissen wir alle, ein Aufschrei durch die Welt getobt. Man mißtraut uns überall. Eine amerikanische Freundin von mir war vor kurzer Zeit auf einem Abendessen in einer deutschen Großstadt, auf dem sich die Mächtigen von Medien, Wirtschaft und Politik ein Stelldichein gaben. Da sie kein Wort Deutsch versteht, ist sie an solchen Abenden eine unabgelenkte und unbestechliche Beobachterin. Ich bin von Festen mit ihr nach Hause gefahren und habe, dank ihrer stummen Aufmerksamkeit, mehr über Menschen erfahren, als ich im Geplauder mit ihnen bemerkt hatte. Nun gut, von diesem Prominentenabend berichtete sie eher bestürzt. »Das war eine laue Angelegenheit«, sagt sie, »da spürte man nichts von der Macht, die versammelt saß. Stell dir einmal ein äquivalentes Abendessen in New York vor, den Leuten strömt doch die Lust, an den Schalthebeln zu sitzen und Einfluß auszuüben, aus allen Poren. Sie mögen die Macht und strahlen das aus. Der Raum hätte vibriert vor Energie. Hier saßen lauter angestochene Luftballons und blubberten so vor sich hin. Dieses Deutschland ist merkwürdig«, fuhr sie fort, »manchmal kommt es mir so vor, als wandele ständig eine Mahnung zur Mäßigung durch dieses Land, lege dabei beschwörend den Finger auf die Lippen und sage ›Hush‹, ›Hush‹ nach allen Seiten. Dabei wird mir angst und bange, weil ich immer denke, was brodelt wohl unter dieser verhaltenen, flüsternden Fassade.«

25. Juni

Friedrich Sieburg schrieb einmal in einem Aufsatz, betitelt *Leiden an Deutschland:* »Wir sind gewiß das aufgeregteste und lauteste Volk der Welt, aber uns plagt das Verlangen, statuarisch und kühl auftreten zu können. Nie ist so viel gebrüllt und gefuchtelt worden wie im Dritten Reich, aber seine Diplomaten erhielten immer wieder die Anweisung, ›eiskalt‹ zu sein und den Standpunkt der Regierung ›mit steinernem Gesicht‹ vorzutragen ... so taumeln wir denn hin und her, einmal sind wir das radikalste Volk der Erde, das alle äußeren Formen siegreich überwunden hat und keine Traditionen braucht, und dann wieder, oft im gleichen Augenblick, leiden wir bitter, fast kindlich an unserer gesellschaftlichen Unzulänglichkeit und an unserer konstitutionellen Unfähigkeit, maßzuhalten, nicht aufzufallen und uns in der menschlichen Familie mit Sicherheit zu betragen.« Selbst in unserem Narzißmus sind wir unsicher. Es gibt wohl kaum ein anderes Volk, das sich so besessen mit sich selbst beschäftigt wie das unsere. Immer und überall gibt es

Symposien, Filme oder Bücher: Sind die Deutschen ..., haben die Deutschen ..., könnten die Deutschen ..., Deutschland im Herbst, Deutschland im Juni, Deutschland überhaupt (und beteilige ich mich selbst nicht gerade ausführlichst an dieser urdeutschen Nabelschau!). Und wenn die anderen sich Gedanken über uns machen, werden wir wie die Rüsselspringer, hüpfen eilends herbei und saugen das Gedachte ein. Begierig lesen wir Berichte einer chinesischen Studentin über unsere Gefühlsarmut oder eines amerikanischen Professors über unsere beachtliche Demokratisierung. Stolz nehmen wir den Kotau der übrigen Welt vor unserer mächtigen Wirtschaft entgegen. Wenn wir schon nicht mehr hart sein dürfen, so ist es jedenfalls unsere Deutschmark. Dieses Schwanken zwischen masochistischen Wonnen und teutonischer Hybris macht uns zu einem unberechenbaren Partner. Wer die Deutschen denn nun seien, was sie ausmache und was sie wollen, darüber rätseln die anderen wie wir selbst. Und das nicht erst seit Hitler. »Ich kann kein Volk mir denken, das zerrißner wäre, wie die Deutschen«, schrieb Hölderlin vor etwa 200 Jahren im behaglichen Tübingen. Kein Nachdenken über Deutschland ohne Hölderlin oder Heine im Gepäck, auch Nietzsche hat natürlich unsere chaotische Seele erforscht. Gerne holen wir die eigenen Chronisten und die fremden Deutschland-Beschauer heran, um mit ihren Einsichten zu versuchen, dem Irrgarten unseres verworrenen Gemüts zu entrinnen. Aber noch wichtiger ist wohl, daß sie sich überhaupt mit uns beschäftigen, fasziniert von uns sind. Groß ist die Enttäuschung, wenn man lesen muß, daß amerikanische, englische oder französische Studenten sich kaum noch für Deutschland interessieren. »Frankreich ist sexy«, hat ein amerikanischer Student die Entwicklung für mich auf den Punkt gebracht, »Nicaragua ist spannend, und Deutschland ist emsig und tüchtig.«

Einerseits wollten wir Deutschen nach dem verlorenen Krieg flugs in eine europäische Identität schlüpfen, wollten uns anpassen, den anderen ähnlich werden, bloß nicht mehr auffallen, aber wenn wir so gar kein Aufsehen mehr erregen, wenn die Rätselei um uns so ganz ein Ende nimmt, fühlen wir uns auch nicht wohl in unserer angepaßten Haut. Als der italienische Publizist Luigi Barzini ein Buch über die Europäer schrieb (*The Impossible Europeans*), hieß das Werk in der deutschen Übersetzung prompt *Auf die Deutschen kommt es an*. Es waren sicher verkaufsfördernde Überlegungen, die zu diesem etwas reißerischen Titel führten, mir erschien das dennoch kurios. Oder besser: bezeichnend für unsere Zwitterexistenz, für den Versuch, kleinlaut und großmäulig zugleich, eine deutsche Identität im Refugium des europäischen Hauses zu finden. Zunächst hielten wir uns an die Vereinigten Staaten, kupferten bei der größten Macht der Siegermächte demokratische Verhaltensweisen ab. Der Mangel an einheimischen Vorbildern und der unbeirrbare Missionsdrang der Amerikaner – Henry Kissinger hat einmal von dem »traditionellen Gefühl einer universellen moralischen Sendung« bei den Amerikanern gesprochen –, diese Kombination zwischen Vakuum auf der einen und Füllhorn auf der anderen Seite, darüber hinaus geprägt von dem Verhältnis von Siegern zu Besiegten, führte zu dieser merkwürdigen Melange zweier politischer Kulturen: Amerikanisierung der deutschen Gesellschaft und Germanisierung der amerikanischen Ideen. Auch Luigi Barzini hat sich – wie so viele – mit unserer Rolle als Musterschüler der amerikanischen Lehrmeister beschäftigt und kommt zu dem Ergebnis: »Amerika war jedenfalls niemals ein so ordentliches, sauberes, gesetzestreues, diszipliniertes, gutverwaltetes, gefügiges, pünktliches, exaktes und wohlhabendes Land wie seine deutsche Kopie.« Doch Barzini ist darüber nicht allzu erstaunt, denn schon im 18. Jahrhundert hätten sich deutsche Prinzen mit preußischer Gründlichkeit des Französischen bemächtigt. »Sie sprachen französisch, schrieben französisch, aßen französisch, tanzten französisch und bauten im ganzen Land französische Rokokoschlösser nach, die über und über mit Schnörkeln und gewundenen Skulpturen bedeckt waren.« Erst waren wir die besseren Franzosen, dann wurden wir die besseren Amerikaner. Nicht immer sind wir nur Nachahmer gewesen. Auschwitz hat uns niemand vorgemacht. Und wie dieses Deutschland danach beschreiben, die zwei geteilten Republiken und uns darin? Der Franzose Alfred Grosser hat »unseren« Teil, die Bundesrepublik, einmal als »beherrschtes Objekt mit Hitlervergangenheit« bezeichnet, und diese Einseitigkeit kann selbst jemandem wie mir nicht gefallen, die ich auf die Barrikaden steige, wenn unsere Politiker den Mangel an Patriotismus so wehleidig beklagen, als sei das ein unverständliches Phänomen. Übrigens sind das oft dieselben Leute, die von der »Stunde Null« ohne Anführungszeichen sprechen. Sie müßten sich entscheiden: entweder haben wir eine lange deutsche Geschichte oder nur eine seit kurzem bestehende Bundesrepublik, entweder haben wir ein Nationalbewußtsein, das sich auch im Waggon einsperren und nach Neuengamme verschleppen läßt, das sich auch in Frage stellt und vor sich selbst erschrickt, oder wir haben ein Bewußtsein für die Bundesrepublik, eines, das im nächsten Jahr – 1989 – 40. Geburtstag feiern würde, weil am 23. Mai 1949 unser Grundgesetz in Kraft trat. Vor knapp eineinhalb Jahren hatte die Konrad-Adenauer-Stiftung in Eichholz zu einer Tagung über das Thema »Patriotismus in Europa« eingeladen. Rolf Zundel berichtet in der *Zeit* vom 6. Februar 1987, wie Wörner warnte: »Jugend ohne Vaterlandsliebe hat keine Zukunft«; wie Elisabeth Noelle-Neumann – beunruhigt über Umfrageergebnisse, nach denen die Mehrheit der Jugendlichen mit höherer Schulbildung Patriotismus für unnötig halte – sorgenvoll fragte: »Wie finden wir den Weg zurück«; wie der Politologe Hans-Peter Schwarz konstatierte, die Westdeutschen »lechzten gerade im letzten Jahrzehnt ganz sichtlich danach, sich wieder ihrer Wurzeln in einer unverkürzten, lebendig erfahrbaren deutschen Geschichte zu vergewissern, werden aber unablässig nur an die zwölf Jahre erinnert, auf die sich kein patriotisches Selbstwertgefühl gründen läßt. Wo das Nationalbewußtsein durch Schuldbewußtsein ersetzt wurde, ist die Degeneration des Patriotismus in einen defätistischen Pazifismus weitgehend vorprogrammiert.« Das war ganz im Sinne des Verteidigungsministers, der erklärte, »die unbewältigte Vergangenheit werde als Mittel benutzt, um dem Land Zukunft zu verweigern«. Und Zukunft und Pazifismus scheinen sich gegenseitig auszuschließen. Also muß ein Nationalbewußtsein her. Das »Deutsche Historische Museum«, das auf 36 000 m^2 Ausstellungsfläche unsere deutsche Geschichte zeigen will, ist ein schöner Schritt in die rechte Richtung, da wird es genügend Raum geben, die stolze Nation zu präsentieren. Für 380 Millionen Deutschmark wird das von Kritikern als »Anstalt zur Stiftung einer neuen deutschen Identität« bezeichnete Kolossum um die Jahrtausendwende seine Türen öffnen.

Wie heikel das Thema der nationalen Identität ist, hatte Marielouise Janssen-Jurreit bestätigt bekommen, als sie mit der Frage *Lieben Sie Deutschland* wie mit einer Injektionsnadel in deutsche Gemüter stach. Sie schreibt in ihrem Vorwort: »Eine unanständige Frage, unangenehm direkt, unangemessen trivial, intimer als die Frage nach der Liebe zur eigenen Ehefrau, wurde mir gesagt. Eine ›Aufforderung zur Selbstdenunziation‹ hieß es. Wie ich es wagen könne, eine respektierte Schamschwelle zu ignorieren. Ich hatte – nicht ganz unabsichtlich, aber über solche Reaktionen erschrocken – ein seelisches Tabu berührt.« Ein »seelisches Tabu«? Franzosen, Italiener oder Amerikaner würden fassungslos ob einer solchen Formulierung schauen. Natürlich lieben sie ihr Land – sie sind ihr Land. Oft habe ich die Amerikaner um ihren unerschütterlichen Patriotismus beneidet. Vietnam und Watergate waren Prüfsteine, an denen sich das Selbstbewußtsein wetzte, doch so scharf geschliffen waren sie nicht, daß nur eine abgewetzte Identität geblieben wäre. Dank Ronald Reagan erholten sich die Gebeutelten mit einiger Geschwindigkeit. Schon zu Beginn seiner Präsidentschaft hatte Reagan seinen lieben Mitbürgern erklärt: »Amerika ist wieder da.« »Es ist an der Zeit«, rief er ihnen zu, »daß wir erkennen, daß wir ein zu großes Volk sind, um uns auf kleine Träume zu beschränken.« Ohnehin hatten die Amerikaner nie aufgehört, ihr Land zu lieben – nur die Politik und die Repräsentanten, die sie machten, waren Ziel ihres Zorns und ihrer Ablehnung gewesen. Wir dagegen plagen uns nicht nur mit schwierigen Politikern, sondern – ganz egal, wer regiert – mit einem schwierigen Vaterland. Man mag es nicht mögen und liebt doch die Sprache, man entfernt sich bewußt und bleibt doch verhaftet. »Die Deutschen« kann man nicht leiden, ohne die Freunde möchte man nicht leben. »La patrie de la pensée«, das Vaterland des Gedankens hatte Madame de Staël dieses Land genannt, und nun ist es auch noch zum Vaterland des Grauens geworden. Im Chinesischen gibt es ein und dasselbe Schriftzeichen für zwei Begriffe: Krise und Chance. Diese Botschaft zu begreifen, ist unsere Aufgabe, die Aufgabe der Nachgeborenen.

28. Juni

Lieben Sie Deutschland – wenn ich diesen Satz höre, muß ich immer an den Bürgermeister von Dachau denken, der sich umtriebig und emphatisch seine Heimatstadt zur Geliebten erkoren hat. Lorenz Reitmeier kann und will sich nicht damit abfinden, daß 1200 Jahre Geschichte durch 12 Jahre des Schrekkens ausgelöscht sein sollen. Sein Dachau ist alt, ehrwürdig, schön und liebenswert, und es ist nicht richtig, daß es in der Welt denunziert wird.

Wie für so viele war auch für mich Dachau ein Synonym für KZ gewesen. Erst als ich in der Zeitung las, daß der Dachauer Gemeinderat energisch den Ausbau einer bestimmten Landstraße befürworte, um die Zahl der Verkehrstoten hoffentlich vermindern zu können, begriff ich, daß Dachau auch ein Ort war. Und auch ich fiel in das Klischee und dachte: gerade die reden von Verkehrstoten. Als ich das erste Mal hinfuhr in dieses bezaubernde bayerische Dorf mit winkeligen Gassen, gediegenen Gastwirtschaften und einem prächtigen Renaissanceschloß, war gerade Weihnachtsmarkt. Ich war erschrocken. Darf man das in Dachau? dachte ich, Zuckerwatte schlecken und ihr Kinderlein kommet schalmeien – so als ob es nie anders gewesen sei? Es dauerte, bis ich bemerkte, wie bigott ich mich verhielt. Jahrmarktsrummel in Köln finde ich völlig normal, aber das Christkind in Dachau mag ich nicht dulden. Das, so sollte ich lernen, ist ein typisches Verhalten gegenüber den Dachauern. Gerne drängen andere Deutsche die Dachauer in die Rolle, die sie selbst nicht wollen. Sie laden die Schuld in diesem Städtchen ab und gehen befreit von dannen. Seit der Einrichtung der KZ-Gedenkstätte, die 1960 provisorisch und 1965 aus Anlaß des 20. Jahrestages der Befreiung des Lagers feierlich eröffnet wurde, blieben das KZ Dachau und die Stadt desselben Namens – oder sollte man es besser umgekehrt sagen – unauflöslich miteinander verbunden. Das Stigma heftet sich den Bewohnern der Stadt erbarmungslos an die Fersen. Und man ließ es die Dachauer spüren. Als die Deutschen längst wieder gesellschaftsfähig und gerngesehene Gäste auf dem internationalen Parkett waren, wurden die Dachauer noch lange nicht in den Kreis der miteinander Versöhnten aufgenommen. Als die Dachauer Knabenkapelle zum Beispiel endlich aus der Anonymität der Kleinstadt ins Rampenlicht des Fernsehens gelangte, wurde sie vom Ansager verschämt als »oberbayerisches Blasorchester« angekündigt. Bürger aus Dachau durften an der Sendung »Spiel ohne Grenzen« nicht teilnehmen; es hätte sonst, so hieß es, »Probleme mit dem Ausland« geben können. Eine Fußballmeisterschaft, die in Dachau ausgetragen werden sollte, mußte an einem anderen Ort stattfinden, weil ein holländischer Verein sich weigerte, in Dachau zu kicken. Und Maurice André, weltberühmter Trompeter, der in der Regel überall in Deutschland auftritt, sagte 1985 ein bereits ausverkauftes Konzert im Dachauer Schloß kurzfristig wieder ab. »Wir respektieren Gewissensentscheidungen«, fauchte der damalige Kulturreferent Rauffer, »umgekehrt zögere ich nicht zu fragen: Was läßt einen Maurice André wiederholt in München, der eigentlichen Hauptstadt der Bewegung, auftreten – ich erinnere nur an die Ereignisse von 1923 vor der Feldherrnhalle, Ausgang: Hitlers große Reden im Bürgersaal, ›Die Nationalsozialistische Bewegung‹ hat ja in München ihren Ausgang genommen – warum spielt er dort und meidet Dachau? Er besucht jede andere Stadt in Deutschland und nimmt dort die Honorare mit, aber in Dachau will er offensichtlich nicht auftreten. Das ist eigentlich nicht ohne weiteres einsehbar.« Kein Wunder, daß die Dachauer es leid sind, als nationale Sündenböcke abgestempelt zu werden. Warum sollen sie alleine für etwas büßen, das uns alle angeht. Dachau verführt dazu, in die Grube der doppelten Moral zu fallen. Das Unbehagen in dieser Stadt, der Argwohn, den man in Augsburg nie empfindet, da wird man ungerecht. Selbst ein Heizwerk mit qualmenden Schloten wirkt anstößig. Gleich denkt man an das Krematorium, das nur wenige Kilometer entfernt auch einmal rauchte. Das spüren die Dachauer und wehren sich erbost. Aufgebürdete Schuldgefühle, Trotz und Abwehr haben bei vielen von ihnen zu einer mißmutigen Verbocktheit geführt. Sie verteidigen sich mit peinlichen Ausflüchten. Einige weisen stur darauf hin, daß das KZ-Gelände zur Zeit seiner Gründung gar nicht zur Stadt Dachau gehört habe. »Eigentlich war das KZ in Prittlbach«, dröhnen sie dann. Und sind grantig, daß Prittlbach in anonymer Dörflichkeit schlummert, während sie sich mit einer skeptischen Weltöffentlichkeit herumzuschlagen haben. Andere sagen, Buchenwald war viel schlimmer, in Dachau ist niemand vergast worden. Oder sie appellieren, wie Referent Rauffer, an das Mitgefühl: »Es kann doch nicht angehen, daß Dachau hier eine gesamtdeutsche Aufgabe allein übernimmt. Dazu ist Dachau zu klein, als Ort zu schwach und von der geschichtlichen Hypothek her ohnehin einfach nicht in der Lage.« Manche Dachauer haben sich in Selbstmitleid geflüchtet, andere sehen sich gar in der Rolle von Verfolgten. Sie entdecken schon in harmloser Mißlaunigkeit eines Besuchers einen Anti-

Dachau-Groll, wittern ständig Verleumdungen und vermuten gleich Schikane, wenn ihnen irgendwo im übrigen Deutschland ein Maß Bier schlampert eingeschenkt wird. Eine peinliche Diskussion, die die Verfolgungsneurose der Dachauer öffentlich bloßstellte, gab es vor einigen Jahren, als es darum ging, in Dachau ein Kulturzentrum für die Sinti zu errichten. Auch sie waren ja Opfer des nationalsozialistischen Herrenwahns gewesen, auch sie hatten im KZ gelitten, viele von ihnen waren ermordet worden. Als der Plan bekannt wurde, bat die Stadt die Sinti inständig, doch von ihrem Vorhaben abzusehen. Oberbürgermeister Lorenz Reitmeier befürchtete nämlich, die Vorurteile gegenüber dem Volk der Sinti – die er natürlich nicht teile – könnten auf Dachau und die Dachauer übertragen werden. Die Ablehnung des Plans durch den Stadtrat begründete Reitmeier dann mit den denkwürdigen Worten: »Die Dachauer Bürger teilen hier das bedauernswerte Schicksal der meisten Zigeuner, ohne jegliches persönliches Verschulden mit einem schlechten Ruf leben zu müssen. Gerade wir Dachauer kennen die Nöte von Minderheiten, denn auch wir zählen zu einer ganz kleinen, von Diffamierungen verfolgten Minderheit.«
Das will er ändern. Als es 1985 so aussah, als ob Ronald Reagan plane, auch Dachau, das heißt die KZ-Gedenkstätte, in sein Deutschlandprogramm aufzunehmen, lud Lorenz Reitmeier den Präsidenten ein, nicht nur das ehemalige KZ, sondern auch das »anständige Dachau« zu besuchen. Natürlich will sich der Oberbürgermeister nicht vom KZ distanzieren, es gar totschweigen. Aber er will es auch nicht gerade propagieren. Ein Defizit an Besuchern habe nun einmal das 1200jährige Dachau, nicht die Gedenkstätte. Denn zum KZ pilgern fast eine Million Menschen im Jahr, doch nicht einmal ein Prozent findet auch den Weg in die Stadt. KZ hier, Schloß und Kopfsteinpflaster dort – das sind für die meisten wohl zu unterschiedliche Eindrücke, als daß man sie an einem Tag in sich aufnehmen könnte. Kaum einer, der in der Gedenkstätte war, möchte anschließend ausgerechnet in Dachau eine Gaststätte besuchen oder gar dort

übernachten. Im Gegenteil: Kneipen und Hotels bleiben leer, unberührt vom »Massentourismus« nebenan. Das kränkt die Dachauer und bekümmert den Oberbürgermeister – zu Recht. Jeder will einmal nach Weimar und weiß oft nicht einmal, daß Buchenwald vor den Toren der Stadt liegt. Keiner will nach Dachau. Dabei hat auch diese Stadt eine beachtliche Tradition in Sachen Kunst und Kultur. Dieses »andere Dachau«, wie Lorenz Reitmeier es nennt, gilt es nun ins rechte Licht zu rücken. Es gab in der Tat Ende des letzten Jahrhunderts ein Dachau, von dem heute kaum noch jemand etwas weiß. Es war eine Künstlerkolonie, älter und wesentlich bedeutender als Worpswede, fast ein Barbizon in Deutschland. Angezogen von dem bezaubernden alten Ort mit dem imposanten Schloß und fasziniert von dem vielfarbig schimmernden Licht der Moorlandschaft, machten sich zunächst die Münchner Maler auf den Weg, um übers Wochenende in Dachau zu weilen.
Ludwig Dill, Arthur Langhammer und Adolf Hoelzel gründeten die Malschule Neu-Dachau. Es kamen Carl Spitzweg, Max Liebermann, Lovis Corinth, Max Slevogt und Fritz von Uhde, die dem Ruf Dachaus als Künstlerort internationales Flair verliehen. Den Malern, die Dachau für sich entdeckten, ging es wohl ähnlich wie Ludwig Thoma, der in seinen Erinnerungen schreibt: »An einem Augustabend fuhr ich mit einem Freunde nach Dachau, um von da weiter nach Schwabhausen zu gehen. Wie wir den Berg hinaufkamen und der Marktplatz mit seinen Giebelhäusern recht feierabendlich vor mir lag, überkam mich eine starke Sehnsucht, in dieser Stille zu leben. Mit nicht ganz hundert Mark an Vermögen zog ich zwei Monate später im Hause eines Dachauer Schneidermeisters ein, und war für den Ort und die Umgebung das sonderbare Exemplar des ersten ansässigen Advokaten.« Der Schneidermeister, bei dem er wohnte, hieß Rauffer und war der Vater des heutigen Kulturreferenten, des Besitzers des Herrenbekleidungsgeschäftes, dem wir schon begegneten. Er und sein Oberbürgermeister reden gern von ihrer »geschichtsschweren Stadt« und sind darum

bemüht, ein wenig von dem alten Glanz des Ortes auf das heutige Dachau zu übertragen. Lorenz Reitmeier sorgte dafür, daß in der Gegend des Konzentrationslagers große Stadtpläne von Dachau aufgestellt wurden, daß es Hinweisschilder gibt, die den Weg zur Altstadt und zum Schloß anzeigen, daß in der Gedenkstätte ein »Faltprospekt ausliegt, der in einer besonders deutlichen und sichtbaren und signifikanten Weise den Besuchern zeigt, daß es ein ›anderes‹ Dachau gibt«. Und Referent Rauffer hat mitgeholfen, daß sich das »andere« Dachau schon am Bahnhof »denkbar konzentriert und aussagestark gegenwärtig zeigt«. Auf einer 22 m langen Wand der Fußgängerunterführung prangen die Schönheiten der Stadt – großflächig und unübersehbar. Rauffer und Reitmeier wollen der Stadt ihren guten Ruf wiedergeben, den die Nazis vernichtet haben. Ein verständliches, aber auch heikles Unterfangen, und nicht immer gelingt den beiden die Gratwanderung zwischen der einen und der anderen Geschichte, zwischen den 12 und den 1200 Jahren. Lorenz Reitmeier ist seit geraumer Zeit damit beschäftigt, Bilder aufzustöbern, die die Stadt oder das Dachauer Moos darstellen, Bilder, in deren Titel der Name Dachau vorkommt, oder Bilder, von denen er dank eifriger Recherchen weiß, daß sie in Dachau gemalt wurden. Er fand mehr als 400 Exponate. Hunderte wurden in einem inzwischen vierbändigen Werk unter dem Titel: *Dachau/Ansichten aus zwölf Jahrhunderten* zusammengefaßt. Der Oberbürgermeister selbst fungiert als Herausgeber. Der nicht zufällig, sondern aus politischen Gründen zum Kunstliebhaber gewordene Jurist Reitmeier päppelt darüber hinaus auch zeitgenössische Künstler, die heute in Dachau leben. Sie sollen an alten Traditionen anknüpfen und der Stadt zu neuen Ehren verhelfen. Am liebsten sind ihm diejenigen, die sich Dachauer Sujets aussuchen, Sujets vom »anderen« Dachau natürlich. Einige Künstler machen da willig mit, nisten sich in städtischen Ateliers ein und leben gut dabei. Andere bleiben skeptisch. Sie werden das Gefühl nicht los, daß die Gegenwartskunst in Dachau nur eine Alibifunktion habe. Sie meinen, das Stadtoberhaupt ziehe hier eine Show ab, um aus der KZ-Stadt eine Kunststadt zu machen. Keiner in Dachau – auch die politische Opposition nicht – hat etwas dagegen, am Image der Stadt zu polieren, doch sie wehren sich, politische Geschichte mit Kunst zu verkleistern. Beides – so sagen die Besonnenen – gehört zu Dachau, das KZ wie auch die Kunst. So sei nun mal die Realität, schön und schrecklich, wie das Leben.

30. Juni

Das Schreckliche wurde uns – so vielen von uns Nachkriegskindern – vorenthalten. Die Kriegsgeschichten der Väter wurden zu Anekdoten aus dem Schützengraben. Angst, Verzweiflung, von Granaten zerfetzte Freunde, betrogene Hoffnungen kamen in diesen Erzählungen nicht vor. Was die meisten Väter verschwiegen, konnte man zum Beispiel bei Heinrich Böll nachlesen. Dort wird der Krieg nicht nachträglich – wie an manchen Stammtischen – von hehren Helden geführt, die im Schlamm der Schützengräben zu richtigen Männern gemacht wurden und nun so dröhnend davon schwärmen, als müßten sie noch jetzt das Gedonner der Geschütze – und vielleicht ja doch die Angst? – übertönen. Böll hat leise über den Krieg geschrieben, ist eingedrungen in Todesahnung und Todesangst; bei ihm wird der Krieg zur sinnlichen Erfahrung der Sinnlosigkeit des Sterbens für das Vaterland. Unsere Väter hätten Böll lesen und mit ihm trauern können, vielleicht hätten sie dann auch von sich gesprochen. »Wie viele Familien«, fragte der Schriftsteller Gerhard Köpf einmal fassungslos, »haben einen Verwandten im Krieg verloren, und aus wie vielen dieser Familien wachsen Rekruten heran, die fraglos zur Armee gehen. Die müßten doch konsequenterweise, wenn sie irgend etwas gelernt hätten, den Wehrdienst verweigern.«
Die Schrecken des Krieges wurden selten von den Vätern,

sondern, wenn überhaupt, von den Müttern geschildert. Daher wissen wir so wenig vom »Alltag einer Schlacht«, aber einiges von der täglichen Angst in den zerbombten Städten und von den nächtlichen Qualen in den Luftschutzkellern. Ich habe von kaum einem Mann gehört, wie es sich anfühlt, Bomben zu werfen, aber viele Frauen haben von der Furcht vor den zischenden Sprengladungen berichtet. Ich erinnere mich, daß ich als Kind Krieg nie mit Kampf in Verbindung gebracht habe, sondern nur mit Angst. Hörte ich »Krieg«, dachte ich nicht an »Tapferkeit« und »Kameradschaft«, nicht einmal an Schlachten (die Schlachten, das Schlachten, es kommt wohl auf dasselbe hinaus), gewiß nicht an Siege oder Niederlagen. Krieg war Keller, Krieg waren Trümmer, unter denen man erstickte, Krieg war Feuer, in dem man verbrannte. Krieg hieß Kälte und Hunger. In meinem Kinderzimmer stand ein Kachelofen, der auch dann nicht abmontiert wurde, als längst eine Ölheizung installiert worden war. Nie wurde darüber gesprochen, aber dieses Gefühl einer ungesicherten Gegenwart – wer weiß, wie lange es gutgeht –, das blieb, und mit ihm wuchsen wohl viele von uns auf. Dabei kannten wir Krieg nur vom Hörensagen. Was für ein Trauma tragen wohl jene in sich, die – nur ein paar Jahre älter als wir – den Krieg als Kinder erlebt haben. Sie haben noch vor Angst zitternd in den Kellern gekauert, haben Zerstörung und Tod gesehen und gespürt, haben Brandbomben gelöscht, Leichen beraubt und halbzerstörte Wohnungen geplündert; sie erinnern sich an die Wonne durchschlafener Nächte ohne Sirenengeheul und Angriffe, an Hunger und Hamsterfahrten der Nachkriegsjahre. Sie schleppen ein Stück Schrecken durchs Leben – sie haben fast alle Furchtbares mitgemacht: Fliegerangriffe, Flüchtlingstrecks, vergewaltigte Mütter, vermißte Väter. Manchmal habe ich das Gefühl, daß eine ganze Generation die Kriegs- von uns Nachkriegskindern trennt. Beschützt von schrecklichen Erlebnissen sind wir in geruhsamer Harmlosigkeit aufgewachsen, hatten es wohlig und warm – und tragen vielleicht auch deshalb schwerer an der Scham für die

Vergangenheit, weil wir nichts, so gar nichts erlitten haben. Wir wissen nur von den Verbrechen und sehen nur die Schuld – die Kriegskinder wissen auch von dem Leid. Sie haben die Eltern auch verstört gesehen, haben die Angst gespürt, von der uns nur berichtet wurde.

Vielleicht begegnen deshalb manche Kriegskinder der Unerbittlichkeit der Nachgeborenen mit Verständnis für die Wut, aber auch mit Nachsicht für die Eltern, die mitliefen und mitmarschierten, die keine Helden wurden, weil erst die Angst vor den Blockwarten und dann die Angst vor den Bomben und schließlich die Angst vor den Siegern sie packte und lähmte. Sie mußten den Eltern die Angst nicht glauben, sie wußten, daß es sie gegeben hat.

Viele haben allerdings die Bilder, die sie selber sahen, so erfolgreich verdrängt, wie die Eltern auch ihre Erinnerungen. Denn als die Kriegskinder zu Bewußtsein kamen, als sie begreifen mußten, daß ihre gepeinigten Eltern – ausgebombt, kriegsversehrt, verfolgt, vertrieben und restlos besiegt –, daß diese selben Eltern irgendwann womöglich selbst im Rausch des Sieges getaumelt hatten, da tobte in den Kindern der Kampf zwischen Entsetzen und Erinnerung. Jetzt, da der Vater zu den Alliierten beordert wurde, die Mutter vor der Schuldspruchkammer stand, der mutige Soldatenvater und die tapfere Kriegerwitwe und Trümmerfrau sich womöglich als Parteigenossen der ersten oder gar der letzten Stunde erwiesen – da wankte das Vertrauen der Kinder.

Zerrissen zwischen kalter Wut und dem warmen Gefühl des gemeinsam Überlebten, schotteten sie sich ab, fragten weder die Eltern, wie es dazu kommen konnte, noch sich, was sie selbst noch wußten oder jetzt empfanden. Da nahmen auch sie den großen Schwamm und wischten die Tafel der Vergangenheit sauber. Vor allem Männer, die damals Söhne waren, sagen dann: »Krieg war ein großes Abenteuer«, »Angst kannten wir nicht, nur Kitzel und Spannung«, »stolz waren wir, weil man uns brauchte«, »ich kam mir vor wie ein richtiger Mann«. »Bin

ich froh, daß mein Vater nicht zurückkam«, erzählte mir neulich ein Mann, Jahrgang 1935, »der hätte mir doch nur meinen Platz streitig gemacht. Vom Herr im Haus zum Sohn zu Haus, das hätte mir nicht gepaßt.« Warum hätte er auch den unbekannten Toten betrauern sollen? Erst vereinzelt werden ganz andere Stimmen laut, und meistens sind es meines Wissens Frauen, die auch Schrecken und Ängste der Zeit zurückholen. Diejenigen etwa, die seit 44 Jahren wissen, daß ihre Mütter mißbraucht wurden, und nie darüber redeten, kaum wagten, darüber nachzudenken. Erst jetzt können sie von dem Unaussprechlichen berichten. Meist ist es zu spät, um mit den Müttern zu reden. Sie sind längst mit dem heimlichen Stigma gestorben. Das große Schweigen auch hier. Die Kriegskinder schönten Erinnerungen oder erstickten sie, gaben ihnen keine Luft zum Leben ab, weil sie wohl fürchteten, sonst selbst nicht atmen zu können. Und in uns Nachkriegskindern, im Vergleich leidlos aufgewachsen, nisten wohl doch mehr »Erinnerungen«, als wir wahrhaben wollen. Wir haben die Angst, die wir den Eltern in unserem Zorn über das Geschehen nicht zugestehen, diese Angst haben wir geerbt: Angst vor dem Krieg, Angst vor dem Feuer, Angst vor dem Feind oder gar vor dem Vorgesetzten und Angst – und die ist am schlimmsten – vor uns selbst. Auch deshalb sind wir ja so aggressiv, beschämen und beschuldigen die Eltern, überschütten sie mit Vorwürfen, nicht mit Fragen. Unsere »grundguten« Erzeuger haben uns das Grauen vor uns selbst gelehrt. Wo hätten wir gestanden, wo stehen wir heute? Wie weit wären wir gegangen, wo drehen wir heute um? Wie lebensfähig ist der Täter, der auch in uns steckt? Wie »schön« ist Macht, wie lustvoll das Gefühl der Überlegenheit? Wie verführbar ist der Mensch, wie verführbar bin ich?
»Ein Durchschnittsmensch mit gewöhnlichem Verstand«, so beschreibt Heinrich Mann seinen »Untertan«, »abhängig von Umgebung und Gelegenheit, mutlos, solange ... die Dinge schlecht für ihn standen, und von großem Selbstbewußtsein, sobald sie sich gewendet hatten«.

5. Juli

Vor Jahren habe ich einmal ein Psychoseminar in Amerika mitgemacht und kam mir vor wie eine, die auszog, das Fürchten zu lernen. Ich schrieb damals: »Abends neun Uhr. Seit zwölf Stunden sitze ich mit 249 anderen Seminarteilnehmern unangenehm eng aufgereiht auf harten Stühlen im Ballsaal eines großen New Yorker Hotels. Wir haben seit dem Frühstück nichts gegessen. Einmal durften wir aufs Klo gehen, einmal aufstehen, um uns zu recken. Haben wir unsere Stühle nur zwei Zentimeter auseinandergerückt, kommt gleich eine ernste Gestalt lautlos von hinten, um uns wieder in Reih und Glied zurückzuschieben. Persönliche Bewegungsfreiheit gibt es hier nicht. Wir dürfen uns keine Notizen machen, nicht reden, nicht stricken, kein Kaugummi kauen oder Bonbons lutschen. Unsere Uhren mußten wir am Eingang abgeben, Zeitungen in der Handtasche sind verboten, einen Pullover durften wir, sollten wir mitbringen, denn die Temperaturen wechseln erheblich (von unseren Aufsehern manipuliert?). Und vor uns auf dem Podium springt ein gutaussehender, etwa 35jähriger »Dressman«-Typ auf und ab und brüllt uns an: ›Ihr seid Arschlöcher, ihr habt in eurem Leben bisher nur Mist gemacht, euer ganzes Leben ist doch eine Scheißlüge.‹ Der einzig erlaubte Ausweg aus dieser ungemütlichen Situation ist es einzudösen. ›Ich glaube nicht, daß ich etwas weiß, das euch helfen könnte, wenn ihr es wüßtet. Ich glaube nicht, daß ihr etwas wißt, das euch helfen könnte, wenn ihr es wüßtet.‹ So orakelt nämlich Werner Erhard, der Allvater unseres Seminars.

Erhard Seminars Training (EST) ist ein Hit auf dem Psychomarkt. Das Stichwort ist »self-encounter«; wir nehmen uns selbst auseinander und setzen uns selbst wieder zusammen – natürlich nur nach den strikten Anweisungen des Trainers. Ziel des Trainings ist es, sein Selbst zu erfahren. Das Training ist nicht zu verstehen und soll auch nicht verstanden werden, man muß es nur »mitkriegen« (get it). Und die »intellektuellen

Arschlöcher« sollen sich das besonders hinter die Ohren schreiben. Die EST-Philosophie ist ein spirituelles Esperanto aus Zen, Urschrei, Gestalt und Meditation, aus östlichen und westlichen Philosophien, Psychologie und Religionen. Werner Erhard, der Superguru, der Gott, dessen Aphorismen wie eherne Gebote zitiert werden, hat das alles geschickt zusammengestellt. »Werner sagt«, ist die letzte, unwiderrufliche Antwort auf alle Fragen.

Wir haben 250 Dollar bezahlt, um an zwei aufeinanderfolgenden Wochenenden 60 Stunden in mieser Luft auf harten Stühlen zu sitzen und unser Leben »transformieren« zu lassen. Und schon nach den ersten vierzehn Stunden hat einer vor 249 total Fremden seine erste Erleuchtung: »Ich bin ein Arschloch.«

Und bereits im dritten Prozeß – ein Zwischending zwischen Meditation und Hypnose – »unterhalten« sich einige – wie sie uns später erzählen – zum ersten Mal in ihrem Leben mit ihrer Großmutter, tanzen mit ihrem toten Ehemann und erleben sich selbst im Uterus. Natürlich wissen sie danach, was sie in ihrem Leben alles falsch gemacht haben. Nun wollen sie sich bessern. Der Trainer lobt sie, und nach jedem Bekenntnis müssen wir 249 anderen applaudieren. Bald wird alles genauso monoton und öde wie die stundenlangen Vorträge. Beschwert man sich, 250 Dollar für Langeweile bezahlt zu haben, ist die Antwort: »Phantastisch, you're getting it, du begreifst, was los ist.« Denn – so lautete die Voraussage – während des Trainings kommt alles das in dir hoch, was du bisher in deinem Leben unterdrückt hast. »Hier ist nichts zu kriegen, was du nicht schon hast.« Die Konsequenz: EST ist immer der Gewinner und sagt es auch: »Wir beginnen nie ein Spiel, ohne es vorher gewonnen zu haben.«

Schlimm war nicht, von morgens neun Uhr bis nachts um halb drei mit nur einer Essenspause auf einem harten Stuhl zu sitzen, das waren nicht Hunger, Kopfweh und Rückenschmerzen, das war nicht einmal die Tatsache, als Marionette zu funktionieren.

Wir werden angewiesen, wie wir uns im Hotel zu benehmen haben. »Es geht nicht, sich in der Empfangshalle auf den Fußboden zu legen.« Wir müssen uns melden, aufstehen und aufs Mikrophon warten, wenn wir etwas mitzuteilen haben. Wir dürfen zehn Tage lang keinen Alkohol trinken, kein Hasch rauchen und keine Pillen schlucken. Sind wir am Morgen oder nach der Pause zu spät gekommen, erwartet uns die ESTapo am Eingang. Mit verschränkten Armen tritt einer von ihr unsympathisch nah vor mich und starrt mir unbeweglich in die Augen: »Wer ist verantwortlich dafür, daß du zu spät bist?« Eine Frau neben mir bricht weinend zusammen und hat – wie sollte es auch anders sein – eine Erkenntnis: Sie kommt immer zu spät, weil sie die Strafe will. »Ich bin ein professioneller Fußabtreter.« Die autoritäre Regulierung solcher Lappalien ist unangenehm und erniedrigend, aber die totalitäre Inanspruchnahme der Emotionen, des Geistes, das ist die Hölle. Wenn 249 Menschen auf Anweisung klatschen, sich recken und aufs Klo gehen, dann kann man auch darüber lachen. Wenn aber 249 Menschen auf dem Fußboden liegen, sich – auf Anweisung – in Krämpfen rollen, wenn sie schreien, heulen, wimmern und einige sich übergeben – zwei Frauen sind hochschwanger –, dann bekommt man wirkliche Angst, dann meint man, zum ersten Mal Massenpsychose zu erleben.
Nach EST ist die einzige Realität und damit die einzige Wahrheit, die es gibt, die eigene Erfahrung. »Es gibt nur dich auf der Welt, alle anderen Personen sind Manifestationen deiner selbst.« Ganz egal, ob ich mich mit meinem Freund zanke oder er an Krebs stirbt, ich bin immer verantwortlich, denn er ist ja eine Kreation von mir. Die Stimmung im Saal wird aufgeheizt. Einer jungen Frau, die als Kind deutsche Konzentrationslager überlebte, wird erklärt: »Du bist Hitler« und derjenigen, die klagt, Gott habe ihren Mann von ihr genommen, wird erwidert: »Du bist Gott.« – »Ihr werdet noch ein anderes Vietnam erleben«, so schreit der Trainer uns an, »weil ihr die Verantwortung für das erste noch nicht übernommen habt.« Am nächsten

Wochenende wird die Stimmung gelöster. Die ersten Pärchen haben sich gebildet – auch dafür ist EST bekannt –, die brave Hausfrau flucht unflätig und fühlt sich großartig dabei, ein junger Mann gesteht, er habe zum ersten Mal gewagt, seinem Nachbarn zu sagen, er solle ihm nicht immer die Zeitung aus dem Briefkasten klauen. Der Saal applaudiert begeistert. Am letzten Tag machen wir »Prozesse«, bei denen wir in hausgroßen Brombeeren wohnen, in Apfelsinen schwimmen und an Blumenstengeln hochklettern. Wir gehen gedanklich in den Park und spielen – im Raum wird es erheblich wärmer. Und endlich hören wir die erlösende Botschaft: »Ihr seid Maschinen! Und erst, wenn ihr das gekriegt habt, wenn ihr dafür Verantwortung übernehmt, braucht ihr keine mechanischen Arschlöcher mehr zu sein.« Die Stimmung wird immer ausgelassener, unsere Trainingsassistenten, die Roboter mit den steinernen Mienen, lächeln zum ersten Mal. Der Trainer hat aufgehört, uns anzubrüllen, er solidarisiert sich mit uns, lacht mit uns. Die Show ist perfekt. Und als gegen Mitternacht etwa 150 EST-Absolventen jubelnd und klatschend in unseren Saal einziehen, springen die »Maschinen« auf ihre Stühle und fallen in das Gejohle und Geklatsche ein. Einige weinen, weil alles »so beautiful« ist. Mir ist dies nicht weniger unheimlich als vorher das Schreien und Heulen.

Was ich damals nicht schrieb und kaum vor mir selber zugeben mochte: 249 Menschen hüpfen beseligt auf ihren Stühlen. Ein Mensch bleibt mit abwechselnd steinerner und staunender Miene sitzen. Der eine Mensch war ich. Halb lächelte ich belustigt, ja herablassend hinauf zu den euphorisch Erleuchteten, halb schämte ich mich, die Freude zu stören, nicht ins Bild und in die Stimmung zu passen. Und ganz heimlich hegte ich den Verdacht gegen mich, als einziges »Arschloch« übriggeblieben zu sein, mich verklemmt zu wehren gegen menschliche Wärme. Da konnte der Kopf noch so sehr befehlen: Du als gebranntes Kind, als Nachfahrin von nationalsozialistischen Massenverführungen, du hast in aufgeputschten Gemeinschaftsgefühlen nichts zu suchen – die Sehnsucht ging klar in die andere Richtung: liebend gern hätte ich mitgemacht, wäre mit Wonne aus der Rolle des ungeborgenen Außenseiters ausgebrochen und in diese Hand-in-Hand-Vereintheit eingetaucht. Gern wäre ich in diesen Stunden dem Führer gefolgt. »Die Freiheit von der Freiheit«, erklärte mir am nächsten Tag ein New Yorker Psychotherapeut, »ist eine Erleichterung, die viele suchen. Sie brauchen endlich nur noch das zu tun, was ihnen genau vorgeschrieben wird.«

Wie weit ist der Schritt von der Verführbarkeit zur Verfügbarkeit und schließlich zur Fühllosigkeit? Würde ein Massen-Gefühl mein menschliches Fühlen ab- oder auflösen? Würde ich mich im Massen-Haß geborgen fühlen? Hätte ich Täterin werden können?

6. Juli

Angst vor dem Vater, Angst vor sich, Angst vor dem Vater in sich – Niklas Frank hat darüber ein Buch geschrieben, das ich nie ganz lesen mochte. Wer so verzweifelt an dem Vater hängt, an diesem entsetzlichen Vater, daß er auf dessen Sadismus nur mit eigenen perversen Phantasien reagieren, daß er dem Killervater nur mit eigenen Mordgelüsten begegnen kann, wer sich so ekelt, daß ihm viel eklige Sprache aus dem angewiderten Hirn kommt, wer so haßt und so gern lieben möchte und so besinnungslos alles durcheinanderkotzt, wer sich grausamen Gespinsten hingeben muß, um das Grauen vor dem Vater, den es wirklich gab, zu bekämpfen, der muß auch vor sich selbst erschrecken. Natürlich ist es Unsinn, seine Phantasien mit den Taten des Vaters zu vergleichen, die widerwärtigen Wörter des Niklas Frank mit dem hemmungslos brutalen Handeln des Generalgouverneur Hans Frank in einem Atemzug zu nennen. Und doch ist es erschütternd zu sehen, wie nah beieinander

Opfer und Täter in ein und derselben Seele Platz nehmen können. Niklas Frank wird als Opfer seines Vaters zumindest in seinen Vorstellungen zum gnadenlosen, ja lüsternen Täter. Schützen schändliche Visionen vor schandbaren Aktionen? Darüber streiten die Gelehrten, darüber wird auch Niklas Frank nachdenken. Abscheu vor dem Vater, Argwohn vor sich selbst, das ist sein schlimmes Erbe. Unfähig zu trauern und wohl auch unfähig zu lieben? Denn kann er sich selber je akzeptieren, bevor er den Vater angenommen hat? Aber kann man ein Monster in und für sich annehmen und sich dann noch lieben? Manche Psychologen verlangen genau das. So schreibt Thea Bauriedl: »Wer seine Eltern nicht realistisch sehen und lieben kann, kann auch sich nicht realistisch sehen und lieben. Er gibt blind die Gewalt, die er von seinen Eltern erfahren hat, an seine Kinder weiter, auch wenn er sich bemüht, genau das nicht zu tun.«

Immer reden wir davon, die Vergangenheit als Erbe anzunehmen. Das sagt sich leicht, solange die Aufforderung abstrakt bleibt. Nur, was tut man, wenn die Vergangenheit der Vater ist und der Vater ein Mörder war. »Erinnern heißt, eines Geschehens so ehrlich und rein zu gedenken, daß es zu einem Teil des eigenen Innern wird«, sagte Richard von Weizsäcker. Genügt es nicht, fragte ich eine Psychiaterin, die Eltern nicht mehr zu hassen, um sich zu lösen, um zu sich zu kommen? Muß man sie gleich lieben? Es hat sich wohl für sie wie ein ziemlich naiver Vorschlag angehört, aber sie erklärt geduldig: »Jedes Kind ist ein Stück seiner Eltern. Und jedes Kind muß es lernen, die guten und die bösen Eltern nicht als unterschiedliche Personen, sondern als verschiedene Manifestationen derselben Personen zu begreifen. Die Mutter, die liebkost, und die Mutter, die schlägt, auf einen Nenner zu bringen, das ist Voraussetzung für jeden, ein ganzer Mensch zu werden.« Soweit kann ich folgen. Nur, warum muß ich den Mörder lieben, um selbst Mensch zu werden? »Weil es einfach unrealistisch ist zu behaupten«, fährt sie fort, »daß ein Vater oder eine Mutter nur gut oder nur böse

ist. Man kann sie nicht nur verdammen. Dann hat man nicht richtig hingeschaut. Ein Kind, das nur angreift, hat Angst vor sich. Einen Vater, den ich nur verteufele, habe ich für immer auf den Fersen.« »Und deshalb muß ich den Mörder lieben, bevor ich ihn loswerden kann?« frage ich. »Man muß die Spaltung in ihm begreifen, um sie nicht in sich zu wiederholen.« »Ohne Bruch zu hassen, ist so unnatürlich, wie ohne Bruch zu lieben«, erklärt mir ein anderer Analytiker. »Wenn man ohne Bruch liebt, leugnet man, was man Hassenswertes oder Beschämendes in den Eltern entdeckte. Das nicht zu übersehen, zeugt von einem Stück eigener Gesundheit. Und wer in dem Verhaßten auch den vermutlich immer vorhandenen menschlichen Kern nicht verleugnet und diesen bejahen kann, der beginnt, die Eltern zu verstehen, und sich damit auch.« »Lieben müssen«, sagt dieser Analytiker, »das Apodiktische daran ist Blödsinn. Immer heißt es in diesem Land: man muß; immer ›mußte‹ man, bevor man ›konnte‹«.
War es so auch in der Nachkriegszeit? Die von den Siegern verordneten Bußübungen wurden von vielen äußerlich befolgt und innerlich abgelehnt. Je größer der Druck der Alliierten, desto ausgeprägter die Defensivhaltung, je kollektiver der Vorwurf, desto allgemeiner die Verteidigung. Der Historiker Gerhard Ritter schrieb in einem Dossier vom Dezember 1945: »Ohne Zweifel ist ein gut Teil der Bereitschaft, sich von der nazistischen Vergangenheit zu lösen... inzwischen hingeschwunden. Die Politik der Siegermächte seit der Waffenstrekkung und die groben Fehler ihrer Schuldpropaganda haben beide dahin gewirkt; aber auch das Verhalten unzähliger Deutscher hat unsere innere Lage noch verschlimmert. Es ist zuviel Rache geübt worden, von draußen wie von drinnen... Die Schuldpropaganda hämmert nun ununterbrochen seit acht Monaten Tag für Tag auf die Deutschen ein – in endloser Wiederholung und Variation immer derselben Anklagen. Kein Wunder, daß die Ohren allmählich stumpf werden.« ›Mußten‹ die Deutschen büßen, bevor sie ›konnten‹, bevor sie die Zerstörung

des Traumes und des Glaubens an den Führer überwunden hatten, bevor sie das Beteiligtsein an dem Bösen verinnerlicht und verarbeitet hatten, bevor sie zur Buße bereit waren? »Man hätte uns im eigenen Saft schmoren lassen sollen bis zur Gärung«, meint einer, der »dabei« gewesen ist, »bis uns bei jedem Nippen am Glas des Nationalsozialismus schlecht geworden wäre.« Und wenn sie nicht im eigenen Saft geschmort, sondern ihn weiter mit Wonne gekostet hätten? Wer garantiert, daß aus Wahn – wenn wir ihn denn großen Teilen der Bevölkerung zugestehen würden – Besinnung und aus Besinnung Bekehrung erfolgt wären? Was hätten die Alliierten denn tun sollen? Ein Land, dessen Sprache sie nicht sprachen, dessen Kultur sie nicht kannten, dessen mörderische Un-Kultur sie nicht begriffen, hätten sie dieses Land sich allein regieren und dessen Bevölkerung sich selbst überlassen sollen? Natürlich haben die Alliierten schlimme Fehler gemacht, haben mit der politischen Maxime des Antikommunismus die Entnazifizierung bis zur Farce verkommen lassen, haben einen Aufbau gefördert, bevor es zu einem Abbau des bis 1945 Geglaubten kommen konnte. Ihre Umerziehung war im Rückblick kurzsichtig, weil sie einerseits vom Entsetzen und nicht von einer distanzierten Analyse des Nationalsozialismus und andererseits von ihrem eigenen politischen Credo und nicht vom Interesse an einer wirklichen Veränderung dieses Volkes bestimmt war. Man wollte das Land demokratisieren, damit es funktionierte, wollte es einbinden, damit es nicht ausscheren konnte, war verständlicherweise weniger darauf aus, daß es Deutschland gut, als daß es allen anderen wegen dieses Deutschlands nicht wieder schlecht ergeht. Und so »mußten« die Deutschen in Windeseile überwinden, woran sie mit eiserner Seele gehangen hatten: ihren Führer, ihren Größenwahn, ihre Ideale, aber auch ihre Gutgläubigkeit, ihren pflichteifrigen Gehorsam. Einige mußten erkennen, daß ihre Vertrauensseligkeit mißbraucht worden war, andere mußten ihr umgekrempeltes Inneres wieder umstülpen. Waren sie gerade noch für Perversionen befördert worden, galten diese

nun als gesetzeswidrig. So drehte und wendete man sich im wahrsten Sinne des Wortes und blieb verdreht und verkrümmt – aber aufs neue verwendbar – zurück. Erst wurde Deutschland judenrein, dann persilscheinrein. Ein reinliches Land.
Aber haben die Deutschen versucht, ihre »Geschichte auszuhalten«, wie Christian Meier es nennt? Selbst für uns Nachgeborene erweist sich ein solches Unterfangen als beängstigendes Erlebnis. Gehen wir ehrlich daran, müßten wir mit der Kritik an den Vätern oder an den Müttern das Mißtrauen gegen uns selbst verbinden. Geschichte aushalten heißt dann, sich selber aushalten.

8. Juli

Ein Freund erzählt mir von einem Film von Tarkowskij; es gibt in diesem Film einen Raum, in dem alles wirklich wird, was der Mensch, der ihn betritt, in seinem Innersten denkt, hegt und wünscht, in dem alles geschieht, was in dem Menschen schlummert, in dem das Unbewußte nicht nur bewußt, sondern gleich zur Tat wird. Würde ich hineingehen und mich erblicken wollen? Würden wir mit unseren Eltern diesen Raum betreten wollen, wo wir der Wahrheit nicht mehr entrinnen können? Geschichte aushalten, heißt Schmerzen und Angst aushalten.

12. Juli

Es tut weh, sich dem Entsetzen auszuliefern, zu sehen, wie Menschen zu Bestien wurden. Wenn wir Bücher über Vernichtungslager lesen, identifizieren sich wohl die meisten von uns ganz selbstverständlich mit den Opfern – nicht nur, weil sie es meistens sind, die von dort berichten, sondern auch, weil wir es nicht wagen, den Tätern in den Kopf zu steigen und uns dort umzuschauen. Wir könnten womöglich Verwandtes entdecken, müßten erkennen, daß »gut« und »böse« tatsächlich nicht so klar getrennt existieren, wie wir es uns wünschen; wir könnten die »schlechten« Menschen nicht so pauschal verdammen und uns »gut« dabei fühlen. »Das Geheimnis der Erlösung heißt Erinnerung«, und Erinnern heißt wohl auch die sichere Warte der Fassungslosigkeit zu verlassen, Haß, Aggression und Brutalität faßbar zu machen, den vermauerten Zugang zu eigenen mörderischen Gefühlen freizulegen. Dagegen sträubt sich alles in mir – vermutlich auch aus Selbsterhaltungstrieb. Denn wenn ich mich ganz zum Täter (oder ganz zum Opfer) mache, gehe ich das Wagnis des Wahnsinns ein. Was schützt mich vor dem Fall? Hat Niklas Frank ohne Netz geschrieben? Und sich an den Haß geklammert als Anker im Diesseits? Hat er sich selbst zerstört, um nicht im Abgrund zerschmettert zu werden?

13. Juli

Von »Identifizierung mit den Opfern« habe ich gestern geschrieben und empfinde das heute als Frechheit. Wie weit kann ich sie denn überhaupt begleiten in eine Welt, die jenseits meines Wissens liegt. Dorthin darf ich nicht mitgehen und wage es nicht. Vielleicht aus Angst vor dem Abgrund, den ich benennen, aber nicht kennen kann. Vielleicht aus Ehrfurcht vor dem »Unerahnbaren« – wie Giordano es nennt –, weil Mit-Gefühl dort wie Anmaßung wirkt.
Noch weniger weit wage ich, den Tätern zu folgen. Ich verweigere mich der Identifikation mit Grausamkeit und Gewalt, sehe nicht ein – will es nicht tun –, warum ich Sadismus nachfühlen muß, um mich meiner Geschichte zu stellen. Ich müßte mich von mir entfernen, mich aus meinem Sein entlassen und einer

ganz fremden Vorstellungswelt hingeben, müßte mich aus dem eigenen Kern herauskatapultieren – nur, muß ich das? Auch da ist Angst vor dem Unerahnbaren, Angst vor abgeschalteter Menschlichkeit. Eine Frau, die damals als Jungmädel mitlief, hat mir neulich gesagt, sie sei froh und dankbar, nicht auf die Probe gestellt worden zu sein. »Heute«, meint sie, »weiß ich, wie ich reagieren würde, aber damals?« Sie hat sich lange mit der Vorstellung gequält, sich als Täterin zu sehen. Jetzt hat sie keine Angst mehr davor, daß in ihr Gelüste schlummern, die sie nicht kennt. »Ich habe ein sicheres Gefühl dafür bekommen, was ich verantworten kann und was ich auf keinen Fall mittragen würde. Ich weiß, was mich ausmacht, was meine Würde als Mensch ist – nie würde ich um den Preis meiner Würde mitspielen, denn dann bliebe nichts von mir übrig, mit dem ich leben könnte.« Nur – reicht unsere Vorstellungskraft denn dafür aus zu ahnen, wie man wird, wenn es ums nackte Überleben geht? Bleibt das Gefühl für die eigene Würde stärker als der kreatürliche Trieb, der immer unmoralisch ist?

Mich überkommt eine Ruhe – es ist mühsam genug, sich selbst zu mögen, warum muß ich meine Seele rabiat strapazieren, sie ins Fegefeuer von Perversionen schicken, um zu sehen, ob sie brennen würde. Vielleicht muß ich das gar nicht. Vielleicht könnte ich mir schlicht vertrauen, statt mich künstlich in Versuchung zu führen. Und wenn nun stimmt, was als tiefenpsychologische Erkenntnis gilt, daß man genau dem verfällt, das man zu verdrängen sucht?

14. Juli

Das scheint sich jetzt bei manchen Mit-Tätern oder Mit-Wissern zu zeigen. Denn Cordelia Edvardsons bittere Bemerkung, »die Mörder schlafen gut des Nachts«, stimmt in der Pauschalität wohl nicht mehr. Schlafstörungen, Angstzustände oder nervöse Träume der älteren Generation nehmen zu. Schon 1982 konstatierte Jürgen Leinemann in seinem Buch *Die Angst der Deutschen.* »Jeder fünfte Deutsche leidet heute an behandlungsbedürftigen psychischen Problemen... Bei den über 65jährigen ist schon fast jeder vierte seelisch so gestört, daß er ärztliche Betreuung braucht.« Und Arno Plack, der sich auf über 400 Seiten mit der Frage beschäftigt, wie man ohne Lüge leben könne, schreibt: »Die Qual der Vereinsamung durch die Unwahrheit oder die geheime Wut über den äußeren und inneren Zwang zur Lüge lassen ihn in die Krankheit entweichen. Wenn der Mensch nach Leib und Seele gar nicht auseinanderzuhalten ist, dann muß sich auch bewahrheiten, daß er an Unwahrheit erkrankt.« Genau so ergeht es nun offensichtlich vielen oder manchen von denen, die »dabei« waren, was immer »dabei« im einzelnen Fall heißen mag. Erst haben sie die Erinnerung unterdrückt, jetzt unterdrückt die Erinnerung sie; sie meinten, Herr ihrer Vergangenheit geworden zu sein, jetzt werden sie zu Sklaven des Verdrängten. Die Kraft, die sie brauchten, das Vergessen zu praktizieren, haben sie nicht mehr. Sie werden alt und schwach, sind den Anstrengungen der Abwehr nicht länger gewachsen. Der Nachtmahr wird zum Begleiter auf dem Weg von der Wirklichkeit in den Wahn, den sie unausweichlich begehen müssen – zunächst nur im Traum, dann auch am Tag. So mancher Nazi von Hitlers Gnaden leidet heute an Verfolgungswahn. »Es pocht an der Tür – sie kommen mich holen«, schreien sie erschreckt im Traum, und auf der Couch des Analytikers gestehen sie zaghaft, wovor sie sich fürchten: Und wenn die Juden zurückkommen? Wenn sie zurückfordern, was wir ihnen damals – zugegebenerweise günstig

– abkauften? Wenn sie uns aus Rache ruinieren wollen? Vielleicht sind es Einzelfälle, von denen mir einige Psychiater berichteten. Statistische Erhebungen gibt es nicht. Doch das Geraune und Gebrummel ist offensichtlich auch dem israelischen Filmemacher Ami Ron zu Ohren gekommen. Er schrieb ein Drehbuch mit dem Titel: *Die Juden kommen zurück* – und beschreibt die Szenerie, die sich wohl ziemlich genau so oder ähnlich genug in den Köpfen der vom Wahn Verfolgten abspielen muß:
Ein kleiner Ort, ein schöner Gasthof gleich am Bahnhof, Weinberger hieß er früher, heute heißt er »Hotel Niehof«. Kaum hat die Familie Deutsch ihre reservierten Zimmer bezogen, erklärt der Wirt seinen Freunden am Stammtisch, daß niemand ihm den Gasthof nehmen könne, er habe ihn rechtmäßig von seinem Vater geerbt. Keiner der Anwesenden hatte das mit einem Wort in Frage gestellt. Im Gegenteil, sie lassen sich von den Juden doch nicht beunruhigen, frech genug, daß die sich »hier schon wieder sehen lassen«. Der Familie Deutsch folgte die Familie Levin, sie kommen zurück, erklären sie, weil hier doch ihre Heimat sei. Die Villa der Familie Deutsch, ihre Privatklinik sind natürlich in deutschem Besitz. Entschädigung, erklärt ihnen ein Anwalt, gäbe es nicht. Sie seien zu spät dran. Bis 1969 hätte sich etwas machen lassen. Aber jetzt – sie sollten sich doch an den Zentralrat der Juden wenden, die hätten einen Sonderfonds, vielleicht... Im Rathaus findet inzwischen ein geheimes Treffen statt. Der Polizeichef, der Wirt, der Apotheker, der Immobilienmakler, der Arzt und der Anwalt beraten sich über die unangenehme Lage, mit einem »Judenproblem« konfrontiert zu sein. Aus der Besprechung wird ein wüster Streit, die alten Stammtischbrüder verwünschen sich gegenseitig für eigene Taten oder solche der Väter in der ausgeblendeten Zeit. Der Arzt beschimpft den Immobilienmakler, »daß er seinen Grundbesitz ja nur der Tatsache zu verdanken hat, daß sein Vater die Synagoge angezündet habe.« »Nein, sein Vater sei das nicht gewesen ... und wer bitte habe denn die zwei mongoloi-

den Kinder in die Klinik bringen lassen.« Schmutz von gestern wird verquickt mit Schmutz von heute. Drohungen, Unterstellungen, Vorwürfe von allen an alle. Ein nettes Pack, diese ehrlichen Bürger. Der gemeinsame Feind schmiedet die sich Schmähenden wieder zusammen. Vereint will man der Gefahr begegnen. Die Bundesregierung wird informiert. Und während die Juden im »Hotel Niehof« den Sabbat begehen, wird in der Tagesschau berichtet, »daß das Kabinett zusammengetreten sei, um die neue Lage zu diskutieren. ... Das Innenministerium habe den Vorschlag gemacht, die Grenzen und Flughäfen zu überwachen, das Außenministerium untersucht Möglichkeiten für die Betroffenen, die Ansiedlung in dem Gebiet der Westbank mit Finanzhilfen zu unterstützen. Mit Israel würden in Kürze Verhandlungen aufgenommen.« Bisher hat Ami Ron für sein Drehbuch noch keinen Produzenten gefunden.

16. Juli

Auch Gerhard Zwerenz, einer der wenigen deutschen Intellektuellen, der schonungslos und sogar kritisch mit sich selbst das Thema reflektiert, hat ein Rückkehrszenario entworfen. *Die Rückkehr des toten Juden nach Deutschland* heißt das Buch, das in der Presse kaum beachtet wurde. Zwerenz, der 1976 noch apodiktisch erklärt hatte: »Linke Antisemiten gibt es nicht«, weiß es zehn Jahre später besser. Jetzt begreift er, wie »der Müll der Geschichte« von Generation zu Generation weitergereicht wurde – und das nicht nur bei den Rechten. Zwerenz geht mit den Deutschen und mit sich als einem deutschen Linken ins Gericht. Gespenstisch ist die Geschichte, die dem Buch den Titel gibt. Im Gegensatz zu Ami Ron läßt Zwerenz nicht ein paar hundert oder tausend Überlebende ihre Heimat aufsuchen, er läßt sechs Millionen Tote sich aus ihren »Massengräbern und Aschefeldern« erheben. »Eben sahen wir sie noch in langen schweigsamen Reihen Richtung Gaskammer marschieren. Kaum wurden die Tore hinter den Opfern geschlossen, sprengt eine unbekannte, gewaltige Kraft sie wieder auf, und die nackten Leichen schnellen, mit dem Rücken voran, auf die Vorplätze, in die Schuppen der Gefangenenlager, es wirft sie zurück in die Eisenbahnwaggons, deren rauchzeichenhafte Loks die Fracht rückwärts stoßen, heim ins Reich, wo die Empfangskomitees warten, das eisige Schweigen der Verachtung auf den Lippen, schwarze Todesfähnchen schwenkend, ganze bleichgesichtige Schulklassengespenster stehen angetreten, die Lehrer in Uniform ...« Die toten Juden wandern zum Kriegerdenkmal, suchen in den Listen nach sich und ihren Familien, sie finden nur die Namen ihrer Mörder. Es entsteht ein Verkehrschaos, »aus Gründen der Pietät« sollen die Juden nicht in Viehwaggons, sondern in Personenzügen zurückgebracht werden, pietätlos ließe sich effektiver arbeiten. Und schließlich stehen auch sie, die toten Juden, vor ihren einstigen Wohnungen: »Macht auf«, drängen die ankommenden Heimkehrer, »wir sind es, wir stehen vor der Tür, macht auf.« Die armen Mörder sind überfordert: »Da hat man nun 80 Milliarden ausgegeben für Wiedergutmachung, hat Wochen der Brüderlichkeit veranstaltet, sich in allen Ländern der Erde um die Hebung von Image und Ansehen bemüht, und jetzt diese unvorhersehbare, massenhafte, anarchisch verquere Rückkehr der Toten, wohin soll das führen?«

Wahrscheinlich würden sich die Kathedralen und Kirchen füllen, in denen fromme Profiteure, um Vergebung lechzend, an den Beichtstühlen Schlange stünden. »Wer konnte das denn ahnen, Pater«, würden sie jammern, »ich konnte die Praxis damals doch nicht bezahlen, der Dr. Cohen war ja vergast, ich hätt' ja Geld geben wollen, ich bin – Sie kennen mich, Pater – immer ein ehrlicher Mann gewesen, aber wem hätt' ich es denn geben können. Und die Praxis war ja sowieso so gut wie nichts wert. Die Wände fast eingestürzt, das Inventar halb kaputt und halb veraltet, kein einziger Patient, den ich hätte übernehmen können. Der Dr. Cohen hatte doch eine fast nur jüdische Klientel gehabt – die war ja nun weg. Also, der Anfang war wirklich schwer. Ich habe da unheimlich hineingebuttert: Geld und Kraft und Zeit. Und was ich daraus gemacht habe, hat mit dem Cohen nun nichts mehr zu tun! Ich hatte ein bißchen Glück, die exklusive Lage hat manches erleichtert und die Tatsache, daß das Haus stehen und ziemlich intakt geblieben war. Ich konnte mich als erster Arzt in der Gegend niederlassen, und ich war halt tüchtig, wenn ich das so sagen darf. Soll ich mich dafür etwa schuldig fühlen?«

Nebenan schluchzt eine Frau: »Ich hatte doch keinen Mantel und das Kind keine Decken, es war ein so kalter Winter, wir haben schrecklich gehungert und gefroren, na ja, und als die Bombe unser Haus fast zerriß, da stand die Wohnung der Nachbarn halt offen, ohne Dach, also wenn ich den Pelz und die Daunendecken nicht genommen hätte, sie wären glatt verrottet, das Silber hätten Plünderer genommen, es war ja eine böse Zeit, in der unehrliche Leute ihre dunklen Geschäfte betrieben, also vor diesem lichtscheuen Gesindel habe ich die Juwelen gerettet, ich hab den Safe bei uns untergestellt, die Rosenbaums, dachte ich, würden mir dankbar sein, wir haben uns immer gemocht. Es gab auch nette Zusammenkünfte. Wie hat Frau Rosenbaum meine Kleine verwöhnt. Sie würde bestimmt nichts dagegen haben, dachte ich, wenn ich Hildchen – also damals hab ich sie noch Brunhilde gerufen –, also, wenn ich meine Tochter mit den schönen Decken wärmte, die waren hundertprozentig aus Gänsefedern, wissen Sie, ganz weich und vornehm, also, wenn so was geklaut worden wäre! Na ja, und nach dem Krieg kamen die Rosenbaums nicht wieder, die ganze Familie soll gestorben sein, verhungert und erfroren, die Armen, was sollte ich da machen mit den Daunendecken und dem Safe und so. Ein bißchen Schmuck hab ich gegen Speck und Kartoffeln getauscht, schließlich mußten wir ja leben, und einige Stücke hat Hildchen zur Hochzeit bekommen, ich bin immer ganz stolz, wenn ich meine Kleine so elegant sehe; welch ein Zufall, daß ihre Finger genauso schmal sind wie die von Frau Rosenbaum, also, die Ringe passen wie angegossen. Und nun steht die tote Frau Rosenbaum bei Hildchen im Laden – ach ja, das muß ich noch erklären: den letzten Schmuck haben wir vor ein paar Jahren verkauft, sehr gut verkauft, Frau Rosenbaum hatte schöne Sachen, und davon hat Hildchen sich eine Boutique eingerichtet, Dessous aus Paris, pardon, Pater, also, und da steht nun die tote und total verhärmte Frau Rosenbaum zwischen diesen Sachen aus Seide und Samt, steht da und schaut mit ihren toten Augen in riesigen Höhlen, ich muß weinen, es ist furchtbar, mein armes Hildchen, das hat sie nicht verdient, wo sie doch den Laden so tüchtig führt, ich kann doch nichts dafür, daß Frau Rosenbaum ohne Daunendecken und Pelz ins KZ mußte – es ging wohl alles sehr überstürzt, ich erinnere mich, wie die mit ihren Stiefeln die Treppe hochpolterten, um die Rosenbaums abzuholen, zitternd habe ich da im Bett gelegen, stellen Sie sich vor, die hätten sich in der Tür geirrt, schrecklich war das, aber es dauerte zum Glück nicht lange, dann war alles ganz still, und man konnte endlich in Ruhe schlafen. Tja, und nun steht da das Gerippe Rosenbaum, man sieht ja kaum noch, daß sie eine Frau ist, und schaut immer mein armes Hildchen an, die war doch damals noch ein Kind, sie ist vollkommen unschuldig – und ich glaube nicht, daß ich Frau Rosenbaum etwas schulde – warum kommt sie erst jetzt zurück, da man sich gerade selbst ein wenig für die Mühe belohnt hat, ihre Sachen unter Gefahr an Leib und Leben gerettet zu haben. Man stelle sich mal vor, ein Nazi hätte jüdischen Schmuck bei uns entdeckt, der hätt' noch denken können, wir hätten 'ne jüdische Oma verschwiegen. Das Risiko bin ich für Frau Rosenbaum eingegangen, geopfert hab' ich meine Seelenruhe für ihren blöden Schmuck. Und was ist nun der Dank dafür, steht da bei meinem Hildchen und schaut. Man sollte den Juden keinen Dienst erweisen, man sieht ja, was dabei herauskommt. Mein Hildchen träumt schon von den toten

Augen, und ich werd' sie auch nicht los, obwohl ich noch nicht im Laden war, um Frau Rosenbaum zu treffen, ich finde, das muß ich mir nicht zumuten, mein Leben war schon schwer genug, also, obwohl ich sie noch nicht gesehen habe, verfolgt mich Frau Rosenbaums Blick die ganze Zeit, ich werde diese tote Jüdin nicht los, dabei habe ich ihr nichts Böses getan.«

Zehn Meter weiter, im dritten Beichtstuhl, flüstert ein Verängstigter: »Miriam ist da«, keucht er, »meine Braut von damals, sie hat ein totes Baby im Arm und sagt, es sei meins, sie sei schwanger gewesen, als ich sie sitzenließ. Das sind natürlich ihre Worte, nie hätte ich meine schöne Geliebte sitzenlassen, ich wollte sie doch heiraten, alles hätte ich für sie getan, aber ich durfte ja nicht, Befehl von oben. Ich hab' ja noch versucht, sie heimlich zu treffen, dabei hat mich der Obersturmbannführer erwischt, der wohnte im Haus nebenan und war selbst scharf auf sie, aber das hab' ich erst viel später erfahren. Dieser Obersturmbannführer hat mich gestellt: ich müsse das Mädchen vergessen, oder ich würde zwangsversetzt. Natürlich konnte ich Miriam nicht vergessen, aber ich durfte ihr doch nicht zumuten, zwangsversetzt zu werden, sie wäre doch ohne mich ganz schutzlos gewesen. Ihr Vater hatte Selbstmord begangen, die Mutter war gestorben und der Bruder geflohen. Miriam lachte den Bruder aus und blieb bei mir, sie liebte mich. Deshalb blieb ich bei ihr und ließ mich nicht zwangsversetzen. Nur sehen durften wir uns nicht, aber ich dachte immer an sie, das hat sie bestimmt gewußt. Ich ahnte ja nicht, daß sie schwanger war, vielleicht war das besser so, ich wäre zu ihr gerannt, hätte den Gehorsam verweigert und mich leichtsinnig verhalten. Wenn mein Vater das erfahren hätte, einen jüdischen Bastard als Enkel, er hätte Miriam umgebracht und mich auf der Stelle enterbt. Irgendwann hat man sie abgeholt und ins Sammellager gebracht. Da habe ich sie noch einmal gesehen. Ich war inzwischen bei der SS und stand Wache an der Tür des Lagers. Da ging eines Tages meine Geliebte mit gesenktem Blick an mir vorbei in das Gebäude hinein; wohl sah sie aus, kräftig und rund, ich war so froh zu sehen, daß sie gut genährt war – wer hätte denn an ein Baby gedacht – ich hätte sie so gerne in meine Arme genommen, die Sehnsucht in mir, o Gott, was habe ich gelitten, aber ich blieb standhaft, tat, als kennte ich sie nicht, versuchte nicht, sie anzusprechen, flüsterte ihr nichts zu, ich wollte sie auf keinen Fall gefährden, sie war doch meine Braut. Ich habe dann nie wieder von ihr gehört. Gleich nach dem Krieg versuchte ich noch einmal, nach ihr zu fahnden – doch das Chaos damals war einfach zu groß. Es gab noch keine Liste der Vergasten, keine sicheren Auskünfte. Als ich dann Grete, meine Frau, kennenlernte, mochte ich nicht länger nach Miriam suchen. Das hätte ich Grete nicht antun können, und sie liebte ich nun. Ich habe ihr nie von Miriam erzählt, nicht aus Feigheit, ich war ja auch nicht ihr erster Geliebter, und ich geniere mich ehrlich nicht, eine Jüdin zur Braut gehabt zu haben. Nur, was soll man in der Vergangenheit wühlen. Wir hatten genug damit zu tun, in der Gegenwart zu leben und eine gemeinsame Zukunft zu planen. Wir haben es geschafft, Grete und ich, geschuftet haben wir dafür, jetzt sind die Kinder erwachsen und wir pensioniert und können von den beiden Renten ein schönes Leben führen. Da kommt die tote Miriam mit dem Baby, sie steht regungslos vor unserer Haustür, so wie ich damals am Eingang des Lagers, nur einmal hat sie aufs Baby gewiesen und gesagt, ›es ist deins, ich war damals schwanger‹. Sonst redet sie kein Wort. Ich kann nicht mehr schlafen, werde immer nervöser, wage nicht mehr mein Haus zu verlassen, meine Beete verwildern – wie kann ich denn Unkraut zupfen und Ungeziefer spritzen, wenn sie und das tote Baby danebenstehen. Ich mag nicht mehr zum Stammtisch gehen, müßte dringend mal zum Friseur, habe sogar den Geburtstag von Grete vergessen. Natürlich ist auch meine Frau irritiert von der fremden Toten an der Tür, sie weiß ja nicht, wer Miriam ist. Ich kann ihr doch nicht antun, die Wahrheit zu sagen, ich hab sie doch vierzig Jahre nicht gesagt, sie weiß doch nichts von meiner jüdischen

Braut. O Gott, und gerade neulich haben Grete und ich Wilfried, unserem ältesten Sohn, dringend geraten, sich von seiner Freundin zu trennen. Sie ist Jüdin. Wir haben nichts gegen Juden, haben wir ihm gesagt, aber das geht nicht gut. Junge, habe ich erklärt, Mischehen kommen auch in der Natur nicht vor, such dir eine von uns, ehrlich, ich weiß, wovon ich spreche. Er hatte natürlich keine Ahnung, wovon ich sprach. Und nun steht Miriam da. Es sieht ganz so aus, als wollte sie mein Leben zerstören, ausgerechnet jetzt, wo es gerade bequem werden sollte. Was soll ich denn tun. Ich hab sie nie davon abgehalten, mit ihrem Bruder zu fliehen. Er war eben einfach klüger als sie. Aber sie mußte sich ausgerechnet an mich klammern. Wäre sie bloß gegangen. Dann lebte sie heute in Israel – ihr Bruder hat mir noch einmal geschrieben, aber den Brief habe ich verbrannt und nie beantwortet –, dann lebte Miriam heute in Israel, hätte einen Sohn, der Palästinenser umbrächte und stände nicht wie ein Racheengel vor meiner Tür. Geh doch zu deinen Glaubensgenossen, habe ich ihr neulich zugezischt, geh doch ins Gelobte Land und schau zu, wie deine Leute andere massakrieren. Halte doch sie ab, auch in Zukunft zügellos zu schlachten, statt uns Vorwürfe für die Vergangenheit zu machen. Es ist vorbei, Miriam, habe ich gewispert, weil meine Frau hier oben in der Küche bügelte, Liebe, Schuld und Sühne sind verjährt. Geh dahin, wo du hingehörst, hier ist kein Platz für dich. Du bist zu spät gekommen. Aber sie steht da immer noch, kalt und leblos, ohne menschliche Regung für meine Qualen. Ich drehe durch, Pater, der Arzt fürchtet einen Herzinfarkt, mein Blutdruck ist kaum mehr zu bändigen. Ich bin am Ende. Soll ich denn jetzt für eine Jugendsünde büßen? Das hat sich die jüdische Hexe wohl so gedacht. Ich laß mir das nicht gefallen. Wer weiß, ob der Balg überhaupt von mir ist. Sie war so leicht zu haben. Wahrscheinlich hat sie herumgeschlafen, das kennt man doch von Jüdinnen, die wird sich umgukken, eines Tages werde ich mich rächen. Die soll sich bloß vorsehen.«

So saßen sie in den Beichtstühlen und flennten und tobten. Und als sie die Kirchen verließen, gefestigt im Glauben an Gott und an sich, da rührte sich in manchem, wie in Miriams Geliebten, der Zorn des Gerechten. Ihr Leben lang waren sie anständig geblieben, hatten ihre Pflichten erfüllt, ihre Familien gehegt, ein ›neues Deutschland‹ aufgebaut. Das durfte ihnen keiner nehmen – auch die toten Juden nicht. Schlimm, daß Hitler sie umgebracht hatte, die KZs, nein, das war nicht in Ordnung gewesen, das hatten sie immer schon gesagt. Sollten sie jetzt für die Verbrechen eines Wahnsinnigen büßen? Das kam nicht in Frage. Darin war man sich einig. Erst schmiedete man Pläne im Freundeskreis, dann plante man das Vorgehen an redlichen Stammtischen, und schließlich verkündete man auf Massenveranstaltungen, wie das deutsche Volk vor den Juden zu retten sei, nämlich allein durch die Vertreibung der Toten. »Heimkehr in die stillen Gräber« umschrieb man freundlich die Deportation der Ermordeten. Großzügig erließ man ihnen die Rückzahlung der 80 Milliarden, die die Wiedergutmachung die Bundesrepublik gekostet hatte, um der Welt zu beweisen, daß die Wiedergutwerdung der Deutschen endgültig vollzogen war. So schließt sich der Kreis zum runden Ganzen, das Perpetuum mobile bleibt in Bewegung.
Gerhard Zwerenz möge verzeihen, daß ich sein Szenario als ersten Akt für ein »historisches Drama« benutzte, das man vielleicht demnächst in Frankfurt am Schauspielhaus aufführen könnte. Das *Ende der Schonzeit* wurde dort ja schon vorbereitet.

18. Juli

Kein Wunder, daß sie unruhig werden, die tüchtigen Macher der reichen Nation. Sie haben eine Menge zu verlieren. Wie steht es heute im *Spiegel*: »Die Deutschen erben wie nie zuvor... Erstmals kassieren, nicht nur wie früher, die Kinder von Reichen viel Geld, sondern auch die Nachfahren einer breiten Mittelschicht... Die Generation der Deutschen, die sich nach dem verlorenen Krieg an den Wiederaufbau machte und dabei ein weit höheres Vermögen anhäufte als jede andere Generation zuvor, stirbt langsam aus.« Über 80 Milliarden DM werden allein in diesem Jahr vererbt. *Der Spiegel* erklärt, das Erbrecht befolge den alten deutschen Grundsatz: »Das Gut rinnt wie das Blut«, in anderen Worten: Verwandtschaft zahlt sich aus. Arisierung tat es auch. Aber man erbt natürlich altdeutsch, nicht jüdisch. Wer weiß heute noch, welche Bank, welcher Gasthof, welcher Buchladen oder welche Notenhandlung einst Juden gehörte? Wer käme denn auf die Idee, die Ahnentafel seiner Rinder zu prüfen. Als die jüdischen Viehhändler »verschwinden« mußten (welche Wortwahl! Als ob sie Delikte begangen und sich nun vor dem gerechten Gesetzgeber zu verbergen hätten), hat man ihnen ihren Bestand halt abgekauft. Geschäft ist Geschäft.

Einmal ist die Schwelle vom erlernten Wissen zum gefühlten Begreifen überschritten worden, einmal stockte den Deutschen vor Schreck der Atem, einmal hat der Schock sie gelähmt, haben sie stumm gesessen vor Entsetzen über eigenes Versäumnis und Versagen. Auslöser der Besinnung war ausgerechnet die amerikanische Fernsehserie *Holocaust*, eher Kitsch als Kunst, aber in den Auswirkungen bis heute spürbar. Im April 1978 wurde *Holocaust* in Amerika ausgestrahlt. Ich wehrte mich – das sehe ich erst jetzt – gegen den Zugriff ans Sentiment. »Der Versuch, die Judenausrottung anhand eines Familiendramas zu versinnbildlichen, ist geschmacklos und gefährlich«, schrieb ich, im *Deutschen Allgemeinen Sonntagsblatt* vom 30. April 1978, »kann Zeitgeschichte, die unbeschreibbar ist, in Episoden verfilmt werden? Judenvernichtung als Theater? Konzentrationslager als Kulisse? Der elende Zug der Juden nach Babi Yar wendet sich im Film einen lieblichen Pfad in hügeliger Landschaft hinunter – von der musikalischen Untermalung und der direkt daran anschließenden Werbung für das Vollwaschmittel ganz zu schweigen. Geht das? Darf man das? Ist es nicht eine Beleidigung für jeden Zuschauer und eine untragbare Degradierung und Verleumdung für den betroffenen Zuschauer, denjenigen, der floh, der überlebte, der übrigblieb?« Ich hatte einen »makellosen« Zeugen für meine Vorbehalte. Elie Wiesel, der selbst deutsche Konzentrationslager überlebt hat, fragte damals: »Wie kann man ein ontologisches Ereignis in eine ›soap-opera‹ umwandeln?« Nur, was er wohl aus Empörung nicht verstehen konnte und ich aus Purismus (vielleicht waren es auch Angst oder Arroganz) nicht begreifen wollte, ist, daß kein Volk, kein Individuum ein »ontologisches« Ereignis betrauern kann, sondern nur das Geschick von normalen Personen, von Menschen, die wir selbst sein könnten. Das Grauen vor dem Ganzen bleibt blaß und hohl, erst der Schmerz über ein einziges Schicksal, selbst, wenn er rührselig schluchzt, öffnet Gucklöcher in das gesamte Geschehen. Das hat der »Erfolg« des Films in Deutschland bewiesen. Zwanzig Millionen blieben gebannt vor dem Bildschirm sitzen. *Holocaust* hatte mehr Zuschauer als normalerweise ein Fußball-Länderspiel und ließ die Nation im Tumult zurück. Dreißigtausend Anrufer bestürmten die Funkhäuser mit Fragen, Vorwürfen und verzweifelten Bekenntnissen. Familien diskutierten und stritten, in den Schulen wurde wie nie zuvor gefragt und informiert. Journalisten stürzten sich mit allen Pro und Contras auf das Thema, als sei es neu und brandaktuell. Schon vor der Ausstrahlung war manche hitzige Diskussion zur Hetze geraten. Sprengsätze zerrissen Sendeleitungen bei Koblenz und Münster, Funkhäuser wurden bewacht, Redakteure anonym am Telefon beschimpft.

Es kam, wie es kommen mußte in dem Land, in dem die Täter wohlgemut ihre Pensionen verzehren und Millionenwerte vererben: Es gab Krach und Streit. Den »Ami-Schinken« wollten die einen nicht zeigen, die anderen nicht im Archiv verstecken. Die Intendanten zerstritten sich, hickten und hackten über Monate über *Holocaust* und entschieden schließlich ein halbes Abschieben der Serie in die Dritten Programme, die dafür aber zum erstenmal zusammengeschaltet wurden. Im April 1978 war die Serie in den USA ausgestrahlt worden. Im Januar 1979 schließlich schaffte es das Deutsche Fernsehen, *Holocaust* zu senden. Dreiunddreißig Länder hatten den Film inzwischen angekauft.
Von einem Kollegen vom Südwestfunk mußte sich Dramaturg Peter Märthesheimer vorwerfen lassen, die Serie »der politischen Opportunität wegen« (die SPD trat damals vehement für die Ausstrahlung ein) gekauft zu haben, obwohl die Abzeichen an den Uniformen nicht stimmten und die Opfer zu »wohlgenährt« aussähen. Märthesheimer antwortete mit einem offenen Brief, den die *Zeit* am 30. Juni 1978 abdruckte. »Es kann doch nicht im Ernst gegen die insgesamt äußerst beeindruckende historische Wahrhaftigkeit dieser Serie ein ästhetischer Rigorismus ins Feld geführt werden, der die Uniformknöpfe der Barbaren nachzählt und seine Resultate zum Maßstab dafür macht, ob die Barbarei glaubwürdig sei.«
Hinterher waren nur noch Renitente dagegen, die Briefe schrieben wie: »Sehr geehrte Herren, der Film ›Holocaust‹ ist nicht uninteressant. Um das Bild abzurunden, müßten nun aber ›Holocaust 2‹ und ›Holocaust 3‹ folgen: Nummer zwei über den Leidensweg einer palästinensischen und Nummer drei über den einer deutschen Familie.« Franz Josef Strauß drückte sich kaum diskreter aus: »Wieso wartet das Deutsche Fernsehen mit diesem Ausschnitt deutscher Geschichte auf? Wo bleibt dieser historische Eifer sonst?« Und so weiter – ist man geneigt zu sagen, die Aufrechner sind immer zugegen. Kaum hören sie Auschwitz, rufen sie Katyn – so tat es auch Strauß in seiner

Stellungnahme. Dagegen blieben natürlich Rechtsradikale, die den Film als jüdische Propaganda diffamierten und verängstigte Vormals-Nazis, die verzweifelt zum Telefon griffen und flehten: »Bitte stellen sie sofort richtig, daß nicht alle SS-Leute an Judenerschießungen teilgenommen haben. Sonst gibt es bei uns in der Familie eine Katastrophe.«
»Haben Sie davon gewußt?« fragte der Schriftsteller Walter Kempowski seine deutschen Mitbürger und veröffentlichte ihre Antworten in einem Buch, das Anfang 1979 erschien. Er entlockte den Befragten manch erstaunliche Erklärung. »Mein Vater war Nationalsozialist, deshalb haben wir nichts gehört.« »Ob ich von KZs gehört hab'? Eigentlich weniger.« »Konzentrationslager? Wissen Sie, mein Schwiegervater war Jurist. Ich hatte ein ganz anderes Koordinatensystem.« Viele geben zu, Gerüchte gehört zu haben. Einige berichten das ganz ohne Kommentar: »Im Zug hat einer zu mir gesagt: ›Da liegt Weimar, dort werden die Juden vergast‹«, andere beteuern, so etwas nicht geglaubt zu haben: »Daß Leute vergast wurden, das hörte man, aber das hielt ich für Feindpropaganda, so wie im Ersten Weltkrieg die abgehackten Hände.« Manchen war die Judenpolitik der Nationalsozialisten unangenehm: »Ich weiß, daß mir das sehr peinlich war, wenn da einer mit dem Judenstern ging. Man wollte nichts davon wissen und sehen.« »Das hat man gesehen«, sagt ein anderer, »aber man hat es doch wohl nicht so gesehen.« Kürzer kann man das allgemeine Wegschauen wohl kaum beschreiben.
Die Journalistin Gerda Marie Schönfeld hat nach der Ausstrahlung der *Holocaust*-Serie eine zehnte Klasse in einem Hamburger Gymnasium besucht und dort einen ungewöhnlichen Lehrer getroffen. »Es konnte jeder wissen«, sagt er, »wir haben es nicht wissen wollen. Wir haben es gewußt an der Stelle, als ein Jude zu dem Gemeindepfarrer kam und ihm seine Bücher brachte und sagte, er brauche sie nicht mehr. Wir haben es gewußt, als plötzlich Freunde weg waren, als Lehrer weg waren und keiner darüber reden wollte. Wir haben es gewußt, als der

Organist einer Gemeinde gesagt hat, daß seine Frau weg ist, daß er nach vier Wochen einen Brief bekam von ihr aus Theresienstadt – und die Frage, wo ist sie nun, hat er nicht beantworten können. Wir haben es als einzelne gewußt, als ich vom Krieg auf Urlaub nach Hause fuhr und in dem Abteil, in dem ich saß, ein SS-Mann erzählte, wozu er abkommandiert war. Ich weiß, daß er sich aufgehängt hat, im Urlaub ... Man konnte sehen, wie Juden versammelt wurden. Sie wurden auf Autobusse verladen und abgefahren. Die Zahlen haben wir natürlich nicht gewußt.«

Die Wirkungen des Filmes *Holocaust* verblüfften und verschreckten zugleich. »Es war möglich«, schrieb Gerhard Zwerenz, »jede Schuld abzuweisen und jede Erkenntnis in einem einzigen Meer von Gefühlstränen zu ertränken.« Richtiger hat es wohl Gerhard Mauz gesehen, der für den *Spiegel* über NS-Prozesse berichtet hatte und sich nun fragte, warum Reportagen aus dem Gericht weniger bewirkten als ein Film wie *Holocaust*. Selbstkritisch schreibt er: »Die herzzerreißenden Beispiele wurden verlegen eingeschoben. Sie gerieten an den Rand der Darstellung von Rechts- und Verfahrensfragen, von soziologischen, psychologischen und philosophischen Problemen. Es wurde allenfalls verständlich, doch keinesfalls spürbar gemacht, was geschehen ist ... Spätestens seit dem Ende des ersten Auschwitz-Prozesses 1965 hat man nur noch mit dem Kopf aufgeklärt.« In einer der Fernsehdiskussionen, die der Ausstrahlung des Filmes folgte, in der Wissenschaftler analysieren und Betroffene berichten, fragt auch Peter Märthesheimer: »Ich möchte gerne wissen, was uns fähig macht, hier so ruhig dieser Erzählung zuzuhören und dabei so zu tun, als hätten wir einen klaren Kopf. Ich möchte wissen, wie wir zu solch einer Leistung fähig werden, wo man eigentlich heulen müßte. Wie können wir den Leuten vorwerfen, daß sie damals nicht geweint haben, als ihre Nachbarn verschleppt worden sind, wenn wir hier selbst so kühl und gelassen sitzen?«

19. Juli

Nachtrag zu gestern: Zur gleichen Zeit, in der im Fernsehen die »De-Luxe-Version« (Elie Wiesel) der Judenvernichtung gezeigt wurde, ging es im Gerichtssaal in Düsseldorf um die Wahrheit über die Hölle. Hier wurde Majdanek verhandelt. »Die Serie«, sagte eine jüdische Zeugin, »zeigt nur ein Prozent dessen, was wirklich war im KZ.«

Ähnlich hat es auch Renate Harpprecht empfunden. In dem Buch zum Film: *Im Kreuzfeuer: Der Fernsehfilm ›Holocaust‹. Eine Nation ist betroffen*, ist eine Beschreibung der Überlebenden von Auschwitz abgedruckt, die den Filmbildern das Bild des alltäglichen Ekels und der alltäglichen Demütigungen entgegenstellt. »Es liegt mir fern, den Eindruck, den die Sendung so offensichtlich bei vielen Zuschauern gemacht hat, mindern zu wollen. Doch einen großen Mangel dieser Produktion, und es gab deren sicher viele, möchte ich erwähnen. Man zeigte das Morden, die Brutalität der SS, man zeigte Gaskammern und hörte das Prasseln der Flammen. Doch in keinem Moment wurde das vermittelt, was das wirklich Unerträgliche in den KZs war: die konstante und tiefe Entwürdigung des Menschen. Man sah niemals, wie wir Häftlinge tagtäglich im eisigen Winter oder in glühender Sonne im Sommer früh und abends stundenlang nach schwerster Arbeit unbeweglich beim ›Zählappell‹ stehen mußten, bis das gesamte Lager abgezählt war. Fast jeder Häftling litt chronisch an Durchfall – niemandem war es gestattet, während des Zählappells aus der Reihe zu treten. Man stand da, mit den entsetzlichsten Bauchkrämpfen und – jawohl, die Scheiße lief uns an den Beinen herunter. Wir waren verlaust, wir waren immer durstig, doch es gab nie genug zu trinken. Unsere Körper waren mit Krätze und offenen Wunden übersät, weil wir keinerlei Vitamine bekamen. Ins ›Revier‹, das sogenannte Krankenhaus, wagte keiner zu gehen, denn es war die Vorstation zur Gaskammer. In den Baracken stand in der

Nacht ein Bottich, in den man seine Notdurft verrichten mußte, weil zwischen den Appellen keiner hinaus zu den Latrinen durfte. Am Morgen mußte der Bottich von zwei Häftlingen hinausgetragen werden – immer zum Überschwappen voll; man war mit Fäkalien begossen, man stank, man ekelte sich vor sich selbst und den anderen, man konnte sich niemals richtig waschen. Man sah nicht mehr, daß sich vor den Baracken jeden Morgen Leichenberge häuften, von Menschen, die in der Nacht wie die Hunde krepiert waren. Das war der Alltag des KZs – und nicht das manikürte Image von Edelmut, Todesverachtung und Nächstenliebe, das uns der Film vormachen wollte.«
Renate Harpprecht, die heute in Südfrankreich lebt, redet sonst nicht über Vergangenes. »Ich habe immer Angst, die Leute zu langweilen.« Als Kind habe sie selbst so oft Kriegsgeschichten des Vaters anhören müssen, die sie gar nicht interessiert hätten. Der Vergleich hinkt beträchtlich, und Renate Harpprecht weiß es genau. Nur, die Vorstellung, daß Leute »aus Höflichkeit zuhören«, die ist ihr entsetzlich. Dann schweigt sie lieber und beschützt ihre Seele, hütet sich vor Schmerzen, die sie nicht will. Es ist wohl ihr Wille, der sie zusammenhält, und es war ihr Wille, der sie überleben ließ. »Ich habe nicht daran geglaubt, daß mein Leben so enden darf«, sagte sie vor zwei Jahren in einem Gespräch mit Gero von Boehm, »ich hatte das Gefühl, daß man das seinen Eltern schuldet; ich hatte das Gefühl, daß man Zeugnis ablegen soll.«
1926 wurde Renate Lasker – Else Lasker-Schüler ist eine weitläufige Verwandte – in Breslau geboren. Ihr Vater war ein bedeutender Anwalt, Offizier im Ersten Weltkrieg, Träger des Eisernen Kreuzes. Man lebte deutsch im Alltag und jüdisch an hohen Feiertagen. Selten ging die Familie öfter als zweimal im Jahr in die Synagoge. 1938 wurde ihr Vater – wie alle jüdischen Anwälte – mit Berufsverbot belegt. »Wir flogen aus der feinen Wohnung raus und mußten mit Verwandten zusammenziehen.« Bald haben Renate Lasker und ihre jüngere Schwester überhaupt keine Verwandten mehr. Die Eltern werden 1941

denunziert und deportiert. Man weiß bis heute nicht, in welchem Lager sie ermordet wurden. Die beiden Mädchen hausen in einem Zimmer in einer sonst versiegelten Wohnung. Für kurze Zeit gibt es noch eine Großmutter – dann wird auch sie abgeholt. In dem Gespräch mit Gero von Boehm erzählt Renate Harpprecht, wie die Leute, die hinterher sicher auch von nichts gewußt haben, wie sich in diesem Fall die Breslauer benahmen, »als die Deportationen anfingen und man die Trecks von den alten und nicht so alten Leuten mit ihren Päckchen auf den Rücken in die Sammellager schlurfen sah, mit welcher Häme die Leute am Straßenrand standen und dreckige Bemerkungen machten, das vergißt man nicht.« Die Schwestern arbeiten in einer Papierfabrik, stellen Klosettpapier her, lernen dort französische Kriegsgefangene kennen, mit denen sie heimlich Kontakt aufnehmen. Dank der zweisprachigen Erziehung, wie es sich für Töchter aus gutem Hause gehörte, sprachen sie ziemlich fließend Französisch. Erst flüstern sie miteinander, dann planen sie die Flucht. Im Stübchen der Mädchen werden falsche französische Papiere gedruckt. Doch sie kommen nicht weit. Bereits am Bahnhof von Breslau werden sie verhaftet.

Während Renate Harpprecht erzählt, spürt man, wie sie Distanz zu sich, zu dem Mädchen von damals, wahrt. Sie antwortet, wenn sie gefragt wird, sie berichtet von sich, ohne sich hineinzubegeben in ihre eigene Geschichte – deshalb hat sie, die Journalistin und Schriftstellerin, wohl auch nie ihre Biographie geschrieben; Vorschläge in dieser Richtung wehrt sie ab. Sie will nicht. Nach der Verhaftung am Bahnhof wird den Mädchen ein Prozeß gemacht. Das war ihr Glück. Sonst hätte man sie gleich verschleppt. Statt dessen wird die kleine Schwester ins Gefängnis und sie, die große, ins Zuchthaus gesteckt. Renate Lasker ist noch nicht einmal sechzehn Jahre alt. Erst in Auschwitz finden die Mädchen sich wie durch ein Wunder wieder. Anita spielt im Lagerorchester Cello, Renate wird erst Lagerläuferin, dann Dolmetscherin. Kurz vor Kriegsende werden sie nach Bergen-Belsen überführt. Sie bleiben zusammen und überleben beide. »Hat es denn Sinn«, fragt Renate Harpprecht, »zu erzählen, was ich im Lager erlebt habe? Soll ich denn von den widerlichen Wärtern erzählen, die auf den stinkenden, fetten Rauch zeigten und höhnten: ›Guck mal, dein Papa.‹ Soll ich beschreiben, wie ich gesehen habe, daß Babys ins Feuer geworfen wurden? Ich bin dagegen, daß das Unaussprechliche beredet wird. Reden kann man über die jahrelange, die wahre Niedertracht der Demütigungen, darüber, wie schwierig es war, einen anständigen Charakter zu behalten und später überhaupt wieder Menschenwürde für sich zu erlangen.« Sie lächelt viel, während sie spricht. Ich muß dabei an die Gesichter der Überlebenden denken, die Claude Lanzmann in seinem Film *Shoah* reden läßt. Viele von ihnen lächeln – während sie von dem Grauen berichten, ein verzweifeltes Lächeln ist das, ein Lächeln zum Festklammern, ließe man los, zerfiele das Gesicht, würde das Antlitz wohl zerrinnen vor Entsetzen über die eigenen Erinnerungen. Auch Renate Harpprecht, mit 62 Jahren noch immer eine schöne Frau, hält sich an diesem Lächeln fest, während sie erzählt. »Als die Engländer angefangen haben, uns Gefangene zu verhören, konnten selbst sie nicht glauben, was wir ihnen erzählten. Ich erinnere mich, daß einer der Offiziere einen Zettel an seine Tür geheftet hatte, auf dem stand: ›No more gas-chamber-stories, please‹. Die Engländer dachten wohl, wir seien durchgedreht, wirr im Kopf und phantasierten.« Für die Briten war Bergen-Belsen offensichtlich schon ein solcher Schock, daß sie sich weigerten, die noch schlimmeren Wahrheiten zu glauben. »Ich selbst habe das Belsen-Panorama 1945 gar nicht mehr so wahrgenommen«. Sie war ein Teil dieses »Panoramas«, wie sie es nennt, war selbst nur noch Haut und Knochen, war eine von jenen, vor deren Anblick wir so entsetzt die Augen verschließen, wenn wir Szenen aus den befreiten KZs im Film oder im Fernsehen sehen. Dieselbe Frau, die vor mir sitzt, die ruhig und mit eleganter Eloquenz mit mir redet, war gejagt, gequält und erniedrigt worden, hatte Dinge gesehen und gespürt, die sie nie benennen wird. Wie lange hatte ich mich dem Trug hingegeben, der Nationalsozialismus, nur weil er ein Jahr vor meiner Geburt zerschmettert wurde, sei Geschichte. Jetzt sitzt mir die »Geschichte« gegenüber und ist exakt 20 Jahre älter als ich. Die Nähe dieser Vergangenheit, die ich als etwas ganz Fernes kennengelernt hatte, empfinde ich jedesmal wieder als Schock.

Für Renate Harpprecht war das »Belsen-Panorama« – so grauenhaft es sich ihr auch darbot – nur ein weiteres deutsches Inferno, sogar eine harmlosere Hölle als die von Auschwitz. Hier gab es keine Gaskammern. »Wenn Sie über Monate und Jahre im Schatten nicht einer, sondern dreier Krematorien sind«, sagte sie Gero von Boehm, »dann riechen Sie das verbrannte Fleisch nicht mehr, dann sehen Sie diesen fetten, schwarzen Rauch nicht mehr, der aus dem Schornstein quillt. Man stumpft ab.«

Sie kommt nach Deutschland, um sich befragen zu lassen, weil sie mit einem Deutschen verheiratet ist und weil sie es ihren Eltern, die irgendwo in einem Massengrab liegen, schuldet. »Vielleicht«, sagt sie vorsichtig, »vielleicht gibt es ja doch eine ganz kleine Chance, einige Menschen ein wenig aufzurütteln.« Deshalb fand sie den Film *Holocaust* zwar miserabel, aber segensreich.

Ein Jahr nach der Sendung erschien in den USA Helen Epsteins Buch: *Children of the Holocaust*, das zum ersten Mal in ausführlichen Gesprächen mit Kindern von Überlebenden das Schweigen in den Familien der ehemaligen KZ-Häftlinge dokumentierte und über die Auswirkungen des Verschwiegenen auf die nächste Generation Auskunft gab. »Bei uns lag ein Hauch von Verzweiflung in der Luft«, sagt einer der Nachgeborenen. Auch sie, die Kinder von Überlebenden, haben wenig gefragt, haben nicht gewagt, an das Unaussprechliche zu rühren, wollten nichts hören und haben doch alles gewußt. »Oft war mir, als trüge ich eine entsetzliche Sprengladung mit mir herum«, schreibt Helen Epstein, auch sie ein Kind von Überlebenden, ihre Ahnungen und ihr flüchtiges Wissen beschreibend, das sie viele Jahre lang »in einer Art Kasten« tief in sich vergrub. »Was dieser Kasten in mir barg, hatte weder Gestalt noch Namen. Im Gegenteil: Es besaß eine Macht von so düsterer Gewalt, daß die Worte, die sie hätten benennen können, vor ihr zergingen.« Erst als erwachsene Frau wagt sie an den Kasten zu rühren und beginnt – durch zahlreiche Gespräche mit anderen Kindern des Holocaust – ihre eigene Geschichte und ihre gemeinsame Hypothek zu begreifen. Die Kinder des Holocaust waren für ihre Eltern ein Symbol des Neuanfangs, Ausdruck des Triumphes, überlebt zu haben. Auf sie konzentrierten sich alle Liebe, alle Hoffnungen und alle Erwartungen der verwaisten und verwundeten Eltern. »Jeder von euch ist ein Wunder«, sagte eine Mutter ihren Kindern. »Keinem einzigen von euch war es zugedacht, geboren zu werden.« Helen Epstein erinnert sich an die prüfenden Blicke der Eltern, die musternde Begutachtung von deren Freunden. »Dann kam ich mir vor wie eine Sinngebung ihrer kollektiven Existenz, wie ein großes goldenes Ei, das man bewundernd umgluckt.« Sie wurden gehegt und gepäppelt und eingesperrt in die Erwartungen und Ängstlichkeiten ihrer Eltern. Die Bürde der Wiedergutmachung lastete auf ihnen. Protest war undenkbar, Aufstieg war Pflicht. Und wenn sie die hochgesteckten Ziele nicht erreichten, fühlten sie sich als Verräter an ihrem Erbe. Nie konnten die Kinder von Überlebenden normale Bälger sein. »Man konnte nicht ins nächste Zimmer gehen«, erinnert sich eine Frau, »ohne daß Vater sagte: ›Sei vorsichtig.‹« Sie durften sich nicht raufen, nicht toben und vor allem nicht weinen und leiden. »Ich mußte glücklich sein, um einen Ausgleich für all das zu schaffen, was geschehen war.« Ganz ähnlich klingt es auch bei den anderen Befragten. »Es regt sie schon auf«, erzählt eine Frau, »wenn einer von uns nur ein bißchen Kopfschmerzen hat. Wenn sie mich unglücklich oder krank sähen, würden sie das als Strafe empfinden, und ich wollte sie nicht bestrafen.« Die Eltern hatten doch schon genug durchgemacht. Unter dieser Fuchtel der erlittenen Qualen der Eltern wachsen die Kinder meist stumm und hilflos heran. Sie wagen nicht zu widersprechen, fühlen sich schuldig, falls sie frech werden, müssen die Eltern beschützen, statt sich an ihnen zu reiben. »Wie kannst du mir nur weh tun«, fragten Mütter und Väter, »stumm oder in Worten.« Eine Mutter hat sich für einen Moment in der Verzweiflung zu der Bemerkung hinreißen lassen: »Habe ich deinetwegen Auschwitz überlebt?« »Dieser Satz hat mich völlig entleert«, erinnert sich der Sohn, »er hat mein ganzes Leben aus mir herausgesogen.« Wenige Kinder reagieren mit offenem Zorn: »Es war schlicht und einfach emotionale Erpressung«, erklärt ein Mann, der dagegen rebellierte, mit ständigen Gewissensbissen leben zu sollen. Die Mehrzahl hörte die Botschaft, verstaute die Wut und tobte in der Schule: »Ich habe oft gebrüllt«, sagt einer. Keiner verstand, die Eltern am allerwenigsten, warum ausgerechnet sie so schwierige Kinder hatten. Das Thema des Holocaust, die Wurzeln der Wut, blieb meist ein Tabu. »Es war meine Pflicht, nicht zu fragen«, sagt eine Frau. »Im Laufe der Jahre hörte und sah ich einzelne Bruchstücke. Es kam mir vor, als nähme ich sie osmotisch in mich auf... Ich hätte lieber nichts gewußt. Es hat mich mit Groll erfüllt. Es war mir verhaßt, Bilder mit Leichen und solchem Zeug sehen zu müssen.« Die Kinder waren überfordert, und ihre Hilflosigkeit kehrte sich in Zorn oder gar in Schuldgefühle. Wie können sie ihre Kindheit beklagen, sagen sie noch heute als Erwachsene, da ihre Kümmernisse doch Lappalien gewesen seien gegenüber der Marter, die die Eltern hätten aushalten müssen. »Ich kann mich ihnen nicht an die Seite stellen«, erklärt ein Mann. »Ich habe ja nicht gelitten.« Ein Sohn reagiert mit selbstauferlegten Prüfungen, um zu testen, ob auch er fähig wäre zu überleben. Es beginnt damit, Schmerzen beim Zahnarzt ohne Spritzen zu ertragen und meldet sich schließlich als 19jähriger freiwillig zum Dschungelkrieg in Vietnam. »All die Jahre habe ich mich vorbereitet für den Fall... Ich denke den Gedanken nie zu Ende. Für welchen Fall? Für den Fall, daß sie mich holen.«

PS. Helen Epsteins Buch wurde 1979 in New York veröffentlicht. 1987 lag es endlich in einer deutschen Übersetzung vor.

20. Juli

»Seit Holocaust« – wie oft ich diese zwei Worte in den letzten Monaten gehört habe, seit *Holocaust* – und alle meinen den Film – hat die junge Generation ihre nationale Unschuld verloren und haben manche Älteren begonnen, ihre Schuld zu betrachten. »Seit *Holocaust«* wagen Opfer sich zu erinnern, und »wagen« Verleger, solche Erinnerungen zu publizieren. »Seit *Holocaust«* mögen manche Juden sich nicht länger als solche zu erkennen geben, weil sie »doch den Deutschen ein Dorn« seien und nun erst recht. »Seit *Holocaust«* wird Geschichte an den Schulen anders gelehrt (und nun zum Teil – in typisch deutscher Übertreibung – so ausschließlich und so hämmernd, daß »der Hitler den Schülern zum Halse heraushängt«, wie es ein Abiturient formuliert). »Seit *Holocaust«*, sagt ein Freund, dem nicht wie mir zehn Jahre deutsche Erfahrung fehlen, »wird wahrlich nicht viel geredet, aber wenigstens ein bißchen – und das ist schon mehr als vorher.« Seit *Holocaust«*, sagt eine junge Frau, »schimpft meine Mutter nicht mehr auf die Juden.« »Seit *Holocaust«*, redet ein junger Mann nicht mehr mit seiner Omi, weil er in ihrer Bibel ein Hitler-Bildchen entdeckte. »Seit *Holocaust«* ist der Vorwand verbraucht, die Kinder durch das Schweigen vor dem Bösen auf der Welt beschützen, ihnen durch Chroniken des Grauens keine Komplexe als Deutsche einreden zu wollen.

»Seit *Holocaust«*, sagt Helge Grabitz, »werde ich in meinem Job kaum noch diskriminiert.« Helge Grabitz ist Oberstaatsanwältin am Gericht in Hamburg. Seit 22 Jahren tritt sie als Anklägerin in NS-Prozessen auf. Seit 1982 leitet sie die Hamburger NS-Abteilung. Als man sie 1966 fragte, ob sie in die NS-Abteilung übersiedeln würde, fand sie, »man konnte nicht prinzipiell dafür sein und sich persönlich drücken«. Die ersten fünf Jahre hat sie jede Nacht geschrien. »Entweder wurde ich ins Getto gejagt oder ich jagte selber.« Selbstmitleid kennt Helge Grabitz nicht. Wer so Entsetzliches gehört und so erschütternde Szenen erlebt hat wie sie, wer weiß, was Zeugen, die sie vernehmen muß, erlitten haben, erlaubt sich nicht, die eigene Gram zu beklagen. Helge Grabitz, Jahrgang 1934, hat ihre Empfindsamkeit in eine gewisse Schnoddrigkeit verpackt. Die Sprache: »Also wenn ich von der Gnade der späten Geburt höre, kann ich an die Decke gehen, daß mich kein Lasso wieder runterkriegt«, der Gang: betonter Tritt und bodenhaftend, die Frisur: der praktische Pferdeschwanz – sie gibt sich die Rolle der patenten Person. Doch die verhängten Augen im schmalen Gesicht sagen anderes als die Sprache, der Gang und die Frisur. Sie sagen: »Die ersten fünf Jahre habe ich jede Nacht geschrien.« Abstumpfungserscheinungen, erzählt sie, stellten sich ein wie beim Arzt. Vier Phasen habe sie durchgemacht: »Die erste Stufe war, daß ich alles lesen konnte; in der zweiten Stufe konnte ich es anhören, wenn es von Zeugen berichtet wurde, die ruhig dabei blieben; in der dritten schaffte ich es auch, wenn die Zeugen zusammenbrachen und weinten.« Es dauerte lange, bis sie die vierte Stufe erreichte, nicht zusammenzubrechen, wenn es um Kinder ging. Ihre eigene Tochter war fünf Jahre alt, als sie mit der Arbeit an NS-Prozessen begann, bei allen Berichten schob sich das Gesicht ihres Kindes vor das der deportierten, gequälten und ermordeten Kinder. Dieser Tochter, die »natürlich auch gelitten« hat und die als Studentin ihre Semesterferien in einem Kibbuz verbrachte, hat sie ihr Buch gewidmet, das sie geschrieben hat, um »seelische Belastungen damit aufzufangen«.

NS-Prozesse, Psychogramme der Beteiligten, ist die teils juristische doch überwiegend wütende und verzweifelte und aufmüpfige Analyse der Staatsanwältin. Sie beschreibt darin die Umwelt, in der sie sich behaupten muß, beschreibt Täter und Opfer, denen sie begegnet und die sich im Gerichtssaal gegenüberstehen. Sie betont, wie wichtig es sei, diese Prozesse trotz der Tatsache, »daß die Vorschriften unserer Strafprozeßordnung weitgehend ungeeignet sind, Großverfahren der hier anstehenden Art zu bearbeiten und zu verhandeln«, unerbittlich voranzutreiben.

Insgesamt haben die Justizbehörden der Bundesrepublik Deutschland etwa 70000 Ermittlungsverfahren eingeleitet. »In ungefähr 7000 Fällen ist es zur Hauptverhandlung gekommen«, schreibt Julius Schoeps in der *Zeit* vom 25. März 1988, »aber nur rund 700 Frauen und Männer wurden verurteilt – in der Regel zu lächerlich geringen Strafen, die angesichts der begangenen Taten nach den Worten des früheren, unvergessenen Generalstaatsanwalt Fritz Bauer einer Verhöhnung der Opfer recht nahe kamen.« Auch Helge Grabitz ist sich dieser kläglichen Bilanz bewußt, und sie kennt die Steine, die aus allen möglichen Ecken auch ihr in den Weg gerollt wurden, um sie zum Stolpern zu bringen. Sie erzählt von den »fortwährenden impertinenten Diskriminierungsversuchen« – so hatte das Hamburger Gericht zum Beispiel zu Anfang ihrer Amtszeit zwar 27 Staatsanwälte für die Verfolgung von NS-Verbrechen abgestellt, doch alle 27 hatten zusammen zwei (!) Sekretärinnen. Inzwischen gibt es nur noch sechs Staatsanwälte. »Denn«, so schreibt sie, es sei zwar so, »daß seit geraumer Zeit... nach außen hin bei jeder Gelegenheit die Verpflichtung gegenüber unserer Vergangenheit herausgestellt und betont wird, daß aber tatsächlich sowohl bei den Gerichten als auch bei den Staatsanwaltschaften ein ständiger Personalabbau stattfindet mit der Konsequenz einer weiteren erheblichen Verfahrensverzögerung.« »Und privat?« frage ich, als ich ihr in ihrem schlichten Büro am Holstenwall in Hamburg gegenübersitze. »Na ja«, meint sie, »Freunde fanden das schon wichtig und interessant, aber zufällige Bekanntschaften... Das wohlmeinendste, was ich da zu hören kriege, ist: ›Können Sie nicht etwas anderes machen?‹ oder ›Karriere machen Sie da doch nie. Ich würde mich versetzen lassen.‹« Bei Kollegen habe es den geflügelten Spruch gegeben: »Ich habe doch nicht Jura studiert, um Leichen zu zählen.« Sie dagegen fand »salopp gesprochen«, man könne nicht »den Lustmörder aus der Heide verfolgen und den Massenmörder laufen lassen. Allerdings«, korrigiert sie sich, »seit Holocaust ist auch das anders.« Keiner der jungen Kolle-

gen, die in ihre Abteilung kamen, hatte sich freiwillig gemeldet, aber nach einem Viertel Jahr seien sie alle davon überzeugt gewesen, diese Verbrechen müßten verfolgt werden. »Wenn man sich damit beschäftigt«, sagt sie, und ihre Stimme klingt kein bißchen forsch, »erfaßt es den ganzen Menschen. Man klappt nicht wie sonst in der Strafjustiz abends die Akten zu.«
»Ich kann nicht mehr«, gibt es nicht für sie. Sie macht nicht etwa weiter, weil sich das für eine gehorsame Beamtin so gehört – eine solche Charakterisierung würde einem bei Helge Grabitz nicht einfallen –, sie hält durch, weil sie es den Zeugen schuldig ist. »Viele«, erzählt sie, »kommen nur meinetwegen, weil ich sie gebeten habe. Ich habe ihnen erklärt, daß ich sie persönlich brauche, obwohl schriftliche Aussagen genügten, aber der Effekt ist ein anderer. Ich konnte doch nicht die Zeugen überreden, sich den Anblick der Folterer aus ihrer Vergangenheit zuzumuten, und selbst kneifen.« Immer mußte sie versprechen, selbst da zu sein, und solche Versprechen hält sie. »Ein beruhigender Blick«, sagt sie, »eine beruhigende Geste« helfe den Zeugen, die Verhandlung durchzustehen. Manche brachen hinterher zusammen. Dann ist sie mit ihnen an die Elbe gefahren, sie sind essen gegangen, haben geredet. »Was ich tue«, erklärt sie, »betrachte ich als Aufgabe und nicht als Job. Die Zeugen spüren das.« Sie selbst ist erst zu Hause zusammengebrochen, hat dann geweint, als sie nicht mehr stark sein mußte. Fragt man Helge Grabitz, woher sie die Kraft nimmt, merkt man, daß sie darüber nicht nachdenkt. Sie muß die Kraft halt haben. »Ich bin doch verantwortlich für die Menschen.«
Auch sie ist im großen Schweigen aufgewachsen. Erst 1952, da war sie achtzehn Jahre alt, als sie drei Monate als Gastschülerin bei einer Patentante in Stockholm verbrachte – das magere Kind sollte aufgepäppelt werden –, bekam sie nicht nur gutes Fleisch und gute Milch, sie bekam auch »die Antworten, die ich zu Hause nicht fand«. Die Lehrer hatten erklärt, das Dritte Reich stünde nicht auf dem Unterrichtsplan, also müßten sie nicht darüber sprechen. Die Mutter war »tatsächlich naiv« gewesen

und die ganze Zeit schimmerlos geblieben. Vom Vater, Offizier und vorgeprägt von Studentencorps und Burschenherrlichkeit, wußte sie, daß er sich stets auf den Fahneneid berief und damit entschuldigte. »Scheiß Fahneneid«, hat sie ihn angebrüllt und sich den Zorn erhalten, hat den Zorn in eine Aufgabe gewandelt und aus ihrer Wut wohl die Kraft geschöpft, mit dieser Aufgabe umgehen zu können. »Das ganze deutsche Volk«, spottet sie, »muß in winzigen Dörfchen gelebt haben, isoliert von allem, ohne Radio, ohne Zeitung, ohne Juden, ohne Wehrmachtsangehörige, die auf Urlaub nach Hause kamen, ohne alles. Das einzige, was sie hatten, waren Scheuklappen, dichte, feste Scheuklappen.« Selbst als Kind, sagt sie, habe sie doch mehr mitbekommen, als selbst die Täter heute zugeben wollten. Ganz genau erinnert sie sich an ein Plakat, mit dem die Bevölkerung angehalten werden sollte, in der Heimat Energie zu sparen, um die Kriegsproduktion zu unterstützen. »Kohlenklau« war auf den Plakaten abgebildet, ein widerlicher Typ, der sie mit Abscheu erfüllte. Erst später hat sie begriffen, daß der »Kohlenklau« das Zerrbild eines Juden in *Stürmer*-Manier repräsentierte.

Wenn sie Beschuldigte vernimmt, weiß sie schon vorher, daß es für die Jahre 1942 bis 1944 »das totale Blackout« geben wird. Deshalb fragt sie mit Geduld und Methode nach Eltern, Kindheit, Schule und Beruf, »von Oma, Kind bis Hund«, sagt sie, fragt sie alles ab – und sie bekommt präzise Antworten, das Gedächtnis funktioniert ausgezeichnet, besonders wenn es um eigenes Elend, um Arbeitslosigkeit und um die arglos geglaubten Verspechungen der Nazis geht. Kleinste Details werden ausgebreitet, die sie gewissenhaft notiert. Erst wenn sie sich der Tatzeit nähert, zögern die Befragten, müssen scheinbar mühsam nach Erinnerungen kramen – und wissen schließlich überhaupt nichts mehr. Das auf einmal kriegsversehrte Gedächtnis setzt allerdings dann prompt wieder ein, wenn sie von dem »Überrennen der Russen« und deren gräßlichen Taten berichten. So laufen sie ihr fast alle in die Falle, erinnern sich an zu

vieles genau, um plötzlich nichts mehr wissen zu können. Ihre Glaubwürdigkeit ist hin. Widerlich wird es, wenn sie um Mitleid buhlen, schluchzend die eigenen Gebrechen schildern, als habe das Schicksal sie ohnehin schon zu hart bestraft.
Während Helge Grabitz erzählt, fällt mir eine Szene aus dem Film ein, den Lea Rosh und Günter Schwarberg über das Gemetzel von Oradour drehten. Einen der Täter fanden sie in einem Gefängnis in der DDR. 1983 war er verurteilt worden. Heinz Barth, Obersturmbannführer der Waffen-SS, war zunächst in der Tschechoslowakei stationiert gewesen und »mußte da auch an Erschießungen« teilnehmen, wie später in Oradour, wo 642 Zivilisten hingemordet wurden. Auf die Frage, ob er sich je in die Opfer versetzt habe, antwortet er »so weit habe ich nicht gedacht«. Er sagt dann zwar mit fester Stimme, sich zu schämen, an so etwas beteiligt gewesen zu sein, doch Mitgefühl hat er allein für das eigene Leid. Nicht über die Opfer weint er, sondern darüber, daß es ihn so hart getroffen hat. Der Mann, der trockenen Auges die Bilder von Massenerschießungen, an denen er selbst teilgenommen hat, betrachten kann, schluchzt triefäugig in die Kamera: »Aber trotzdem muß man doch soviel Mensch bleiben und soviel Courage haben zu fragen, war das damals rechtens, die Sache in Oradour, oder in der Tschechoslowakei, ist es richtig, daß man mir nun solche hohe Strafe zudiktiert und aufgebürdet hat.« Fünfzehn Jahre hätte er sich selbst gegeben, eine lebenslange Haftstrafe hat er bekommen. In der Bundesrepublik ist übrigens, so Rosh und Schwarberg, keiner der 150 Täter, von denen etwa die Hälfte der elsäßischen SS angehörte, gerichtlich belangt worden.
Helge Grabitz hat sich über Jahre gehetzt, hat auch einen Kampf gegen die Zeit geführt, wollte der biologischen Verjährung zuvorkommen – und das alles allein, sprich ohne den Apparat, von dem ich sie in meiner Ahnungslosigkeit umgeben geglaubt hatte. Sekretärin, Rechercheure mit Computern, Detektive, Bibliothekare, die ihr zuarbeiten – als ich ihr erzähle, wie ich mir den Stab einer Oberstaatsanwältin vorgestellt habe,

kann sie nur nachsichtig lächeln. Sie telefoniert und tippt und reist und vernimmt und verhandelt... Natürlich arbeitet sie mit der Kriposonderkommission zusammen, kennt man sie inzwischen im Document-Center, bei der israelischen Polizei, beim Roten Kreuz, in den Generalkonsulaten, beim Jewish Congress in New York. Die jüdischen Gemeinden auf der ganzen Welt haben ihr sehr geholfen, wenn sie – etwa per Anzeige in den Gemeindeblättern – nach Zeugen suchte. Als sie ihr erstes Verfahren »erbte«, händigte man ihr sechzig Bände aus; nach Abschluß füllten die Protokolle und Notizen 161 Bände. Von deutschen Bürgern kommt wenig Hilfe. Diejenigen die im »Altreich« lebten, wußten wirklich nichts von den Vernichtungslagern, jedenfalls keine der Details, die sie brauchen würde. Und diejenigen, die etwas wußten, waren dann irgendwie dabeigewesen und hielten tunlichst den Mund. Ein Ende der Prozesse, sagt sie, sei so lange nicht abzusehen, solange es noch Überlebende – Täter wie Zeugen – gäbe. »Das läuft nach dem Schneeballsystem«, sagt sie, »ein Prozeß deckt die nächsten Taten auf.« Sie ist sich klar darüber, daß Verurteilungen zur Ausnahme werden; zu viele Zeugen sind tot, um lückenlose Beweise aufstellen zu können, zu viele Täter – falls sie noch leben – entziehen sich durch – auch vorgetäuschte – Senilität oder Krankheit den Vorladungen.

Dennoch sieht sie selbst in den Prozessen, die zu keiner Verurteilung führen, noch einen Sinn: heute öffentlich zu machen, was damals verbrochen wurde. Ihre große Hoffnung ist die nachwachsende, die junge Generation. »Unsere Eltern können wir vergessen«, sagt sie, »wer es aus unserer Generation nicht begriffen hat, wird es nie mehr begreifen, und gehaltvolle Reden an offiziellen Gedenktagen sind ja wohl kaum die angebrachte Reaktion auf Massenmord; aber die Jungen, die wollen es wissen, die fragen vollkommen unbefangen und kritisieren hemmungslos drauflos.« Vor jeder Verhandlung – wenn sich Schulklassen angemeldet haben, und das ist in der Regel so – gibt sie eine halbstündige Einführung, und hinterher bleibt sie, um mit den Jugendlichen zu diskutieren; manchmal bleiben auch die Zeugen, wenn sie die Kraft noch haben. Auf diese Enkelgeneration setzt Helge Grabitz ihre Hoffnung für ein Begreifen der Vergangenheit und damit der Gegenwart. Für sie hält sie Seminare an der FU oder an der TU in Berlin, für sie schreibt sie, hält Vorträge, hält durch. »Wir müssen ihnen«, schreibt sie in ihrem Buch, »die grauenhaften Fotos zeigen, die zum großen Teil heimlich von entsetzten, zufälligen Betrachtern der Massaker, des ›normalen Lebens‹ im Getto, der Gettoräumungen oder zum Beweis und zur Erinnerung an die glorreichen Heldentaten durch die Vollstrecker aufgenommen worden sind, und die wir bei Hausdurchsuchungen nicht etwa gesondert aufbewahrt oder gut versteckt, sondern in Familienalben (!) entdeckten. Zwischen Aufnahmen von Oma, Kind und Hund fanden wir Fotografien von Exekutionen, offenen Massengräbern, übervollen Leichenkarren mit grauenhaft ausgemergelten Körpern oder Ghetto-Szenen. Friedliche, spießbürgerliche Idylle wechselte in diesen Alben mit der Dokumentation der Hölle; auch das haben wir der Jugend zu berichten.«

21. Juli

Eine Frau, nur zwölf Jahre älter als Helge Grabitz, also Jahrgang 1922, der ich diesen Satz vorlese, wehrt entsetzt ab: »Das ist gefährlich«, sagt sie, »das darf man Heranwachsenden nicht antun, dann müssen sie doch an der Welt verzweifeln. Nein, nein«, fährt sie, die selbst vier Kinder und mehrere Enkel hat, sich beruhigend fort, »wissen Sie, Kindern muß man Fotos von Verkehrsunfällen zeigen und sagen: ›Siehst du, das passiert, wenn du nicht nach rechts und nach links guckst.‹ Aber warum soll man ihnen Leichen aus den KZs zeigen? Was sollen sie daraus lernen?« »Genau dasselbe«, sage ich, »nach rechts und nach links zu schauen, aufzupassen, um nicht überfahren zu werden.«

Diese Frau übrigens hatte sich den Film *Holocaust* nicht angesehen. »Den«, sagt sie und dehnt das ›e‹ mit arroganter Verachtung, »den hatte ich nicht nötig.« Sie hat alles selbst miterlebt. Sie weiß ja schließlich, wie es gewesen ist, und wer wie sie, seufzend und schweigend durch die schwere Zeit gegangen sei, »verbitte sich, daß Amerikaner einen Film über so sensible Dinge bei uns drehen.« Schon nach dem Krieg seien amerikanische Aufnahmen aus dem KZ bestürzend und authentisch gewesen, das gibt sie ›gerne‹ zu, aber eben eine Auswahl. Und sich nun einen ›Amifilm‹ über das Dritte Reich anzuschauen, nein, da wird die an sich gesetzte Dame ganz rabiat: »Das kam überhaupt nicht in Frage. Ich spinne doch nicht.« Sie habe den Film nicht nötig gehabt, sagt diese Frau, sie wisse doch, wie es gewesen sei – ein wenig später fällt der Satz: »Natürlich gab es in den KZs Schlimmes, aber es gab auch Erfreuliches. Da sind manche Freundschaften geschlossen worden, die heute noch halten, also das heißt, wenn die Leute noch leben.« Wie hatte es Ralph Giordano so böse und bitter geschrieben? Jeder Deutsche habe mindestens einen guten jüdischen Freund, der auch sofort für ihn bürgen würde, wenn er denn überlebt hätte.
PS.: »Der Bayerische Verwaltungsgerichtshof stellt fest: CS-Einsatz, kein Widerspruch zum Völkerrecht. Verwendung von Gasen nur im Krieg zwischen den Staaten verboten... Jedoch berühre es nicht den innerstaatlichen Einsatz solcher Stoffe durch die Polizei bei bürgerkriegsähnlichen Auseinandersetzungen.« So steht es heute in der *Süddeutschen Zeitung*. Zwei von Tausenden, die am Ostermontag 1986 bei einer Demonstration gegen die atomare Wiederaufbereitungsanlage in Wakkersdorf mit CS-Gas vertrieben worden waren, hatten geklagt und zunächst vom Verwaltungsgericht Regensburg recht bekommen. Dieses Urteil wurde jetzt vom Bayerischen Verwaltungsgerichtshof aufgehoben. Ich erinnere mich sehr genau an diesen Ostermontag. Ich war in der DDR und las am nächsten Tag in der Zeitung, die Bayerische Polizei habe Reizgasgranaten eingesetzt, um gegen Protestierende vorzugehen. Ich war

überzeugt, daß das *Neue Deutschland* log und hetzte, wie zu Zeiten des Kalten Krieges.

So weit, dachte ich, würde es der Staat nicht treiben. Er trieb es, wie das Urteil besagt, sogar legal. »Eine Allergie«, so noch einmal die *Süddeutsche Zeitung*, »unter der die Klägerin seit dem Reizgaseinsatz leidet – immer, wenn sie sich anstrengt, treten am ganzen Körper rote Bläschen auf –, wertet der Gerichtshof als einen ›verhältnismäßig‹ geringfügigen Dauerschaden, der möglicherweise auf eine besondere Disposition zurückzuführen ist.‹«

24. Juli

Auch Ingeborg Hecht leidet an einem »Dauerschaden«, der auf eine besondere »Disposition« zurückzuführen ist. Sie ist Halbjüdin und hat das Dritte Reich überlebt. Als Kind einer »privilegierten Mischehe« wurde sie »nur« verfolgt und nicht deportiert. Sie wurde »nur« gedemütigt und von der Chance ausgeschlossen, eine Ausbildung zu erhalten. Sie war »nur« rechtlos, durfte ihren »arischen« Geliebten, von dem sie 1941 ein Kind bekommt, nicht heiraten, wurde »nur« von der Gesellschaft geächtet – aber sie wurde weder in ein Arbeitslager noch nach Theresienstadt oder in ein Vernichtungslager gebracht. Sie wurde »nur« aus einem großbürgerlichen Ambiente vertrieben und mußte in kleinen Hinterzimmern ihr Dasein fristen, sie durfte »nur« nicht mehr mit ihrem jüdischen Vater essen gehen, weil das Schild »Juden unerwünscht« ihnen das Betreten von Lokalen verbot, sie durften »nur« nicht mehr ins Theater, ins Kino, in Konzerte, in Ausstellungen. Sie, die »große Inge« und ihre Freundin, die »kleine Inge«, halbjüdisch auch sie, durften »nur« in keine Tanzschule, keinen Tennisklub, keinen Sportverein. Ihr Bruder wurde »nur« aus dem HSV (Hamburger Sportverein) »entfernt« und zur Zwangsarbeit verpflichtet –

»nur« ihr Vater, »der ehemalige Vizewachtmeister bei den schweren Reitern des Kürassier-Regiments Seydlitz Nr. 7 in Halberstadt, Felix Hecht« wurde in Auschwitz vergast.
Das Buch von Ingeborg Hecht: *Als unsichtbare Mauern wuchsen* sollte zur Pflichtlektüre eines jeden Deutschen gehören. Denn hier wird vom täglichen Schicksal der Nachbarn von nebenan berichtet, hier geht es nicht um Vernichtungslager im fernen Osten, hier kann keiner, der damals lebte, sagen: »Ich wußte von nichts.« Ingeborg Hecht hat ein sehr persönliches Buch anhand von Gesetzestexten geschrieben. »Als ich die Sammlung ›Das Sonderrecht für die Juden im NS-Staat‹ durchzublättern begann, schien sich das Leben meiner Familie noch einmal abzuspulen – fünfzig Jahre, nachdem alles begonnen hatte.« So beginnt sie ihre Familienchronik, die so erschütternd und zugleich so aufschlußreich ist, weil es um die perfide Demütigung der Juden qua Gesetzgebung geht, um Gesetze, die in aller Öffentlichkeit erlassen und durchgeführt wurden, deren Auswirkungen jedem, der in einem jüdischen Laden auch nur sein Nähgarn kaufte, deutlich werden mußten. Hier geht es nicht um die Exzesse der Ausrottung, um Mord und sadistische physische Folter, hier geht es um alltägliche Verachtung, Schikane, Diskriminierung und Isolierung einer großen Gruppe von Menschen, die man bisher als Mitmenschen oder zumindest als Mitbürger empfunden hatte. Ich muß gestehen, daß ich manche der Gesetzestexte nicht kannte. Juden durften nach 8 Uhr (im Sommer nach 9 Uhr) abends nicht mehr auf die Straße gehen, sie mußten Radios und Elektrogeräte abgeben, wurden »als Fernsprechteilnehmer ausgeschlossen«, hatten Schmuck und Juwelen, sowie Pelz- und Wollsachen abzuliefern – und der Erlaß erging natürlich mitten im Winter –, und in einem vertraulichen Erlaß vom 14. Februar 1938 hieß es: »Der Wirtschaftsminister teilt mit, daß ... keine Bedenken dagegen bestehen, daß die Elektro- und Gasgemeinschaften Juden durch Änderung ihrer Satzungen ausschließen.« Man klaute ihnen nicht nur ihren wertvollen Besitz, sondern auch die lebensnot-

wendigen warmen Mäntel, sperrte ihnen das Gas und die Elektrizität zum Heizen und zum Kochen. Sollten doch die, die man nicht ermordete, erfrieren und verhungern. Ohne Radio und Telefon isolierte man sie von der Umwelt – öffentliche Verkehrsmittel durften sie »nur dann benutzen, wenn es noch Platz für sie gibt«. Sie durften »keine Haustiere mehr halten«. Dazu Ingeborg Hecht: »Ich sage: folgerichtig, weil die Planer der ›Endlösung‹ sich ersparen wollten, auch die Haustiere, die allein zurückbleiben würden, noch totschlagen zu müssen.« Juden durften erst nicht an den Luftschutzübungen beteiligt werden, nach Kriegsbeginn hieß es: »Die Benutzung von Luftschutzräumen durch Juden kann praktisch nicht verhindert werden« – zu dumm, sonst hätte man bei alliierten Angriffen doch wieder ein paar loswerden können, ohne sich selbst bemühen zu müssen.

Gerade die kleinen, scheinbar unwichtigen, im Vergleich zur Politik der »Endlösung« lächerlichen Vorschriften, sind von einer ausgeklügelten Bösartigkeit, von einer menschenverachtenden Schadenfreude, juristisch unterkühlt in ihrer Diktion und vom Haß erfüllt in der Intention. Endlich durfte man dem seit Generationen gehegten Antisemitismus legal Luft machen – endlich wollte man ohne »den Juden« im Lokal und im Kino sitzen, im Archiv arbeiten, im Beruf reüssieren. Kleinbürgerliche Komplexe toben sich aus.

In dem Roman von Hugo Bettauer *Die Stadt ohne Juden* soll Wien judenrein gemacht werden, weil, so formuliert es der Kanzler in seinem Antrag zum Vertreibungsgesetz: »...wir von einer kleinen Minderheit beherrscht, unterdrückt, vergewaltigt werden, weil eben diese Minderheit Eigenschaften besitzt, die uns fehlen. Die Romanen, die Angelsachsen, die Yankees, ja sogar der Norddeutsche wie der Schwabe – sie alle können die Juden verdauen, weil sie an Agilität, Zähigkeit, Geschäftssinn und Energie den Juden gleichen... Wir aber können sie nicht verdauen... Unser Volk ist ein naives, treuherziges Volk, verträumt, verspielt, unfruchtbaren Idealen nachhängend, der Musik und stiller Naturbetrachtung ergeben, fromm und bieder, gut und sinnig. Das sind schöne... Eigenschaften, aus denen eine herrliche Kultur... sprießen kann, wenn man sie nur gewähren und sich entwickeln läßt. Aber die Juden unter uns... mit ihrer unheimlichen Verstandesschärfe, ihrem von Traditionen losgelösten Weltsinn, ihrer katzenartigen Geschmeidigkeit, ihrer blitzschnellen Auffassung,... haben uns überwältigt, sind unsere Herren geworden.« Natürlich wird das Gesetz angenommen, werden die Juden samt und sonders vertrieben, jubelt das Volk, das nun seine große Chance wittert. Verkäufer werden zu Ladenbesitzern, Kellner übernehmen Lokale, erfolglose Autoren werden zu endlich aufgeführten Bühnendichtern. Nur – die Theater bleiben leer, die Lokale verkommen zu Stampen, aus den eleganten Läden werden Geschäfte mit praktischer und haltbarer Ware. Wien verdummt, »verdorft«, verarmt. Die Arbeitslosigkeit schnellt in die Höhe, in der Regierungskasse gähnen riesige Löcher, die »christlichen« Freunde aus den übrigen Nationen, die zunächst die Vertreibung der Juden finanziell unterstützten, geben keinen einzigen Kredit mehr. Die Währung wird an der Börse kaum mehr gehandelt. Das Volk darbt und beginnt zu müpfen – angestachelt von einem jüdischen Maler, der – um seiner Geliebten nahe zu sein – als Franzose verkleidet heimlich zurückkam. So jubelnd, wie man die Juden vor Jahr und Tag vertrieb, so kleinlaut, aber dringlich, will man sie nun zurückholen. Die Revolution gelingt, mit Tricks hilft der »Franzose« nach. Kaum ist das Gesetz, das so viel Unglück brachte, aufgehoben, stellt sich der Wiener Bürgermeister auf seinen Balkon, auf dem er vor gar nicht langer Zeit seine »lieben Christen« zum judenfreien Land beglückwünschte, und richtet nun seine Ansprache an den »Franzosen«, der als erster Rückkehrer in Wien begeistert gefeiert wird, beginnend mit den Worten: »Mein lieber Jude.«

Hugo Bettauer schrieb seinen bösen, dabei amüsanten Roman im Jahre 1922. Wenige Jahre später wurde seine bedrückende

Vision, die aber doch im Happy-End sich auflöste, zur Wirklichkeit mit »Endlösung«. Da wurde kein einziger Jude reumütig zurückgeholt, da transportierte man sie ins Jenseits, von dem es keine Rückkehr mehr gibt.

Ingeborg Hecht lebte nicht im fiktiven Österreich des Autors Hugo Bettauer, sondern im wirklichen Deutschland der »Nürnberger Rassengesetze«. »Wir sind rechtlos gewesen«, lautet ihr Resümee am Ende des Buches, »haben nichts Gescheites lernen, keine Existenz aufbauen können und nicht heiraten dürfen. Wir haben die Angst mit denen geteilt, die die Verfolgung nicht überlebten – und wir haben die Scham erleiden müssen, es besser gehabt zu haben als der Vater, die Verwandten, die Freunde, die Kameraden. Wir haben das nicht unversehrt überstanden.«

25. Juli

Vor ein paar Tagen habe ich sie besucht, die 1921 geborene Ingeborg Hecht, die seit 1945, so stand es im Klappentext ihres Buches, als freie Schriftstellerin und Mitarbeiterin bei Presse und Rundfunk arbeitet. Auch einige ihrer bisherigen Bücher schrieb sie über Verfolgte: über Hexen oder über *Aussätzige im Mittelalter und heute*. Ingeborg Hecht lebt in Freiburg, in einer bescheidenen Dachwohnung – ein wenig düster ist es hier, ein wenig schwer die Möbel für die kleine Wohnung, ein melancholisches Ambiente, denke ich, das sich Frau Hecht geschaffen hat; Vorurteile – verweise ich mich –, das ist nicht die Atmosphäre einer versehrten Verfolgten, sondern die typische Umgebung einer älteren Dame, Schriftstellerin von Beruf, ständig auf Reisen oder an der Schreibmaschine, es ist die Behaglichkeit einer anderen Generation. Ingeborg Hecht hat inzwischen Tee für uns gemacht. Sie ist eine große Frau, wäre sie schlanker,

würde sie fast schlaksig wirken, ein wenig ungelenk bewegt sie sich zwischen der Küche und dem Teetisch im Wohn- und Arbeitszimmer. 67 Jahre ist sie alt. Jung sieht sie aus. Warme Augen im schmalen Gesicht. Schmale Handgelenke. Eine zarte Frau – trotz ihrer Größe. Ganz offen redet sie, sehr herzlich und heiter, doch es ist keine bodenständige Herzlichkeit, keine gelassene Heiterkeit; empfindlich paßte wohl eher als Beschreibung. So im nachhinein, nach einem langen, schönen Nachmittag und Abend mit ihr, kommt mir stets das Wort »Grenze« in den Sinn, wenn ich an Ingeborg Hecht denke. Sie wirkt wie jemand, der an der Grenze wandelt, ist eine Grenzgängerin zwischen Verzweiflung und Freude, die die Freude zu ihrem Land erkor und doch auch in der Verzweiflung leben mußte. »Wir haben das nicht unversehrt überstanden«, heißt der letzte Satz ihres Buches. Dabei sah es zunächst so aus, als ob sie mit dem Überleben leben könnte. Sie trifft einen Mann – der Vater ihrer Tochter ist im Krieg gefallen –, einen wütenden Nazihasser, der sehr früh schon Hitlers *Mein Kampf* gelesen hatte und sich 1933 von einem Arzt, dem er vertrauen konnte, krank schreiben ließ. Diesen Mann, Legationsrat a. D., heiratet Ingeborg Hecht im Jahre 1948 und zieht mit ihm und ihrer kleinen Tochter nach Badenweiler.
»Meine Krankheit«, sagt sie, begann erst Anfang der fünfziger Jahre. Da lebten sie schon in Freiburg. Sie wagte nicht mehr, das Haus zu verlassen, auf die Straße zu gehen, in eine Straßenbahn zu steigen, sich unter Menschen zu bewegen. Dreißig Jahre lang hat sie die Wohnung, in der wir sitzen, so gut wie nicht verlassen. Ab und zu hat sie, am Arm ihres Mannes, gewagt, die Treppen hinabzusteigen und auf dem Gehsteig vor dem Haus ein wenig zu spazieren. Selten, und nur in Begleitung ihres Arztes, hat sie es geschafft, in ein Auto zu steigen, um etwa ihre alte Mutter im Altersheim zu besuchen. Einkäufe erledigten ihr Mann und ihre Tochter. Als die Tochter aus dem Haus ging und später ihr Mann krank wurde – jahrelang hat sie ihn in dieser Wohnung zu Tode gepflegt –, da hatte sie dann

Freunde, die alles brachten, was sie brauchte. Denn isoliert hat sie nie gelebt. Es sind alle gekommen, strahlt sie, der Bürgermeister, der Pfarrer, die Bibliothekarin, alle die sie für Geschichten interviewen mußte, sind zu ihr heraufgestiegen, haben Bücher und Archivmaterial herangeschleppt, haben geredet und erzählt, haben sich wohl gefühlt bei dieser klugen Kranken, die sich nie als krank empfunden hat. »Ich verstand nur nicht, wieso ich mit meiner Intelligenz nicht imstande war, das Haus zu verlassen.« Das hat sie geärgert und erbost – das hat sie beiseite geschoben, weil es offensichtlich nicht zu lösen und nicht zu ändern war. Einmal haben Freunde sie überredet, mit einem Psychiater zu reden. Auch er stapfte die vielen Stiegen herauf, besprach sich ein paarmal mit ihr als Patientin und kam wieder als Freund. Auch mit der Verkäuferin aus dem Modehaus, die ab und zu mit Blusen, Röcken oder Jacken zur Auswahl erschien, hat sich Ingeborg Hecht befreundet. Da sie nicht hinauskonnte, holte sie das Draußen zu sich – und erzählt davon, als sei es selbstverständlich gewesen: Jeder hat seinen Alltag, sie hatte den ihren. Doch was als Platzangst begann, weitete sich zu Herzrhythmusstörungen aus. Ingeborg Hecht war jahrelang schwer krank. Erst nachdem sie das Buch geschrieben hatte, dieses Buch über ihre Familie und sich, erst danach wich die Angst langsam und zögernd; erst jetzt, seit vier Jahren, kann sie allein auf die Straße gehen, in ein Taxi steigen, ins Archiv, zum Friseur und zum Arzt fahren, die Blusen im Kaufhaus kaufen, Freunde besuchen – sie kann sogar reisen. Nur in die Straßenbahn hat sie sich noch nicht gewagt.
Freunde haben ihr geholfen. Als sie merkten, daß die Verkrampfung sich löste, haben sie die Autorin überredet, zur Buchpremiere nach Hamburg zu fahren. »Hör zu«, haben sie gesagt, »wir haben einen Volkswagenbus, fahren alle zusammen, machen ein Fest aus der Fahrt; ob wir nun bei dir auf dem Sofa oder bei uns im Bus plaudern, ist doch eigentlich gleich.« Sie ließ sich überzeugen, stieg in den Bus, überstand die Fahrt. Das war das Ende der Blockierung und der Beginn der Befrei-

ung. Es sei, sagt sie, als dürfe sie noch einmal ein neues Leben anfangen. »Ich bin ja so glücklich, lebe glücklich, freue mich jeden Morgen auf den Tag, auf die Schreibmaschine, auf meine Ausflüge.« Auch die Rhythmen ihres Herzens haben sich beruhigt. So gesund wie jetzt ist sie seit Jahren nicht gewesen. Hat auch sie die Vergangenheit verdrängt? »Ach nein«, meint sie, »das Wort verdrängen kam in meinem Vokabular nicht vor. Mit meinem Mann habe ich doch jeden Tag über die Nazis geredet.« Und immer wieder hatte sie mit der Mutter, die 1979 starb, gesprochen. Denn die hatte sich nie von der Schuld, die sie empfand, befreien können. 1933 ließ das Ehepaar Hecht sich scheiden. Man hatte sich auseinandergelebt, war im Guten auseinander gegangen, mit den Rassegesetzen der Nazis hatte diese Scheidung nichts zu tun gehabt. Im Gegenteil, je mehr der Vater verfolgt wurde, desto tapferer hat die Mutter zu ihm gestanden, wurde seinetwegen ins Gefängnis verschleppt, in dem sie Furchtbares erlebt haben muß, Ingeborg Hecht will »darüber nichts berichten«. »Das weiland Fräulein von Sillich«, schreibt sie, »das einst zum plötzlichen Tod ihres Papas einen Kondolenzbrief des Herzogs von Meiningen ehrfürchtig in eine Schatulle legen durfte; das einer militärischen Beerdigung mit Salutschüssen beigewohnt hatte – kurz, das in Kaisertreu und Redlichkeit erzogen worden war –, hatte sich einige Dinge durchaus nicht vorzustellen vermocht: zum Beispiel, je ein Gefängnis von innen zu erleben.« 1941 sagt sie zu ihrer Tochter: »Wenn ich das alles gewußt hätte, hätte ich mich niemals scheiden lassen. Wenn ihm etwas passiert, werde ich immer sagen: Ich habe ihn auf dem Gewissen.« Ihm ist »etwas passiert«, und sie hat sich bis zu ihrem Lebensende dafür verantwortlich gefühlt.

Nein, verdrängt habe sie nicht, meint Ingeborg Hecht, doch sagt sie irgendwann, als wir über den Vater sprechen: »Bis ich das Buch schrieb, hatte ich wahnsinnige Suchträume nach meinem Vater, jedesmal, wenn das Wort Auschwitz fiel, überkamen sie mich. Ich wollte überhaupt nicht, daß meine Gedanken dahin wandern.« Jetzt kommt sie nicht mehr davon los – »Ich laß die Menschen damit in Ruh'« –, aber wenn sie in die Küche geht und den Gasherd anzündet, ist es da, »wenn die Vicky singt, ›Theo, wir fahren nach Lodz‹ –, ist es da.« Früher hat sie all das beiseite schieben wollen, womit sie jetzt ständig lebt. Seit vier Jahren besetzt ein Thema ihren Alltag und ihre Gedanken, »das ich vorher gar nicht kannte. Ich wußte vierzig Jahre lang gar nicht, daß das noch für irgend jemanden auf der Welt interessant sein könnte.« Sie hat sich ja nicht einmal selber für das Thema interessiert, das ihr Lebensthema war und ist. Die meisten Menschen aus ihrem Bekanntenkreis haben von ihrem Schicksal erst aus dem Buch erfahren. »Das wollte doch keiner so richtig hören. Sicher habe ich es einigen Freunden erzählt, ich weiß es nicht mehr so genau. Es ist doch auch so schwer gewesen, darüber zu reden. Ich kriegte immer solches Herzklopfen – und dann die Angst vor den Träumen.« Die Verbindung zu ihrer Furcht, das Haus zu verlassen, hat sie nicht hergestellt. Deutet man etwas in der Richtung an, hört sie freundlich lächelnd zu. Es interessiert sie nicht mehr. Es gab ein Leben im Dritten Reich, eines in der Dachwohnung und nun ein weiteres in der Welt. Jedes Leben hat seine Phasen. »Erst jetzt, wo die Enkel fragen, reden wir. Weil wir es doch selbst nicht kapieren.«

Immer wieder hat sie sich gefragt: »Wie haben die Leute es gemacht, unser Elend nicht zu merken, wie haben sie es gemacht?« Vor einiger Zeit war sie mit einer Freundin in Amsterdam, sie haben das Anne-Frank-Haus besucht; der Freundin laufen dicke Tränen die Backen herunter: »Ich habe es doch wirklich nicht gewußt.« Ein sonst sehr strenger Freund aus Jerusalem ist ergriffen und sagt: »Der glaube ich das.« »Wenn man einer glaubt, muß man auch anderen glauben«, erwidert ihm Ingeborg Hecht. Das fällt ihr schwer. »Ich kann für die Großstädte nicht akzeptieren, daß man nichts gewußt hat. Ich kann das nicht verstehen: Die Nürnberger Gesetze wurden ja überall verbreitet.«

1948 erhielten Ingeborg Hecht und ihre Familie vom Suchdienst der VVN (Vereinigung der Verfolgten des Nazi-Regimes) die Nachricht: »Doktor Felix Hecht, geboren 24. 9. 83 in Hamburg, ... wurde am 28. 9. 44 mit dem Transport Ev 1651 (von Theresienstadt) nach Auschwitz gebracht. Personen, die älter sind als fünfzig Jahre, können als gestorben angesehen werden. Wir bedauern, Ihnen keine andere Antwort geben zu können.« Hat sie, jetzt frage ich vorsichtig, den Vater in Gedanken bis zu seinem Tod begleitet? »Dann wird man verrückt«, erwidert sie schnell. »Wissen Sie, wenn man sich immer wieder vorstellen muß, wie der Vater erstickt ist, das ist schrecklich. Sie stellen sich ja nicht sechs Millionen Erstickende vor.« »Das ›Unerahnbare‹ «, sagt sie, »wie Ralph (Giordano) es nennt, werden wir nie verstehen.« Sie zitiert einen religiösen jüdischen Freund, der immer sage: »Wenn ich eine Antwort auf Auschwitz wüßte, würde ich nicht mit ihr leben können.«
Nach der Nachricht vom Tode des Vaters beschließt Ingeborg Hechts Bruder auszuwandern. Er will mit diesem Land nichts mehr zu tun haben. Noch heute lebt er in Südamerika. Seine Schwester bleibt. Sie wollte nicht weg, wollte das Land nicht verlassen, das ihr Vater so geliebt hatte. »Ich habe in diesem Land keine Angst mehr.« Sie hat sogar einen Freund, der bei der SA war. Als er die ersten Waggons sah, »war er geheilt«, sagt sie, »heute bemüht er sich viel um persönliche Wiedergutmachung.« Sie hat schon vorwurfsvolle Anrufe bekommen, wieso sie mit einem solchen Mann überhaupt verkehre. Aber Zugeben und Bereuen ist ihr immer noch lieber als geschmeidige Heuchelei. »Viele sagen, ich sei zu tolerant. Aber ich könnte mit Aggressionen nicht leben. Und außerdem«, fügt sie mit einer absichtslosen Naivität, die mir den Atem beraubt, hinzu: »erreiche ich doch so auch viel mehr.« »Keine Aggression?« frage ich noch einmal. »Keine Wut?« »Nein«, sagt sie, »viele von euch Jungen fragen danach. Aber man ist ja durch die Hölle gegangen, da wird irgend etwas von einem weggenommen. Wenn man selber mittendrin gesteckt hat, kommt keine

Wut auf, sondern nur Verzweiflung – und die bleibt immer bei einem.«

27. Juli

Woher kommt es nur, daß ich mit der Unnachgiebigkeit, die sich nach meiner Erfahrung häufiger in der zweiten Generation manifestiert als in den Überlebenden selbst, daß ich mit dieser Unnachgiebigkeit viel besser umgehen kann als mit der sanften Toleranz einer Ingeborg Hecht. Benehme ich mich allmählich wie eine, die konvertierte, geriere mich päpstlicher als der Papst, also betroffener als die Opfer? Warum strecke ich den Versöhnlichen meinen unerbittlichen Zeigefinger entgegen, verlange quasi Entrüstung und Ingrimm? Ist es, weil ich am deutschen Masochismus leide, den die CSU so gern beschwört. »Vielleicht«, sagte mir neulich ein bayerischer Politiker, »haben Sie die gebückte psychologische Haltung schon so inhaliert...«, er war besorgt um mich. Oder will ich die Aggression, weil ich mit ihr besser umgehen kann als mit der Verzweiflung? Mit den Wütenden kann ich reden, denn die Wut kommt auch aus dem Kopf. Bei den Verzweifelten kann ich nur schweigen, kann nur verstummen vor dem Leid, von dem ich nichts weiß. Aber warum stört mich das? Weil es mich hilflos macht? Oder kann ich es einfach nicht nachvollziehen, vermute Haß- und Rachegedanken in mir, wenn es mich getroffen hätte? Ich erinnere mich an die Worte eines Freundes, der einmal sagte: »Wäre ich Jude, würde ich in Deutschland nur als Rambo leben wollen.« Will ich um Anerkennung kämpfen und sie nicht geschenkt bekommen? Werde ich mißtrauisch oder besser skeptisch, wenn es mir – uns – zu leicht gemacht wird? Warum fühle ich mich in der geräumigen und wärmenden Nachsichtigkeit nicht aufgehoben und geborgen? Verwechsele ich Weitherzigkeit mit Wehrlosigkeit, erwarte »gerade von ihnen« – den Opfern –, daß sie aufbegehren gegen den Versuch, die Verbrechen als Tragödie zu stilisieren? Sollen sie sich empören, damit ich sie respektieren kann? Will ich ihnen ihre Reaktionen vorschreiben, um mein eigenes Wohlbefinden zu sichern? Schon wieder muß ich vor mir auf der Hut sein.

PS. Und andererseits: Wenn sich jemand weigert, überhaupt nur mit mir zu reden, stehe ich mit meiner Scham in der Ödnis herum. Wohin damit, wenn sie niemand will? Als ich kürzlich mit einer jungen Jüdin sprach, die mir erzählte, daß fast die Hälfte ihrer Altersgenossen (Jahrgang 1952) ausgewandert sei, dachte ich plötzlich: Verdammt, und wir? Wenn ihr alle weggeht, mit wem sollen wir dann reden? Wie können wir Vergangenheit aufarbeiten, wenn ihr nicht mehr da seid. Später erzählte ich ihr, welche Vorstellungen mir durch den Kopf gestapft seien. »Wie wäre es«, schlug sie spöttisch vor, »ihr würdet einfach bei euch selbst anfangen!«

28. Juli

Ein junger Jude, Kind von Überlebenden, verachtet die defekte Duldsamkeit der vorigen Generation und erklärt sie mit bitterem Verstehen in der Stimme: »Sie müssen so sein; wie sollten sie es sonst aushalten, hier zu leben. Wären sie ehrlich, müßten sie auswandern. Das wäre unbequem. Jetzt sind sie auch zu alt dafür. Ihre scheinbare Milde ist nichts als Selbstschutz. Unter der freundlichen Maske, die sie als Rechtfertigung vor sich selbst brauchen, sind sie böse und bitter.« Ein bißchen recht wird er haben, und recht will er haben. Versöhnliche Opfer sind nicht das Vorbild, das er braucht. Nur vergißt er, wie ich, daß bei vielen – wie Ingeborg Hecht es sagte – die Verzweiflung viel zu verschlingend ist, um Raum und Kraft für Wut zu lassen.

Eine Frau habe ich getroffen, die den offenen Konflikt erträgt. Sie ist unerbittlich, unversöhnlich, hat wenig mit den Deutschen im Sinn und lebt seit Kriegsende doch wieder mitten in Deutschland. Nie würde sie sich als Deutsche bezeichnen. »Fragte man mich: ›Was sind Sie?‹ Würde ich sagen: ›Ich bin in Berlin geboren.‹« Sie ist von der Kollektivschuld überzeugt. Sie will ja nicht sagen, daß jeder Deutsche einen Juden umgebracht hat, das bestimmt nicht, sie will sogar zugestehen, daß sehr viele nicht wußten, was los war, »aber erst einmal haben sie alle ja gesagt und später alles mitgemacht.« Sie hätte nach dem Krieg nichts dagegen gehabt, wäre der Morgenthauplan in die Tat umgesetzt worden. Von nichts gewußt zu haben – wer soll denn solche Lügen glauben. »Jeder Soldat, der im Osten war, hat alles gewußt. Ich hätte sie am liebsten alle hängen sehen.« Sie selbst war auch im Osten, lebte mit ihrer Familie in Litauen. Dann kamen die Deutschen und trieben sie aus dem Leben ins Getto. Als dort der Befehl zum Abmarsch kam, das war 1944, wußte sie, wohin der Weg gehen würde. Es hatte sich herumgesprochen, daß Gaskammern kein Gerücht, sondern die Realität waren. »Jeder wußte das«, erregt sie sich, »auch alle Deutschen, die uns zusammentreiben sollten.« Sie war neunzehn Jahre alt, schnitt ein Loch in den Zaun, floh unter Schüssen, die sie nicht trafen, aus dem Getto. Erst hat sie sich in die Flüchtlingstrecks eingereiht, dann im Wald versteckt. Drei Tage später sah sie das Getto brennen. »Ich hätte mich niemals abführen lassen, lebendig nicht.« Wenn sie je ihre Memoiren verfassen würde, der Titel stünde fest: »Mit mir nicht.« So ungebärdig ist sie bis heute geblieben; keine, die sich unterkriegen läßt, eine, die kämpft, und sei es noch so schwer; die Schmerzen bleiben zu Hause, in der Welt ist sie stark, wie damals, als sie floh. Hört man ihren Erzählungen zu, klingen sie nach aufregendem Abenteuer. Irgendwie gelingt es ihr, einen Bauern zu überreden, sie zu verstecken, dort bleibt sie, bis die Russen kommen. »Was glauben Sie, was ich auf die Flucht mitgenommen habe: Lockenwickler – und die habe ich jeden Abend im Hühnerstall

eingedreht. Auch wenn ich sterben muß, habe ich gedacht, will ich schön sein.« Kaum jemandem würde ich diese Geschichte glauben, doch die Frau, die vor mir sitzt und wirkt wie eine, die sich nie satt leben wird, sehe ich tatsächlich mit Lockenwicklern im Hühnerstall warten – warten auf das Leben oder den Tod. »Ich bin ein Mensch«, sagt sie, »der nie Angst um sich hat.« Sie überlebt die Flucht, überlebt das Versteck, überlebt die Russen. Dann trifft sie einen Mann, der ihr gefällt, den nimmt sie gleich mit und verläßt ihn nie wieder. Sie wollten über Rumänien nach Palästina. Am 8. Mai 1945 sind sie in Lodz. »Die Polen«, sagt sie, »fingen schon wieder an, Juden zu verfolgen.« Die Odyssee geht weiter. Sie kommen nach Prag, nach Pilsen, wollen nach Salzburg, doch der Zug wird umgeleitet, und sie landen ausgerechnet in Deutschland, in einem von Amerikanern geführten Displaced-Persons-Camp. Kaum sind sie dort, wird sie Sekretärin beim Kommandanten. Sie hat Glück, weil ihr Englisch gut ist. Am nächsten Tag mietete sie eine Wohnung in der Stadt.
Sie blieben, es ging ihnen besser, es wurde bequem. Nach der Geburt der Söhne sagte ihr Mann plötzlich: »Jetzt ist Schluß. Jetzt gehen wir aus Deutschland weg.« Eigentlich, fand sie, hatte er recht, aber sie hatte ein Auto, ein Dienstmädchen, endlich wieder ein angenehmes Leben. Mit Deutschen hat sie fast überhaupt nichts zu tun gehabt.
Aber auswandern? Wieder ganz von vorne anfangen? Ihr Mann und sie machten eine Reise nach Israel. Er war begeistert, sie fand es bedrückend. »Wären wir '46 gegangen, hätte ich mich wunderbar eingelebt, aber jetzt war ich schon zu verwöhnt. Ich bin da ganz ehrlich; ich wollte einfach leicht leben.« Sie blieben in Deutschland. Gern lebt sie hier bis heute nicht. Der Zwiespalt ist nicht kleiner geworden. Im Gegenteil: »Eine deutsche Schwiegertochter«, sagt sie, »wäre schlimm, ich könnte es nicht ertragen, sie an meinem Tisch zu haben. Soll ich etwa einen Enkel auf meinen Knien wiegen, dessen Großvater womöglich Nazi war?« Ihre Abscheu ist energisch, ihre Meinung unum-

stößlich. »Es ist meine Schizophrenie, daß ich hier bin.« Heute bereut sie ein bißchen ihre damalige Bequemlichkeit, denn in Israel hätte sie sich vielleicht doch am wohlsten gefühlt, in europäischen Kreisen in Israel. »Da bin ich zu Hause, aber ich möchte dort nicht leben.« In Deutschland lebt sie und fühlt sich nicht zu Hause. Die »geschlossene Gesellschaft« der jüdischen Gemeinde langweilt sie. Es ist ihr unbegreiflich, wie jüdische Freundinnen sich freuen können, wenn die deutsche Fußballmannschaft gewinnt. Eine von ihnen »sitzt zitternd vorm Fernsehapparat, wenn Boris Becker spielt, und drückt alle Daumen, daß er bloß nicht verliert«. Aber diese Frauen leben ausschließlich in einer jüdischen Umgebung, würden nie mit Deutschen verkehren. Bei ihr ist das anders: »Es ist mir vollkommen Wurscht, wer gewinnt, die Hauptsache ist, Deutschland verliert.« Aber sie versteht sich gut mit manchen Deutschen. Solche ihres Alters kann sie nicht ertragen. Nur mit Jüngeren mag sie zusammensein. Aber auch diese sollten sich vorsehen. Sie versteht überhaupt keinen Spaß, wenn Deutsche jüdische Witze erzählen, von der »schönen Jüdin« schwärmen, mit der sie schlafen möchten, oder sich gar mitfühlend für ihre Vergangenheit interessieren. »Wer gibt ihnen das Recht, mich zum Opfer zu machen?« Nein, sie ist kein Opfer, kein Lamm, keine Gabe, sie opfert sich nicht, für die Deutschen bestimmt nicht. »Mit mir nicht!« Am liebsten sind ihr diejenigen, die sich überhaupt keine Gedanken über die Juden machen, die wissen, daß »hier das große Grauen war«, und sich dann nicht verpflichtet fühlen, sich mit dem »jüdischen Problem« zu befassen. »Wenn die hören, daß ich im Getto war, und sagen ›Verdammt, dann haben Sie es ja auch nicht leicht gehabt‹, dann finde ich das angenehmer als Leute, die beflissen fragen: ›O Gott, wie haben Sie..., wie waren Sie..., wie wurden Sie...!‹ Auf alle, die sich intensiv damit auseinandersetzen, kann ich wirklich verzichten. Das ist sowieso nur Heuchelei.«

Touché, denke ich, ob sie recht hat? Bei den Gütigen mag ich nicht verweilen, die Zornigen wollen mich nicht haben. Wie heißt der Spruch von Woody Allen: Jeder Klub, der mich aufnehmen möchte, kann nichts taugen, und jeder, dem ich beitreten möchte, nimmt mich nicht auf. Schon wieder habe ich mich verirrt, bin vom eigenen Weg weit abgekommen – stimmt nicht, den »eigenen« Weg habe ich noch nicht gefunden, einen richtigen kann es wohl gar nicht geben.

1. August

Johann Waltenberger hat seinen Weg gefunden. Der pensionierte Oberstudiendirektor wollte über Jahrzehnte nichts anderes als ein guter Lehrer sein. Irgendwann, so Anfang der siebziger Jahre, hat er allerdings gemerkt, »daß unsere Zeit schwer darniederliegt.« Wir brauchen Persönlichkeiten, hat er sich gedacht, Individuen, die nicht mit dieser unbekümmerten Selbstsicherheit durch die Gegend laufen. »Seit Holocaust« – dank der Serie habe er diese Erkenntnis mit der Verdrängung der Geschichte verquickt. Historisch habe er nichts dazugelernt, der Verbrechen sei er sich immer bewußt gewesen, ihn habe auch nicht – wie so viele – die plötzliche Scham gepackt. Ihn haben die hysterischen Reaktionen in Teilen der Bevölkerung verschreckt. Durch die Hysterie sei die Nazizeit plötzlich wieder ganz nah gewesen, diese kurzschlüssigen Ausfälle wie im Massenwahn; wie bei den Nazis seien die Leute außer Rand und Band geraten und hätten sich dem Sog einer Grundstimmung hingegeben, die hieß: eine ganze Generation zu verdammen. Diese Inquisitionsstimmung hat ihn irritiert, nicht, weil er Angst gehabt hätte, selbst befragt zu werden, sondern weil ihm die Gesellschaft »so dramatisch manipulierbar« erschien. »Wie konnte man über etwas so Bekanntes in ein solches Aufheulen verfallen.« Da hat er gedacht: »Um Himmels willen, sind wir schon wieder soweit.« Und er begriff allmählich, »daß wir irgendwo traumatisiert sind und daß der Defekt in der Verdrängung liegt. Meine Generation war nicht vorbereitet auf diesen Film.« Die politische Führung möchte er dafür verantwortlich machen, sie habe versagt. Das Thema sei nie behandelt worden. Doch ein wenig vergrämt es ihn wohl auch, selbst versagt zu haben. »Tief traurig« sei er gewesen über das entsetzliche Geschehen, als er nach dem Krieg davon erfahren habe, »aber man hat doch nichts ändern können.« Die Kriegsverbrecherprozesse habe er zwar registriert, aber »was sollte ich da denn tun? Ich konnte doch nur versuchen, ein guter Lehrer zu sein.« Seit der Serie weiß er, was er zu tun hat: Reden, aufklären, »mitwirken an der Bewußtwerdung der Gesellschaft. Der unbewußte Mensch ist anfällig, und wenn die zivilisatorische Schicht, die uns trägt, so dünn wird, daß sie einbricht, sind wir im Chaos. Seit dem Film bin ich aktiv geworden.« Er war zu der Zeit Schulleiter eines Gymnasiums in Dachau. Der erste Schritt sollte sein, eine Schulpartnerschaft mit einer Schule in Israel aufzubauen. Gleich setzte sich der tatenfreudige Direktor hin und schrieb einen Brief an den Direktor eines Jerusalemer Gymnasiums, in dem er auf die schweren Verbrechen hinwies, die sein Volk begangen habe, und den Wunsch aussprach, der Jugend die Chance zu geben, einen Dialog zu führen. Nach einiger Zeit kam eine kurze Antwort des israelischen Direktors, er wolle von den Deutschen nichts wissen, und der Herr Waltenberger solle lieber seinen Lehrern beibringen, wie wichtig es sei, die Kinder ordentlich über die deutsche Vergangenheit aufzuklären. Johann Waltenberger hing den Brief im Lehrerzimmer aus. »Na ja«, habe er gedacht, »freundlich ist der Brief ja nicht gerade, aber der Mann hat mir gefallen. Der ist nicht lau, habe ich gedacht, der hat Temperament. Erst wollte ich noch einen Brief schreiben, aber das wäre nichts gewesen, da habe ich beschlossen: Den besuch' ich. Ich wollte sowieso schon mal nach Israel.« Er buchte den Flug, meldete sich schriftlich im Jerusalemer Gymnasium an und stand da eines Tages vor der Tür. »Der Direktor gibt mir die Hand, bietet mir einen Kaffee an, läßt den Unterricht sausen, unterhält sich mit mir. Dann sagt er, er lädt mich am Wochenende nach dem Sabbat zu sich in die Wohnung ein und holt mich im Hotel ab. Da waren dann zwei Professoren von der hebräischen Universität, einer kam aus Frankfurt, einer aus Hamburg – na ja, die wollten viel wissen, von meiner Jugend, meinen Eltern, unsere Einstellung zu den Nazis; für mich war das alles nicht so präsent, ich mußte das alles von der Ferne herholen; dann wollten sie wissen, was ich im Krieg gemacht hatte. Irgendwo hatte ich das Gefühl, daß sie mich akzeptierten, aber es ging fast zu leicht. Ich hab' eine Gefahr gewittert; mit den Männern ging es gut, aber bei den zwei Frauen war eine Abneigung, eine Bitternis, als ob sie mich gern erwürgen würden, es ist nicht zu schildern, als ob ich aus Sadismus ihre Kinder umgebracht hätte. Die haben nichts gesagt, ich habe nur gespürt, was es für sie bedeutet, daß ich da sitze. Irgendwann habe ich dann gesagt: ›Wir unterhalten uns ja ganz gut, aber es darf kein Mißverständnis aufkommen. Ich bin Deutscher, ich liebe mein Volk und meine Heimat, über die Vergangenheit bin ich traurig, tief traurig.‹ Die waren wie vom Schlag gerührt, einfach baff, und als sie sich erholt hatten, war die Atmosphäre zum Positiven umgewandelt. Sie haben wohl gespürt, daß ich ehrlich mit ihnen war. Ich wollte auch dort in meiner inneren Wahrheit bleiben, sonst kann ich gar nicht leben.« Als »Testfall« kam wenig später der erste israelische Lehrer mit zwei Schülern für vierzehn Tage nach Dachau. Die Schüler waren bei Schülereltern untergebracht. Es war das erste Mal, daß Israelis an der Schule waren. Hat er denn keine Angst gehabt, frage ich, daß es schiefgehen könne, daß ein Schüler, ein Lehrer oder ein Dachauer Einwohner etwas Falsches, Peinliches oder Beleidigendes sagen könnte? »Man kann kein Paradiesgärtlein schaffen«, antwortet er. »Man muß den Mut zum Leben haben. Angst ist Verdrängung.« Und in der Verdrängung hat er zu lange gelebt, um sie als Einengung länger akzeptieren zu können.

Eigentlich möchte er sich gar nicht immer mit dem Thema beschäftigen. Gerade jetzt, da er pensioniert ist, hätte er so

gerne seine Ruhe für all die vielen Interessen, die er noch hat. Zur Zeit fasziniert ihn der Regenbogen, sein Mythos in den verschiedenen Kulturen. »Wir finden uns fabelhaft, wenn wir den Regenbogen physikalisch erklären können, und merken gar nicht, wenn die Seele stirbt.« Das treibt ihn um: »Unsere maßlose Zurückgebliebenheit und gleichzeitige unglaubliche Hybris«. Die Hochkultur der Indianer fasziniert ihn. Statt dessen muß er über das Trauma der Verdrängung aufklären: »Das bin ich mir als Mensch und bin ich unserer Zeit schuldig.« Er sagt das nicht bedeutungsschwer, eher selbstverständlich. Er ist ein erstaunlicher Mann, der ehemalige Physik- und Mathematiklehrer Johann Waltenberger. Als er auf den Gongschlag pünktlich zur verabredeten Zeit vor meiner Haustür stand, die Aktentasche unter den Arm geklemmt, das etwas knochige Gesicht – dessen hohe Stirn in einen eher knochigen, ziemlich haarlosen Schädel übergeht – von einem trockenen Lächeln belebt, mit hellen, wachen Augen, die nicht ausweichen; als er sich im Zimmer ganz selbstverständlich den harten Stuhl greift, ein wenig steif darinnen sitzt – es geht schließlich um kein gemütliches Beisammensein – und ohne überflüssige Präliminarien zu reden beginnt – präzis, um nicht zu sagen pedantisch –, da wäre ich nie auf die Idee gekommen, daß dieser Mann sich für den Mythos des Regenbogens interessieren könnte.
Er holt weit aus in seiner Geschichte. Normalerweise rede er nicht über den Krieg und seine Gefangenschaft – aber hier gehöre es dazu. Im Dezember 1921 wird er geboren. Als Hitler den Krieg beginnt, ist er noch nicht einmal achtzehn Jahre alt. Sein Vater, Beamter bei der Bahn, war ein »denkender Mensch«, also nicht in der Partei. Die Nazis, das lernt er von Kindheit an, sind die Schlägertruppen, von denen die Eltern nur mit Abneigung und Verachtung reden. 1941 steht er vor der Alternative, entweder an die Wand gestellt oder Soldat zu werden. Vier Jahre war er im Krieg, von den Pyrenäen bis zum Kaukasus, im Allgäu wird er gefangengenommen und hatte sich »ehrlichen Herzens« darüber gefreut, daß die Amerikaner als

Befreier kamen. Doch was er dann erlebte, schockierte ihn tief. Das erste, was er aus amerikanischem Munde hörte, war die Drohung: »Wenn einer flieht, werdet ihr alle erschossen.« So etwas, sagt er, habe er in vier Jahren Krieg nicht ein Mal vernommen. Ungläubig hake ich nach, er bleibt bei der Behauptung; warum, frage ich mich, sollte er uns – sich und mich – belügen; was weiß ich, ob es geht, daß einer – der selbst von Herzen arglos bleibt – auch Böses um sich herum nicht wahrnimmt. Als Gefangener fühlt er sich gedemütigt. Von einem Camp verfrachtet man sie ins nächste, »snell, snell German dogs«, die Worte hat er heute noch im Ohr.

Irgendwann erfährt er, was die Deutschen verbrochen haben, und es hat ihn »schlimme Scham« gepackt. Bis zum Kaukasus sei er gekommen und habe keine Untaten erlebt. Einmal haben junge Mädchen vor ihm und seinen Kameraden ausgespuckt – »eine von ihnen war so wunderschön« –, und eine Frau hat ihm verächtlich erklärt: »Germanske nix Kultura.« Das hat ihn erschüttert, und er hat gedacht: »Wie sind wir hereingebrochen über dieses Land.« Jetzt die Wahrheit zu hören sei wie ein Schock gewesen – und dennoch: ein vae victis, ein »wehe den Besiegten«, das könne er heute und konnte er damals nicht akzeptieren. Gegen Rache hat er sich immer gewehrt.

Zwei Jahre war er in Gefangenschaft – mehrere Stunden erzählt er davon, vom Hunger, vom Elend, von den Kameraden, von der Krätze, von den Amis, von der Rache, von den französischen Zivilisten, denen er sein Leben verdanke, und auch dieser Satz fällt: »Irgendwann haben wir gehört, daß ehemalige KZ-Häftlinge politische Posten in Deutschland übernahmen. Das begriffen wir nicht. Wir konnten nicht laufen vor Schwäche und Elend, und die KZler konnten Bürgermeister werden. Da stellte man schon Vergleiche an.« Erst bin ich empört, als ich das höre, glaube ihm seine Scham nicht mehr, kann seine widerstreitenden Gefühle nicht in einem Gemüt unterbringen, denke, entweder man ist vom Entsetzen erfüllt oder man argwöhnt das Ausmaß des Grauens, wenn man vermutet, so schlimm kann es nicht gewesen sein, wenn die schon wieder was werden können. Aus der puristischen Sicht der Nachkriegsgeneration kann ich das Nebeneinander der Reaktionen nur schwer begreifen. Es ist gut, daß er es sagt, auch das sagt. So viele unserer Eltern haben wir mit unserem vorwurfsvollen Unverständnis so verschreckt, daß sie ihre ehrlichen Gefühle von damals schon längst nicht mehr zugeben. Sie reden sich entweder heraus oder gar nicht. »Das versteht ihr doch nicht« – heißt es dann, ein Satz, den wohl jeder von uns schon x-mal gehört und wütend beiseite gefegt hat. So leicht können sie es sich nicht machen, toben wir und machen es ihnen schwer, weil wir es nicht mögen, verstehen zu können. Das holt uns vom Sockel der überheblichen Unschuld. Und so finden wir uns in der Abwehr vereint – die einen, weil sie sich unverstanden fühlen, die anderen, weil sie Angst vor dem Verstehen haben.

Am 17. Mai 1947 wird Johann Waltenberger aus der Gefangenschaft entlassen. Seine Mutter war einige Monate zuvor gestorben. Er hat erst einmal auf dem Land gearbeitet, fängt dann an zu studieren und wird eingefangen von der Weg-von-den-Trümmern-Aufbauatmosphäre. Auch er verzichtet auf den Kampf um die moralische Erneuerung, verzagt vor der großen Not. Jetzt sieht er die Folgen der Versäumnis. »Die Zeit ist noch viel schlimmer als Sie denken«, sagt er, »die vierzig Jahre wurden nicht genützt. Jetzt bricht die Krankheit aus. Wir rühren in dem Brei der Krankheit der Neurose, und den Politikern fällt außer Tagesgebell nichts ein, sie halten Gedenkreden, um ansonsten die Verdrängung staatlich zu verwalten. Das ist das mächtige Leid unserer Zeit. Die Folgen – wie ethische Unsicherheit, Inflation von Verordnungen, Lamentiersucht und Selbstmitleid, Hysterie und Angst – sind unübersehbar. Wir haben uns zu einer autistischen Gesellschaft zurückentwickelt, weil wir uns vor einer Meditation der Zeitgeschichte drücken.« Johann Waltenberger weiß, wovon er spricht. Als er zum ersten Mal nach Israel kam und auf dem Flughafen stand, umgeben von Männern, Frauen und Kindern, als er die Menschen so

fröhlich lärmend um sich sah, da hat er auf einmal begriffen, daß sechs Millionen dieser Leute von Deutschen umgebracht worden seien. »Das«, sagt er, »war gefühlsmäßig ein gewaltiger Unterschied zu den Statistiken aus der Zeitung oder aus Büchern.« Mit einem israelischen Professor verbindet ihn inzwischen, er zögert ein wenig, »ein inniges Verständnis«. Von »Freundschaft« würde er nicht sprechen wollen, denn – und da zeigt sich der sensible Pedant von seiner zarten Seite – »nach so vielen Verbrechen ist meine Ehrfurcht vor allem, was dieses Volk erlitten hat, zu groß.« Er würde nie von jemandem sagen: »Das ist mein israelischer Freund.«
Johann Waltenberger liest fast nur noch jüdische Zeitungen. Da spüre er hin und wieder die jahrtausendealte Kultur. »Unsere Publikationen«, meint er, »reflektieren doch nur die Kurzatmigkeit der Zeit.« Er liest das Alte Testament, denn da »ist die mythische Weisheit der Welt und der Menschheit eingefangen und verarbeitet. Dort wird der äußere Rahmen abgesteckt, innerhalb dessen sich die persönliche Entwicklung individuell gestalten kann. Jeder muß und darf um seine Wahrheit ringen. Im Christentum wird den Menschen das Ringen abgenommen. Da muß man nur noch glauben. Das Christentum ist eine Ideologie.« Mit Schablonen gibt er sich nicht ab. Für die einen ist er katholisch, für die anderen ein ›Juden-Freund‹; er lacht auf einmal ganz frei und meint: »Ich bin eine unerhörte Mischung, gar nicht ausschöpfbar. Von meiner Existenz her«, sagt der bayerische Oberstudiendirektor a.D., »bin ich viel mehr Jude als Christ, und deshalb verkehre ich auch so gern mit Juden.«
Ein halber Konvertierter? Noch einer, der der Absolution nachjagt? Doch Johann Waltenberger biedert sich nicht mit deutscher Zerknirschung bei den Juden an. Er handelt aus der Einsicht des Erschreckten und mit dem Enthusiasmus des Empörten. Er bittet nicht um Vergebung, er plädiert für eine Veränderung. Er will sich erinnern, er will lernen. Er will nicht über die Dinge, sondern um die Dinge wissen, sagt er, erst das

mache Kultur aus. Wenn Kanzler Kohl in der Gedenkstätte Yad Vashem sage, er kenne das doch alles, er habe ja Geschichte studiert, dann findet Johann Waltenberger das nicht nur taktlos, sondern auch unkultiviert. Er ist davon überzeugt, daß »unser ganzer moralisch-kultureller Zustand« noch nie tiefer gewesen sei. »Der Teufel«, sagt er, »hat uns längst am anderen Schlawittchen«, und wenn ein ganzer Kontinent, vor allem Deutschland, auf der Flucht vor sich selbst sei, habe der Teufel halt ein leichtes Spiel.

6. August

Auch Carina G., Jahrgang 1922, hat zu spüren bekommen, daß die meisten Leute aus ihrer Generation sie glatt »für verrückt erklären«, weil sie immer wieder mit »diesem Zeug« kommt. Statt den Mund zu halten und still zu genießen, dem »Schlamassel« so ungeschoren entronnen zu sein – wie ihre Freunde es tun und ihr dringend raten –, liest sie all diese »entsetzlichen Bücher«, redet auch noch darüber und verdirbt jede nette Gesellschaft mit ihren trüben Gedanken. Sie ist, in anderen Worten, eine echte Spielverderberin, und da sogenannte Erwachsene noch weniger in ihren Spielen gestört werden mögen als Kinder, weil die Phantasie fehlt, sich Variationen oder gar Alternativen auszudenken, reagieren sie gereizt und unduldsam. Wer Nazi war, ist wohlgelitten, wer von den Nazis redet, verleidet einem die Lebensfreude. Gegen Juden haben sie alle nichts, die paar Übriggebliebenen fallen ja auch nicht weiter auf, von den toten Juden will keiner etwas hören. Und läßt sich das Thema gerade gar nicht vermeiden, dann sind die Juden in KZs »gestorben« oder »umgekommen«; erschlagen, ermordet, erwürgt oder ausgerottet, das klingt zu brutal, und wir sind doch sensibel, was Sprache angeht. »Vergast« darf man sagen, das ist in den Sprachgebrauch eingegangen, das ist so abstrakt, so jenseits des eigenen Erlebens, das versteht man so wenig wie die Gebrauchsanleitung eines Hochofens. Deshalb spricht man auch gern von sechs Millionen Vergasten – das bleibt unbegreiflich. Aber wenn man beginnt zu differenzieren, wenn man sich informieren würde und wüßte, daß »nur« gut drei Millionen in den Lagern der von den Deutschen besetzten polnischen Gebieten vergast wurden, während die anderen in KZs im Reich durch Erschießungen, Seuchen, Hunger oder Menschenversuche ermordet wurden, daß Menschen von Schergen in die elektrischen Zäune gejagt, von Schäferhunden zerbissen, von SS-Wachmannschaften zu Tode gepeitscht worden sind, wenn man sich Situationen vorstellte, statt nur Zahlen zu nennen, dann wüßte man nicht nur *von* dem Geschehen, sondern *um* das Geschehen, um Johann Waltenbergers Unterscheidung aufzugreifen, dann müßte man sich als Mensch dem großen Morden stellen – und dann wäre das schöne Spiel, den geleisteten Aufbau in Ruhe zu genießen, schon wieder verdorben.

Carina G. hat sich so ihre Umgebung vergrätzt. Sie hat geredet, statt den Mund zu halten.

Auch sie hat nach dem Krieg »erst mal nach vorn« gelebt. Dabei hatte sie persönlich wenig Anlaß, den Rückblick zu scheuen. Er hätte ihr persönlich, was die Familie angeht, nicht richtig weh tun müssen. Die Eltern, katholisch und adelig, hatten eine große Bibliothek – »natürlich habe ich im Krieg Werfel und andere jüdische Schriftsteller gelesen« – und eine solide Bildung. Die Nazis lehnte man schon aus der der Oberschicht eigenen Arroganz ab, man machte sich nicht mit dem »Pöbel« gemein. Als Carina mit 14 Jahren unbedingt zum BDM wollte, gab es zu Hause Krach. Der Vater verbot den Beitritt zu »diesem Verein« und warnte sie zugleich dringlichst, nichts davon in der Schule verlauten zu lassen. »Die ständige Angst«, sagt sie, »war schlimm«, denn das in allen Kreisen geflügelte Wort: »Halt den Mund, sonst kommst du nach Dachau«, war auch durch die Wände des freiherrlichen Verweigerers gedrungen. »Was ich in der Schule lernte, wollten meine Eltern nicht hören, worüber sie zu Hause sprachen, durfte ich in der Schule nie reden.« In der elterlichen Bibliothek pflegte man die belesene Unterhaltung, in der Schule »deutschtümelte« man mit großmäuligem Anspruch. Für jedes Fremdwort, das man benutzte, mußte man fünf Pfennig spenden.

Als die amerikanischen Truppen näherrückten und man hörte, daß sie über Dachau kämen, hatte Carina G. ein »ungutes Gefühl«. Was sie da wohl zu sehen bekommen, hat sie gedacht, und was sie an uns wohl auslassen werden. Als später der erste Dachau-Film im Deutschen Museum in München gezeigt wurde, ging sie hin, um ihn sich anzusehen. Danach war sie eine Woche krank. Die meisten Leute, die sie kannte, schauten sich den Film nicht an, und über die unübersehbaren KZ-Bilder, die die Amerikaner überall aushängten, »hieß es rundherum nur, das kann doch nicht stimmen«. Dann kam der Aufbau. Man hat seine beiden Hände gebraucht. »Die meisten«, sagt sie, »haben mehr an Kartoffeln als an KZs gedacht. Außerdem zauberte doch plötzlich fast jeder«, spottet sie böse, »einen ›Hausjuden‹ hervor, dem er angeblich geholfen hatte.« Irgendwann hat sich bei ihr »ein Gewissen gerührt«, es ist deine verdammte Pflicht, hat sie gedacht, sich um die Geschichte, die schließlich deine ist, zu kümmern. »Ich muß!« sagt sie und findet es ganz überflüssig, das zu erklären. »Missionarisch« sei sie nicht geworden, aber aufmerksam. Selbst in ehemals guten Freunden erspürt sie jetzt die alten Nazis. Vorher hat sie das nicht gemerkt. Sie ist dünnhäutig geworden. Die Enttäuschungen, die sie immer wieder erlebt, sind groß. Doch sie ist entschlossen, weiter zu rütteln. Von manchen Menschen hat sie sich allerdings zurückgezogen, an vielen Ereignissen, die sie früher ganz lustig fand, mag sie heute nicht mehr teilnehmen. »Man trägt das Thema in jeden Bereich des Alltags«, sagt sie. »Geschwätz kann ich nicht mehr ertragen, auf Cocktailpartys gehe ich schon lange nicht mehr«, selbst fürs Theater interessiert sie sich weniger. »Man wird zu empfindlich mit dem Wort.« Dafür geht sie oft und gern ins Konzert. Ihr Leben hat sich verändert, seitdem sie sich mit unserer und ihrer Vergangenheit beschäftigt. Manchmal fürchtet sie sich ein bißchen vor den Folgen. Eigentlich sei sie eine gestandene Bayerin, mit Sinn für Humor und Lust am Leben. Doch jetzt ist sie oft nahe dran, ihre Fröhlichkeit zu verlieren und sich stets in der Traurigkeit zu finden. »Das darf ich nicht, denke ich dann, das nützt niemandem, ich muß bei mir bleiben.«

11. August

Gestern war ich in Bayreuth. *Die Walküre.* Ich kam mit Vorsicht und Vorbehalten. Von Musik verstehe ich wenig. Wagner ist mir suspekt. »Mozart gehört uns allen, Wagner gehört zu euch«, hatte mir in New York jemand an den Kopf geworfen, der die Deutschen nicht schätzte, um es behutsam zu sagen. In den Arbeiten von Hartmut Zelinsky war mir Wagner als Antisemit begegnet. In Israel darf seine mächtige Musik nicht gespielt werden. Und nun dirigiert Daniel Barenboim in Bayreuth, hebt den Bann sozusagen auf; unerwartet zart schmeicheln die Melodien, denen man sich gern hingeben möchte. Aber darf man das? »Sieht man einen Juden«, hatte Richard Wagner geschrieben, »stellt sich einem sofort ein unmittelbares Gefühl der Abneigung ein.« Und Hans Sahl läßt Wagner in seiner »Antioper in zwei Akten« mit dem Titel *Rubinstein oder der Bayreuther Totentanz* zu seinem jüdischen Pianisten sagen: (ihr seid) »die Würmer, die uns zerfressen wollen, unsere Kultur«. Soll ich mich vielleicht damit trösten, daß Wagner »nur« im Zeitgeist verhaftet war, nur nachschrieb, was andere vordachten? »Allein in den Jahren 1879/80«, schreibt Henryk Broder, »erschienen in Deutschland mehr als 300 antisemitische Schriften.« Wagner starb 1883. Nur als Nach-Denker eines Adolf Stoecker, eines Karl Eugen Dühring oder eines Wilhelm Marr, der den Begriff des Antisemitismus erfunden haben soll, ist Wagner kaum zu entschuldigen. Im Gegenteil: Seine Schrift *Über das Judentum in der Musik* war bereits 1850 erschienen. Deshalb habe ich mich gestern abend gescheut, die Musik schön zu finden. Deshalb wird Hartmut Zelinsky wohl so angegriffen, weil die Jünger Wagners ihren großen Meister nicht befleckt sehen, sondern unbeschwert von ehrlichen Erkenntnissen nur genießen wollen. Immer sehnen wir uns nach den klaren Wahrhaftigkeiten. Wer so wunderbar komponieren kann, darf kein kleingeistiger Spießer der gefährlichen Sorte, ein Antisemit aus Überzeugung sein. Diese Widersprüchlichkeiten verwirren uns, und wir wehren sie ab. Wie entsetzt schaute neulich ein junges Mädchen, als ich mit einem Freund über den miesepetrigen Haustyrann Thomas Mann herzog. Wie mit dicken Pinseln bekleckten und verschmierten wir ihr schönes Bild von dem großen Schriftsteller, und sie war wütend darüber, eine Wahrheit zu erfahren, von der sie nichts wissen wollte.

12. August

Wenn wir schon Richard Wagner oder Thomas Mann auch als schattige Gestalten nicht ertragen können, weil wir mit den Schöpfungen zugleich die Schöpfer verehren wollen, weil, wer Gutes tut, auch gut sein muß, wie sollen wir dann den Zwiespältigkeiten in uns selbst begegnen. Wie schwer muß es erst sein, das Bild von sich, das man so behutsam zeichnete, um mit ihm leben zu können, durch Wahrhaftigkeit womöglich zu entstellen. Der unverhohlene Blick zurück – und wenn die Lauterkeit beschädigt würde? Carina G. liest fast nur noch Bücher aus der Zeit oder über die Zeit des Nationalsozialismus. Nur was sie selber schrieb, hat sie noch nicht gelesen. Sie hat im Dritten Reich ein Tagebuch geführt und es bis heute nicht vom Boden geholt. »Angst«, sagt sie, »schon wieder Angst, eine ganz andere Angst: und wenn wir nicht so ›gut‹ waren, wie ich uns in Erinnerung habe? Und wenn da zum Beispiel am 10. November 1938, also einen Tag nach der ›Reichskristallnacht‹, eine Eintragung ist wie ›Elsbeth, Edith und ich hatten heute Kränzchen, es war zu komisch, was die beiden über die schlaksigen Knaben aus der Tanzstunde erzählten‹. Wenn ich nun tatsächlich so schrecklich oberflächlich, blind und gefühllos gewesen sein sollte?« Sie ist mindestens die vierte, die mir von einem »Tagebuch aus der Zeit« erzählt, und die erste, die zugibt, eine Konfrontation mit einer Wahrheit, die sie für möglich hält, nicht zu wagen. Die anderen haben die Hefte, Blocks oder Bücher »verkramt«, »wahrscheinlich verloren«, in einem »Schrank im Keller, zu dem es schon seit Jahren keinen Schlüssel mehr gibt«. Bisher konnte ich noch keine überreden, die Aufzeichnungen zu suchen und zu zeigen.

Allmählich beginne ich zu begreifen, wie schwer es sein muß, sich der Erinnerung an diese Zeit zu stellen. Als Carola Stern ihr Buch geschrieben hatte, in dem sie von ihrem eigenen gläubigen Alltag berichtet, davon, wie gern sie Hitler-Jugend-Führerin war, wie sie hineinrutschte in eine Abhängigkeit, die sie nicht mehr begreifen kann, war ich erstaunt, in so vielen Rezensionen zu lesen, wie mutig doch diese Memoiren seien. Carola Stern – um das gleich vorauszuschicken – hat das nie von sich behauptet. Schwer sei es gewesen, in die eigene Schuld hinabzusteigen, schlaflose Nächte habe es ihr bereitet, doch zum Mut gehöre doch wohl, ein Risiko einzugehen, irgend etwas aufs Spiel zu setzen. Das habe sie ja nicht getan. Die Glaubwürdigkeit der politischen Journalistin – so dachte auch ich – und des Gründungsmitglieds der deutschen Gruppe von ›amnesty international‹ sei so unantastbar, der beschriebene »Sündenfall« so wenig sündig und in so jungen Jahren begangen, daß es wohl kaum besonders heldenhaft sei, heute davon zu erzählen. Nur – warum ist sie dann so ein Einzelfall, warum flüstern ihr Politiker jeder Couleur auf Parteitagen, die sie beruflich besucht, verstohlen von der Seite zu: »Tapfer, Frau Stern, ich war auch dabei.« Seitdem sie das erzählt hat, sehe ich immer diese Szene vor mir, wie Carola Stern, in all ihrer Fülle einen Stuhl besetzend, wie ein ruhender Pol diesen Platz nicht mehr verläßt, während es hinter ihr unruhig und schattenhaft wogt und sich ab und zu eine nebulöse Gestalt aus dieser vagen Menge zu ihr hinabbeugt und raunt: »Ich auch«, »Ich auch«, »Ich auch«, bis sich Echo und Stimmen vermischen und allmählich zusammen mit den wabernden Figuren in der Doppelbödigkeit der Bühne verschwinden. Nur Carola Stern bleibt übrig, in klaren Konturen, und versucht zu erklären, wie es geschehen, wie es ihr geschehen konnte.

Bevor sie »mitmacht«, wird ihre Mutter, die Witwe des 1925 – kurz vor der Geburt der Tochter – gestorbenen Kreisausschußsekretärs, von der Notwendigkeit, die Nationalsozialisten zu unterstützen, überzeugt. Die tüchtige Frau, die nach dem frühen Tod ihres Mannes die Familienpension im Ostseebad Ahlbeck alleine weiterführt, erkundigt sich bei einem »alten Badegast« und »hochgeschätzten Rechtsanwalt aus Berlin« über die neue Partei, der sie skeptisch gegenübersteht. »Hitler?« sagt der. »Ein hergelaufener Anstreicher, Frau Assmus! Goebbels? Ein Großmaul, wie wir Berliner sagen. Nee, Frau Assmus, diese Leute sind mir zu proletarisch! – Aber in einem, Frau Assmus, in einem haben sie recht! Das Volk hungert, und die Bonzen liegen sich in den Haaren! Wieviel Parteien haben wir jetzt? Zwanzig, dreißig? Da muß mal einer dazwischenfahren!« Mutter, Tanten, Onkel – bald sind sie alle dabei. Mit sieben Jahren besitzt »Eka« alias Carola Stern, »ein festes Feindbild. Feind sind an erster Stelle Kommunisten, dann die Sozis und die Polen, ›Polaken‹, wie man verächtlich sagt.« Antisemitismus hat in Ahlbeck Tradition. Auch Eka lernt schnell, daß »die Juden unser Unglück« sind. Jene Juden, die man persönlich kennt, sind allerdings davon ausgenommen, die »können nichts dafür«. Bald wird Eka Jungmädel und singt unermüdlich Lieder mit allen ihren Freundinnen. »Für Kinder war dies eine Singe-Welt«, schreibt die Autorin, »mit fließenden Brünnlein, blasenden Jägern und wehenden Winden, bevölkert von Blauen Dragonern, von Leinewebern und Steigern...« Es gibt »Augenblicke der Ernüchterung«, doch sie bleiben folgenlos. Am 9. November 1938 brennen die Synagogen. »Im Unterricht wird über die Verwüstungen nicht gesprochen.« Die Schülerinnen radeln nach der Schule in die Neue Straße, um die ausgebrannte Synagoge zu begucken, auch Eka und ihre Freundin Gertraude: »Neugierig, schaulustig und sensationsbegierig stehen die beiden vor der qualmenden Ruine, warten ab, ob noch irgend etwas geschieht, gaffen in den Rauch. Dann fahren sie weiter zum Friedhof der jüdischen Gemeinde, um dort umgeworfene Grabsteine und von Stiefeln zertretene Gräber zu besichtigen.« Dreizehn Jahre sind sie alt, arglos und verbohrt zugleich, sehen alles und begreifen nichts. Im Gegenteil, der Backfisch Eka – ihre Mutter ist inzwischen Ortsfrauenschaftsleiterin – versinkt immer tiefer in die Verblendung. Nach Ausbruch des Krieges, nach der Besetzung Dänemarks und Norwegens durch deutsche Truppen, schreibt die Fünfzehnjährige hingerissene Briefe an deutsche Soldaten, »in denen von ›unsagbarem Stolz‹ die Rede war, von ›unendlicher Dankbarkeit‹, sich eine Deutsche nennen zu dürfen, vom Ringen, Reich und Heldentum.« Selbst als sie eines Tages – sie muß inzwischen achtzehn sein, hat Abitur gemacht und ist dem Kriegshilfsdienst zugeordnet – aus der Etage unter ihrer HJ-Arbeitsstelle, in der die Gestapo ihre Diensträume hat, laute Schmerzensschreie hört und erfährt, daß »Menschen, die nicht aussagen wollen, auf einen Stuhl gebunden und mit Lederpeitschen geschlagen« werden, selbst dann ließ sie ihre Zweifel beschwichtigen. »Als ihre Menschlichkeit zum ersten Mal erprobt wird, da versagt sie«, schreibt Carola Stern über sich. »Statt an Erkenntnis zu gewinnen, verliert sie an Gesicht. Die Erinnerung quält sie. Wie weit kann ein Mensch sich seiner sicher sein?«

Erst jetzt, viele Monate nachdem ich das Buch zum ersten Mal las, weiß ich, daß sie doch mutig ist, diese Carola Stern, die bis zum letzten Moment Gläubige; und das nicht nur, weil sie ehrlich von damals berichtet, sondern vor allem, weil sie sich

und uns diese Frage stellt: »Wie weit kann ein Mensch sich seiner sicher sein«, weil sie Argwohn und Zweifel gegenüber sich selbst nicht nur zuläßt, sondern für notwendig hält, weil sie zugibt, daß die Person, die sie damals war, sie heute quält; weil sie sich nicht drückt vor der Erkenntnis, daß aus unschuldiger Begeisterung schuldige Gläubigkeit werden kann. In einem »Sonntagsgespräch« mit Klaus Bresser im ZDF vom 23. März 1986 sagt sie ganz deutlich, was sie plagt: »Ja also wissen Sie, ich sage mir immer, ich brauche mir nicht vorzuwerfen, daß ich als Kind hineingewachsen bin in diese nationalsozialistische Gesellschaft. Ich glaube, ich hatte keine andere Chance. Ich glaube nicht, daß ich schuldig geworden bin in der Zeit, in der ich da mit Jungmädeln Hitler-Lieder gesungen habe oder alte Sagen erzählt habe und so etwas alles. Aber was mich bis heute erschüttert und was ich eigentlich bis heute auch nicht begreifen kann, und weshalb ich mich schäme und schuldig fühle, ist, daß wir angesichts der Verbrechen, von denen wir wußten, einmal, weil sie in der Zeitung standen, zum anderen, weil wir erlebt haben, wie die Juden abgeholt worden sind, weil wir erlebt haben, wie die Synagogen gebrannt haben und weil ich schließlich erlebt habe, gehört habe, wie Menschen gefoltert wurden, daß wir so gar kein Mitleid mit den Gepeinigten empfanden, daß wir so empfindungslos und gefühllos gegenüber diesem Unrecht und diesem Verbrechen gewesen sind. Und darum denke ich immer, nicht nur die sind schuldig, die direkt Verbrechen begangen haben, sondern auch die, die gedankenlos Heil geschrien haben. Die keine Träne geweint haben, als andere Menschen Opfer von Verbrechern wurden.«
Sie hat schaulustig gegafft, während der Mann, mit dem sie heute verheiratet ist, in den Kerkern der Schergen litt. Parallel zu ihrem Weg in die Verblendung beschreibt sie in diesem Buch den Weg ihres jetzigen Mannes in die Verfolgung. Er – Produkt seiner Umgebung wie sie – wurde Kommunist und leistete Widerstand. Sie macht mit – er kämpfte dagegen. Sie hörte Schreie, die er womöglich ähnlich ausgestoßen hat. Sie blieb

eine Gefangene ihrer Gutgläubigkeit und Gefühllosigkeit – er wurde zum Gefangenen der Gestapo. Sie hat damals versagt und weiß nun, daß man sich besser auch selbst nur traut, wenn Skepsis ein Element der eigenen Überzeugung bleibt. Das ist bei uns keine Selbstverständlichkeit. Skeptiker sind Ruhestörer. Und wer sich gar selbst in Frage stellt, gilt als unzuverlässiger Zeitgenosse. Man hat hier eben lieber *eine* Meinung. Die trägt man wie den Sonntagsrock. Die wird entfusselt und ausgebürstet, selten entlüftet und häufig gebügelt. Platzt der erste Knopf an der Hose, weil der Wanst sich wölbt, näht man ihn, um ein paar Zentimeter versetzt, mit festem Garn wieder an. Ausbüchsen gilt nicht. So sitzt man auch wie eingenäht in seiner Überzeugung, fest und unerschütterlich. Deshalb ist doch auch keiner ein überzeugter Nazi gewesen, sondern nur ein verführter Volksgenosse; Verführungen kann man entkommen, Überzeugungen hat man für immer. So war es für die Trance-Nazis kein Problem, flugs zu wachen Demokraten zu werden, während die Kommunisten ewige Staatsfeinde und die Emigranten ewig Beargwöhnte blieben, denn sie hatten aus Überzeugung gehandelt. Globke und Oberländer hatten kurz mal »verfehlt«, »Herbert Frahm« hatte sein Land verraten. Nach dem Motto: einmal Nazi – immer Demokrat und einmal Kommunist – immer Kommunist haben viele Deutsche sich *ein* Gebäude gebaut, in dem sie ihre Gedanken haben und das sie nie verlassen. Man könnte ja auf Abwege geraten. Wer in der Nazivergangenheit wühlte, galt immer schon als Nestbeschmutzer, wer Herbert Wehners Wegen in Moskau nachstieg und aus der Vergangenheit für die Gegenwart schloß, er sei natürlich immer Kommunist geblieben – der galt als guter Demokrat. Vergangenheit ist nicht gleich Vergangenheit. Carola Stern hat auf einer Lesung bedauert, daß kaum einer der vielen Leserbriefe, die sie erhielt, auf das Schicksal ihres Mannes eingehe. Der kommunistische Widerstand wird noch immer gern tabuisiert. Wie kann man ausgerechnet den Staatsfeinden zugestehen, daß viele von ihnen von Anfang an bekämpften, wovon nun alle geheilt sind. Wie soll man erklären, daß sie immun gegen die Seuche blieben, der man selbst entgegenfieberte. So schwieg man auch zu diesem Thema.

13. August

Auch Carola Stern hat geschwiegen. »Ich wollte nicht«, sagt sie Klaus Bresser in dem Gespräch, »daß die Leute wissen, daß ich so eine bescheuerte Gläubige gewesen bin. Ich habe so viele linke Freunde, so viele jüdische Freunde, und die sollten das nicht wissen.« Erst dachte ich, sie übertreibe; angesichts der großen Verbrechen seien ihre kleinen Versäumnisse so schwerwiegend nicht und vor allem deshalb verzeihlich, weil sie sie ehrlich gesteht und sich mit ihnen quält. Doch ich werde eines anderen belehrt. Als ich einer jüdischen Frau – etwa so alt wie Carola Stern – von dem Buch und der Autorin berichte, und erwarte zu hören, na endlich eine, die ehrlich ist, sagt sie statt dessen den kalten, knappen Satz: »Der würde ich nicht die Hand geben. Wer einmal begeistert war, bleibt für mich unberührbar.«
Froh über eine Carola Stern, befangen in dem egoistischen Bedürfnis nach »Wissen-wie«, hatte ich die Kluft übersehen, die ein solches Buch aufreißen kann. Eine Kluft zwischen der, die schreibt, und denen, die damals genau unter dem entsetzlich gelitten haben, wovon sie berichtet. Immer wieder spüre ich die eigene Unempfindlichkeit, die Neigung zu wissen, bevor ich mich eingefühlt habe. Ungeduldig im Urteil, vorschnell im Vorwurf, das hat es »den Alten« so erschwert, das Schweigen zu brechen. Das war auch für Carola Stern ein Grund, die Wahrheit über ihre Vergangenheit für sich zu behalten. »Es ist sehr schwierig«, sagt sie, »unter Anklage zu gestehen.« Dagegen habe sie sich gewehrt. Wie so viele ihrer Altersgenossen, die sich unschuldig fühlten und doch als ganze Generation ver-

dammt wurden, die hilflos und trotzig zugleich so taten, als seien auch sie zur Stunde Null geboren. Wenn sie ehrlich sind, sind sie verwirrt, verhakeln sich in Selbstzweifeln und Rechtfertigungen, die im unbegriffenen Nebeneinander in ihren Köpfen nisten. Sie fragen sich, wie sie so blöd, so hingerissen, so engäugig, so bestrickt sein konnten, und müssen sich zugeben: Es war einfach schön. Sie haben es genossen, in einer Gemeinschaft von Gleichgesinnten Geborgenheit zu finden. Sie empfanden es als erhebend, vom Führer gerufen, vom Vaterland gebraucht zu werden. Ihr sinnloses Leben bekam einen Sinn, aus den freudlosen Jugendlichen wurden ehrfürchtige Volksgenossen, die eine neue, eine bessere Welt bauen würden. Zusammen. Du bist nichts, dein Volk ist alles. Kraft durch Freude. Es sei, sagen viele, die fröhlichste Zeit ihres Lebens gewesen, am Lagerfeuer mit Tanz und Gesang, in großen Stadien mit Pichelsteiner aus Gulaschkanonen und alle in weißen Söckchen im Gleichschritt, dem Führer huldigend, glücklich im gemeinsamen Gebrüll des »Heil«. Sie schwärmen, wenn man sie läßt, von den Aufmärschen, von der taumelnden Wonne, in der Masse und in der Euphorie zu versinken. Carola Stern wußte wohl, in welch heikle Gefilde sie sich begab und hat daher behutsam von dem begeisterten Mitmachen berichtet. Und doch kam es, wie es kommen mußte: Es gab auch Applaus von der »falschen« Seite, gab Leser, die meinten, in ihr eine Rechtfertigungsgenossin gefunden zu haben. Manchmal kamen ehemalige Wehrmachtsoffiziere in ihre Lesungen, hatten Tochter und Sohn an der Seite und baten: »Sagen Sie ihnen doch, daß wir damals gar nicht anders konnten.« Nichts haben sie von dem Buch begriffen, denn Carola Stern quält nicht, daß sie nicht anders konnte, sondern daß sie nicht anders wollte, nicht, daß man sie zum Glauben zwang, sondern daß sie sich wohl in ihm fühlte.

Neulich habe ich mit einem Mann geredet, der gerade alt genug war, um noch Pimpf zu werden, und zu seiner Verzweiflung (damals) zu jung, um als Soldat zu kämpfen. Es war kein Interview, ich habe ihn nicht ausgefragt, nicht zum Sprechen animiert, wir aßen mit Freunden, trafen uns zufällig. Kaum erfuhr er, woran ich arbeite, war dem Schwall seiner Worte nichts entgegenzusetzen. Zunächst analysierte er kühl das Geschick der nationalsozialistischen Propaganda, eine Jugend ohne Ziele und Ideale, die im Glauben an eine Obrigkeit und an Gehorsam, aber ohne Glauben an sich selbst aufwuchs, in die Fänge zu bekommen. »Jede Jugend«, erklärt er, »liebt Verheißungen, diese tat es besonders.« Und Verheißung versprach ja das Heil, das man Hitler täglich wünschte und gewährte. Mein Nachbar am Tisch hat sich »mit der Zeit beschäftigt, ich habe das Kind, das ich damals war, doch heute noch in den ältlichen Knochen«. Er hat die Verführung im Rückblick begriffen. Genüßlich löffeln wir unsere Suppe, warten auf Rehrücken mit Pfifferlingen – Tschernobyl läßt grüßen, aber das kommt davon, wenn man immer nur in der Vergangenheit »wühlt« –, und bevor unsere Teller vor uns stehen, hat mein Nachbar schon die Position des Betrachters verlassen, »wühlt« nicht in der Vergangenheit, sondern badet in ihr. Er erzählt von dem großen Freund, Fähnleinführer von Schirachs Gnaden, den er als kleiner Pimpf bewundern darf, der neben »Heil Hitler« noch zwei, drei andere Worte mit dem Knaben wechselt, von den herrlichen Fahrten ins Lager ins Grüne; Abenteuer haben sie erlebt, Mutproben haben sie bestanden, um sich für Führer, Volk und Vaterland als mutige Kerle zu erweisen. Kämpfen wollte der neunjährige Knirps. Das war 1941, da glaubten fast alle noch an den Sieg, und Sieger wollte er sein für Deutschland. »Wir waren Kameraden«, ereifert er sich, »mit allem standen wir füreinander ein. Wir liebten den Führer und wurden geliebt, wir liebten auch uns, weil wir stolz waren, weil auch unsere Mütter auf uns stolz waren, wenn sie unsere Uniformen für die Aufmärsche bügelten. Selbst vom Vater wurden wir bewundert, der in blank geputzten Stiefeln als imponierendes Vorbild vor uns stand. Es gab keinen Zweifel, es gab keinen Widerspruch, wir lebten in

der herrlichsten Harmonie, vereint mit den Kameraden und geborgen in der Gemeinschaft. ›Du bist nichts, dein Volk ist alles‹, das war's. Plötzlich war es für meinen Bruder ganz in Ordnung, pubertäre Pickel zu haben, mochten die Mädchen ihn doch meiden, sie waren nichts, ›Dein Volk ist alles‹; und so konnte ich mich damit abfinden, nicht so schnell zu laufen wie der kräftige Sepp, ich gehörte dennoch dazu, zu diesem herrlichen Volk mit seinem göttlichen Führer, den die Vorsehung – was immer das Wort bedeutete, es klang bedeutend –, also den diese, von meinen Eltern immer wieder genannte Vorsehung geschickt hatte.« Plötzlich hält er inne, erschöpft und geniert. »Das«, sagt er, »ist mir schon lange nicht passiert, daß ich mich an der ganzen Scheiße auch noch berausche.«
»Am schönsten war das ewige Singen«, sagt eine Frau, »mit welcher Inbrunst haben wir Hans-Baumann-Lieder geschmettert, wie schmolzen da Stimmen und Gemüter zusammen. Wir waren stolz, wir waren glücklich. Wir waren deutsche Mädchen, die für ihr Vaterland sangen.« »Es war schön«, sagt sie, »das ist doch das Schreckliche.« Und dann erzählt sie halb neidisch, halb geniert, von der Freundin, die die Liederbücher von Hans Baumann noch habe und manchmal, mitten in der Nacht, wenn sie nicht schlafen könne, sich ans Klavier setze, um Hans-Baumann-Lieder zu spielen und zu singen und »frevlig dem Verpönten zu frönen«.
Während ich noch in meinen Reaktionen zögere, teils verständnisvoll, teils abgestoßen die Szenen an mir vorbeiziehen lasse, hat der Schriftsteller Gerhard Köpf (Jahrgang 1948), einer von den unerbittlichen Hämmernden an der vermauerten Vergangenheit, einer, den das »verhockte Verschweigen« der Alten empört, dieser Gerhard Köpf aus Pfronten im Allgäu hat, als ich ihn frage, eine klare Antwort bereit: »Wir sind ja jetzt in einem historischen Augenblick«, sagt er, »wo dieses Dabeigewesensein fast wieder so eine Art Stolz mobilisiert. Ja, das ist zwar als Sünde erkennbar, aber eine Sünde, die in den Verzeihungsbereich hineinkommt. Das Bekenntnis ist schon ein Teil

seiner Entschuldigung. Da ist so ein Pimpfe-Heroismus und BDM-Heroismus, ich war auch dabei, die Geschichte ist auch an mir nicht spurlos vorbeigegangen.«
»Es ist«, sagt er, »als habe man eine Spielwiese der Verjährung entdeckt, auf der man sich quasi ungeschoren tummeln kann. Die Sanktionsfreiheit ist fast garantiert.«

14. August

Was hält diese Generation an Erleben und Gefühlen in sich verborgen. Nicht einmal von der Liebe zu den Liedern haben sie uns erzählt; aber hätten wir sie denn verstanden? Hätten wir nicht, klug und skeptisch, wie wir sind, das »Liedgut« im Nu als gefährlichen Kitsch enttarnt und sofort nach den KZs gefragt? Lehnen wir nicht Rührseligkeit kategorisch ab? Ich werde nie vergessen, wie ich mich mit meiner Freundin auf einer Klassenreise abends aus der Jugendherberge davonschlich, um ein wenig spazierenzugehen. Es muß Herbst gewesen sein, es war noch nicht spät, aber schon dunkel. Nach wenigen Minuten auf unserem Wanderweg, den wir vom Tag her kannten, leuchteten uns plötzlich Fackeln von einer Lichtung entgegen. Und kaum waren wir dort angekommen, sahen wir uns von Panzern und Soldaten umringt, als schon ein herrliches Trompetensolo uns alle zum Schweigen brachte. Ich weiß nicht mehr, was der Trompeter spielte, ich weiß nicht mehr, in welcher Gegend Deutschlands ich mich befand, ich weiß nicht, ob meine Freundin noch neben mir stand, aber ich weiß noch genau, wie mir, der Fünfzehnjährigen, die rieselnden Schauer über den Rücken liefen, wie ich mit feuchtäugiger Ergriffenheit am Waldrand stand und wie ich mir nachher wütend die Gänsehaut von den Armen rieb. Einen Zapfenstreich hatte ich miterlebt, eine Vereidigung neuer Rekruten, eine militärische Zeremonie, die mich zu Tränen rührte. Seitdem ahne ich etwas von

Verführbarkeit, von hingerissener Hingabe an Riten, weiß mit ziemlicher Gewißheit, daß ich, so gern wie ich singe, mit fünfzehn am Lagerfeuer mit der Gitarre im Arm jeden Unsinn beseligt geschmettert hätte. Kann ich es denn den damaligen Backfischen verwehren, nostalgisch zurückzuschauen? Und doch sträubt sich alles in mir, wenn ich höre, daß sie sich zum Teil noch heute zum jährlichen Plausch über Jungmädelzeiten treffen und meinen, es sei eigentlich schade, daß die Jugend von heute so wenig begeisterungsfähig sei. Ein Glück, würde ich da lieber sagen, man sieht ja, wohin und wie weit man singend marschieren kann – mitten hinein in die Barbarei. Andere plagen sich mit dem eigenen Ich, dem Ich der damaligen Jahre. »Einen geistigen Ruhestand«, sagt eine, »kann es für mich wohl nie mehr geben.« Auch die WDR-Redakteurin Carola Stern, inzwischen pensioniert, kommt nicht zur Ruhe.
Sie begnügt sich nicht mit dem Blick in die Vergangenheit, sie ist auch in der Gegenwart aktiv. Als sich im Juni dieses Jahres fast 300 Journalistinnen in Frankfurt trafen, um an dem ersten Jahrestag des ersten Deutschen Journalistinnenbundes teilzunehmen, kam auch sie und sprach und prüfte, ob sie Mitglied werden wollte. Ihre Testfrage war: Was wollt Ihr für verfolgte Frauen tun, für Frauen, die irgendwo auf der Welt eingekerkert, zwangssterilisiert und gefoltert werden. Unsere Reaktion war eher blamabel. Erfüllt von der Vorstellung, uns endlich für uns selbst und füreinander einzusetzen, kreisten wir viel mehr um eigene Karrieren als um fremde Kerker.

15. August

Auch Ingeborg S. hat mit großer Begeisterung Hans-Baumann-Lieder gesungen. Als sie in einer Fernsehsendung von Carola Stern über das Dritte Reich diese Melodien wieder hörte, lösten sich emotionale Inseln heraus, spülten Gefühle nach oben, von deren Existenz sie nichts ahnte. Auf einmal wurde ihr bewußt, daß sie Beschämungen weggedrückt hatte, weil sie unangenehm waren. »Stunden habe ich hier nach der Sendung gesessen und geheult«, erzählt sie, »ganze Bouquets von Erinnerungen stellten sich ein. Ich habe das so in Bouquets im Kopf«, sagt sie, »Hyazinthen, Zigarrenrauch, altdeutscher Kuchen und Kaffee – das ist mein Onkel zu Besuch.« Hans Baumanns Lieder ließen Bouquets auftauchen, die weniger idyllisch die Vergangenheit in sich bergen. Zwei Szenen sind es, die sie seitdem nicht mehr loslassen. Dreizehn Jahre war sie alt, als ein schmaler, lockenköpfiger Klassenkamerad plötzlich wegblieb. Hermann hieß er. Sie wußte, daß er Jude war. Sie wußte auch, daß die Nazis die Juden nicht mochten. Einen Zusammenhang hat sie nicht hergestellt, hat sich oder andere nie gefragt, warum Hermann auf einmal verschwunden war. Das nimmt sie sich heute übel. Sie ist in einer kleinen Stadt in Westpreußen aufgewachsen. Es gab nur wenige Juden in dem Ort. Einen gelben Stern hat sie nie gesehen. Sie wußte kaum etwas von dem, was lief. Der Vater war Lehrer mit einem kargen Gehalt. Heute behauptet er, der einzige Sozialdemokrat der Stadt gewesen zu sein. Glaubwürdig erscheint ihr das nicht. Damals war er kleinkariert, spießig und uninformiert. Ein Radio konnte die Familie sich nicht leisten. Man las nur die örtliche Zeitung. Die Welt war weit weg. Doch in der »Reichskristallnacht« brannte auch in der Nachbarschaft die Synagoge. Am nächsten Tag ging sie, genau wie Carola Stern, mit Freundinnen dorthin, das Spektakel zu beschauen. Das ist die zweite Erinnerung, die sie sich nicht vergeben kann: »Ich stand da, beguckte die rauchenden Trümmer, kaute seelenruhig meine sauren Gurken und habe nichts gespürt.« Seitdem sie Carola Sterns Film gesehen und die eigenen Bilder wieder vor Augen hat, befragt sie sich ständig, was denn nun wirklich in ihr vorgegangen sei. War es Angst, die eine mögliche Erkenntnis gar nicht erst aufkeimen ließ, war sie vielleicht doch zutiefst berührt und gab sich ›cool‹, weil sich auch sonst keiner bewegt zeigte, oder blieb sie tatsächlich bar jeder Empfindung? Die Möglichkeit räumt sie ein. Deshalb hat sie ja Stunden geheult, nachdem der Film zu Ende war. Deshalb hat sie sich ja die Zeit zurückgerufen, um sich selbst in ihr zu erwägen. Sie wußte, daß die Mutter sich Gedanken machte, »der war Hitler suspekt geblieben«. Einmal schrieb die Mutter in einem Brief an ihren Vater, wie sehr sie mit Hitler und den Nazis hadere. Der Vater hat den Brief gut versteckt. Doch seine Haushälterin, die geheiratet werden wollte und wohl nach Möglichkeiten suchte, den ungeneigten Mann zum Antrag zu zwingen, erbrach die Schatulle, fand den Brief und denunzierte Ingeborg S.' Mutter. Bei Shakespeare oder den Gebrüdern Grimm hätten die Ränke nicht heimtückischer geschmiedet werden können wie in dieser biederen Kleinbürgerwelt. Ingeborg S.' Mutter mußte zur Gestapo. Sie wurde verhört und wieder freigelassen. Der Leumund des Lehrers war wohl doch nicht so sozialdemokratisch, wie er heute gern behauptet, und half damals seiner Frau, der Haft zu entkommen. »Dann duckten wir uns und fügten uns«, sagt Ingeborg S., die es immer haßte, sich einzuordnen. Die Heimabende der Jungmädels fand sie scheußlich und doof, doch vom System, in dem sie lebte, hatte sie nichts begriffen. Sie blieb nur brav, um bloß nicht aufzufallen – nicht nur aus Angst vor den Nazis, sondern auch aus Scham vor den Stadtbewohnern, denn »der Vater ging auf Abwege«, und das war für das Kind des Lehrers entsetzlich peinlich. Das ist typisch, denke ich, ich frage nach Hitler und Himmler und Deportationen, während in Wahrheit der Hurenbock von Vater den Alltag bestimmte. Es ist so unglaublich schwierig heute – da wir alles wissen, sich aus allen Reden und Schriften, allen erschlossenen Quellen das Gesamtbild des Grauens vor uns ausbreitet –, in den kleinen und engen Gesichtskreis von damals zurückzugehen, sich hineinzuversetzen in den abgedroschenen Alltag einer kleinstädtischen Durchschnittsfamilie, während uns Auschwitz im Kopf sitzt und in der Seele brennt. Ingeborg S. will sich mit ihren Schilderungen der Familienverhältnisse nicht aus der Schuld herausreden. Sie ist zu klug und zu skeptisch, um es sich so leichtzumachen. Denn es gibt da noch eine dritte Szene, die ihr inzwischen eingefallen ist. Ihre beste Freundin war die Tochter des Verwaltungsdirektors der Heilpflegeanstalt, die irgendwann aufgelöst wurde. Die Patienten, so hieß es, würden in ein größeres Heim verlegt. Doch einmal, als Ingeborg S. ihre Freundin besuchte, flüsterte diese ihr aufgeregt zu: »Die werden hier waggonweise weggebracht, und nach kurzer Zeit kommen Postkarten, auf denen steht, daß sie an dem neuen Ort an Lungenentzündung gestorben seien.« »Irgendwie war das geheimnisumwittert«, sagt Ingeborg S., »wir wagten, obwohl kein Mensch in der Nähe war, nur darüber zu wispern; irgend etwas stimmte da nicht, aber gefragt haben wir trotzdem nicht. Wir ließen das so stehen, besänftigten uns selbst noch kurz mit Erklärungen wie Klimawechsel, die Kranken seien ja anfällig gewesen, vielleicht hätten sie auf der Bahnfahrt Zug bekommen – und gingen dann zur Tagesordnung, sprich Schularbeiten und Backfischtratsch, über.« Sie schüttelt ihren grauen Pagenkopf: »Das habe ich meinen Kindern beigebracht«, sagt sie, »nichts zu übernehmen, immer zu fragen, immer skeptisch zu bleiben, zu bohren statt zu glauben.« Von dem Vorwurf der »verzerrten Wahrnehmung« mag sie sich nicht freisprechen. Heute, als Rentnerin, studiert sie Psychologie, beschäftigt sich mit östlichen Philosophien, nimmt an psychologischen Gesprächskreisen teil, meditiert mit einem Swami, übt sich im Tai Chi, das Fließen der Bewegungen und das Fließen des Lebens in Einklang zu bringen. Sie ist aktiv und wach, ist fröhlich und ganz unverkrampft. Endlich genießt sie ihr Leben, seitdem sie sich den Irrtümern stellt und zu ihnen steht. »Das Hinsehen tut weh«, sagt sie, »sich zuzugeben, in Selbsttäuschung gelebt zu haben, das ist ein schmerzhafter Prozeß gewesen; ich wollte versuchen zu begreifen, was Menschlichkeit ist, und mußte erkennen, am eigenen Anfang war ich ohne Gespür.« Findet sie Carola Sterns Buch mutig, frage ich sie. »Zivilcourage ist kein Mut«, antwortet Ingeborg S. »Es macht das Fundament sicherer, auf dem man steht.« Es war ein weiter Weg zu der Weisheit des Alters.

Nach dem Abitur wird sie zum Reichsarbeitsdienst eingezogen, soll in Bromberg polnischen Kindern deutsch beibringen. »Das erste, was sie lernen mußten, war ›Heil Hitler‹«. Ende Januar 1945 macht sie sich mit einem Schlitten auf den Weg in den Westen, an der Weichsel entlang Richtung Danzig. Ab und zu sieht sie ein altes Paar, Hand in Hand, den Damm überqueren; man wußte, sie gehen gemeinsam in den Fluß. Irgendwo findet sie ihre Mutter, irgendwie findet sich ein Onkel, der die beiden Frauen auf ein Schiff verfrachtet, das nach Dänemark fährt. Dort werden sie interniert. Zweieinhalb Jahre bleiben sie im Lager in Nordjütland, nie kommt ihr in den Sinn, daß es ungerecht sei, sie festzuhalten. Meine Frage nach Aufmüpfigkeit oder Ressentiments lösen nur Verwunderung bei ihr aus. »Ich habe noch einmal darüber nachgedacht«, sagt sie, als wir uns zum zweiten Mal treffen, »die Suppen waren dünn, aber man war in Sicherheit, man hatte zwar Haus und Hof verlassen, war aber den Russen entronnen, man konnte endlich einen Moment ausruhen; daß man das hinter Stacheldraht tat, war einem ziemlich egal, dort wurde man jedenfalls nicht beschossen.« »Und noch etwas«, fährt sie fort, »ich glaube, man war in einer Art Trance, man kam gar nicht auf die Idee zu fragen, ob es richtig oder ungerecht oder falsch sei, hier eingesperrt zu sein.« Außerdem habe sie ja nie gelernt, sich als Individuum zu fühlen, für sich verantwortlich zu sein. »›Du bist nichts, Dein Volk ist alles‹, wir waren doch immer in Gruppen«, sagt sie, »einer für alle, ein Volk, ein Reich, ein Führer, immer hat man sich nur als Teil empfunden, nie war man ein eigenes Ganzes. Wir sagten diese Sprüche nicht nur, wir lebten sie.«

Als sie allmählich erfuhr, welche Verbrechen die Deutschen, ihr Volk, begangen hatten, im Lager wurden Filme über KZs vorgeführt, da fand sie es richtig, daß sie hier saß und schlechtes Essen bekam. Sie hatte sich gleich gemeldet, auf dem Krankenrevier zu arbeiten, und so schmierte sie von morgens bis abends die Leute gegen Krätze ein – mit einer Salbe, die in großen Eimern aus Schweden kam. Als sie allmählich aus ihrer Apathie

erwachte, begann sie sich ein Deutschland zu phantasieren, das sie mitaufbauen würde. »Wir sind alle elende Brüder«, hat sie gedacht, »wir werden es gemeinsam schaffen, werden uns helfen, uns beistehen und teilnehmen am anderen, wir werden wie Brüder und Schwestern jeden Happen teilen und Entbehrungen gemeinsam ertragen« – so träumte sie von einem guten, einem neuen Deutschland. »Das Wort Demokratie«, sagt sie, »war mir noch nicht gekommen.«
Ihr neues Leben beginnt in Gelsenkirchen. Sie trägt Zeitungen aus – mit einem Schlagring an der Hand und Pfeffer in der Tasche, um sich in der finsteren Gegend im Notfall verteidigen zu können. Eigentlich wollte sie studieren, wollte Ärztin werden, es fehlte an Geld, an Chancen, an der Gunst der Umstände. Die Euphorie der dänischen Träumereien war längst verpufft. Frei atmen? »Nein«, sagt sie, »nie gab es das in dieser tristen Umgebung.« Statt Ärztin zu werden, wird sie Pharmazeutin, studiert mit Stipendien, verdient sich den Rest in einer Apotheke hinzu, lernt, arbeitet, tröstet die verstörte Mutter, unterstützt den bedürftigen Vater, verliert ihren Elan in der großen Enttäuschung und ist zu erschöpft, sie wirklich zu spüren. Als Habenichtse wohnen sie bei einem Studienrat im Zimmer mit hellblauer Seidentapete; dort hat man sie eingewiesen, und sie werden von denen, die nichts verloren, als Eindringlinge behandelt. Auf Flüchtlinge sah man ohnehin eher abschätzig herab, die hatten nichts und waren nichts. Nie wurde die Familie eingeladen. Sie galten nicht als ebenbürtig. »Für Besinnlichkeit«, sagt Ingeborg S., »war da kein Raum. Ich hatte nur noch Kraft, mir eine Existenz aufzubauen. Kein Mensch im Kumpelbereich oder in der Apotheke redete vom Krieg oder gar von KZs; die Kleinbürger begannen schnell, Intrigen zu spinnen, sich das Leben zurechtzulügen und Ziele zurechtzulegen. Man interessierte sich doch nur dafür, wer schon ein Haus hatte und wer noch hinterherhinkte, wer schneller was darstellen konnte als sein Nachbar, wer tüchtig war und was zum Herzeigen hatte.« Da ihre Familie nichts

herzeigen konnte, blieb nur der Kampf ums tägliche Brot. Später erst, als sie sich mit einem Anthroposophen befreundete, der nach dem Krieg versucht hatte, sich umzubringen, weil er sich als Deutscher in die Verbrechen verstrickt fühlte und die Last nicht tragen, nicht ertragen konnte, erst durch diesen Freund, etwa ihr Jahrgang, hat sie gemerkt, wie viel in ihr schon verschüttet war, wie verdrängt das Geschehen der Vergangenheit und wie zerschlissen ihre Träume für die Zukunft waren. Seitdem weiß sie, daß man Erinnerungen provozieren muß. Seit einigen Jahren ist ihr die Provokation zum Anliegen, ja zur Aufgabe geworden. »Verdrängtes bleibt virulent«, sagt sie, »und Leute, die nicht hingucken, bleiben anfällig für eine Führung, die ihnen versichert, die Welt sei heil. Die wollen nur eins, PGH.« »Kennen Sie das nicht?« lacht sie, als sie meinen verständnislosen Blick sieht, »PGH heißt ›positive Geisteshaltung‹.« Von den Propagierern der blinden Bejahung der Zustände und der Zukunft werde der Blick zurück als Zumutung empfunden. Von Gleichaltrigen wird sie angegriffen und verleumdet, weil sie Helden beschmutze, die armen Soldaten verunglimpfe und überhaupt alle in einen nazistischen Topf werfe, wo man doch an Leib und Leben gefährdet gewesen sei. »Man hat doch nicht anders können«, ist das Fazit, das man ihr entgegenhält und das sie weder für sich in Anspruch nehmen noch für die anderen gelten lassen mag. Einmal hat sie aus einer Frau das Eingeständnis herausgelockt, sie sei nicht im BDM gewesen, und es habe ihr auch nicht geschadet. Ungern habe die zugegeben, daß so etwas möglich gewesen sei, bedeute das doch, »daß wir im Vorfeld stehengeblieben sind und vielleicht viel mehr hätten verweigern können.« Peinlich sind solche Geschichten, weil aus der Einheitserklärung »wir konnten doch nicht anders« ein Puzzle wird, ein Mosaik, das sich aus vielen verschiedenen Teilchen zusammensetzt. »Wir sind doch blindlings hinter diesem Hitler hergelatscht«, sagt Ingeborg S.
Als ich diesen Satz weitererzähle, bekomme ich wütende Reaktionen. »Wissen Sie«, sagt eine Frau, die nur wenig älter ist als

Ingeborg S., »vor solchen Leuten kann ich Sie nur dringend warnen. Allein die infantile Sprache ist schon Beweis der Unfähigkeit dieser Person, die Zeit zu begreifen. Nur wer nichts wirklich Ernstes erlebt hat, kann so reden. Der will ja gar nicht wissen, wie wir gelitten haben, wie wir versucht haben, eben nicht ›mitzulatschen‹, und wie wir nur wagten, uns über Blickkontakt zu verständigen. Wenn Sie solchen Aussagen Glauben schenken, weiß man ja jetzt schon, wie Sie die Vergangenheit verfälschen werden. Wer so flott reden kann, hat keine Ahnung; wer weiß, wie es war, wird Ihnen bestimmt nichts erzählen. Ich finde es ohnehin mehr als fragwürdig«, beschließt sie das Gespräch und steht entschlossen von dem Sessel auf, auf dessen vorderem Rand sie fluchtbereit gekauert hatte, »sehr fragwürdig finde ich es, daß Sie sich mit dem Thema befassen.« Weiter habe sie dazu nichts zu sagen.
Ingeborg S. kennt die beklommene Empörung. Als sie ihren Satz in ihrem psychologischen Gesprächskreis sagte, herrschte erst feindseliges Schweigen, und dann begann »die schwere Intrige, um mich aus der Gruppe herauszudrängen«. Sie erzählt das alles sehr vergnügt, Anfeindungen stören sie nicht im geringsten. »Streit«, sagt sie, »ist der Vater aller Dinge. Er ist das Förderband, auf dem Erkenntnis transportiert wird.« Ihre Altersgenossinnen wollen in Ruhe gelassen werden, »die meisten von denen, die damals nicht hinschauten, schauen auch heute nicht hin. Sie lullen sich mit Beschwichtigungen ein wie: ›Es ist über uns gekommen‹ oder ›Wir sind gute Leute geblieben‹.« »Die ahnen ja gar nicht«, fährt sie fort, »wieviel Energie sie verschwenden, den Drucktopf zuzudeckeln, und wieviel besser man sich fühlt, wenn man den Schritt gewagt und die Schmerzen ausgehalten hat, die eigenen Versäumnisse zu erkennen.« Sie weiß – wie Carola Stern – um die Verführbarkeit, davor warnt sie ihre Kinder, daran erinnert sie ihre Altersgenossinnen. »Den Mund«, sagt sie, »werde ich nie halten. So bleiben meine Ansichten wenigstens im Gespräch.«
Genau das, findet Frau F., Jahrgang 1917, sei falsch. »Fragt uns

nicht«, sagt sie kategorisch, »ihr werdet ohnehin nichts kapieren. Mir hängt das Thema zum Halse heraus, kümmern Sie sich doch um Ihre Zeit und lassen Sie uns die unsere.« Sehen will sie mich nicht, eigentlich nicht einmal am Telefon mit mir sprechen – allerdings hat sie zugestimmt, daß man mir ihre Nummer gibt. Neulich, erklärt sie mir, habe sie einen Film über die Gründung der FDP gesehen. »Das wäre doch ein interessantes Thema für Sie, warum schreiben Sie denn nicht darüber.« Auch sie, so scheint es, hat Angst vor unserem Unverständnis, verteidigt sich vehement, bevor ich ihr irgend etwas vorgeworfen habe, schwankt zwischen Aggression und Selbstmitleid. »In den 50er Jahren, der Zeit der Flüchtlinge, der Vermißten, der Witwen, da waren viele von uns verletzt, tief verletzt, da wollten wir nicht unsere Wunden lecken, sondern ein bißchen Haut darüberwachsen lassen. Und dazu hatten wir ein Recht. Jetzt bohrt man in diesen Löchern und wirft uns quasi vor, daß wir gewagt haben weiterzuleben. Eine Freundin von mir hat neun Jahre auf ihren Mann gewartet, hat dann fünf Kinder bekommen, und vier davon sind heute drogensüchtig. Unsere Generation ist kaputt. Betrachten Sie mal, wie wohlbehalten manche 80jährige sind, wie lustig die 60jährigen und wie mitgenommen die 70jährigen. Erst haben wir alles durchlitten, und nun wird alles, was wir gemacht haben, auf eine Waage gelegt, die nicht geeicht ist.« Die Frau, die nicht reden wollte, wird gesprächig. »Haben Sie die Serie *Väter und Söhne* gesehen«, fragt sie, ohne eine Antwort abzuwarten. »Ich finde es unmöglich, was der Sinkel getan hat, Söhne sollen nicht den Vätern nachspüren, sondern vor der eigenen Tür kehren. Ich verbitte es mir, daß die junge Generation die Väter ver- und beurteilt. Gehen Sie doch hin und besuchen Sie alte und einsame Leute. Gehen Sie mit ihnen an die frische Luft, anstatt sie zum Dritten Reich zu befragen. Was tun Sie denen mit Ihren Fragen Gutes?« »Und wenn ich nun wissen muß, wie es war, um selbst anders leben zu können«, frage ich, »wenn ich so egoistisch wissen will, wie Sie egoistisch nicht reden wollen?« »Dann«, kommt es knall-

hart zurück, »leben Sie auf unsere Kosten. Dann übersehen Sie, wieviel Sie dieser Generation zu verdanken haben, dann verstoßen Sie gegen das Gebot der Nächstenliebe. Es klingt vielleicht sentimental«, sagt sie, »aber wir sind durch so lieblose Zeiten gegangen, daß wir Liebe brauchen, Liebe und nochmals Liebe, nicht das Berühren von alten Narben.«
Vorsichtig frage ich, was mit den Opfern sei, den Überlebenden, die das Trauma der Verfolgung und der Folter nicht loswerden könnten, die doch vielleicht noch mehr Liebe bräuchten. Das war falsch, sie wird unwirsch. »Da sortieren Sie die Menschen schon wieder. Es war nicht KZ gleich KZ, manche haben es ja ganz gut überlebt. Ich möchte die Frau dagegenstellen, die ihren Mann und drei Söhne im Krieg verlor, die tiefes Leid erfuhr, von dem natürlich kein Mensch spricht. Bitte konzentrieren Sie sich nicht auf KZs – obwohl da Schlimmes geschehen ist –, aber was ist mit der Frau, die auf der Flucht von den Russen eingeholt und zusammen mit ihrer Tochter vergewaltigt wird, während ein anderer... Ach, was soll ich Ihnen das erzählen, das wollen Sie ja doch nicht hören, und eines sage ich Ihnen: Frauen, die solches erlebt haben, die schweigen beschämt über das Schreckliche. Schreiben Sie, was Sie wollen«, sagt sie, »falsch wird es sowieso.« »Und je mehr Sie verschweigen«, antworte ich, »auch von dem eigenen Leid, desto weniger können wir die Vergangenheit verstehen.« »Und wenn ich Ihnen alles erzählte«, erklärt sie, »hätten Sie nichts begriffen.«
Das Gespräch hat mich ärgerlich und nachdenklich zugleich gemacht. Wenn diese Generation nicht redet, denke ich trotzig, hat sie selbst schuld, wenn ihre Kinder ausflippen und abdriften, wie sollen sie nicht haltlos sein? Wenn ich allerdings sehe, wieviel Courage es braucht und Kraft es kostet, sich der Zeit zu stellen, wie selbst eine Ingeborg S., eine Carola Stern oder Carina G. sich strapazieren müssen, um die Erinnerung ertragen zu können, dann frage ich mich, wie ein Mensch, der sich wirklich schuldig machte, dieses Eingeständnis allein vor sich selbst überhaupt aushalten soll. Muß er nicht verfälschen, ver-

zerren oder verdrängen, wenn er sich nicht die Kugel gab? Lange wollte ich die Formel der Mitscherlichs von der Unfähigkeit zu trauern nicht wahrhaben, hatte sie längst rigoros in die Unwilligkeit zu trauern umformuliert, wollte lieber in Vorwürfen schwelgen als mich im Verstehen zu üben, und schwanke noch immer zwischen beiden. Mit Vorwürfen schiebe ich die Vergangenheit von mir weg. Versuche ich zu verstehen, hole ich sie zu mir herein, stehe nicht außen vor, sondern bin mittendrin, muß nicht nur das Verhalten der Eltern, sondern auch mein eigenes prüfen. »Es ist unsere Hypothek«, schrieben Alexander und Margarete Mitscherlich 1967, »daß wir in Massen einer Melancholie verfallen wären, wenn wir die Realität, wie sie war, zur Kenntnis genommen hätten.« Und Melancholie bedeutet, sich in Selbstanklage seines Selbstwertes zu berauben. Das heißt dann wohl, brutal ausgedrückt, es blieb nur die Alternative zwischen Enthauptung (von eigener Hand) oder Entwirklichung (Derealisierung). Wer sich nicht umbrachte, mußte Gedächtnis und Gewissen an der Garderobe des neuen Deutschland abgeben; nackt trat man ein, unschuldig um Mitternacht geboren, zur Stunde Null.

17. August

Was für den einzelnen gilt, gilt für das Volk und somit für den Staat. »Die Demokratie hatte gesiegt um den Preis des amtlichen Gedächtnisverlustes«, schreibt Jörg Friedrich in dem von Hajo Funke herausgegebenen Band *Die Gnade der geschenkten Nation.* »Sie verfügte über alles, bis auf die Kraft zurückzublikken und abzurechnen. Dies ist nicht ihr Versäumnis, sondern ihre Betriebsverfassung. Nachdem Adenauers Staat die Hitlertreuen behutsam eingemeindet hatte, machte sich seine ethische Zahlungsunfähigkeit bemerkbar, die unbewältigte, richtiger: in ihm untergetauchte Vergangenheit... Grausam, wie Jugendliche sind, wollen sie nicht aufhören, der Republik die Lebenslüge vorzuwerfen, der sich ihr Bestand verdankt. Eine ernste Selbstreinigung hätte sie nicht heil überstanden.« Und heute ist der Staat so »heil«, daß zahlreiche seiner jungen Bürger ihn nur noch kaputtschlagen wollen. Eine Lösung unserer Probleme ist es gewiß nicht, und ich habe auch wenig Neigung, das gewalttätige Austoben von Frustrationen mit Verständnis zu betrachten – aber es muß uns doch nachdenklich stimmen. Was war und ist denn das für eine Erziehung, die kleine Lügen, kleinste Flunkereien heftig bestraft – »Du warst doch gar nicht bei deiner Freundin zum Tee, jetzt kriegst du aber Hausarrest« oder »Schon wieder hast du eine Fünf verschwiegen, jetzt wird dir das Fußballspielen gestrichen« –, eine Erziehung, die Aufrichtigkeit zum Wert erhebt und von Erziehern verfochten und ausgeübt wird, deren eigene Redlichkeit auf einer lebenslangen Lüge beruht. Kinder haben ein untrügliches Gespür für das, was echt ist, und Verschwiegenes hören sie gut. »Wie stünde ich denn vor meinem Sohn da, wenn er wüßte, daß ich ...«, Carola Stern hat solche Sätze oft gehört. Nur wie stehen diese Väter denn jetzt da? Kann es sie denn wirklich verwundern, wenn Biedersinn nach Bluff aussieht und Redlichkeit nach Schwindel stinkt? Können sie denn darüber erstaunt sein, daß ihre Kinder hinter der Maske der Makellosigkeit Meuchelmörder vermuten, weil ihnen ja niemand sagte, was dahintersteckt? Hätten sie doch geredet, die Väter und die Mütter, statt die Kinder in ihren Phantasien verzweifeln zu lassen (und hätten wir doch, das muß man wohl fairerweise sagen, hätten wir doch die Angst vor dem Verlust von arglosen Eltern überwunden und uns ehrlich erkundigt). Es kann einen doch nur schütteln, wenn man Jörg Friedrichs Beschreibung der Auschwitz-Täter liest: »Oswald Kaduk, Angestellter im Krankenhaus Tegel-Nord, Berlin, hatte mittlerweile gelernt, sich Schutzbefohlener, die seiner Pflege und Fürsorge bedurften, so behutsam anzunehmen, wie das Gericht es wünschte. Mulka, Hauptangeklagter des Auschwitzprozesses, Adjutant des Kommandanten, handelte in Hamburg friedlich mit Tafelglas, sein damaliger Nachfolger im Amt, Höcker, wirkte in der Kreissparkasse von Lübbecke als Hauptkassierer. Doktor Lucas, seinerseits im ärztlichen Rampendienst, leitete die geburtshilflich-gynäkologische Abteilung des Krankenhauses Elmshorn, Victor Capesius, Lagerapotheker und Verwalter der Zyklon-B-Vorräte, betrieb einen Kosmetiksalon in Reutlingen, Klehr, ›Desinfektor‹, Aufsichtsperson der Zyklon-Zufuhr in die Kammern, tischlerte in Braunschweig. Alle 22, wie sie auf der Anklagebank saßen, der Widerschein bundesdeutschen Gewerbefleißes. Niemand sozialgefährlich, polizeiauffällig, randständig, radikal; die leibhafte bürgerliche Mitte.«

Wäre es nicht verwerflich, dieser »Mitte« nicht zu mißtrauen? Und ist es nicht verwerflich, wenn so viele von uns Nachgeborenen den Argwohn gehegt, aber nicht ausgesprochen, wenn wir uns vor der schwierigen »Trauerarbeit« um Eltern gedrückt haben, die womöglich Täter und mit ziemlicher Sicherheit Wegbereiter der Intoleranz und Verachtung waren? Schuldfreiheit für die einen, Trauerfreiheit für die anderen, da muß die Liebe auf der Strecke bleiben. Unsere armen Kinder.

Einer der Kulturschocks, die mich trafen, als ich nach Deutschland zurückkam, war das aufgeregte und ängstliche Brimborium, das man hier um Zeugnisse veranstaltet. Ganze Zeitungsseiten werden vollgeschrieben mit Tips und Mahnungen an Eltern und Schüler, wie sie bei schlechten Ergebnissen miteinander umgehen sollen, eine Art von Telefonseelsorge für Durchgefallene wird eingerichtet, die nicht wagen, mit den Noten nach Hause zu kommen. Manche Kinder, so liest man, begehen Selbstmord – nicht aus Kummer über das verschlampte Jahr, sondern aus Angst vor den Vorwürfen und Züchtigungen der Eltern. Ehrlich, brav und tüchtig sollen Bub und Mädel sein; wer versagt, ist ein Taugenichts, ein wenig Einschüchterung kann nichts schaden.

Ich ängstige mich vor Autorität, die ausflippt und Kinder in die anonyme Telefonseelsorge oder gar in den Selbstmord treibt.

Ist diese Erziehung »typisch deutsch«? Oder ist sie typisch für meine Generation, die die Eltern – trotz 1968 – ziemlich ungeschoren in ihrer verlogenen Tüchtigkeit leben ließ und nun die Kinder unter Androhung von Strafen zur ehrlichen Tüchtigkeit erziehen will. Lassen wir etwa einen Teil der unausgetobten Wut auf die Eltern an unseren Kindern aus? Andauernd fuchteln deutsche Zeigefinger durch die Luft, stoßen herab auf die Hilflosesten und besagen: Du sollst dich schämen. Kinder sollen sich für eine Fünf, für einen verlorenen Anorak, für die ›falschen‹ Freunde – immer haben sie die ›falschen Freunde‹ – schämen, während sich die Großeltern nie durchringen konnten, Scham für eine Massenverachtung und schließlich Massenvernichtung zu empfinden. Lassen wir doch einfach den Zeigefinger weg, vielleicht könnten sich dann auch unsere schamunfähigen Väter und Mütter zumindest daran erinnern, was geschehen ist. Hören wir doch auf mit dem Verlangen, ja dem Gebot: Ihr sollt euch schämen, und versuchen es mit dem Angebot: Ihr könnt euch schämen. Ich weiß schon jetzt, während ich das schreibe, wie schwer mir das fallen würde, wo mich doch die Wut auf jeden packt, der – alt genug, um zu wissen, was geschah – sich des Geschehens noch nie geschämt hat. Geschämt natürlich nicht im Sinne von Nacktheit, die sich bedecken möchte. Scham – ein schwieriges Wort – auch nicht im Sinne vom ständigen Nagen am eigenen Gewissen, sondern eher ausgedrückt durch Schlaf- und Seelenstörung, durch heillose Unruhe, durch ein Bekenntnis wie das von Christian Meier: »Es macht beklommen, diesem Volk anzugehören.« Ich muß mich übrigens gleich noch einmal korrigieren: denn wenn ich »Ihr« sage, verfalle ich selbst der Verleugnung, die ich anderen vorwerfe, und drücke mich vor dem »Wir«, das ich als Voraussetzung sehe, die Geschichte anzunehmen. »Welches Geschichtsbuch man auch aufschlägt: wenn das Dritte Reich beginnt, geht der Autor auf Distanz«, zitiert Christian Meier in seinem Buch: *40 Jahre nach Auschwitz* Martin Broszat und fährt fort: »Man spricht kühl wie von Geschehnissen in einer fernen Population, mit der wir nichts zu tun haben, so sehr sie uns theoretisch interessiert. Das waren die Bedingungen, unter denen wir seit den sechziger Jahren eine so außerordentlich weitgehende Bereitschaft entwickelten, die Wahrheit über diesen Teil unserer Geschichte zu entdecken und in Universitäten und Schulen sowie vor allem in den verschiedenen Medien zu verbreiten. Was dabei fehlte, war die Identifikation mit den Deutschen der NS-Zeit. Identifikation natürlich nicht im Sinne von Gutheißen, aber im Sinne des »nostra causa agitur«. Geschichte sich zu eigen machen, heißt für ein Volk ja, sie mit den Augen der Identität zu sehen.«

18. August

Aus dem »Ihr« ein »Wir« zu machen, mit dieser Schwierigkeit leben wir. Wie wir damit leben, die Frage treibt auch Christian Meier um. Ich habe den Althistoriker, der sich so klug mit der jüngsten Geschichte beschäftigt, heute besucht, um zu erfahren, wie er damit lebt, ob er den Zwischenpfad kennt zwischen dem »mea culpa«, das allein nichts nützt, und der Aufrechnung, die widerlich ist. Der bedächtige Professor, fast linkisch vor lauter Nachdenklichkeit, weiß und zweifelt viel zuviel, um eindeutige Antworten geben oder klare Wege zeigen zu können. Doch das hindert ihn nicht, in seiner Analyse und in seinem Anspruch unerbittlich zu sein. Sich aus der Haftung herauszureden, das kann und will er nicht zulassen. Auf den sogenannten »Historikerstreit« eingehend, schreibt er in seinem Buch: »Jeder Zeitungsleser hätte genügend Kenntnisse gehabt, um an ihm teilzunehmen. Doch überließ die Gesellschaft die große Erörterung des Themas, das sie so zentral angeht, Spezialisten, nur daß diese eben für das Sachproblem, um das es gegangen wäre, nicht zuständig waren; jedenfalls hat keiner Einschlägiges darüber mitgeteilt. Wollte man im stillen, daß die Vergangenheit, deren

Gegenwärtigkeit nicht vergehen will, schon Sache der Historiker sei?«
Das Ausmaß der Auswirkungen, meint Christian Meier, sei noch gar nicht abzusehen. Selbst bei diesem Mann, Jahrgang 1929, hat es lange gedauert, bis er diese jüngste deutsche Geschichte auch als seine entdeckte. »Von der Familie her«, sagte er, »bin ich nicht mit Traumata besetzt.« Der Vater »war nie ein Nazi, sondern ein bürgerlicher, lieber Mann«. Er erinnert sich, als kleiner Junge immer mit drei Buben aus der Nachbarschaft gespielt zu haben, die übrigens, wie er spöttelnd betont, »sehr blond und blauäugig waren«. Eines Tages nun bedeuten ihm die anderen Kinder, daß man mit denen nichts mehr zu tun haben dürfe: »Das sind Juden.« »Daraufhin bin ich zu meinem Vater gegangen und fragte ›Was sind Juden?‹. Ich erzählte ihm die Geschichte, und er fragte zurück: ›Hast du das Gefühl, daß die anders sind als du?‹ Das hatte ich nicht, und da meinte er: ›Dann spiel doch ruhig weiter mit ihnen.‹« Während er die Geschichte mit Wärme in der Stimme erzählt, merke ich plötzlich, mit wie ver-rückten Kriterien man diese Zeit bemißt. Ein kleines Stück normale Menschlichkeit, eine selbstverständliche Antwort eines vernünftigen Vaters an seinen Sohn wird vor der Folie der Menschenverachtung plötzlich zur mutigen Tat eines mutigen Mannes. »Meine Mutter«, erzählt Christian Meier inzwischen weiter, »ist dann zu den Eltern meiner Freunde hingegangen; als die anderen aufhörten, mit ihnen zu verkehren, haben meine Eltern angefangen, sich mit ihnen zu befreunden.« Wie so viele, deren Familien anständig geblieben waren, die dank ihrer Eltern meinten, mit den Verbrechen nichts zu tun zu haben, hat sich auch der bei Kriegsende Sechzehnjährige nicht weiter um das »Tausendjährige Reich«, das endlich zu Ende war, gekümmert. »Ich habe das weggeschoben, weil meine Umgebung das auch tat.« Der Nationalsozialismus war kein Thema, auch und gerade bei denen nicht, die mühsam Abstand von den Nazis gehalten hatten. Es erzürnte sie, nun trotzdem mit den Verbrechern in einem Topf verrührt zu werden.

»Wieso wir«, fragten sie nur halb zu unrecht und lehnten ab, für etwas angeklagt zu werden, das sie selbst beklagten. Viele schwiegen aus Anstand, viele aus Trotz. Christian Meier erzählt von einem Freund, der seinen deutschnationalen Vater – Offizier im Dritten Reich – bis zu dessen Ende verdächtigt habe, Nazi gewesen zu sein. Auf Fragen hatte er nie Antworten bekommen. Erst als es zu spät war, sich zu versöhnen, erfuhr er eine ganz andere Wahrheit. »Einen wirklich großen Streit hatten wir«, erzählt ihm die Mutter nach dem Tod des Vaters, »einen ganz großen Streit – das war 1944. Dein Vater konnte auf dem Weg an die Front ein paar Tage Urlaub zuhause machen. Es war kurz nach dem Attentat vom 20. Juli, und ich habe geschimpft wie ein Rohrspatz über diese Vaterlandsverräter, die unseren Führer umbringen wollten. Plötzlich hat dein ruhiger, sanfter und so beherrschter Vater mich angefahren, ich solle gefälligst den Mund halten, ich hätte doch keine Ahnung, was los wäre, denn nun, nach dem verunglückten Anschlag, sei alles verloren.« Nie hatte er dem Sohn davon erzählt, nie von der Gewissensnot berichtet, die ihn vermutlich gequält hat, nie sich entlastet oder gar gebrüstet, auf der »richtigen« Seite gelandet zu sein. »Solche Geschichten«, sagt Christian Meier, »gibt es viele.«

Da gab es junge Soldaten, die Zeugen von Verbrechen wurden. Wie gelähmt standen sie abseits, wenn Kameraden Kriegsgefangene wahllos oder gar systematisch erschossen. Ihnen wurde schlecht und sie schrieben nach Hause: »Nachdem, was ich hier gesehen habe, weiß ich, daß wir den Krieg nicht gewinnen dürfen.« Solche oder ähnliche Zeilen, gefährlich allemal, waren es, die sie der Post anvertrauten und die in den Wirren der Bomben und Trümmer zum Glück häufig verlorengingen. Sie waren keine Gegner des Regimes gewesen, als sie auszogen, ihr Vaterland zu verteidigen, sie wollten Krieg führen, wie sie ihn verstanden, im gerechten Zorn auf den Gegner; sie wollten siegen und waren bereit, dafür zu töten, doch das große Schlachten, das wollten sie nicht. Nach Kriegsende galten auch sie als so schändlich wie die Schlächter. Wie sollten sie sich verteidigen, wie sich rechtfertigen, sie waren ja schließlich dabeigewesen. Sie hatten sich zwar vor den Ausbrütungen der Gewalt gehütet, aber doch für das Deutschland Adolf Hitlers gekämpft. Und so saßen sie mit genau denen Seite an Seite auf der deutschen Sünderbank, die sie selbst verabscheuten und für ihre Untaten haßten. Da schwiegen auch sie, denen zudem wohl das Gewirr der eigenen Gefühle den Mund verschloß. Die Nazis hatten sie zwar verachtet, doch deutschnational waren sie selbst gewesen. Deutschtümelei und Herrenbewußtsein mag einigen nicht fremd gewesen sein, sie fanden es vielleicht nicht verwerflich, den »Warthegau« sich einzuverleiben, doch Menschen hätten sie nie ausgerottet; sie hätten kolonisiert, aber nicht deportiert. Das macht es ja so kompliziert, die Zeit zu erklären; das Schwarzweißbild hat man schnell gemalt, das Grau, mit seinen zahllosen Nuancen, bedarf des sensibleren Pinselstrichs. Da man das Grau nicht schattierte, gab es kein Bild von jenen, die stumm in verwirrten Gewissen verharrten. Auch in Christian Meiers Umgebung herrschte das Schweigen. Den Nazis hatte man zwar getrotzt, aber deutschen Offizieren stets Respekt gezollt. Die Wahrheit über das Dritte Reich derangierte auch die überlieferten Maßstäbe.

»Was mich plagt«, sagt er, »ist die Frage, wann ich mir darüber Rechenschaft abgegeben habe, was das für uns bedeutet – nicht nur, daß es gewesen, sondern daß es heute noch unsere Sache ist.« Das, meint er, sei wohl erst Anfang der sechziger Jahre gekommen, mit Hochhuts *Stellvertreter* und mit Lenz' *Zeit der Schuldlosen*, dann mit dem Auschwitz-Prozeß in Frankfurt und dem Einsatzgruppen-Prozeß in Ulm. Ein »fixes Datum« ist ihm in Erinnerung geblieben. Im Jahr 1965, er war Privatdozent in Freiburg, fragte ihn der Studentenpfarrer, der gerade seine Tochter getauft hatte, ob er vor der evangelischen Studentengemeinde einen Vortrag zu dem Thema ›Zwanzig Jahre nach 1945‹ halten könne. Alle neuhistorischen Kollegen hatten abgesagt. »Vielleicht waren sie alle verreist oder hatten keine Zeit«, sagt er mit viel Freundlichkeit, aus der Ironie heraushören kann, wer Ironie hören mag.

Er hat sich sehr intensiv auf den Vortrag vorbereitet und hat am Schluß »viel Wert und Betonung darauf gelegt, zu sagen: ›Und einer der schwierigsten Punkte ist der Verlust an Sinn und Namen, den wir erlitten haben.‹ Das«, erinnert er sich, »wollten die Studenten nicht hören. Bis auf den Pfarrer hatte ich alle gegen mich; aber die Polen und die Russen, erregten sie sich, die haben doch unsere Frauen vergewaltigt.« Meier wies sie auf die Reihenfolge der Ereignisse hin, daß erst die Deutschen in Rußland eingebrochen seien und grausam gehaust hätten, bevor die Russen – zugegebenermaßen schrecklich – zurückschlugen. »Es gab«, sagt er, »erregte Diskussionen, und für mich war es das erste Mal, daß ich in das Thema richtig hineingezogen wurde.« Da war er 36 Jahre alt. Es sollte nochmals sieben Jahre dauern, bevor das »richtige intensive Nachdenken« kam. Da war er zum ersten Mal in Israel, lief durch die Straßen von Tel Aviv, hörte viele deutsch sprechen, und »da war die ganze Welt meiner Eltern wieder da; mein Vater sprach ein wenig jiddisch, das interessierte ihn – und ich bin eigentlich nur noch schluchzend herumgelaufen.« Gewußt hatte er längst von den Verbrechen, jetzt fühlte er sie und weinte um sie und um sich, weinte auch um den Verlust, »daß die alle aus Deutschland weg sind«. In seinem Buch schreibt er, daß es um das »Zur-Kenntnisnehmen« der ganzen Wirklichkeit in der Nachkriegszeit wohl so schlecht nicht bestellt gewesen sei, doch Schock und Verwirrung hätten den notwendigen nächsten Schritt verhindert, nämlich eine »Einlagerung ins Zentrum des Bewußtseins«. »Woran es fehlte«, resümiert er, »war... nicht so sehr das ›Zur-Kenntnis-‹ wie das ›Zu-Herzen-Nehmen‹.« Diese Einsicht hat wohl viel mit der eigenen Erfahrung in Tel Aviv zu tun. Da ist ihm klargeworden, was es heißt, »Geschichte auszuhalten«. Wie, frage ich ihn, hält er sie aus?

»Man muß die Geschichte als die eigene empfinden. Der Wortgebrauch von ›Wir‹ ist eine Probe, und das fällt wahnsinnig schwer.«

Mir fällt eine Unterhaltung ein, die ich neulich mit einem Juden, Kind von Überlebenden, hatte. Eifrig befleißigte ich mich dieses unwirtlichen ›Wir‹, bekannte mich also mutig, wie ich glaubte, zu den Tätern, sagte auch ›Ihr‹ und meinte die Opfer. Nach einiger Zeit fragte er mich ziemlich befremdet, warum ich eine Kluft betone, warum ich mich auf die Seite der Täter schlage, auf die ich doch wohl kaum gehöre und ihn zum Opfer degradiere, was er als Zumutung empfinde. Erschrocken entfuhr mir: »Bußübung«, und ich erklärte ihm, nach Worten suchend und unter seinem Blick errötend, daß ich mich doch, um die Geschichte als meine zu akzeptieren, mit diesem Volk, das ja nun mal meines sei, zu identifizieren habe. Und während ich stotterte, dröhnte mir dieses »mein Volk« in den Ohren. Erfolgreich hatte ich die Episode verdrängt. Erst jetzt wird mir bewußt, wie heikel auch solche Versuche der »Aufarbeitung« sind, die doch im hehren Gewand der Bemühungen daherkommen. Hier wir Täter – da ihr Opfer, nun wollen wir mal den Dialog beginnen.

20. August

Vergangenheit annehmen, Vergangenheit aufarbeiten, Vergangenheitsbewältigung, Trauerarbeit, Wiedergutmachung – empfindsam ist sie nicht, die Sprache, mit der wir »das Thema« zu erfassen suchen. Auch die Begriffe aus der Psychoanalyse sind kaum dazu angetan, sich einen Weg ins Herz zu bahnen: Verdrängung, Derealisierung, Abwehrmechanismen, Wiederholungszwang, Erinnerungsprozeß, Durcharbeitung der verlustreichen Vergangenheit und so weiter. Vielleicht gibt es keine Worte, um mit Taten »umzugehen«, die unaussprechlich sind. »Wir tun uns nach wie vor fürchterlich schwer«, sagt Gerhard Köpf, »das Wörterbuch des Unmenschen durch ein Wörterbuch des Menschen zu ersetzen.« Es ist ein Lavieren zwischen

Sachlichkeit und Pathos, zwischen dem Amtsdeutsch von Bürokraten und dem Couchdeutsch von Analytikern, zwischen Betrachtung und Befangenheit, zwischen wissenschaftlich eindeutiger und emotional zerknüllter Sprache, zerknüllt wie ein Taschentuch, in das man hineingeschluchzt hat. Die Unsicherheit in der Sprache spiegelt die Unsicherheit der Gefühle. Aus Angst vor der bedrückenden Nähe des Themas flüchtet man gern in Beredsamkeit, rettet sich gar in sarkastische Sottisen. Christian Meier – dem um Besonnenheit bemühten Althistoriker – ist auf den neunzig Seiten seines schmalen Bändchens meines Erachtens Ungewöhnliches gelungen. Unabgelenkt von Wut oder reiner Wissenschaftlichkeit bewegt er sich mit beachtlicher und vor allem kontinuierlicher Behutsamkeit durch das Gehege dieser heiklen Geschichtsepoche. Es gibt Momente, in denen seine Analyse so nach allen Seiten sich absichernd und abwägend ist, daß sie an den Rand der Meinungslosigkeit gerät – doch meistens gelingt es ihm, klar, präzise und zugleich warm zu schreiben, als Wissenschaftler wie auch als Mensch präsent zu bleiben. Für mich war das Buch Balsam, eine wohltuende Besinnungspause in dem zum Teil schrillen Streit seiner Historikerkollegen.

»Umgehen« mit dem Thema heißt, sich mit ihm zu befassen. »Schreiben«, sagt zum Beispiel Gerhard Köpf, »ist auch eine Gedächtnis- und Erinnerungspflicht. Mit Auschwitz leben«, fährt er fort, »heißt für mich in meiner Arbeit, das nie als ein Sonderthema zu behandeln, schon gar nicht auszuklammern, sondern als eine der entscheidenden historischen Situationen zu erkennen und Kontinuitäten zu zeigen.« Köpf kann mit dem Wort »Umgehen« nichts anfangen. »Wenn ich mit etwas umgehe, mache ich es zur handhabbaren Größe. Aber dies ist etwas, mit dem ich eben nicht umgehen kann, mit dem ich mich ständig auseinandersetzen, an dem ich mich im Alltagshandeln messen muß.« Und wenn er schon »umgehen« soll, dann »immer in Form eines Nicht-Arrangements«.

Der Dachauer Maler Heinz Eder hat mit warmen Worten umschrieben, was es für ihn heißt, die Vergangenheit anzunehmen und mit ihr umzugehen. Annehmen sei, sich selbst zu überwinden, »sich selbst weh zu tun und zu wissen, daß man sich weh tut, sich immer wieder zu schämen in dem vollen Bewußtsein, im Endeffekt doch nicht damit fertig zu werden.«
Mit dem Begriff »Vergangenheitsbewältigung« kommt auch er nicht zurecht: »Wir neigen dazu, auch mit Gewalt gutzumachen.« Mit der Vergangenheit zu leben, hat ihm ganz eigene Erkenntnisse gebracht: »Seit ein paar Jahren«, sagt er, »kann ich mir Angst, Einsamkeit und Hilflosigkeit ein- und zugestehen.« Er empfindet das als große Erleichterung, und ich vermute, daß ein solches Eingeständnis einen Menschen gegen Verführungen von Faschismus gefeit macht. Wer stark genug ist, sich Schwächen zuzubilligen, braucht keinen Führer und keine Volksgemeinschaft, keine psychotische Berauschung am Massengefühl, um sich im eigenen Leben und Sein zurechtzufinden. »Vergangenheit aufarbeiten« heißt für die Staatsanwältin Helge Grabitz »aufklären«, heißt für Frau F. »von etwas schwafeln, wovon man nichts weiß«, heißt – um nur einige Zitate aufzuzählen – »kein festes Weltbild zu haben«, heißt »hinter jeder Mauer, die ich sehe, Untaten zu vermuten«, heißt, »sich nie mit Phrasen abspeisen zu lassen«, heißt »das feige Schweigen zu durchbrechen«, heißt, »auf verdiente Ruhe zu verzichten«, heißt »als Stellvertreter für alle Kollaborateure – ob nun in Polen, Frankreich oder Holland – Buße zu tun«, heißt »unsere Aufbauarbeit zu zerstören«, heißt »sich dem Nationalheld Masoch zu verschreiben«, heißt »wohl nichts Besseres zu tun zu haben«, heißt »in der Vergangenheit herumzulungern, statt sich der Gegenwart zu stellen«, heißt »das Nest zu beschmutzen und die Väter zu verleumden«. »Ich muß nicht nur die Vergangenheit aufarbeiten«, sagt mir eine Frau, auch sie Nachkriegskind, »sondern auch die tägliche Gegenwart. Nehmen Sie doch die Prozesse in Memmingen. Gegen 279 Frauen ist in diesem hübschen Städtchen im malerischen Allgäu ein Ermittlungsverfahren wegen

illegaler Abtreibung eingeleitet worden. Über hundert mußten schon Geldstrafen zahlen. Die Urteile rollen wie vom Fließband. In den Naziprozessen war und ist das anders. Hätte man doch mit der gleichen Vehemenz die Schuldigen aus dem Dritten Reich verfolgt, mit der man jetzt diese Frauen hetzt. In zwei Wochen geht der Prozeß gegen den Gynäkologen los, der die meisten Abtreibungen vorgenommen hat. Dann wird die Hexenjagd zum öffentlichen Schauspiel. Da wird hemmungslos diffamiert und denunziert. Wir lesen es, wir wissen es und gehen weiter unserer Arbeit nach, leben unseren Alltag. Gerade weil hier ohne Heimlichkeit gehandelt wird, gerade weil wir alles lesen und alles wissen, fühlen wir uns von jeder Verantwortung befreit. Als die Juden abtransportiert wurden, wußte das auch jeder; die Nürnberger Rassengesetze waren in fast allen größeren Zeitungen abgedruckt. Auch damals konnte man eine Menge lesen und wissen. Ich will keine Vergleiche ziehen, aber ich finde uns nach wie vor feige. Dabei haben wir nicht einmal Anspruch auf die Ausrede, unser Protest könne uns gefährlich werden; wir sind nicht vorsichtig, weil wir Angst vor Hunger haben, sondern apathisch, weil wir satt sind. Wir halten uns heraus, aus der Vergangenheit und aus der Gegenwart. Immer sind es ›die anderen‹, immer sind wir anders und fühlen uns frei von Verantwortung und Schuld.«
Die »Münchener Lach- und Schießgesellschaft« hat vor kurzem ein Programm auf die Bühne gebracht unter dem Titel *Schuld sind immer wir anderen* – herzlich hat das Publikum über die unentrinnbar verstrickten, aber selbstverständlich »Außen-Vor-Gebliebenen« gelacht, denn natürlich waren auch wir, die wir uns heiteren Gemüts über die anderen amüsierten, selbst ganz anders.

27. August

Allmählich beginne ich zu begreifen, wie leicht wir es uns mit der Aufarbeitung der Geschichte machen, wenn wir uns nach eingehender Erwägung des eigenen Gewaltpotentials guten Gewissens von den Tätern in uns distanzieren, wenn der Versuch, sich mit den satanischen Sadisten zu identifizieren, fehlschlägt und wir daraufhin beruhigt feststellen: mit uns könnte das nicht passieren. Es genügt bei weitem nicht, eine Unfähigkeit zu morden in sich zu erkennen, wenn die Fähigkeit zu verachten bewahrt bleibt. Es genügt nicht zu diagnostizieren, daß man zum Diabolischen sich nicht eigne, aber pauschale Verurteilung nicht in Frage stellt. Wir drücken uns vor der radikalen, also an die Wurzel gehenden Aufarbeitung des Dritten Reiches, wenn wir gebannt auf die großen Verbrechen starren und die kleinen Feigheiten übersehen. Die Erfinder und Erfüller der »Endlösung« als »das Böse« personifizierend zu entlarven und zu sagen »dagegen bin ich gefeit«, ist nur ein Schritt, der getan werden muß. Viel schwieriger wird es, wenn wir zu den Waschlappen kommen, den Duckmäusern und Drückebergern, die mitmachten, ohne zu wissen oder wissen zu wollen, was sie machten, die den Kontext, in dem wir heute ihr Verhalten sehen, damals gar nicht wahrnehmen konnten. Die kleinen Beamten, die kleine Rechtsverdrehungen durchgehen lassen, die hier und da ein Auge zudrücken, die Sekretärinnen, die die Rassengesetze tippen, die Drucker, die sie setzen – so richtig schlechte Menschen sind sie nicht, aber auch nicht traurig darüber, daß der Jude von nebenan, der mit seiner Mischpoke immer so frech jeden Sonntag die besten Plätze im Strandbad besetzte, daß es diesen Juden nun mal ein bißchen an den Kragen geht. Die Lastwagenfahrer und Zugführer, die die Juden, Zigeuner, Kommunisten, Homosexuellen und Asozialen abtransportieren ins Arbeitslager und sicher nicht ohne Genugtuung darüber am Steuer sitzen, daß diese reichen Wucherer, die roten Volksfeinde und die widerlichen Schwulen mit ihren manikürten Händchen nun einmal richtig zupacken müssen, daß diese »Volksschädlinge« endlich gezwungen werden, hinter Gittern dem Volk zu nützen. Was ist mit denen, die noch harmloser mittaten? Die Familien, die die Fahne heraushängen, um unbehelligt zu bleiben, der Deutschlehrer, der zwar kein Nazi wird, aber kommentarlos Kafka oder Feuchtwanger vom Stundenplan streicht, der Musiklehrer, für den Mendelssohn als Komponist im Unterricht nicht mehr existiert, der Sachbearbeiter, der säuberlich und mit Lineal die Namen der jüdischen Kunden aus dem Auftragsbuch seiner Firma streicht, die Putzfrau, die sich freut, daß nun ihre Arbeitgeberin mal selber schuften muß, die früher mit ihren beringten Fingern nur spitz auf den Staub wies, ihr nie Weihnachtsgeld geben wollte, weil es für sie kein Weihnachten gab. Wenn wir diese im Vergleich kleinen Schweinereien und kleinen Anfälligkeiten, die kleinen Kraftlosigkeiten und Schadenfreuden von damals übersehen, dann lassen sich die kleinen Kompromisse auch heute gewissenloser begehen. Wer von sich weiß, als brutaler Täter nicht in Betracht zu kommen, sollte sich ganz ehrlich prüfen, zu welchen kleinen Charakterprostitutionen er sich wohl hergeben würde.

Ich erinnere mich, während eines Abendessens neben einem Mann gesessen zu haben – da lebte ich noch in New York –, der mir Negerwitze erzählen wollte. Ich war damals mit einem Bankier verheiratet, dachte, vielleicht müßte ich Gattin sein, um den Geschäften nicht zu schaden, und versuchte mit vorsichtigen Worten mit dem Witzler zu diskutieren. Der aber fegte meine Einwände mit diesem gebauschten Lachen der Unbelehrbaren beiseite – und trotzdem bin ich nicht aufgestanden und weggegangen. Das sind die kleinen Feigheiten, die mir zu schaffen machen. Wie weit bin ich bereit, mich anzupassen, mitzugehen, wo ist der Punkt, an dem ich umdrehe? Es kann daher für die Nachgeborenen nicht genügen, sich als Nicht-Täter zu entdecken, wir müssen uns mit den allzu Kompromißwilligen konfrontieren. Dann wird es unbequem. Denn dann sind die

Fragen, die wir den Eltern stellen, dieselben, die wir uns stellen müssen. Wie sieht unser Balanceakt aus, wie schaffen wir die Gratwanderung zwischen fremden und eigenen Kriterien. Wo ist die Grenze zwischen vernünftigen Kompromissen und unverantwortlicher Anpassung, wo mache ich mich klein, damit die Karriere groß wird. Ist es vertretbar, der CSU – meinetwegen nur pro forma – beizutreten, um den Posten eines Oberarztes zu ergattern? Kann ich Pressesprecher bei Siemens werden und öffentlich für die Kernkraft eintreten, wenn ich innerlich dagegen bin? Kann ich im Herzen Pazifist sein und an meinem Arbeitsplatz Panzer bauen? Kann ich, darf ich, muß ich, soll ich? Wo ist die Grenze, an der man haltmacht? Umgehen mit der Vergangenheit, hat Gerhard Köpf gesagt, heißt für ihn, sich nicht zu arrangieren. Unbequem müssen wir uns und der Umwelt sein. Das gilt gerade auch für uns, die Journalisten, die sich ausgerechnet in diesem Land so leicht zum Sprachrohr von Politikern degradieren lassen. Posten werden nach Proporz verteilt, Meinungen entsprechend proportional an die Öffentlichkeit gebracht. Junge Journalisten, die im öffentlich-rechtlichen System von Rundfunk und Fernsehen Karriere machen wollen, werden rechtzeitig auf geschmeidige Geländegängigkeit getrimmt. Wer brav der Partei seiner Wahl die öffentliche Treue hält, bekommt oft genug den Posten, den er angepeilt hat. Heinrich Heine, Journalist auch er, gefragt, auf welcher Seite er denn nun stünde, soll geantwortet haben: »Auf mich, meine Herren, können Sie sich nicht verlassen.« Das klingt nach Aufruhr für die Experten des Arrangements und würde bei uns gewiß nicht als Tugend gepriesen, sondern als windige Sache mit Argwohn beäugt.

Jeder bestimmt seine eigene Barriere, an der er sich Halt gebietet und sich dem fremden Gebot der Überschreitung versagt. Jeder muß mit dieser Entscheidung leben – jeder für sich und wir alle mit. Wir müßten endlich begreifen, daß unsere Vergangenheit nicht mit der Erschießung und Vergasung von Juden begann, sondern in ihr kulminierte, daß vor der Massenvernichtung die Menschenverachtung war und vor der Verachtung die Schwäche, die Häme, die Rankünе und die Karrieresucht von einzelnen Menschen, die Engstirnigkeit und Spießigkeit, der bösartige Biedersinn von eigentlich ganz braven Bürgern, die bereits von ihren Eltern gelernt hatten, den Staat zu vergötzen. Denn das war schon immer typisch für den deutschen Kleinbürger – und nicht nur für ihn –, sich dem Höheren zu unterwerfen und der Freiheit und damit der Verantwortung entrinnen zu können. Das müssen wir uns vor Augen halten und uns an diesem Teil der Vergangenheit messen – der schließlich Voraussetzung dafür war, daß es zu dem großen Verbrechen überhaupt kommen konnte. Vielleicht hätten wir Nachgeborenen dann, woran es uns tatsächlich eher mangelt, nämlich barmherzige Zivilcourage. Wie oft höre ich von jungen Leuten verächtliche Worte über die beschränkten Nazis, die – verbohrt in ihre Spießigkeit – willensschwache Opportunisten ohne eigene Persönlichkeit gewesen seien, getrieben von primitiven Begierden nach Macht über andere, Radfahrernaturen, die nach oben strampelten, wie besoffen von der Chance, nach unten zu treten. Mit denen könne man sich doch nicht ernsthaft identifizieren, denen sei man ja wohl weit überlegen und wisse eine Wiederholung der Herrschaft der Stumpfsinnigen mit den saueren Mägen und den Ärmelschonern in der Hirnrinde gut zu vermeiden. Sie machen es sich zu leicht. »Der Teufel hat uns längst am anderen Schlawittchen«, hat Johann Waltenberger gesagt. Da Parallelen fehlen, so scheinen diese jungen Leute zu denken, taugen die Vergleiche nicht – und weigern sich über Fragen wie: Angepaßtheit, Parteiendruck oder Furcht vor Widerspruch nachzudenken. *Ende einer Feigheit* heißt der Roman, den die *Süddeutsche Zeitung* gerade in Fortsetzungen abdruckt. Ich habe bisher keine Zeile gelesen, weiß nicht, wovon er handelt, aber über den Titel freue ich mich jeden Tag, wenn ich die Zeitung durchblättere. »Ende einer Feigheit« bedeutet für mich auch das Ende einer politischen Verführbarkeit, zu wissen, daß man als gläubiger Jünger nicht taugt, weil man fragt und fühlt, statt verdumpft zu folgen. »Ende einer Feigheit«, das ist es wohl, was ich unter »Aufarbeitung der Vergangenheit« verstehe, das Wagnis einzugehen, Mensch und Mitmensch zu sein. Vielleicht klingt das pathetisch, eigentlich meine ich es ganz schlicht und weiß doch, wie schwierig gerade das ist, ganz schlicht zu sein. Manchmal fragen junge Menschen, welche Konsequenzen sie denn nun aus dieser Vergangenheit zu ziehen hätten. »Was sollen wir tun«, fragen sie, als ob es Rezepte zum Mensch-Sein gäbe. »Nehmen Sie ein Pfund Gerechtigkeitsgefühl, 400 Gramm Mitgefühl und ebensoviel Toleranz und vermischen Sie das Ganze mit einer kräftigen Prise Nächstenliebe...« »Dein Nächster ist der, der Deiner bedarf«, heißt es in der Bibel. Wäre diese schlichte und schwierige Wahrheit von allen Christen im Dritten Reich befolgt worden, hätte das Inferno nicht Wirklichkeit werden können.

1. September

Seit Nächten immer fast derselbe Traum. Ich sitze in Zügen und rase auf eine Grenze zu, hinter der das »Schreck-Land« liegt. Eine Frau springt auf mich zu, ruft: »Sie müssen mit mir kommen, dort ist es schön, ich bin von der SS.« Oder ich radele an einer Grenze entlang, will weg von ihr und trete wie besessen in die Pedale. Immer wache ich schweißgebadet auf, immer mit dem Wort »Grenze« im Kopf. Gestern nacht hat die Grenze zu mir gesprochen. »Du kannst rennen, so schnell du willst«, hat sie gehöhnt, »ich weiche nicht von deiner Seite. Denn ich bin deine Grenze, ich gehöre zu dir.« »Wie weit kann ein Mensch sich seiner sicher sein«, hat Carola Stern geschrieben. Und ich träume von Grenzen. Das scheint mein Thema zu sein, die Frage, die mir am meisten zusetzt. Wo ist meine Grenze, wo ist der Punkt, an dem ich mich umdrehe, nicht mehr mitmache, Mensch bleibe. Ende einer Feigheit. Das ist es

vermutlich, weshalb mich die Begegnung mit Heinz Eder so bewegt hat. Da ist ein Mann, der sagen kann: »Seit ein paar Jahren kann ich mir Angst, Einsamkeit und Hilflosigkeit ein- und zugestehen.« Ende einer Feigheit auch das.
»Ende einer Feigheit« – fast alle, die ich traf, die sich der Vergangenheit stellen, beweisen ein kleines bißchen Mut, weil sie brüskieren, weil sie wie ungezogene Kinder am Schorf der Verkrustungen kratzen; fast alle riskieren ein kleines Stück Einsamkeit und ein kleines Stück Verachtung.

2. September

»Irgend etwas muß ja mit Ihnen nicht in Ordnung sein, wenn Sie sich ausgerechnet diesem Thema so ausführlich widmen.« Freundliche Unterstellungen wie diese habe auch ich ziemlich oft zu hören bekommen. »Sie fliehen vor der eigenen Lebensangst, verlagern die persönlichen Probleme in eine anonyme Vergangenheit, wühlen in anderer Leute Geschichten, weil Sie mit Ihrer eigenen nicht fertig werden. Sie prangern die Verdrängung an und sind selbst ein prototypischer Verdränger, sonst würden Sie sich um sich selbst kümmern.« Von milder Herablassung bis zum tiefenpsychologischen Angriff variiert die Abwehr. Manche schicken mich zum Analytiker, andere warnen mich vor Arbeitslosigkeit: »Wer soll denn Ihr Buch lesen? Wollen Sie nicht von Ihren Publikationen leben?«
Eine Frau, die mein Anliegen, mein Vorhaben, was immer es war, besonders fassungslos zur Kenntnis nahm – ein Buch willst du schreiben, fragt sie immer wieder und kommt aus dem Kopfgeschüttel gar nicht heraus –, erklärte mir schließlich in aller Liebenswürdigkeit, ich müsse wohl ziemlich verklemmt und ehrlich gesagt psychisch zurückgeblieben sein, wenn ich mich über Jahre mit einer Sache abgäbe, die so einfach zu erklären und zu lösen sei. »Natürlich hat mein Vater Juden

erschossen«, sagt sie, »was sollte er denn tun? Hätte er es nicht getan, hätte der Nebenmann geschossen, und zwar auf meinen Vater.« Schwierig sei gewesen, daß er ausgerechnet in jenem polnischen Dorf eingesetzt war, aus dem seine Mutter kam. Seine Großmutter lebte noch immer dort. Er hatte sie als Kind einmal besucht. Einige der Leute, die er umbringen mußte, kannte er daher von früher. Sie hatten zusammen gespielt. Nun bin ich diejenige, die fassungslos ist. »Und nie«, frage ich, »hast du dich des Vaters geschämt, hast Alpträume gehabt, dich verfolgt gefühlt, einen Mörder in deinem Vater gesehen?« »Er war kein Mörder«, sagt sie, »er mußte es tun, und er hat es nie verschwiegen, hat uns auch von seiner Qual erzählt, davon hat er zu Hause gesprochen.« Wann sie von seiner Vergangenheit erfuhr, weiß sie nicht mehr. Sie habe es einfach immer gewußt. Nie sei das Schreckliche verschwiegen worden und habe deshalb an Schrecken verloren. Das Wort »schrecklich« ist von mir, nicht von ihr. Sie hat seine Taten, sein Tun-Müssen als natürliche Grausamkeit empfunden, die ein Krieg halt mit sich bringt. »Der Vater«, sagt sie, »hat sich sein Schicksal nicht ausgesucht.« Nazi sei er nie gewesen und hätte auch nie einen Krieg führen wollen, aber einmal hineingestellt, habe er um sein Überleben und nicht um das der Feinde gekämpft. Sie maße sich nicht an zu sagen – und der vorwurfsvolle Blick zu mir ist unübersehbar –, sie hätte anders gehandelt, hätte sich erschießen lassen, statt das Gewehr auf andere anzulegen und abzufeuern. Bedauert hat sie ihn, aber nie verabscheut. Nie sei er ihr zuwider gewesen, nie hat sie sich vor ihm gefürchtet. »Ich mußte nichts entschuldigen, weil ich ihm nichts vorzuwerfen hatte. Er war Soldat im Krieg, zu Hause hatte er eine Frau, die er liebte, und vier Kinder, die er wiedersehen, denen er ein Vater sein wollte. Er wollte leben, überleben, weiterleben – ist das denn so schwer zu verstehen?« Natürlich habe er gelitten und aus dem Leid kein Hehl gemacht. Selbstmitleid sei das nicht gewesen, eher eine generelle Schwermut angesichts der Schlechtigkeit der Welt. Als gläubiger Christ habe er seine

Pflichten im Krieg als Prüfung verstanden. Nur ab und zu habe er mit Gott gehadert, daß ausgerechnet er so erbarmungslos auf die Probe gestellt worden sei. Andererseits liebte er das so schwer erkämpfte Leben, sei nie ein verdüsterter Vater gewesen, sondern von einer Heiterkeit, die nur der ausstrahlt, der auch tiefe Wehmut kenne. »Warum«, fragt sie, »sollte er Schuld empfinden, weil er seinem Schicksal nicht entrinnen konnte. Fühlst du dich schuldig an allen Schmerzen, die du anderen zufügst, weil sie etwas von dir wollen, was du nicht geben kannst? Manche wollen deine Liebe und bekommen sie nicht. Die Polen wollten ihr Leben, und mein Vater konnte es ihnen nicht lassen. Sie sind von seiner Hand gestorben, er hat ihrer bis zu seinem Tod gedacht. Ist er deshalb ein verwerflicher Mensch?«

Diese Geschichte hat mich in tiefe Verwirrung gestürzt, da stimmte kein Klischee, kein Maßstab mehr, mit dem ich bisher gemessen hatte. Endlich gibt ein Vater, der zum Täter wurde, seine mörderischen Handlungen zu, tut genau das, was ich doch immer verlange, wenn ich die große Verleugnung und das große Verschweigen verdamme, und ich bin nicht erleichtert, sondern entsetzt. Ich beneide seine Tochter nicht um seine Offenheit, sondern beklage seinen unendlichen Egoismus, sich mit Geständnissen dieses Ausmaßes das eigene Gewissen erleichtert und das Gemüt der Tochter damit beschwert zu haben. Unerhört finde ich ihn, diesen Vater, der seinem Kind seine Bluttaten zumutet. Soll er sich doch allein mit seiner Schuld herumplagen und die anderen damit in Ruhe lassen. Ein wenig übertreibe ich meine Reaktion, schmücke sie zwecks Anschaulichkeit aus, doch im Gewirr der Gefühle, ob dieser Vater mich nun beeindruckt oder empört, flüchte ich tatsächlich zunächst in die Aversion. Oder verurteile ich in Wirklichkeit die Tochter, die damit umgeht, als habe der Vater im Krieg Kohlen geklaut. Wittere ich in ihrem weiten Verständnis ein Einvernehmen mit dem Mörder-Vater, das nur von eigener Skrupellosigkeit geprägt sein kann? Auch hier überzeichne ich bewußt, um den Konflikt ganz klarzumachen – auch für mich selbst zu klären. Oder ist die Tochter einfach menschlicher, als ich es wahrzuhaben vermag, kann sich einfühlen in die Not des Vaters, in den Alltag des Krieges, der aus Töten oder Getötetwerden besteht, kann verstehen und verzeihen. Aber muß sie gleich so tun, als sei sein Handeln eine Selbstverständlichkeit? »Natürlich hat mein Vater Juden erschossen.« Wie würde ich denn reagieren, wenn sie statt dessen gesagt hätte: »Mein Vater mußte Juden erschießen« – bemitleiden würde ich sie, und Mitleid wäre das falsche Gefühl, denn sie leidet ja nicht unter diesem Vater. Ist ihr »Umgehen« mit der Vergangenheit, also mit dem Vater, nun gesund oder obszön? Hat sie recht mit dem vollkommenen Verständnis oder übersteigert sie ihr Bestreben, um den Vater lieben zu können, tut es aus Angst, daß sie ihn sonst hassen müßte. Weiß sie, was sie tut, oder lügt sie sich selbst in die Nachsicht hinein? Weiß ich, was ich will? Erst suche ich den Täter, der ehrlich gesteht und es offen bereut, was er Verderben bringend getan, dann höre ich von einem, der redet und nicht schweigt, wo die Generationen miteinander sprechen und sich auch noch verstehen, wo es keinen schwelenden Verdacht gibt, weil das Verbrechen nicht versteckt wird, wo nicht Haß das Verhältnis bestimmt, sondern Zuneigung – und reagiere mit Argwohn und Abwehr auf einen Zustand, der mir bisher so wünschenswert erschien. Diese Geschichte ist mir so fremd in ihrer umgarnenden Wahrheit, so unwahrscheinlich in Bekenntnis und Vergebung, daß ich zunächst Augen, Mund und Ohren, vermutlich auch Hirn und Herz verschließe, um Zeit zur Besinnung zu gewinnen.

6. September

Was wäre denn gewesen, wenn sie geredet hätten, die Väter und Mütter, wie wir es uns nachträglich doch so dringend wünschen. Wäre es wirklich nur leichter gewesen? Oder hätten wir auf eingestandene Versäumnisse der Voyeure der Verschleppung, auf zugegebenes Mit-Wissen, Mit-Laufen oder gar Mit-Machen nicht mit genau der gleichen Verachtung reagiert, wie auf die ständige Beteuerung, von nichts gewußt zu haben. Hätten wir als pubertierende Heranwachsende solche Eltern verstehen und ihnen auch noch verzeihen können? Hätten wir, deren Maßstäbe noch unmarkiert waren, begriffen, daß hinter Bekenntnissen – natürlich nur solchen, um das noch einmal zu betonen, in denen auch die Bereitschaft zur Buße liegt –, daß hinter solchen Bekenntnissen moralische Größe liegt? Wenn die Eltern, wie Cordelia Edvardson es formulierte, gesagt hätten: »Wir waren ein Volk von Verbrechern, aber die Verantwortung ist nicht erblich. Ihr seid eine neue Generation. Ihr seid unsere Hoffnung und ihr seid auch unsere Richter.« Wären wir dann gnädige Richter gewesen oder hätten wir sie samt und sonders – verbal – gehängt, hätten uns abgewandt, die Eltern verlassen, wären vaterloser als jetzt aufgewachsen? Ich habe neulich eine Freundin gefragt, wie sie wohl auf bekennende und bereuende Eltern reagiert hätte. »Ihr Schweine – und das gebt ihr auch noch zu«, ist ihre spontane Antwort. »Egal wie«, fährt sie fort, »was immer sie gemacht hätten, geredet oder geschwiegen, es war bis dahin alles so falsch gewesen, daß es nur falsch bleiben konnte. Ob sie ihr Versagen nun zugeben oder verleugnen, versagt haben sie allemal; ganz egal, wie offen oder verlogen sie mit dem Thema umgingen, in keinem Fall hätten wir uns mit ihnen identifizieren können, nie wären sie für uns akzeptable Vorbilder geworden, nie wäre uns erspart geblieben, was uns heute umtreibt: die Suche nach einem alten Menschen, den man achten oder gar verehren könnte. Nur wenn sie Widerstand geleistet, äußeren oder auch inneren, oder jedenfalls Distanz gehalten hätten, nur dann wäre es sinnvoll gewesen zu reden, nur sie hätten uns Beispiel sein können, nur ihnen nehme ich es übel, geschwiegen zu haben, auf das Reden der anderen kann ich gut und gerne verzichten.«

Wenn sie geredet hätten, hätten vielleicht wir geschwiegen, hätten das Gespräch abgebrochen, wären sprachlos vor Wut und Widerwillen geworden, wie sie sprachlos aus Hilflosigkeit – vielleicht war es ja doch Trauer? – oder aus feister Verstocktheit blieben. Vielleicht – aber es gibt auch ganz andere Szenarien. Ich erinnere mich an ein Gespräch mit einer beharrlichen Anhängerin von Hitler, sie war vielleicht fünfzig, ich etwa sechzehn. Als sie anfing, vom Führer zu schwärmen, wurde ich rot, nicht sie, wand ich mich auf demselben Sofa, auf dem sie behäbig und behaglich Raum einnahm, beendete ich das Gespräch, nicht sie. Immer überlege ich, was ich »gebraucht« hätte, um mich zumindest um Verständnis zu bemühen, und glaube inzwischen, daß meine Wut nur eins hätte beschwichtigen können und beschwichtigt hat: Verstörung zu spüren, zu spüren, daß die Generation der Eltern aufgestört ist über eigene Versäumnisse. Wer dieses Gefühl übermittelt – und ich rede dabei von Mit-Läufern, von Zu- und Wegschauern, nicht von Tätern, ich weiß einfach nicht, wie ich auf sie reagieren würde –, wer das Gefühl der Verstörtheit vermittelt, mit dem mag und kann ich reden. Daß wir auch die Verstörten mit unseren Vorwürfen am Sprechen gehindert oder ihre Bereitwilligkeit beeinträchtigt, daß wir an dem »furchtbaren Schweigen der Guten« mitgewirkt haben, das werfe ich mir und meiner Generation vor. Und schon passe ich wieder in das Bild, das Margarete Mitscherlich von uns Kindern der deutschen Mitläufergeneration malt: »Bei ihnen spürt man nicht selten eine verdeckte Melancholie; Anklagen und Selbstanklagen wechseln einander ab.«

16. September

Wenn sie denn geredet hätten – oder heute reden würden. »Das Familiengedächtnis funktioniert nicht mehr«, schreibt Ruth Rehmann in ihrem Buch *Der Mann auf der Kanzel.* »Es hat eine Störung in der Leitung: Nazizeit, Krieg, Zusammenbruch.« Was würde denn geschehen, wenn die Leitung funktionierte? Viele Szenarien könnte man erfinden – ich will versuchen, mir eines auszumalen.

Elisabeth (17) und Thomas (14) sitzen wie immer am Sonntag nach dem Mittagessen, wenn die Eltern sich – satt vom speckigen Braten – ein wenig aufs Ohr gehauen haben, dann sitzen die beiden also vor dem Fernsehapparat. Thomas spielt lustlos an der Fernbedienung. »Blödes Programm«, schimpft er, »warum können wir nicht endlich verkabelt werden.« »Warte mal«, sagt Elisabeth plötzlich, »laß das mal an, wovon reden die da bloß?« »Ich erinnere mich an einen Fall«, sagt da ein Mann, »die Menschen haben noch gelebt, wir haben keinen Platz gehabt in den Öfen, und die sind geblieben auf dem Boden. Haben die sich alle gerührt, und die haben ... sind gekommen so wie Menschen sie waren. Und wenn die haben die reingeschmissen hier in die Öfen, dann haben die auch noch alle gelebt. Die haben gefühlt, wie das Feuer sie briet ...« Elisabeth und Thomas sind an *Shoah* geraten, den Film von Claude Lanzmann, zu mittagsschlafender Stunde ausgestrahlt. Sie hören und sehen die Opfer, hören, wie in der geheimen Reichssache Nummer 214/42 über »Technische Abänderungen an den im Betrieb eingesetzten und an den sich in Herstellung befindlichen Spezialwagen« in Absatz 3 erklärt wird: »Die Verbindungsschläuche zwischen Auspuff und Wagen rosten des öfteren durch, da sie im Inneren durch anfallende Flüssigkeiten zerfressen werden. Um dieses zu vermeiden, ist der Einfüllstutzen nunmehr so zu verlegen, daß eine Einführung von oben nach unten erfolgt. Dadurch wird ein Einfließen von Flüssigkeiten vermieden.« Sie hören, wie der ehemalige SS-Unterscharführer Franz Suchomel feist und eifrig von seiner Arbeit berichtet: »Dann mußten sich die Leute ausziehen, mußten sich auf einen Sandwall setzen, dann wurden sie durch Genickschuß getötet und fielen in die Grube. Es gab immer Feuer, in die Grube. Mit Kehricht, also Papier, Benzin, und Menschen brennen sehr gut.«

»So was haben Leute gemacht«, Elisabeth ist blaß geworden. Sie, die bei jedem Kitschfilm von Herzen schluchzt, sitzt mit leeren Augen da. Thomas, ein Junge weint ja nicht, ist schon vor ein paar Minuten in die Küche geflohen – »irgendwie ist mir schlecht vom Essen«, hatte er gemurmelt, »ich glaube, der Braten war verbrannt.« »Hör auf«, hatte seine Schwester ihn angeschrien, »hast du denn nicht begriffen, daß die da Menschen verbrannt haben?«
Als die Eltern, munter und ausgeruht, von ihrem Mittagsschläfchen im Wohnzimmer erscheinen, sitzt ihre Tochter kreidebleich in einer Sofaecke zusammengerollt. Der Sohn liegt bäuchlings auf dem Teppich, den Walkman fest ins Ohr gestöpselt, abgekapselt hat er sich. Er starrt in sein Comic-Heft, findet überhaupt nichts komisch und hat schon seit langer Zeit keine Zeile begriffen, keine Seite umgeblättert. »Welche Laus ist euch denn über die Leber gelaufen«, forscht der Vater, der die Launen seiner Kinder zur Genüge kennt. »Komm, Elisabeth«, sagt die Mutter, »deck den Kaffeetisch. Oma und Opa kommen doch gleich. Und du, Thomas«, sie stupst den Sohn mit der Fußspitze an, damit er merkt, daß sie mit ihm spricht, »du räumst das Wohnzimmer auf und gehst deinen Großeltern zur Bushaltestelle entgegen. Nimm einen Schirm mit, es ist ja wirklich ein Sauwetter.« Thomas hat inzwischen seine Ohren freigestöpselt. »Sag mal«, fragt er seinen Vater, »was hat Opa eigentlich im Krieg gemacht?« »Wie kommst du denn darauf? Ich weiß nicht genau, er war irgendwo im Osten an der Front. Er hat eigentlich nicht viel davon erzählt. Es muß eine furchtbare Zeit gewesen sein. Er war dann auch noch in russischer Gefan-

genschaft, und der Russe, na, das weiß man ja aus allen möglichen Erzählungen, ist eben ein unglaublich primitiver und brutaler Menschenschlag. Da muß Opa entsetzlich gelitten haben. Er wäre fast verhungert und erfroren in dem Gefangenenlager. Er hat immer erzählt, daß er da gelernt hat, zu was Menschen werden können. Ein Kamerad, dem er bis dahin getraut hatte, mit dem er im Schützengraben gelegen und Zigarettenstummel geteilt hatte, ausgerechnet dieser Kamerad hat ihm eines Tages ein Stück Brot geklaut, das Opa sich unterm Kopfkissen versteckt hatte. Erwischt hat er ihn, hat gesehen, wie der in seinem Bett rumfummelte, gestellt hat er ihn nach dem ersten Biß. Und ausgerechnet dieser Schweinehund hat später hier in der Bundesrepublik die dicke Karriere gemacht. Das hat Opa immer geärgert.« Der Vater hat sich richtig in Rage geredet, freut sich, die Geschichten, mit denen er groß wurde, nun an seinen Sohn weitergeben zu können; irgendwie ist er stolz, wie er so den Faden spinnt von Großvater zum Enkel, hat plötzlich ein Gefühl – ohne daß es ihm bewußt wird – von Tradition und Überlieferung. Thomas reißt ihn aus seinen Träumereien. »Das meine ich nicht«, sagt er ziemlich ungeduldig, »Ich will wissen, was er mit den Juden gemacht hat.« Sein Vater versteht ihn nicht. »Was soll Opa mit welchen Juden gemacht haben? Er kannte doch gar keine.« »Ach nee«, mischt sich jetzt auch Elisabeth ins Gespräch, »den Satz kenn ich, unsere Lehrerin hat erzählt, daß das hinterher alle gesagt haben. Niemand ist dabeigewesen, keiner hat was gesehen, gehört, gerochen, geahnt. Wahrscheinlich haben sich die sechs Millionen Juden selbst umgebracht oder was?« »Wie kommt ihr denn jetzt auf dieses Thema, wo wir doch gemütlich Kaffee trinken wollen«, fragt die Mutter ein wenig erschreckt. Da erzählen die beiden von dem Film, den sie gesehen haben, nur kurz, sie können die Details nicht wiederholen, und der Vater läßt sie ohnehin nicht ausreden. »Dieses verdammte Fernsehen«, schimpft er, »die wühlen in dem alten Zeug herum und verderben unsere Jugend damit; immer nur bringen sie das Negative, immer nur stöbern sie im Dreck, richtige Nestbeschmutzer sind sie, und dann wundern sie sich, wenn die Jungen randalieren. Die kriegen ja nichts anderes als Miesigkeiten mit. Nie wird etwas Positives gezeigt, nie etwas, das den Kindern Mut machen könnte, nie wird ihnen ein frohes Bild von der Welt, vielleicht sogar mal ein Vorbild gezeigt; immer nur Schmutz und nie was Schönes.« »Waren deine Eltern denn nun Nazis oder nicht?« Elisabeth wird böse, und wenn sie böse wird, geht sie auf Distanz, dann sind Oma und Opa auf einmal »deine Eltern«. Sie spürt die Hilflosigkeit des Vaters. »Hast du denn nie gefragt«, hakt sie nach. »Opa ist 1915 geboren«, fährt sie unbeirrbar fort, »Oma 1917, die waren beide erwachsen, als der Krieg ausbrach, sie haben ganz nah von Berlin gelebt, waren oft in der Stadt, und da düste der Führer doch unentwegt durch die Straßen, da liefen oft Juden mit dem gelben Stern herum, unsere Geschichtslehrerin hat uns das erzählt; also auf wessen Seite standen deine Eltern denn nun?« »Nazis waren die sicher nicht«, windet sich der Vater, »jedenfalls nicht so richtig, ich habe sie eigentlich nie wirklich gefragt.« Plötzlich wird er wütend. »Und es ist mir auch egal. Ich bin 1939 geboren, ich kann mich an die Flucht erinnern, an die Angst vor den Russen, an die endlosen elenden Trecks und immer Luftangriffe; einmal hat es unser Pferd erwischt. Leute, die nach uns kamen, haben sich große Stücke aus dem Kadaver geschnitten und versucht, sie zu rösten. Nun mußte mein Onkel den Wagen ziehen, und ich mußte laufen. Ich war sechs Jahre alt, einen Rucksack habe ich geschleppt, da waren Münzen drin, die mein Großvater gesammelt hatte, Blasen an den Füßen habe ich gehabt, Hunger und Angst.« Er macht eine Pause. »Und eine kleine Schwester hatte ich, die war acht Monate alt. Eure Oma hat sie noch genährt. Viel Milch wird sie nicht gehabt haben unter diesen Umständen. Na ja, und eines Tages, als sie Louise unter der Daunendecke hervorholen will, ist sie weg. Wir waren durch einen tiefen Graben gerumpelt, der Wagen war fast umgekippt, da muß sie rausgerutscht sein, durch die Plane, die nur lose befestigt war, einfach weggerutscht. Meine Mutter ist fast durchgedreht, geschrien hat sie, mit den Fäusten auf das Kissen gehauen, mich angebrüllt, ich hätte nicht aufgepaßt, sei wohl eifersüchtig gewesen auf das Baby, hätte es mit Absicht rutschen lassen. ›Hast du sie auch noch geschubst‹, schrie sie.« Der Vater läuft inzwischen im Zimmer auf und ab, ringt schon nicht mehr nach Fassung. »Wir sind dann zurückgegangen«, fährt er fort, »haben unseren Wagen stehenlassen und uns gegen die Masse der Flüchtenden zurückgekämpft. ›Mein Baby‹, schrie meine Mutter die ganze Zeit, ›hat denn niemand mein Baby gesehen?‹ Irgendwann, ich habe keine Ahnung, wie lange wir so suchten, kommt eine Frau, die das Geschrei gehört hatte und fragte: ›In einer rosa Decke?‹ ›Ja‹, ruft meine Mutter, ›das ist mein Baby. Haben Sie es gefunden und es gerettet, sind Sie der Engel, den Gott mir schickt?‹ – So zusammenhängend ist der Satz wohl nicht gewesen, aber irgendwie hat sie etwas von Gott und Engel gerufen. Aber die Frau schüttelt nur müde den Kopf und sagt: ›Es war tot, ich habe es liegenlassen.‹ Wir haben Louise noch gefunden oder besser, was von ihr übrig war. Es hatten wohl nicht alle Wagen ausweichen können. – Mein ganzes Leben«, seine Stimme klingt jetzt sehr müde, »hat meine Mutter mir die Schuld an dem entsetzlichen Tod von Louise gegeben. Versöhnt hat sie nur meine sogenannte Karriere, Studienrat, das gefällt ihr.« »Und jetzt kommt sie gleich zum Kaffee«, setzt Elisabeth seinen Satz bitter fort, »und ihr tut so, als sei das alles nie geschehen.« Nie hatte der Vater dies erzählt. Selbst die Mutter steht wie gebannt an der Tür, sieht ihren Mann wie einen Fremden vor sich und sagt leise: »Nie habe ich geahnt, was du erlebt hast.« Während die vier noch schweigend sitzen, jeder in seine Gedanken wahrlich verloren, schellt es an der Tür. Der Vater zuckt zusammen. »Oma und Opa«, ruft die Mutter, als seien ihre Schwiegereltern leibhaftige Gefahren, doch sie ist aus einer Offiziersfamilie, da hat man zwar nicht vom Krieg geredet, doch die Contenance zu bewahren, hat sie blendend gelernt. Mit einem liebenswürdigen Lächeln öffnet sie die Tür, entschuldigt sich wortreich, daß niemand mit Schirm – bei diesem Sauwetter – an der Bushaltestelle gewesen sei. »Wir haben alle vier verschlafen«, lacht sie. »Ja, ja«, brummelt ihr Schwiegervater begütigend, »gutes Essen und schlechtes Wetter sind die besten Voraussetzungen für eine ausgedehnte Mittagsruhe.« Er ist ein freundlicher Mann, ein wenig untersetzt, nicht von der dicken, sondern der behaglichen Art, ein nettes Gesicht, nicht straff, nicht schwammig, blasse blaue Augen, die Lippen weder streng noch sinnlich, die Stirn, halt eine normale Stirn, wie irgendwie alles ›normal‹ an diesem Gesicht wirkt. Ein Gesicht, an dem der Blick nicht hängenbleibt, an dem man sich nirgendwo verhakelt, glatt und belanglos, das Klischeebild eines kleinen Beamten. Seine Frau dagegen, die Mutter, die ihr Kind verlor, ist mit ihren fast siebzig Jahren eine fesche Person. Drall und energisch, mit wabernden Wangen und gedrungener Stirn. Ihr Blick ist weder nett noch belanglos. Elisabeth starrt ihre Großmutter an, als habe sie sie noch nie gesehen. »Die arme böse Frau«, denkt sie, »ein Kind stirbt, das andere meuchelte sie mit Vorwürfen.« »Warum stierst du denn so?« hört sie plötzlich die etwas blecherne Stimme der Großmutter, die sie nicht mehr Oma nennen mag. »Ach nichts«, sagt sie, »erst einmal guten Tag. Ich bin heute ein bißchen durcheinander.« Nachdem auch der Vater die Begrüßung mit der Mutter überlebt hat, schwatzt diese so kaskadenhaft daher, daß das Schweigen der anderen nicht auffällt. Kaffee und Kuchen sind inzwischen aufgetragen, der Tisch ist gedeckt, auf der Spitzendecke aus der Offiziersfamilie liegt der silberne Tortenheber mit dem Wappen eines adligen Vorfahren. Immer, wenn die Schwiegereltern kommen, wird das gute Stück geputzt. Und das nicht nur, weil die Mutter sich in den Augen der Schwiegermutter als gute Hausfrau bewähren möchte – noch immer nach achtzehn Ehejahren –, sondern auch, weil sie der zickigen Frau des netten kleinen Beamten bei der Bundesbahn eins auswischen will mit ihrer feinen Abkunft – auch das seit nunmehr achtzehn Jahren etwa einmal im Monat am Sonntagnachmittag von 16.00 Uhr auf den Schlag bis 17.45 Uhr, 17.59 Uhr geht der Bus, das heißt bis vor sechs Jahren ging er um 17.53, da waren sie dann schon sechs Minuten früher gegangen. Während sie so traut beieinander sitzen, die drei Generationen um die selbstgebackene Schwarzwälder Kirschtorte versammelt, wird Elisabeth auf einmal schlecht. Szenen aus *Shoah,* die sie gerade gesehen, die Szene der Flucht, die sie gerade gehört hatte, und nun Kirschkuchen und Geschwätz, das verkraftet sie nicht. Sie muß entweder kotzen oder reden oder das Haus verlassen. Brüskiert fühlten sich Eltern und Großeltern allemal, ganz egal, was sie täte. »Sag mal, Opa«, beginnt sie behutsam, »hast du Juden gekannt?« Er blickt erstaunt aus seinen blonden Augen. »Juden«, fragt er zurück, »nee, also nicht wirklich. Heute gibt es ja kaum noch welche, aber die paar sind schon wieder ganz schön obenauf. Ich habe gerade neulich erst erfahren, daß Hänschen Rosenthal Jude ist, der Showmaster im Fernsehen, weißt du, der sahnt bestimmt ganz schön ab. Das können die Kerle, das muß man denen lassen.« »Magst du Juden nicht?« fragt Elisabeth scheinbar naiv. »Ich hab gegen keinen ehrlichen Menschen was«, antwortet der Großvater mit ernstem Gesicht, »aber bevor Adolf kam, haben die uns frech und rücksichtslos ausgebeutet. Wir hatten zum Beispiel einen Vermieter, Silberkron hieß der, vielleicht wars auch Güldenstern, die hatten ja alle so komische Namen, der war ein richtig schlimmer Bursche. Meine arme Mutter, mein Vater war leider früh verstorben, hat jeden Monat gezittert, wenn dieser Schmierlappen an der Tür klopfte, um die Miete abzuholen. Oft konnte sie nicht alles auf einmal bezahlen. Wir waren sehr arm. Sie wusch und bügelte für andere Leute, damit sie uns ernähren konnte. Wenn also Restbeträge übrig waren, und wenn es nur um ein paar Pfennige ging, dann kam der widerwärtige Mann jeden Tag und steckte seine riesige Nase in die Tür. Er war unser Kinderschreck. Ich hab geträumt von dem, weil er uns so verfolgte.« »A propos verfolgen«, unterbricht Elisabeth, »was ist denn aus dem geworden?« »Keine Ahnung«, erwidert der Großvater, »das hat

mich auch ehrlich einen Dreck interessiert. Wir waren froh, als der Kerl weg war.« »Vielleicht ist er vergast worden«, wirft Elisabeth ein. »Und ich bin von den Russen geschlagen und getreten worden«, antwortet der Großvater.
»Aber du lebst.«
»Ich habe niemandem etwas Böses getan.«
»Geschah es den Juden recht, daß man sie umbrachte?«
»Es war gut, daß sie eins auf die Schnauze kriegten, sie hätten uns kaputtgemacht, das mit dem Umbringen, davon wußten wir ja nichts.«
Elisabeth hält es nicht länger aus. Sie beginnt, von dem Film zu erzählen. Der Vater versucht, sie zu unterbrechen, schaut ängstlich auf »Oma und Opa«, ob die das überhaupt aushalten können. »Hör auf, Elisabeth«, bittet er sie, »das kann man doch gar nicht ertragen, daß du so was überhaupt sagen kannst.« »Feigling«, zischt seine Tochter zurück, »deinen Vater hast du nie gefragt, die Vorwürfe deiner Mutter nie zurückgewiesen, von einer Schwester hast du uns noch nie erzählt, selbst Mama hatte keine Ahnung, und dann wunderst du dich, wenn wir in dieser Atmosphäre aus Angst, aus Heimlichkeiten und aus Heuchelei – wie trinkt ihr da alle traulich euren Kaffee –, wenn wir da verbocken und erstarren, wenn wir uns wehren, weil wir die Verlogenheit spüren, ohne zu wissen, was es ist, das uns stört. Warum redet ihr denn nicht mit uns?« »Was hast du Ihnen von Louise erzählt?« schrillt die Stimme der Großmutter. »Nimmst du meinen Schmerz, um ihn in deiner Familie als Unterhaltung zum besten zu geben? Hast du keinen Funken von Anstand und Scham im Leib – nein, wie solltest du auch, sonst würde deine Schwester wohl noch leben.« Wütend steht sie auf – dabei ist es erst 16.57 Uhr – »Emil, wir gehen.« Doch der belanglose Emil mit den blassen Augen denkt heute, in dieser Minute, nicht daran, sich zu erheben und seiner Frau wie sonst zu folgen.
»Wir haben alle Schreckliches erlebt«, sagt er unvermutet nachdenklich zu Elisabeth gewandt, »und die Juden waren schlimm,

dazu stehe ich. Aber was du da erzählt hast, von dem Film, wenn das so stimmt... Ist der Mann, der den Film gemacht hat, nicht auch ein Jude? Ich glaube, das stand in der Zeitung. Dann wird er sicher einseitig sein und übertrieben haben. Ich finde, Juden sollten über das Thema nichts machen, die sind einfach nicht objektiv, weil sie uns halt nicht mögen. Aber, was du da erzählt hast... Wenn wir das gewußt hätten... Ich war dabei, als in unserer kleinen Stadt die Synagoge brannte, ich habe selbst noch Benzin hineingegossen, damit die Flammen höher schlagen, es war schön, wie sie züngelnd und leuchtend das Gebäude verzehrten; ich wollte nicht, daß die Juden so ein schönes Gotteshaus hatten, während wir in unserer Kirche immer froren und Plastikblumen am Altar standen, weil wir alle unsere Schnittblumen bis zum letzten Stengel verkaufen mußten, um essen zu können. Der Sohn von unserem Vermieter saß neben mir in der Schule. Lachsbrot verspeiste der in der Pause, auch fremdartiges Zeug futterte er, das ich nicht kannte und hungrig verabscheute. Tja, und als die Synagoge brannte, habe ich mich gefreut. Und als die Juden mit dem Stern herumlaufen mußten, war ich auch froh, da wußte man jedenfalls gleich, wem man nicht trauen durfte. Da war ich schon bei der SS.« Er übersieht den erstaunten Blick seines Sohnes. »Wir wollten ein deutsches Vaterland, wollten endlich einmal etwas für uns, wollten die jüdischen Sauger loswerden. Manchmal – auch wenn wir eigentlich frei hatten – bin ich nachts mit Kameraden in unseren wunderbar knarrenden Stiefeln die Treppen zu jüdischen Wohnungen hinaufgestiegen. Laut haben wir an die Tür geklopft, energisch ›Aufmachen‹ gerufen und haben uns dann versteckt. Einmal hat einer gleich geöffnet und stand da wie ein Nachtgespenst in seinen schwarzen Kleidern, das Käppi auf dem grauen Kopf, ein kleines Köfferchen in der Hand. Der hat ganz schön blöd geguckt, als da niemand war, um ihn abzuholen. Einmal haben wir geklopft, und dann hat es geknallt. Da hat sich einer erschossen. Das haben wir erst am nächsten Tag erfahren, unser Ortsgruppenführer hat das befriedigt berichtet:

›Ein paar von denen scheinen von allein zu begreifen, wo sie hingehören‹ hat er gesagt. Da hatten wir dann aber ein mulmiges Gefühl und haben die Streiche gelassen. Wir wollten sie loswerden, aber wir wollten sie ja nicht umbringen. Auch als sie abtransportiert wurden, habe ich mich gefreut, habe geholfen, sie zusammenzutreiben, geschlagen habe ich keinen, aber geschrien habe ich auch. Sie provozierten einen auch gar zu sehr in ihren teueren Pelzen und mit diesem wissenden Blick. Sollten die Schacherer doch mal schuften. Später, als ich im Krieg war, habe ich die Juden vergessen. Da war der Russe unser Feind. Da habe ich nicht geschrien, sondern geschossen, wie alle, es war ja Krieg, und es ging um Leben und Tod. Ich weiß nicht, ob ich je einen Russen getroffen habe, tödlich, meine ich. Das war mir eigentlich auch egal. Die Hauptsache war, ich überlebte. Na ja, und dann war ich in russischer Gefangenschaft. Da hat man uns von den KZs erzählt, in denen Millionen von Juden umgebracht worden seien. Auch in unserem Lager starben sie wie die Fliegen. So ist halt der Krieg, habe ich gedacht und mich nicht weiter um KZs gekümmert. Ein paar Millionen Juden waren da umgekommen, viele Millionen Deutsche im Krieg gefallen. Gestorben wurde überall. Das habe ich bis heute so gesehen. Wir haben alle gelitten, Else auf der Flucht, sie hat Schreckliches erlebt, wie ihr inzwischen wißt, Louise mußte sterben, dein Vater, Elisabeth, mußte das alles miterleben. Die russischen Lager für deutsche Kriegsgefangene – ach, was soll ich euch da erzählen –, wir wurden wie Hunde behandelt, nein, mit Hunden, selbst wenn man sie manchmal schlägt, geht man trotzdem noch humaner um.« Er macht eine Pause, schüttelt den Kopf, »aber was du da erzählst... du hast mich gefragt, ob ich Juden mag, nein, die ehrliche Antwort ist nein, ich mag sie nicht, sie haben mir meine Kindheit vergällt und nun«, sein blasser Blick erfaßt jetzt das Entsetzen seines Sohnes, die Abwehr in den Augen von Thomas und Elisabeth, »und nun vergällen sie mir auch noch mein Alter.« »Emil, es ist 17.50 Uhr, wir müssen gehen«, mahnt seine Frau, etwas kleinlaut geworden. »Unsinn,

Mutter«, bescheidet sie der Sohn energischer, als er je mit ihr gesprochen hat, »ich hole uns erst einmal einen Schnaps.« Er gießt für alle eine deftige Portion ein, selbst Elisabeth darf am Glas der Mutter nippen. Thomas holt sich eine Coca-Cola. »Du warst also doch ein Nazi«, Elisabeths Vater kaut an dem Satz wie an einem wurmstichigen Apfel, beißt hinein, sieht die Stelle, nagt vorsichtig weiter. »Und du warst bei der SS, hast mitgemacht. Du warst nicht nur ein Mit-Läufer, sondern ein Mit-Macher, hast Juden zusammengetrieben, hast einen in den Tod getrieben, wahrscheinlich habe ich es immer geahnt, aber warum hast du es mir nie erzählt?« »Auf die Idee bin ich gar nicht gekommen. Du hast auch nicht gefragt. Als ich 1947 aus russischer Gefangenschaft nach Hause kam, mußte ich ein neues Leben anfangen. Ich hatte ja nichts gelernt, war erst bei der SS und dann im Krieg. Ich suchte deine Mutter und dich und Louise, ich wußte ja nicht, daß sie tot war; und ich suchte einen Job, suchte für uns drei eine Bleibe; ich habe geschuftet, war Briefträger am Tag – und das dauerte damals lange, weil man ja durch die Trümmer seinen Weg suchen mußte –, und abends habe ich bei einem Maurer gearbeitet. Da habe ich viel gelernt, und so konnte ich uns später ein eigenes Häuschen bauen, du hast mir ja als Bub noch dabei geholfen. Nachgedacht habe ich nicht, dazu war keine Zeit. Und wozu auch. Das hätte keinen, der umkam, wieder lebendig gemacht. Nein, ich habe dir nichts erzählt, weil es mit uns, mit unserer Zeit und unserer Familie ja auch nichts zu tun hatte. Es war vorbei, war Vergangenheit. Vieles war furchtbar gewesen, Krieg ist mehr und vor allem anders als die Anekdoten, die ich dir erzählt habe. Krieg ist Kameradschaft, aber Krieg ist auch Angst, solche Angst, daß du als erwachsener Mann in die Hosen scheißt und das nicht symbolisch. Warum sollte ich dir davon erzählen? Damit du angefangen hättest, schlecht zu träumen, als es bei mir endlich gerade aufhörte? Ich wollte das alles lossein. Deine Mutter und ich«, sagt er mit einem Lächeln zu der verstummten Else, »wir haben auch nie darüber geredet. Jeder wußte vom anderen, daß er schlimme Zeiten erlebt hatte. Aber wir hatten auch überlebt – und jetzt wollten wir das Leben, wollten die Vergangenheit vergessen und uns endlich einmal freuen dürfen. Was wäre denn«, so gesprächig ist der Großvater noch nie gewesen, »wenn ich alles behalten und dir berichtet hätte? Du hättest es nie verstanden. Du hättest getobt und mich einen Mörder genannt, du hättest mich gehaßt und uns womöglich verlassen. Nie hättest du die Tochter eines Offiziers geheiratet, der in der Wehrmacht war«, – jetzt zittert der Mutter das Glas in der Hand – »weil du dich mit Vorurteilen vollgefressen hättest. Du hättest es vermutlich zu nichts gebracht, nie wärst du Chemielehrer geworden« – »Studienrat«, unterbricht Else schnippisch – »Nie wärst du Lehrer geworden«, wiederholt der Großvater, »weil du abgedriftet wärst, wärst womöglich ausgestiegen, ein Linker mit langen Haaren geworden. Ich bin nur ein kleiner Beamter, weil das Leben halt so mit mir gespielt hat, aber blöd bin ich nicht.«

»Warum hast du denn«, fragt nun Elisabeth, »den Opa nie zum Reden gebracht? Warum braucht es einen Film, den nur Thomas und ich gesehen haben, damit ihr alle endlich einmal auspackt. Warum hast du den Opa nicht gefragt?« »Der Papa hatte Angst«, antwortet nun Thomas, der bisher schweigend an seiner Coca genuckelt hatte, »also ich fände es zum Kotzen, wenn ich das von Papa hören müßte, was da eben der Opa erzählt hat.« »Ich glaube, Thomas hat recht«, der Vater, man spürt es, wehrt sich eigentlich noch immer gegen dieses Gespräch. Solange hat er es verhindern können, in der Vergangenheit zu wühlen, hat dem Fernsehen doch gerade noch diese perverse Schwelgerei – vor den Kindern hatte er sich vorsichtiger ausgedrückt – vorgeworfen, und nun ist er selbst mittendrin in dem, was er vorhin noch als Schmutz bezeichnet hatte. Ihm ist ganz atemlos zumute, weil er jetzt, in diesem Moment, unter den erwartungsvollen Blicken seiner Kinder, seiner Frau und seines Vaters, die Mutter guckt beleidigt in die Ecke, weil er in diesem Moment Hindernisse übersteigen muß, die er über Jahrzehnte aufgetürmt hat. »Der Vater«, denkt er, »hat es auch getan. Er ist gesprungen und nicht zerschmettert.« »Ich glaube, Thomas hat recht«, setzt er noch einmal an. »Als wir in der Schule den Nationalsozialismus durchnahmen – und wir hatten einen Lehrer, der keinen Bogen um das Thema gemacht hat –, da habe ich alles gelernt und als Geschichte betrachtet. Mir kam gar nicht in den Sinn, daß meine Eltern bei dieser Geschichte dabeigewesen waren, daß sie nicht nur in ihr gelebt hatten, sondern sie ja mitgemacht haben.« Er legt eine lange Pause ein und fährt schließlich fort: »Daß sie sie wirklich mitgemacht haben, begreife ich eigentlich heute zum ersten Mal. Ich muß wohl geahnt haben, daß du, Vater, involviert warst. Antisemit bist du bis heute geblieben. Gerade das hat mir wohl Angst gemacht, ausgerechnet dich, der so über Juden redet, in dieses Dritte Reich zu transportieren. Du paßtest da so verdammt gut hin. Mit deinem Gehetze über die Juden, das niemandem mehr schaden konnte, weil sie ja sowieso schon alle tot waren, damit konnte ich umgehen. Ich fürchte, ich konnte so gut damit umgehen, daß ich sogar ein Stück davon übernommen habe. Ich erinnere mich, Elisabeth, daß du mal eine Freundin mit nach Hause gebracht hast, die Miriam, weißt du noch, du warst noch in der Volksschule und hast uns erzählt, die Miriam nähme nicht am Religionsunterricht teil, weil sie Jüdin sei. Was das bedeutete, wußtest du nicht, du hast auch nicht gefragt, du fandest nur toll, daß deine kleine Freundin einfach so eine Freistunde hatte. Ja, und als du dieses Mädchen mit nach Hause brachtest und zu ihr gingst, einmal hast du sogar bei ihr übernachtet, da war mir das nicht recht, das Mädchen war irgendwie so anders, so dunkel im Aussehen und in seiner Art, in meinen Augen war die nicht der richtige Umgang für dich. Die Familie zog ja dann zum Glück weg, und ich war ehrlich erleichtert. Da hast du, Vater, wohl in mir gesteckt, als ich dieses kleine Judenmädchen nicht mochte.« Er gießt sich noch einen Schnaps ein. Er ist kein Mann, der ausschweift, aber dieses Gespräch auszuhalten, das greift seine Gesittung an, widerspricht allen Normen von Ordnung und Disziplin, nach denen er bisher fraglos gelebt hatte. »Du hast immer Judenwitze erzählt, Vater, das war mir unangenehm, aber ich habe es hingenommen, wie ich alles hingenommen habe, selbst dich, Mutter, mit deinen jahrelangen entsetzlichen Vorwürfen, die mir die Luft zum Leben nahmen, mit denen du alles, was an Lebendigkeit in mir steckte, wie ein Egel ausgesaugt hast. Es war, als wolltest du auch mich lieber tot, als wäre es dir leichtergefallen, keine Kinder zu haben als ein lebendiges, das dich täglich an das verlorene gemahnte. Nein, ich bin noch nicht fertig«, schneidet er den Versuch seiner Mutter ab, sich zu empören. »Ich habe Elisabeths Frage noch immer nicht wirklich beantwortet: Warum ich meinen Vater nicht befragt habe; weil mir die Angst vor der Wahrheit die Kehle zuschnürte. Neben der Mutter, die mich verachtet, einen Vater zu haben, den ich hätte verachten müssen, das wäre wohl zuviel gewesen. Vermutlich habe ich mich selbst geschützt, mich in das Schweigen des Vaters miteingehüllt, habe mich mit ihm darin gewärmt; die Mutter bot mir keine Zuflucht, im Gegenteil, ihr war ich schutzlos ausgesetzt, ihren Anklagen war ich ausgeliefert. Der Tod von Louise, die Last habe ich seitdem gechleppt, mich selbst gehaßt für meine Pflichtvergessenheit oder was immer es gewesen sein mag, das mich nicht ständig nach dem Baby schauen ließ. Ich glaube, ich habe seitdem nie anderes getan, als Pflichten zu erfüllen.«

Er lacht laut und bitter. Der Alkohol und die Aufregung setzen ihm sichtlich zu. Interessiert betrachtet Thomas den rotgefleckten Hals des Vaters, die rotgeränderten Augen; so hat er seinen Erzeuger noch nie gesehen. Ein bißchen ekelt er sich vor ihm, ›fehlt nur noch, daß er rülpst‹, denkt er, doch der Vater hat schon weitergeredet. »Immer ging es nur darum, alles ordentlich, pünktlich und sauber zu tun. Die Mutter trieb mich unerbittlich. Nur beim Vater, der schon mal heimlich einen Schnaps trank oder einfach einen Spaziergang ohne Ziel machte, nur bei ihm fand ich Trost. Selbst wenn er gegen die Juden vom Leder zog, war mir das lieber als die kalte Wut der Mutter auf mich.

Vielleicht tat es mir sogar gut zu hören, daß es außer mir noch andere Sündenböcke gab, die für die Schlechtigkeit der Welt verantwortlich waren. Sicher hat es mich getröstet, daß der Vater in den Juden und nicht in mir den Prügelknaben fand, den er brauchte. Und noch etwas: Sein Geschimpfe und Gezeter kam von Herzen, er hat wohl eigentlich immer nur über den Vermieter aus seiner Kindheit – von dem ich heute auch zum erstenmal erfuhr – geschäumt, hat an die Schufterei seiner Mutter gedacht, um den Juden bezahlen zu können, hat sich an seine eigene Angst erinnert. Das habe ich vermutlich gespürt, hinter seiner Judenhatz steckte ein kindliches Gekränktsein, er war nicht vollkommen vernagelt, nur kleinbürgerlich borniert, wenn man denn ›nur‹ dazu sagen darf. Meine Mutter«, seine Augen werden ganz leer, als er das sagt, »meine Mutter hat mich nicht einmal von Herzen gehaßt, sondern – so scheint es mir – mich mit Bedacht verachtet. Ich hatte Angst, Elisabeth, genau wie Thomas vermutet, ich hatte Angst, den Vater zu verlieren, den ich dringend brauchte, wenn ich über seine Vergangenheit zu viel erführe. Und er hat recht. Hätte er mir vor 25 Jahren erzählt, was er heute hier sagte, ich glaube, ich hätte ihn vor Verzweiflung umgebracht oder hoffentlich nur das Haus verlassen, um es nie wieder zu betreten. Ich weiß ja jetzt und heute nicht einmal, wie ich mit der ganzen Sache umgehen soll.«

»Der letzte Bus ist nun auch schon weg«, bemerkt die Großmutter, die seit geraumer Zeit, die Handtasche fest auf dem Schoß umklammert, stocksteif dagesessen und mit gläsernen Augen auf die große Standuhr gestarrt hat. Thomas, erleichtert, daß der Vater endlich aufgehört hat zu reden – scheußlich findet er, wie sein Alter jetzt da sitzt; eingesunken, aufgedunsen, armselig und hilflos –, Thomas will Bewegung in diese erstarrte Beichtgesellschaft bringen. Scheißfilm, denkt er und blitzt wütend seine Schwester an, die wollte den doch sehen, die hat ihn da doch hereingezogen, die ist doch schuld, daß er bewegt und beeindruckt angefangen hat, den Vater zu befragen;

die blöde Ziege, typisch Mädchen, die lieben ja dieses Psychozeug, und nun sitzt sie genauso bescheuert da wie die anderen, in schwere Gedanken versunken. Warum tut sie denn nichts! Er springt auf, stolpert vor lauter Befangenheit über die eigenen Füße. »Macht nichts, Oma«, sagt er, »Papa kann euch ja mit dem Auto zum Bahnhof bringen.« Plötzlich fühlt er, wie ihn alle, außer der Großmutter, ansehen, als habe er sich nackt vor ihnen ausgezogen und einen Veitstanz aufgeführt. Er wird knallrot im Gesicht, stürzt aus dem Zimmer. Keiner folgt ihm. Später findet ihn die Mutter heulend auf seinem Bett. Doch zunächst ist auch sie zu aufgewühlt, um sich um ihren Sohn zu kümmern. Aufgestört aus der Trance ihrer traditionsreichen Unschuld, blickt sie sich um, als sei sie gerade auf die Welt gekommen. Achtunddreißig Jahre ist sie alt, hat, wie ihr Mann, Pädagogik studiert, ist Lehrerin an der Volksschule, setzte ein paar Jahre aus, als die Kinder kamen, hat später dann mit halbem Stundenplan wieder angefangen. So ist es bis heute geblieben. Liebenswürdig, harmoniebedürftig und unsicher – daher betont sie die Herkunft und putzt den Tortenheber seit achtzehn Jahren – ist sie mit Stolz auf den Vater, der im Krieg gefallen war – gefallen sagte man auch in ihrer Familie, als sei er tödlich gestolpert und nicht von einer Granate zerrissen worden –, und in einer anstrengenden, aber zärtlichen Beziehung zu ihrer Mutter aufgewachsen. Probleme hatten erst ihre Mutter und dann ihr Mann – sie war neunzehn, als sie ihn heiratete – von ihr ferngehalten. Alle wollten sie den Sonnenschein. Also strahlte sie. Für diesen Moment der entsetzlichen Wahrheiten hat sie kein Gesicht zur Verfügung. Ihre Züge verzerren sich in der verzweifelten Suche nach einer Position, in der sie bleiben könnten. Nie hat sie von dem Haß ihres Mannes auf seine Mutter gewußt, nie hat ihr einer erzählt, wie die Juden umgebracht worden sind; die Szenen, die Elisabeth aus dem Film beschrieb, so hatte sie es nie gehört; das verbarg sich also hinter dieser namenlosen Zahl der sechs Millionen, da sind Menschen gequält worden, da wäre die kleine Miriam, die sie sehr gern gehabt hatte, in den Ofen geschoben worden. Und dieser Schwiegervater, die Schwiegermutter hat sie nie gemocht, aber ihn, den alten Emil, dessen Engstirnigkeit ihr ab und zu aufgefallen war, aber der sie herzlich in die Familie aufgenommen hatte, der auch mal ihre Hand tätschelte, den sie nie bewundert, aber einfach gern gehabt hatte, dieser selbe Emil hatte Juden zusammengetrieben und auf den Weg gebracht, der dort endete, in den Szenen, die sie gerade gehört hatte. Hilfesuchend wendet sie sich an ihren Mann. »Werner, stimmt es, daß mein Vater bei der Wehrmacht war?« »Wo sonst«, antwortet ihr Mann müde, »er war doch Offizier.« Elisabeth staunt über soviel mütterliche Naivität. ›Gut, daß sie nur in der Volksschule unterrrichtet‹, denkt sie, gerüstet mit der Überlegenheit der Gymnasiastin – an irgend etwas muß sie sich ja festhalten, wo sonst schon alles zerbröselt. Wie kann sie ihren Vater beschimpfen, der selbst so gelitten hat, wie soll man mit einer Großmutter umgehen, die sich als Monstrum entpuppt trotz ihrer prallen Fleischlichkeit – bleibt nur der Großvater, der die Juden damals verfolgte und heute noch verachtet.

»Hast du dich denn nie dafür geschämt«, wendet Elisabeth sich an ihn, »was du mit den Juden gemacht hast. Als du dann wußtest, wohin das geführt hatte, hat es dich da nicht gepackt? Ich will dir ja glauben, auch wenn es mir schwerfällt, daß du vom großen Morden erst nach dem Krieg erfahren hast, aber vom kleinen Morden wußtest du, du hast es doch selbst von deinem Ortsgruppenleiter gehört, was man mit den Juden vorhatte. ›Ein paar scheinen von allein zu begreifen, wo sie hingehören‹ hat er gesagt, und du hast sie trotzdem zusammengetrieben, hast dich beschwichtigen lassen mit dem Schwindel der Arbeitslager – und selbst wenn es tatsächlich nur Arbeitslager gewesen wären« – sie redet sich in Rage, und keiner sagt, wie sonst, »Respekt bitte, Elisabeth« –, »selbst dann hätte es dich doch stutzig machen müssen. Man vertreibt doch keine Menschen wie Köter und zwängt sie in Gettos und Lager, sperrt sie ein, sobwohl sie nichts Unrechtes getan hatten. Klar, es gab

sicher scheußliche Juden. Es gibt auch scheußliche Preußen, und du und die Großmutter gehören dazu. Schöne Vorbilder ward ihr für euren Sohn – und wir leiden über ihn auch noch an euch. Bin ich froh, nur eure Enkelin zu sein. Als Tochter könnte ich euch nicht ertragen.« Wütend wischt sie sich die Tränen aus den Augen, die sie nicht länger zurückhalten kann. »Ich will nicht mit euch am Kaffeetisch sitzen und Kirschkuchen essen, als sei das alles nie gewesen. Hast du dich nie gefragt, Großvater, warum du lebst und die Juden tot sind, wie konntest du die, die du umgebracht hast, oder dabei geholfen hast, sie umzubringen, wie konntest du sie selbst nach dem Krieg noch beschimpfen, statt auf den Knien zu rutschen und Abbitte zu leisten? Kennst du denn keine Scham, keine Schuld? Fühlst du denn nur für dich selbst? Hast du denn auch nie mitbekommen, was deine Frau eurem Sohn antat? Wo waren denn deine Gefühle und dein Gewissen? Hast du dich nie für deinen Haß auf die Juden und die Folgen davon geschämt, hast du nie versucht, deinen Sohn vor den Vorwürfen seiner Mutter zu schützen? Hast du immer nur deinem Haß und deiner Gleichgültigkeit gefrönt und nie für andere gelebt? Hast du jemals irgend jemanden geliebt? Kannst du lieben, Opa? Wahrscheinlich hast du dich nicht einmal selber lieb. Wahrscheinlich bist du ein armer Tor, an dessen kärglicher Seele auch alle anderen zu leiden haben. Wahrscheinlich sollte ich dich bemitleiden, statt dich zu verabscheuen, ich könnte es, wenn du nur dich selbst zerstörtest – doch du zerstörst die anderen mit, das kann ich dir nicht verzeihen.«
Der Großvater nickt, als habe er ähnliches erwartet. »Verstehst du jetzt«, sagt er an seinen Sohn gewandt, »warum ich dir nichts erzählt habe. Ich muß doch ein paar richtige Instinkte gehabt haben. Was immer man sagt, ihr könnt nicht begreifen, wie es damals war, ihr könnt nur verurteilen, weil es auch leichter ist. Ihr wißt nicht, wie der Jude ist, weil ihr ihn nicht mehr erlebt habt. Nein, Elisabeth, ich habe mich nie geschämt, aber ich habe auch nichts von dem gewußt, was du da vorhin

erzählt hast, wenn das stimmt... Es fällt mir schwer, das zu glauben. Ich bin kein Mörder, Elisabeth, ich habe keinen Juden gefoltert oder umgebracht. Wir wollten uns nur von ihnen befreien; das ist so, als wenn es bei dir in der Klasse ein Mädchen gäbe, das dir immer jeden Jungen wegnimmt, mit dem du selbst gern gehen würdest. Sie kriegt alle. Du bleibst allein. Und irgendwann wird sie beim Rauchen, beim Schummeln oder sonst was erwischt und fliegt von der Schule. Würdest du dich da nicht auch freuen? Ja, wir wollten sie loswerden. Wir haben uns gefreut, als es ihnen schlechterging als uns, ich habe mich auch später nie geschämt, war nicht traurig, daß sie tot waren. Wenn ich nur um jeden Kameraden geweint hätte, der im Krieg umgekommen ist, würden die Tränen bis heute fließen, wie soll ich mich da auch noch um tote Juden kümmern, denen ehrlich keiner von uns nachgetrauert hat. Ich bin auch heute noch froh, daß sie weg sind. Nur wenn stimmt, was du da erzählt hast... Dann, das wäre schlimm, das hätte nicht passieren dürfen – und vermutlich war es auch gar nicht so.«
»Hast du eigentlich gewußt«, mischt sich nun der Vater wieder ins Gespräch, »daß die Mutter mich für den Tod von Louise verantwortlich gemacht hat?« »Ja und nein«, kommt die Antwort ohne ein nachdenkliches Zögern. »Ich dachte, du konntest die Vorwürfe einordnen. Deine Mutter hat es schwer gehabt, den Tod zu verwinden, in ihrer Not mögen ihr Sätze herausgerutscht sein, die sie nicht so gemeint hat. Sie hat auch mir schon die Schuld an Louises Tod zugeschoben, weil ich nicht dagewesen sei, sie auf der Flucht zu begleiten und zu beschützen. Ganz ist sie nie über das Geschehene hinweggekommen, daß sie beschädigt blieb«, sagt er mit einem bedeutungsvollen Blick zum Sohn und einem unmerklichen Nicken des Kopfes in Richtung seiner Frau, »hast du ja wohl immer gewußt.« »Nein«, sagt der Sohn und beguckt die Frau, die seine Mutter ist und wie weggetreten kerzengerade auf ihrem Stuhl sitzt, als sähe er sie zum ersten Mal. »So«, sagt sein Vater, »und jetzt bringst du uns bitte zum Bahnhof. Ich schlafe schlecht in letzter

Zeit. Ich möchte nicht zu spät ins Bett.« »Wir nehmen ein Taxi«, erklärt seine Frau, die schon aufgestanden ist, »Werner hat zuviel getrunken.«

17. September

Wenn sie denn geredet hätten oder heute reden würden. Väter und Söhne, Mütter und Töchter, Eltern und Kinder müßten sich, wenn Schuld aufschiene, wohl unversöhnlich gegenüberstehen. »Der vergebliche Kampf der Söhne gegen die Väter«, hieß der Untertitel eines Artikels über die »Gespensterrepublik Deutschland«, den Helmut Schödel in der *Zeit* vom 13. November 1987 geschrieben hat. »Aus dem finsteren pädagogischen Klima der fünfziger Jahre«, heißt es da, »trat Vater in das neue Jahrzehnt als Rambo vieler Kinderjahre, als Terminator des neuen Lebensgefühls, als ein Schatten des alten Regimes. Vater – die Horrorvision der entkräfteten Söhne.« Und dann kamen diese Söhne für kurze Momente zu Kräften. »Eine Zeitlang lebten wir ohne Väter«, schreibt Schödel, »das war um 1968, als wir uns von ihnen losgesagt hatten, ein heilloses Unternehmen. In diesen Jahren stehen sie wieder vor der Tür und klingeln wie verrückt: ›Hier ist der Papa‹, – ›Hier ist die Mama‹. Sie wollen ins Haus zu ihrem Sohn, der selbst Vater ist und wie Nosferatu aussieht.« So werden die Söhne, wenn sie zu Vätern werden, Horrorvisionen für den nächsten Nachwuchs. Ein unentrinnbarer Teufelskreis? Nosferatus bis ins siebte Glied? Ob es sich mit Enttäuschungen nicht doch besser lebt als im Würgegriff von Lügengeschichten? »Der Schatten der Vergangenheit«, schreibt Jürgen Müller-Hohagen in seinem Buch *Verleugnet, verdrängt, verschwiegen*, »macht dann vielleicht am Tag etwas mehr Angst, aber dafür hat man nachts weniger Alpträume oder kann ohne Tabletten einschlafen.«
Ist es nicht besser, zu wissen als zu vermuten, auch mal zu

brüllen statt nur zu schweigen, auch zu verachten statt nicht einmal zu hassen? Vielleicht, wenn wir heute redeten, käme der Schock der Wahrheit noch nicht ganz zu spät.« Vielleicht mußten tatsächlich 40 Jahre vergehen, bevor die einen sich erinnern und die anderen die Erinnerung ertragen konnten. Vielleicht mußten auch wir erst aufgewachsen sein – mußten eigene Maßstäbe kennen, bevor wir zuhören konnten, ohne in pauschale Verdammnis zu flüchten. Vielleicht war es tatsächlich eine in ihren Konsequenzen zwar schmerzliche, aber aus der Zeit verständliche oder unabdingbare »Unfähigkeit« zu reden. »Vermutlich«, schreibt Christian Meier, »war es gerade die völlige Ausnahmsartigkeit des Holocaust – samt der besonderen Weise ihrer Verursachung durch ›die Deutschen‹, die es so schwer, wenn nicht unmöglich machte, daß wir uns damals diesem Stück unserer Vergangenheit so bald stellen konnten. ... Alexander und Margarete Mitscherlich sprechen von der ›ungeheueren Anhäufung von Inhumanität, die über jeden Bewältigungsversuch hinausreicht‹. Genau das also, was an sich das Nachdenken und eine rasche öffentliche Reaktion notwendig gemacht hätte, stand dem im Wege.« Vielleicht... ja, vielleicht hätte es keine Terroristen gegeben und weniger Verlogenheit, vielleicht wäre die Kluft zwischen heiler Welt und heilloser Gewalt nicht so aufgebrochen. Vielleicht würden die, die heute reden, nicht als nestbeschmutzende Minderheit geächtet.

Vielleicht wäre ein Leben mit der Vergangenheit, nicht nur gegen sie möglich. In der Zeitschrift *Hör Zu* vom 12. Mai 1985 schreibt Peter von Zahn unter der Überschrift: »Warum sind wir eigentlich nicht stolz auf dieses Land?«: »Wenn andere Völker in den Brunnen ihrer Geschichte schauen, erblicken sie schimmernde Siege und erquickende Beweise ihrer Größe. Der Bundesbürger dagegen erkennt beim Blick in den Brunnenschacht der Vergangenheit fast nur die schändlichen Jahre des Dritten Reiches. Vorher nichts. Hinterher wenig. Irgendwann ist ihm vorgeworfen worden: Du verdrängst deine Vergangenheit. Seitdem überläßt sich mancher mit wollüstigem Schauder

den Bildern der Vernichtung. Was dabei an Lehren zu Tage gefördert wird, ist häufig nur ein Abklatsch von Orwell und fast immer falsch wie die Tagebücher Hitlers. Gibt es denn nichts, auf das wir stolz sein können?« Und dann legt er los. Ich habe ja nichts dagegen, daß er auf die Freiheit, die dieser Staat ziemlich zuverlässig garantiert und unser Wohlergehen darin, stolz ist. Aber kann er den Stolz nur empfinden, wenn er zuvor den Rückblick auf die jüngste Vergangenheit verunglimpft?
Immer und überall diese Angst, die zwölf Jahre könnten dieses wunderbare Land so nachhaltig beschädigt haben, daß man über die KZs die schönen Klöster, über die SS die Hohenstaufen vergessen könnte. Der Bügermeister von Dachau sorgt sich um sein Künstlerstädtchen, Peter von Zahn um den Stolz auf unser Land, Kohl, Carstens und Dregger um den Nachholbedarf an Nationalgefühl.
»Weg von Hitler und Himmler, hin zu Heide und Heimat«, hat neulich ein Freund diesen Trend, der ja nicht neu ist, genannt. Die Last der »schändlichen Jahre«, wie Peter von Zahn Massenmord und Krieg so schamhaft umschreibt, diese Last zu tragen, empfinden die Deutschen seit langem als mißlich, deshalb stilisieren sie sich ja so gern als von der Bürde Gebeugte, propagieren den aufrechten Gang, begegnen so der großen Welt und weisen mit ungenierten Gesten, denen es an Großmannssucht nicht mangelt, auf ihr Credo hin, das da heißt: Nun ist es genug. Die Vergangenheit gilt damit als »bewältigt«, man ist mit ihr zurande gekommen, hat es, was immer »es« war, vollbracht. Und wo sie sich wehrte, »gemeistert« zu werden, überwältigte man sie mit der Kraft des Aufbaus, baute Bürohäuser auf die Ruinen von Synagogen, machte die Vergangenheit klein, sozusagen zur Schnecke, und welcher Elefant fürchtet sich schon vor dem Weichtier mit Panzerchen. Man konnte ja nicht wissen, als wie resistent sich der erweisen sollte. Unnachsichtig schleicht die Schnecke durch die Gegenwart. Diese »Vergangenheit, deren Gegenwart nicht vergehen will«, die unablässig hineinkriecht ins Heute, provoziert dann von ihr Geplagte zu

Sprüchen wie: »Irgendwann muß man doch mit Auschwitz mal fertig werden.«

18. September

Diesen Satz hörte ich ausgerechnet aus dem Mund eines angehenden Historikers. »Ich muß das doch rational begründen können«, verteidigt er sich auf meine vorsichtige Frage, was ›fertig werden‹ denn für ihn wohl bedeute. »Historisch, wissenschaftlich kann man damit fertig werden, mit der Ratio, es geht ja nicht nur mit moralischen Kategorien. Ich brauche Fakten, Argumente, Erklärungen.« Da ich in Verständnislosigkeit verharre, beginnt der junge Mann mir geduldig zu erklären, wie es denn gewesen sei, »die Verselbständigung der Judenvernichtung, ein sich von allein beschleunigender Prozeß«, er beruft sich auf Kollegen der Zunft mit klingenden Namen. Ich widerspreche ihm nicht, natürlich geht es nicht nur um Moral und Schuld, sondern auch um Analysen; nur, wie verbindet er persönlich die beiden Ansätze?

»Die Befangenheit nimmt nicht ab«, sagt er plötzlich mit einer Stimme, die mich aufhorchen läßt. Aus dem dozierenden Junghistoriker ist ein zweifelnder junger Mann geworden. »Die Belastung nimmt eher zu. Immer hat man Angst, etwas Falsches zu sagen, und je mehr man sich mit dem Thema beschäftigt, um so ängstlicher wird man.« Er selbst hat seine Doktorarbeit über ein Thema aus dem Dritten Reich geschrieben. Eigentlich wollte er sich auch mit der Habilitationsschrift wieder mit dieser Zeit beschäftigen, wollte über die Arbeiterschaft im Dritten Reich forschen. Irgendwann hat er aufgegeben, nicht weil er wissenschaftlich mit dem Thema nicht ›fertig wurde‹, sondern weil ihm die Moral den Weg der reinen Vernunft verbarrikadierte. Immer wenn er Fakten berichten wollte, über Lohnerhöhungen, Arbeitsbedingungen, Urlaubsbestimmungen, drückten sie ihm bereits nach einigen Seiten auf der Seele. Mußte jetzt nicht ein Satz eingeführt werden über die Nürnberger Rassengesetzgebung, ein Paragraph über die »Reichskristallnacht«, ein Kapitel über Auschwitz? Zum ersten Mal begreife ich die Kluft, die sich auftun kann, wenn einer wissenschaftlich über einen Teilaspekt dieser Zeit arbeiten will und sich moralisch verpflichtet fühlt, immer die ganze Wahrheit zu sagen; wie schwer es ist, »Spezialist« zu werden und Mensch zu bleiben.

»In keinem historischen Seminar«, erzählt er, »wird so emotional und so persönlich argumentiert und gestritten, wie in solchen über das Dritte Reich.« Immer jongliert er bei der Aufarbeitung zwischen dem Zulassen von Emotionen und der Vermittlung von Wissen. Er zeigt Filme, wie zum Beispiel über Oradour, um das Interesse zu wecken, das er braucht, um Fakten in den Köpfen der Studenten unterzubringen. Diesen Weg zu nehmen, ein Umweg aus akademischer Sicht, hat er durch die Fersehserie *Holocaust* gelernt. »Für Historiker war das ein demütigendes Erlebnis«, lacht er, »als *Holocaust* so eingeschlagen hat. Ein kitschiger Film hat mehr erreicht als ungezählte Arbeiten kritischer Auseinandersetzung. Ein Film allein«, fährt er fort, »bringt natürlich wenig; bei Leuten, die nur die *Holocaust*-Serie gesehen hatten, ohne sich dann Bücher zu holen und zu lesen, war der Lerneffekt nach sechs Wochen weg. Aber Emotionen können auch intellektueller Antrieb sein« – deshalb ist er bereit, sie als Auslöser zu instrumentalisieren. »Und wie«, frage ich jetzt noch einmal, »wollen Sie mit Auschwitz fertig werden?« »Ich meine damit«, er zögert mit der Erklärung, »daß es wichtig ist, historisch möglichst viel zu verstehen, daß es keine Versäumnisse gibt in puncto historischer Redlichkeit in der Analyse der Vorgänge. Und fertig wird man, indem man Konsequenzen daraus zieht, für sich entscheidet, bei welchen politischen Fragen man die Vergangenheit in die Gegenwart hineinzunehmen hat, wo das Wissen für die Gegenwart nutzbar zu machen ist. Wissen schützt vor Verdrän-

gung. Man kann aus der Geschichte lernen«, er macht eine Pause, zuckt ein wenig hilflos mit den Schultern, »nur aus Auschwitz kann man wohl nicht lernen, weil es letztlich unbegreifbar bleibt.«
›Fertig‹ ist er mit diesem Stück Geschichte nicht und ist viel zu empfindlich, um mit ihr fertig zu werden. Doch der Wunsch, den seine Akademikerruhe störenden Geist der Aufruhr in die gläserne Flasche der Wissenschaftlichkeit zu zwingen, ist unüberhörbar. Es ist ein Handikap, sich bei der Forschung zu grämen. Es spricht für ihn, daß er es tut. Auschwitz entzieht sich allen Versuchen, es zu erfassen. Eine Historisierung der Vernichtungslager muß genauso mißlingen wie die Verleugnung ihrer Einmaligkeit. Mit Auschwitz ›fertig‹ werden, das Kapitel abschließen, es für beendet erklären, kann keinem gelingen. »Alle Wege führen nach Auschwitz«, hat Günther Anders geschrieben, und wer sich weigert, sie zu gehen, entrinnt der Endstation dennoch nicht, denn dann kommt Auschwitz zu ihm. Dann fallen ausgerechnet den fleißigen Verdrängern, die dank spärlicher Erinnerung üppig die Gegenwart für sich beanspruchen, Vergleiche ein, die die verpönte Zeit heraufbeschwören.
Helmut Kohl vergleicht Gorbatschow mit Goebbels. In Kiel wirft der CDU-Abgeordnete Rainer Ute Harmsgar dem Fraktionskollegen Trutz Graf Kerssenbrock vor, er habe sich in der Affäre um Barschel »wie Freisler benommen«. Manchmal fragt man sich, ob es sich dabei tatsächlich um die unabwendbare Wiederkehr des Verdrängten handelt, oder ob womöglich der perfide Plan dahintersteckt, das Böse zu banalisieren, die Zeit des Dritten Reichs in den täglichen Sprachgebrauch zu integrieren, um ihr den Schrecken zu nehmen, den sie heute noch bewahrt. Erst gewöhnt man sich daran, daß Goebbels halt auch ein Politiker war, dann stumpft man ab beim Gebrauch der Namen und Wörter und Zahlen, nennt jeden Nachbarn, den man nicht leiden kann, einen alten Nazi, redet von Hühner-KZs und Robben-Holocaust oder schimpft einen Schiedsrich-

ter beim Fußballspiel, dessen Entscheidung man nicht teilen mag, einen verdammten Saujuden. Das ist neu. Aber warum sollte es uns erstaunen, wenn die sogenannten ›Meinungsführer‹, unsere Politiker, den Gebrauch von Antisemitismus gesellschaftsfähig machen. Die vielzitierten Sprüche des CSU-Abgeordneten Hermann Fellner und des CDU-Bürgermeisters von Korschenbroich, denen zum Thema Geld gleich die Juden einfallen, sprechen da Bände. Der eine weiß, daß Juden sich schnell zu Wort melden, wenn irgendwo in deutschen Kassen Geld klimpert, der andere erklärt, das Budget seiner Stadt könne nur ausgeglichen werden, wenn man ein paar reiche Juden erschlage. Der eine mußte sich entschuldigen, der andere zurücktreten.

Was immer das Motiv für die Meuchelei der Erinnerung sein mag, man betreibt sie mit Verve – von ›rechts‹ wie von ›links‹. Auch der freizügige Gebrauch des Vorwurfs an den Gegner, »faschistisch« zu sein, hat die Bezeichnung zum banalen Schimpfwort degradiert, mit dem man so unbeschwert um sich wirft, als sei es ein harmloser Gummiball. So schrecklich kann der Faschismus ja nicht gewesen sein, wenn in der heutigen Bundesrepublik schon faschistoide Zustände herrschen.

Ein vom Pazifismus beseelter Bankkaufmann, Kriegsdienstverweigerer und Herausgeber einer Zeitschrift, hat kürzlich die Banalisierung des Bösen auf die Spitze getrieben. In seiner Publikation hatte er den Beruf der Soldaten – so stand es in der *Süddeutschen Zeitung* vom 13. Juli 1988 – mit dem von Folterknechten, KZ-Aufsehern und Henkern verglichen. Als er sich vor der sechsten Strafkammer des Landgerichts Traunstein für diese Äußerung verteidigte, zog er den Vergleich nicht etwa zurück, sondern bekräftigte, daß ähnlich wie die Soldaten auch die KZ-Aufseher »damals nur den staatlichen Auftrag« ausgeführt hätten. Unüberlegtes Gewäsch eines linken Spinners? Vermutlich ist er das, suchte für seine Empörung die böseste Beschimpfung, die ihm einfiel, ohne zu begreifen, daß er nicht nur – wie beabsichtigt – die Soldaten verunglimpfte, sondern

zugleich die KZ-Aufseher verharmloste. So lindert man den Schmerz des Rückblicks, kann das Damals ohne Trauer ertragen, weil die Vergangenheit ja auch nicht ärger war, als es die Gegenwart ist. Wie schön, wenn die sogenannten Linken den sogenannten Rechten die Kerze auch noch hinhalten, um das Licht der Erinnerung auszublasen. Man bläst von dort mit geblähten Lungen. Der CSU-Politiker Carl-Dieter Spranger kritisiert auf einem Kongreß der schlesischen Jugend die »einseitige Vergangenheitsbewältigung«, und Kohl fand es zunächst unbedenklich, auf einem Treffen des Vertriebenenverbandes der Schlesier zu sprechen, das unter dem Motto stand: »Schlesien bleibt unser.« Warum dieses Motto nicht als »Wühlen in der Vergangenheit« gebrandmarkt wird, entbehrt jeglicher Logik. Politisch ist es begreifbar: Die Vertriebenen finden keine Schuld bei sich, sondern repräsentieren nur erlittenes Unrecht. Sie brauchen sich für nichts zu schämen und bleiben ungebeugt ihrer deutschen Heimat treu. Die leidigen »Vergangenheitsbewältiger«, die sich in permanenter Selbstanklage klein und schlapp machen, sind unziemliche Vertreter eines geläuterten und international angesehenen und tüchtigen Volkes. Die Vertriebenen sind aufrechte Deutsche, die Vergangenheitsmaulwürfe dagegen Nestbeschmutzer. Schlesien bleibt unser – Hitler und seine Gangsterbande sind tot.
Heimweh haben sie, vor allem die Jungen, die dieses Stückchen Erde, das ihnen so heilig im Herzen brennt, noch nie gesehen, geschweige denn als Heim empfunden haben. Sie wühlen nicht in der Vergangenheit, sondern in der heimischen Krume. Was soll denn überhaupt die Vermengung. Schlesien bleibt unser, mit den Nazischergen hatten wir nichts zu tun. Es muß doch endlich einmal Schluß sein. Nur Schlesien bleibt unser. Die Schuld bleibt uns nicht.
In einer aufschlußreichen »Zeittafel« über »westdeutsches Nationalbewußtsein in den Achtzigern«, in dem von Hajo Funke herausgegebenen Buch *Von der Gnade der geschenkten Nation*, findet sich für März 1986: »Nach einer Umfrage des Instituts

für Demoskopie ist für 51 Prozent der Bundesbürger ›was Wahres dran‹, wenn jemand behauptet, die Israelis würden versuchen, ›mit dem Schuldgefühl der Deutschen ein Geschäft zu machen, sie für viele Verbrechen der Nazizeit zahlen zu lassen‹.« Mit Antisemitismus hat das natürlich genausowenig zu tun wie das Nesselwang-Treffen mit den Nazis. Man möchte nur endlich einmal die Schuld getilgt, die Hypothek abgezahlt haben. Aber typisch, wie Juden halt so sind, präsentieren sie den Deutschen stets von neuem einen Schuldschein. Man begreift allmählich schon gar nicht mehr, wo sie die noch herholen. Und immer müssen wir zahlen – deshalb kommt dieses arme Volk ja nie dazu, etwas auf die hohe Kante zu legen, ein bißchen Patriotismus, ein bißchen Nationalgefühl, ein bißchen Stolz auf unser Vaterland. Von »Schuldbesessenheit« hat der Historiker Michael Stürmer gesprochen.
»Ende der Schonzeit« und »Schlesien bleibt unser«. Nichts wird verdrängt. Jeder weiß Bescheid. Normalisierung auf allen Gemarkungen. Dialog mit unseren »polnischen Freunden« und unseren »jüdischen Mitbürgern«. Die Vergangenheit ist, wie sie war, die Zukunft wird, was wir daraus machen, und aus Schuld schneidert sich kein schönes Kleid. Günther Anders hat sich halt geirrt, als er schrieb: »Alle Wege führen nach Auschwitz«, Kohls Wege führten auch nach Bitburg. Auschwitz heißt Beschämung und Verpflichtung für die Täter, in Bitburg gab es die Gnade der Versöhnung auf Kosten der Opfer. Doch so leicht stapft es sich nicht aus dem lästigen Erbe der KZs auf den Soldatenfriedhof, die Psyche spielt ungeahnte Streiche. »Er gleicht einem Mann«, beschreibt Hans Magnus Enzensberger den Kanzler in einem *Spiegel*-Interview vom 19. März 1987, »der einen Leimtopf aus dem Wege räumen will. Bei diesem Versuch muß er den Leimtopf aber anfassen. Der Leim zieht Fäden. Der Mann ist nach einiger Zeit über und über mit Leim bekleckst. Er verteilt den Leim, den er weghaben wollte, nach allen Seiten. Seine Krawatte trieft jeden Tag von neuem. Herr Kohl kann hinkommen, wo er will, er kann reden, wovon er

will, immer fällt ihm der Faschismus ein, alles erinnert ihn an Hitler, an Goebbels, an den ›Stürmer‹, an die Hitler-Jugend. Der Faschismus ist seine Obsession. Das ist schon sehr interessant. Psychisch ist das ein klarer Fall von Wiederkehr des Verdrängten.«

19. September

Man könnte ob der Verdränger verzweifeln, könnte sie anklagen, sich in die »zweite Schuld« zu verstricken. Enzensberger allerdings denkt einen Schritt weiter und stellt stillvergnügt fest: »Leute wie Doktor Kohl und seine Helfer bieten die beste Garantie dafür, daß die Diskussion über die Naziverbrechen in absehbarer Zeit nie abreißen kann. Sie heizen die Auseinandersetzung viel effektiver an als der linke Aufklärer, der treuherzig versucht, an die Tatsachen zu erinnern.« Möge er doch recht behalten.
2300 Zuhörer haben sich – so steht es in der *Süddeutschen Zeitung* von heute – in der Nibelungenhalle in Passau versammelt, um einem Vortrag des Gerhard Frey, Herausgeber der *Deutschen Nationalzeitung*, über die Zukunft der deutschen Nation zu lauschen. Veranstalter des Spektakels war die rechtsradikale Deutsche Volksunion. Als Antwort gingen 1500 Passauer auf die Straße, um gegen das Treffen zu protestieren.
Die Zeitungen von heute sind eine Fundgrube dafür, mit welcher Kraft die Krakenarme der Verachtung für Fremdländisches unsere deutsche Gegenwart umschlingen. Zum Beispiel beim Thema Aussiedler. Fast 130 000 sind bereits in der Bundesrepublik eingetroffen, sie kamen in erster Linie aus Polen, aus der Sowjetunion und aus Rumänien. Aber sie sind keine Ausländer, keine Gastarbeiter, die man so gern beargwöhnt; sie sind auch keine Asylanten, die von unserem Wohlstand Gebrauch machen wollen, nein, die Aussiedler, das hat Franz Josef

Strauß uns schließlich geduldig erläutert, »sind Deutsche, die unter Deutschen leben wollen. Sie sind unsere Mitbürger ohne Wenn und Aber.« Dann sind die Türken wohl das »Wenn« und die Tamilen das »Aber«. In anderen Worten: Ausländerfeindlichkeit ist nicht verwerflich. Aber die Aussiedler sind Deutsche und deshalb freundlich und herzlich willkommen zu heißen. Deutsch zu Deutsch gesellt sich gern. Ungesellig wird allerdings die deutsche Gegenwart, wenn sie mit der Vergangenheit ins Gespräch kommen soll.

21. September

Die bayerische Staatsregierung zum Beispiel hat wenig Interesse daran, die KZ-Gedenkstätte in Dachau zu unterstützen. »Wir sind dreieinhalb Leute in der Verwaltung«, erzählt die Leiterin der Gedenkstätte Barbara Distel, »und haben knapp eine Million Besucher im Jahr. Wir mußten fast acht Jahre warten, bevor wir eine halbe zusätzliche Planstelle erkämpft hatten. Unsere Bilbiothek und unser Archiv werden unheimlich genutzt, aber wenn wir eine neue Stelle beantragen, heißt es nur, es sei doch gar nicht unsere Aufgabe, wissenschaftlich zu arbeiten. Dafür gäbe es ja das Institut für Zeitgeschichte. Man wird uns wohl nicht zumachen«, fährt sie fort, »aber vielleicht austrocknen, man könnte ja einen Friedhof daraus machen, ein Denkmal, an dem man Kränze niederlegen kann.«
So ein Denkmal wäre doch wirklich etwas Schönes. Da könnten ausländische Gäste gemeinsam mit dem bayerischen Ministerpräsidenten mit leidvoller Miene ein paar prächtige Kränze ablegen; und dann würden salbungsvolle Sätze gesagt, solche, die so richtig zu Herzen gehen, »wir sind uns der Verpflichtung für die Zukunft aufgrund der Verpflichtung aus der Vergangenheit bewußt«, so oder so ähnlich würde es klingen. Sie würden auch nicht lange bleiben, um ihre Betroffenheit zu bezeugen. Der Terminplan drängt.

Das wäre doch eine weihevolle Bestimmung für die Gedenkstätte und auch viel stimmiger als der »KZ-Tourismus«, der sich jetzt hier abspielt. Wie unangemessen wäre es, dieser Gedenkstätte noch eine Jugendbegegnungsstätte zur Seite zu stellen. »Da kommt jetzt ein hartes Wort von mir«, warnte mich der Referent Rauffer, als ich ihn nach der Begegnungsstätte fragte: »Da kommt jetzt ein hartes Wort von mir, insofern, daß man natürlich auch einmal, wenn Sie die Besucherströme sehen, differenzieren muß, mit welchen Motiven, mit welchen Voraussetzungen diese jungen Menschen nach Dachau kommen. Wir haben fast eine Million Besucher pro Jahr bei etwa sich stabilisierender Tendenz; und von diesen vielen Besuchern sind eben auch eine Unzahl Menschen dabei, die eigentlich hier nur die Sensation suchen. Ich hab' da selbst ganz konkrete Erlebnisse, die mich eigentlich sehr bedrücken. Und wenn nur die echten Suchenden kämen, die wirklich Antwort auf die Frage wollen, dann könnte ich mir so eine Begegnungsstätte auch in Dachau vorstellen. Aber es ist vor allem auch aus den westlichen Ländern, um es konkreter zu sagen, bei dieser Fülle von Amerikanern, die dann über diese Gedenkstätte herströmt, spürt man kaum tiefe Reflexion, und für diese Besucher glaube ich, sollten wir die Begegnungsstätte nicht unbedingt machen, denn dafür, für diesen großen, mit Märtyrerblut getränkten Friedhof, wäre mir eine doch mit sehr viel Unruhe und mit sehr viel Turbulenz verbundene Jugendbegegnungsstätte nicht vorstellbar.«
Ist sie nicht empfindsam, diese Fürsorglichkeit für die Ruhe der Opfer. Wie lieblos sind dagegen die Überlebenden, die sich nach Kräften – und sie haben nicht mehr viele – für die Beibehaltung der Gedenkstätte und für die Einrichtung einer Begegnungsstätte einsetzen. »Wenn die ehemaligen Häftlinge jetzt aussterben« – davor fürchtet sich Barbara Distel, »wenn die Generation der Betroffenen nicht mehr da ist«, fragt sie, »wer wird uns dann wohl noch unterstützen?« Die Vorstellung, daß es zur Zeit in erster Linie die Überlebenden sind, die die Arbeit der Gedenkstätte fördern und tragen, ist beschämend. Selbst

hier drücken wir uns vor der Verantwortung. Als die Deutschen die Juden und Zigeuner und Kommunisten und die aufmüpfigen Pfarrer hierher verschleppten, hatten sie reichlich Ressourcen, den Mord zu finanzieren. Wenn es jetzt darum geht, den Opfern eine Stätte des Gedenkens zu weihen, haben die Deutschen kein Geld, keine Planstellen, kein Interesse. In zwölf Jahren haben sie hier SS-Wachmannschaften im Morden ausgebildet, haben über 32 000 Menschen umgebracht, und dann brauchten sie 20 Jahre, um aus dem riesigen KZ eine kleine Gedenkstätte zu machen. »Mein Job«, sagt Barbara Distel, »hat in unserer Gesellschaft einen sehr niedrigen Stellenwert. Einige Leute betrachten einen, als ob man einen psychischen Defekt habe, wenn man so etwas wie ich macht, die unterstellen dann vor lauter Schreck gepanzerte Gefühle; jemand Sensibles, sagen sie mir ins Gesicht, könne das ja gar nicht schaffen.«

Nicht die Vergangenheit ist das Stigma – so scheint es –, sondern stigmatisiert werden jene, die sich ihr widmen. »Ich war vor einiger Zeit bei einem Dachauer Notar«, erzählt Frau Distel, »ich habe den Mann nicht gekannt, es war unsere erste Begegnung. Er hatte die Angaben, die er brauchte, vor sich auf dem Tisch liegen. Er nahm das Blatt in die Hand: ›Barbara Distel, Leiterin der KZ-Gedenkstätte‹ und sagte ganz spontan: ›Also, KZ, das würde ich weglassen; das macht sich ganz schlecht.‹«

Sie selbst hat nie gezögert, in der KZ-Gedenkstätte zu arbeiten. Als sie 1964 von der designierten Leiterin (die Gedenkstätte wurde erst 1965 eröffnet) eingestellt wurde, war sie 21 Jahre alt und ziemlich ahnungslos. Natürlich haben die Bilder sie zunächst verfolgt – nur, das ist so lange her –, sie erzählt das wie eine Episode aus einem früheren Leben. Nur eins habe sie immer gewußt, wenn ihre Vorgängerin, die ihre ganze Familie in Auschwitz verloren hatte, es schaffte, die Arbeit zu tun, die Gedenkstätte einzurichten und zu leiten, dann müsse sie es ja wohl erst recht schaffen durchzuhalten. Nie hat sie daran gedacht aufzuhören. Nie hat sie sich erlaubt, sich von dem Schock überwältigen zu lassen. Anstrengend sei die Arbeit, weil man mit dem Bruch lebe, den diese Vergangenheit aufgerissen habe und der nicht mehr zu heilen sei. Sie könne nur versuchen dazusein, wenn sie gebraucht würde. Und gebraucht wird sie von vielen, die kommen. »Die Überlebenden oder die Kinder der Toten sind auf der Suche nach jemandem, mit dem sie reden können, sie fragen, erzählen, weinen. Manche greifen mich auch an, lassen ihren Zorn an mir aus. Einige sind empört, daß ich als Nichtjüdin die Gedenkstätte leite. Das empfinden sie als pietätlos.« Und wenn eine Jüdin an ihrem Platz säße, denke ich, würden gewiß viele den Deutschen vorwerfen, sich nicht um ihre Vergangenheit zu kümmern. Immer wieder gerät man in diese fatale Lage, es als Deutscher nie recht machen zu können, und muß sich wohl irgendwann davon lösen, es allen recht machen zu wollen. Statt ständig nach Zustimmung von vielen Seiten zu schielen, müßte man, auch hier, Verantwortung vor sich selbst übernehmen. Auch Befangenheit kann zur Ausrede werden, den eigenen Standpunkt nicht definieren zu müssen. »Wie wär's, ihr würdet mal bei euch selbst anfangen«, hatte mir eine junge Jüdin gesagt. Ich hatte das damals nur halb begriffen.

24. September

Ein bayerischer Minister, der die KZ-Gedenkstätte vor einiger Zeit besuchte, hatte offensichtlich überhaupt nichts begriffen. »Äußerst verbindlich, freundlich und höflich«, so Barbara Distel, »ließ er sich alles zeigen, um sich am Schluß – noch immer sehr höflich – zu erkundigen: ›Darf ich ihnen eine Frage stellen? Sind hier nur deutsche Verbrechen dokumentiert?‹«

26. September

Wer eine KZ-Gedenkstätte leitet, muß unsensibel sein. Wer Bücher von KZ-Überlebenden liest, neigt gewiß selbst zur sadomasochistischen Lustbarkeit. »Wie kannst du nur«, fragen manche Freunde nicht ohne vorwurfsvollen Blick in meine empfindungslose Seele. Sie selbst – als Seelchen – flüchten vor den Filmen und Büchern, die ein Stück des Grauens dokumentieren, in die relative Gemütsruhe der Gegenwart. Auch die Opfer würden dem Erinnern gern ausweichen. Auch Ruth Elias, Überlebende von Theresienstadt und Auschwitz, hatte zunächst nicht vor, in die Vergangenheit zu sehen. Jetzt hat sie es getan, hat ein Buch für ihre Enkel geschrieben, ist den Weg des Entsetzens noch einmal zurückgegangen. *Die Hoffnung erhielt mich am Leben*, heißt ihr Buch. »Mein Weg von Theresienstadt und Auschwitz nach Israel.« Vierzig Jahre lang hat sie versucht, den Blick zurück zu vermeiden. Im Gegenteil: »Mein ganzes Leben seitdem war ein Voran, ein Laufen, ohne viel nachzudenken.« Als ihr erster Sohn geboren wurde – ihr erstes in Freiheit geborenes Kind –, schwört sie sich, daß dieser Junge nie erfahren dürfe, was sie erlebt habe. Der gute Vorsatz erwies sich wohl als Fehler. Zwischen Eltern und Kindern – sie bekam noch einen zweiten Sohn – entstand ein Unverständnis und eine Distanz, die Ruth Elias erst heute, 43 Jahre nach ihrer Befreiung, zu überbrücken sucht. Nicht einmal jetzt spricht sie die Söhne an, sondern nur die Enkel.

In der Beschreibung ihrer Kindheit – Ruth Elias wird 1922 in Mährisch-Ostrau geboren – wimmelt es von Onkel und Tanten und Großvätern und Cousinen, verirrt sich der Leser im familiären Labyrinth. Erst später begreift man die Wichtigkeit dieser Verwandtschaft. 1945 hat außer der Autorin keiner überlebt. Sie ist allein. Die Hoffnung, die sie am Leben erhielt, gibt es nicht mehr. Fast wäre sie daran zerbrochen.

Aber ich greife vor. Zunächst sieht es so aus, als ob die Familie in einem kleinen Dorf in der Nähe von Brünn überleben könne.

Doch sie wird verraten, von der Gestapo ergriffen und nach Theresienstadt verschleppt. In der Sammelstelle in Brünn beginnt Ruth Elias zu ahnen, was ihnen bevorsteht. Die »Saujuden« werden von den Nazis geduzt, gedemütigt und geschlagen. Die Anrede »Sie« gibt es nicht. Hier »wurde uns das hors-d'oeuvre unserer Zukunft serviert«. In Theresienstadt, der von Mauern umgebenen habsburgischen Festung, wird die Familie nach Geschlechtern getrennt und in Kasernen gepfercht. Wo früher bis zu 13 000 Soldaten stationiert waren, hausen nun fast 60 000 Juden unter erbärmlichen Bedingungen. Ruth Elias beschreibt in der ihr eigenen ganz schlichten und präzisen Sprache die elendigen Zustände in diesem Lager, das Apologeten noch heute als Beispiel für »angenehme KZs« nennen. Es gab keine Betten, kaum Duschen, nur kaltes Wasser, wenige Toiletten (und viele Durchfallerkrankungen), Wanzen, Flöhe und Läuse, sadistische SS-Frauen, schwere Arbeit, kaum zu essen, auch bei 10° C unter Null keine Heizung. Es gab 150 Tote pro Tag. Wie die Eingesperrten es unter diesen Umständen schafften, Vorträge zu halten, Kurse einzurichten, Chöre zu bilden und Theater zu spielen – das liest man mit staunender Achtung. Die Nazis, als sie der schöpferischen Tätigkeit gewahr wurden, förderten sie schlau. 1943 drehen sie einen verlogenen Film über Theresienstadt: *Der Führer schenkt den Juden eine Stadt* – Kinder futtern Schokolade, junge Leute musizieren, deklamieren und schauspielern; nach Beendigung der Dreharbeiten werden die falschen Kulissen abgerissen und die Komparsen und die Akteure abtransportiert. Keiner kam zurück. Auch eine Untersuchungskommission des Roten Kreuzes wird erfolgreich getäuscht. Die Deportationslisten waren versteckt worden.
Was »Osttransport« genau bedeutete, wußte keiner. Ruth Elias' Vater, ein kranker Mann, war sogar überzeugt, daß jeder Transport, wohin er auch gehen möge, Erleichterung bringen müsse im Vergleich zum bedrückenden Lagerleben in Theresienstadt. Die Autorin hat Angina, als ihre Familie verladen wird. Sie bleibt mit ihrem ihr eilig angetrauten Mann zurück. Als das

junge Paar nach Auschwitz kommt, sind die anderen längst vergast. Ruth Elias ist schwanger. Sie weiß inzwischen, daß Menschen vergast und verbrannt werden, sie weiß vage von Mengeles Menschenversuchen, weiß genau, was Selektion bedeutet. Das erste Mal entgeht ihr runder Leib seinem starren Musterblick. Doch er wird sich grausam rächen. Als sie schließlich ihr Baby zur Welt bringt – unter unbarmherzigen Umständen –, erscheint Mengele und befiehlt, daß die Brust der Mutter fest bandagiert würde. Sie versteht nicht, was er vorhat. Doch eine ihrer Mithäftlinge meint: »Mengele will einen Versuch machen, wie lange ein Neugeborenes ohne Essen aushalten kann.« So war es. Was Ruth Elias in den nächsten sieben Tagen erleidet, mit schwellenden milchvollen Brüsten und dem verhungernden Baby neben sich, läßt sich nicht nacherzählen. An diesen Schmerz dürfen nur ihre eigenen Worte rühren. Wenige Stunden, bevor Mengele sie und das Baby holen will, erscheint ein Todesengel im weißen Kittel, eine Ärztin mit einer Morphiumspritze. Ruth Elias tötet ihr Kind, um es vor Mengele zu retten. Und rettet so auch sich. Jetzt ist sie eine junge, kräftige Frau, die gebraucht wird. Am 8. Oktober 1944 wird sie von Auschwitz nach Taucha transportiert, ein Arbeitslager, das zum KZ Buchenwald gehörte. Im Vergleich zum bisher Erlebten sind die Bedingungen in Taucha erträglich. Hier trifft sie den Mann, den sie später heiraten wird. Hier werden beide von den Amerikanern befreit. Wer meint, daß die Odyssee des Elends nun ein Ende habe, hat sich getäuscht. Es dauert, bis das Paar erst in die tschechische »Heimat«, die keine mehr ist, und schließlich nach Israel kommt. Selbst dort müssen sie ihr Leben wieder in einem Lager beginnen. Die Israelis zeigen zunächst wenig psychologisches Einfühlungsvermögen für die Nöte der Überlebenden. Auch das wird nicht verschwiegen. Ruth Elias hat klare Bilder gezeichnet, hat in einfachen Worten Entsetzen beschrieben, hat detailliert vom Alltag in Auschwitz und Theresienstadt berichtet. Selten bricht Wut und Haß aus ihr heraus, häufiger übernimmt sie die Rolle der lakonischen Chronistin – die Verzweiflung ist immer spürbar.

27. September

Gestern habe ich Ruth Elias getroffen. Sie ist in München, um ihr Buch vorzustellen. Genau eine Stunde hatten wir Zeit, um über ihr Leben nach dem Überleben zu sprechen. Sie hat schon viele Interviews gegeben. Bevor ich überhaupt die erste Frage stelle, beginnt sie bereits zu erzählen: »Als ich vor zwölf oder vierzehn Jahren zum erstenmal Pamphlete von deutschen Neo-Nazis in die Hand bekam, in denen stand, daß der Holocaust eine israelisch-zionistisch-jüdische Lüge sei, da haben einige von uns Überlebenden angefangen zu überlegen, was wir dagegen tun können, mit welchen Waffen wir das bekämpfen können, und sind darauf gekommen, daß unsere Waffe unser Mund ist. Da habe ich angefangen, vor Schülern zu sprechen, erst nur in Israel, dann auch in Deutschland; das war wahnsinnig schwer.«

Sie redet routiniert, reserviert. Gewandt wirkt sie, weltläufig. Jahrelang war sie Vertreterin einer großen pharmazeutischen Gesellschaft. Ein fabelhafter Job war das; sie hatte einen Dienstwagen und war viel auf Reisen. So wie sie mir gegenübersitzt, im tadellosen Kostüm, elegant und gepflegt, hat sie schon vielen Menschen gegenüber gesessen, erst als Vertreterin der Pharmazie, jetzt als Vertreterin in eigener Sache, als Verkünderin einer Vergangenheit, mit der sie nichts mehr zu tun haben wollte. Die kühle Gelassenheit der Karrierefrau ist wohl ihr Schild, hinter dem sie sich verbirgt, wenn sie – wie jetzt – von sich erzählt. Sie redet auch, denke ich, um nicht gefragt zu werden, um die Kontrolle über das zu behalten, was sie berichten will. Später wird sich ihre Stimme vorsichtig erwärmen. Zunächst jedoch absolviert sie die Pflicht, mit einer Deutschen in Deutschland zu reden, einem Land, das ihr Fuß nie wieder betreten sollte.

»Die Tabuisierung des Holocaust war eine idée fixe von meinem Mann und mir. Wir waren jung, wir haben eine Familie aufgebaut, hatten ein schweres Leben in Israel. Wir waren beschäftigt und dachten, durch diese Beschäftigung kann alles verdeckt werden und in Vergessenheit geraten. Jetzt weiß ich, daß das nicht geht.« Sie haben versucht, die Söhne und sich zu verschonen. »Wir haben uns verkapselt, sie haben sich verkapselt. Dann kamen die Enkel. Der ältere ist jetzt acht Jahre alt«, erzählt sie weiter, »er hörte in der Schule davon, da hat er angefangen, mich zu fragen. Als meine Söhne wissen wollten, warum ich eine Nummer auf dem Arm eintätowiert hätte, habe ich geantwortet, damit ich nicht verlorengehe. Dem Enkel habe ich schon die Wahrheit gesagt.« 1974 ist sie im israelischen Fernsehen interviewt worden, irgendwann hat sie die Kamera vergessen und hat alles oder jedenfalls vieles erzählt. Da war ihr ältester Sohn 23 Jahre alt. Sie saßen zusammen im Wohnzimmer, um sich die Sendung anzuschauen. »Und«, fragte sie, »was ist deine Reaktion?« Da stand er auf und erklärte: »Also, ich hätte gekämpft.« »Da habe ich gefragt: ›Wie kann man ohne Waffen kämpfen?‹ Aber das verstehen sie nicht, denn sie sind in einer anderen Welt aufgewachsen. Seither habe ich wieder nicht mit ihnen gesprochen.« Vor etwa vier Jahren hat sie angefangen zu überlegen: »Was hinterläßt du in dieser Welt?« – und diese Frage hat sie nicht mehr losgelassen. Sie hat ihren Job gekündigt und angefangen zu studieren, wovon sie als Mädchen geträumt hatte: Musik. Doch das war nicht die Antwort, die sie suchte. Da hat sie sich hingesetzt und einen Brief an ihre Enkel geschrieben. Jedenfalls sie sollten erfahren, woher sie stammen. Es wurde ein langer Brief, 100 Seiten lang. Als sie ihn las, dachte sie »Gott, hast du viel ausgelassen« und setzte sich wieder hin, um weiterzuschreiben. So entstand ein Bericht von 200, schließlich 300 Seiten. »Ich habe zwei Jahre heimlich geschrieben. Nur mein Mann wußte Bescheid und meine ›Lagermutter‹, die auch in Israel lebt. Ich wollte nicht, daß man weiß, was ich tue, diese Sache war mir viel zu teuer, als daß sie Gespräch in meinem kleinen Dorf werden sollte; die Leute hätten das nicht verstanden, wie sollten sie auch?« Sie weiß, wovon sie spricht, denn sie hat viele Freunde verloren in dieser Zeit. »Wissen Sie, wenn man so in Gesellschaft geht und über banale Dinge spricht, und in meinem Kopf ging so ganz anderes vor«; sie lächelt mich plötzlich liebevoll an – »Sie müssen das ja auch kennen – die sprachen über Hühner, und plötzlich sagte ich etwas über den Holocaust, irgend etwas. Da haben meine Freunde gefunden, die Ruth können wir nicht mehr einladen, die redet nur noch über die alten Geschichten. Und ich konnte ihnen nicht sagen, daß ich schreibe.«

Eines Tages überrascht ein Freund sie beim Schreiben. Er bittet sie, ihren Bericht lesen zu dürfen, fragt, ob er ihn anderen Freunden zeigen dürfe, jeder, der liest, was sie schrieb, möchte das Gelesene weitergeben. Man überzeugt sie, daß ihre Chronik als Dokument weiterleben müsse; der Familienrat stimmt der Veröffentlichung zu – obwohl die Söhne bis heute nicht wissen, wovon sie Zeugnis ablegte, da es noch keine hebräische Übersetzung der deutschen Fassung gibt. Aus dem Brief wurde das Buch, aus dem sie heute abend in der Bayerischen Akademie der Wissenschaften lesen wird. Hat sie Angst, frage ich sie. »Ja«, sagt sie, »ich hatte und habe wahnsinnige Angst vor dem Publikum. Mit der Jugend geht es gut, wir können ganz offen sprechen, aber sobald ich einen älteren Menschen sehe, denke ich: War der mein Aufseher? Ich kann darüber nicht hinwegkommen. Wissen Sie, mit dem Buch ziehe ich mich nackt vor der Öffentlichkeit aus. Davor habe ich Angst. Ich habe sogar jetzt Angst, während wir hier reden. Es kostet mich sehr, sehr viel Kraft.« Und woher, frage ich, nimmt sie die Kraft, woher nahm sie sie, um das Buch zu schreiben? »Ich weiß es selbst nicht. Das waren zwei bittere, schwere, schwere Jahre. Müßte ich das noch einmal tun, ich könnte es nicht, könnte es nicht über mich bringen. Das Buch ist mit Tränen geschrieben.« Hat sie auch Angst gehabt, an die Grenzen des Wahnsinns zu stoßen? Sie atmet tief, setzt zweimal an, unterbricht sich. Ihre Stimme wird leise und lebendig zugleich. »Ich hab' gelernt, nachher gelernt, das Leben zu lieben. Ich habe einen Balkon voller Blumentöpfe, denen sage ich jeden Tag ›guten Morgen‹«.

Sie lächelt, während sie das Schöne, das sie genießt, zärtlich beschreibt. »In meinem Garten sind Bäume. Wenn ich aufwache, höre ich die Vögel zwitschern. Daran habe ich eine Freude. Was ich tue, das tue ich mit Lust. Jeder von uns Überlebenden reagiert verschieden. Ich freue mich, wenn die Sonne scheint, wenn ich am Meer sitze, die Weite spüre – ich liebe das, ich liebe meine Enkel. Das gibt mir Kraft, das zu absorbieren.«
»Haben Sie sich so vor Zynismus gerettet?« Erschrocken sieht sie mich an, verhärtet sich, zuckt zurück in die Distanz. »Vor Zionismus gerettet?« Dann lachen wir beide – erleichtert, das Mißverstehen aufklären zu können. »Ich glaube, daß ich vor Zynismus bewahrt wurde, weil ich angefangen habe, darüber zu sprechen. Das Buch hat mich nicht erleichtert, ich habe mir das Grauen nicht von der Seele geschrieben. Eine Katharsis gibt es nicht. Ich bin auch nicht versöhnlich, wie das hier in Deutschland so gern gesehen wird, ich glaube nur, daß ein offenes Gespräch viel mehr wert ist als irgendwelches Versteckspiel. Ich habe mein Haus in Beth Jitzchak jungen Deutschen geöffnet. Manche haben mich gefragt, wieso nehmen Sie mich auf? Vielleicht hat mein Vater Ihren Vater ermordet. Da habe ich gesagt, um Ihnen als Deutschen zu zeigen, was ein Jude, was ein Israeli ist, um Ihnen zu zeigen, daß wir Menschen sind.«
Nein, versöhnlich ist sie nicht, dafür hat sie zu sehr gelitten, unter den Deutschen gelitten. Claude Lanzmann hat sie für seinen Film *Shoah* interviewt, da war das Entsetzen noch in ihren Augen, das die jetzt verbirgt, da taumelte die Stimme noch durch mehrere Oktaven, die jetzt so harmonisch in der mährischen Melodie ihrer Sprache erklingt. Da erzählte eine Gehetzte von sich: »Eines Abends hielt der Zug, das war am Abend des zweiten Tages, und die Türen wurden geöffnet, und ein furchtbares Gebrüll ertönte: ›Raus, raus, raus!‹ Wir waren wie versteinert: Was ging hier vor? Wo waren wir? Wir sahen nur SS und Hunde. In der Ferne eine Reihe von Scheinwerfern. Wo waren wir nur? Wozu Tausende von Scheinwerfern? Wir hörten nur die Rufe: ›Raus, raus, raus‹, ... und ›Schnell,

schnell, schnell!‹ Wir verließen die Waggons, stellten uns in einer Reihe auf. Da waren Männer in gestreiften Uniformen. Ich habe einen von ihnen auf tschechisch gefragt: ›Wo sind wir?‹ Es war ein Pole, er verstand mein Tschechisch und sagt: ›Auschwitz!‹ Das sagte mir nichts. Was war Auschwitz? Ich hatte keine Ahnung.«
Dann erlebt die Ahnungslose das Unerahnbare. »Als ich angefangen habe, Vorträge zu halten«, sagt sie, »habe ich irgendwann gedacht: Ruth, du lügst, das kann doch nicht wahr sein, daß du das hinter dir hast. Du übertreibst. Da habe ich aufgehört zu reden. Erst als wir in Jerusalem einen Schauprozeß gegen Mengele hatten, bei dem ich als Zeugin auftrat, erst als ich die Aussagen der anderen hörte, wußte ich, ich lüge nicht. Hier und da muß ich ein Holocaust-Buch lesen, um mich selbst zu überzeugen, daß ich nicht lüge, nicht übertreibe.« Was für uns unerahnbar bleibt, ist selbst für sie unvorstellbar geworden. Sie legt Zeugnis ab und mißtraut ihren eigenen Erinnerungen. »Ich bin ein einfacher Mensch«, sagt sie, »und ich hoffe, Mensch zu bleiben. Sie verstehen sicher, was ich damit meine.«
PS. Bei der Lesung heute abend hörte ich, wie ein Mann meines Alters halb bewundernd, halb enttäuscht sagt: »Donnerwetter, ist das eine gutaussehende Frau. Sechsundsechzig Jahre alt und fast ohne Falten. Man sieht ihr überhaupt nicht an, was sie durchgemacht hat.«

30. September

Heute ist ein Interview mit Hans-Jürgen Syberberg in der *Zeit*, das – wenn es denn authentisch ist – frösteln läßt. Da spricht ein Verquaster, der das Leiden und Wissen protzig für sich gepachtet hat, an dessen Seelenpein der deutsche Mensch genesen soll – und es tun würde, gäbe man dem Herrn Syberberg nur Gelegenheit zum Handeln. »Also da würde sich vieles ändern.

Zehn Jahre wäre es qualvoll, vielleicht auch nur drei. Aber danach wären die Leute glücklich, das garantiere ich ihnen. Sie hätten weniger, aber sie wären glücklich.« Denn für Syberberg äußert sich das Böse heute nicht darin, »daß man Konzentrationslager errichtet, sondern in der Heroisierung eines Konsumverhaltens.« Ein netter Vergleich. Die Überlebenden der KZs werden es ihm danken und gewiß sogleich auf Konsum verzichten. Wahrscheinlich wußten sie noch gar nicht, daß sie längst schon wieder in den Klauen des Bösen gelandet waren. Gut, daß Herr Syberberg sie darauf aufmerksam gemacht hat. Hoffentlich haben sie im KZ gemerkt, daß das Böse sie beherrschte, auch ohne die freundliche Unterstützung von Hans-Jürgen Syberberg. Allerdings – da waren sie vermutlich Teil eines großen Kunstwerks, denn: »Ungerechtigkeit, Grausamkeit, Blut waren nie hinderlich für die Kunst. Eigentlich hätte es unter Hitler große Kunst geben müssen. Warum es sie nicht gab, das ist die Frage. Ich glaube, der Grund ist, daß Hitler sich selbst, seinen Staat, zum Kunstwerk erheben wollte... Vielleicht war sein künstlerisches Ziel unbewußt die Vernichtung. Sicher hat er anderes gewollt, als er getan hat. Mir ist aber die größte Perversität des Teufels in seinem Wollen noch lieber als das Nichts-Wollen, dieses dumpfe Treiben und hindämmernde Sich-Bereichern der Leute.« Was wohl Herr Syberberg empfände, wenn sechs Millionen oder auch nur fünf tote Juden in seinen hübschen Garten kämen, um sich als Kunstwerk darin aufzubauen! Vielleicht könnte er dann noch besser leiden in der Idylle, in der er sich fotografieren ließ. Und er könnte den Toten ausführlich erläutern, wie gut ihm doch ihre Ermordung tat, da hat jedenfalls einer noch etwas gewollt. Da werden sich die Verbrannten ihre eigene Asche aufs tote Haupt streuen, sich zur Skulptur drapieren, um sich als Kunst zu verewigen. Der Kunstbanause hat Gartenzwerge, der Kenner die vergaste Auschwitz-Gruppe.

1. Oktober

Seit Tagen drücke ich mich um die Geschichte eines Mannes herum, die offensichtlich nicht in meine Denk- und Gefühlsschablonen paßt; ich komme nicht mit ihm zurecht. Es ist ein Mann, der nichts von dem, was er getan hat, bereut, und nichts vom dem, was ihn geblendet hat, verleugnet. Es stört ihn, daß er blöd war, er ist nicht verstört, weil er blind blieb. Er haßt die »Selbstbeflecker« und verachtet die Vertuscher á la Waldheim oder Höfer. Er schämt sich nicht für deutsche Verbrechen, die er nicht begangen hat, er schwärmt ungeniert vom Glücksgefühl der Gemeinschaft, ohne zu bereuen, darin verhaftet geblieben zu sein und das Unglück der anderen übersehen zu haben. Gleichzeitig drückt er sich nicht vor der Verantwortung für sich. Er sei nicht verführt worden, sondern habe »karnickelnarkose-artig« im Bau seiner Überzeugungen gehockt. Und seine Überzeugungen hatten nichts mit »Endsieg« oder »Endlösung« zu tun. Ihn bewegte allein ein Thema: die Zusammenführung von Menschen aus allen Schichten in der gemeinsamen Arbeit, die menschliche Erfüllung durch gemeinsam Geleistetes.
»Wir waren gegen den Klassenkampf und für eine Klassenverbindung«, sagt er, der namenlos bleiben möchte, »wir wollten die Volksgemeinschaft verwirklichen; ich hatte ein Thema und ein Ziel: daß Arbeit froh macht, daß gutgetane Arbeit ein Glücksgefühl vermitteln kann. Nichts anderes interessierte mich. Bereits 1935 wurde er – als erster Pflichtjahrgang – in den Reichsarbeitsdienst eingezogen. Er muß Streifen hacken, Löcher graben und Bäume pflanzen. Er kann kaum fassen, wie es ihn beglückt, mit dem Spaten in der Hand schweißtreibend zu schuften. Bislang hatte er als Lehrling in einer Verlagsbuchhandlung gearbeitet, hatte geschrieben und war seit seinem 17. Lebensjahr veröffentlicht worden. Der Intellektuelle genießt die Ertüchtigung des Leibes. »Das war ein Zusammenführen von Kopf und Hand«, sagt er, »da trug der Student die gleiche Uniform wie ein Handlanger, da arbeitete man Seite an

Seite. Ich bin ein Gruppenmensch. Ich liebe den Corpsgeist, das Zusammengehörigkeitsgefühl, das Vertrauen zueinander, die kumpelhafte selbstverständliche Arbeitsteilung – wenn die Arbeit schwer wurde, tat mein kräftiger Kamerad sie für mich, dann schrieb ich für ihn die Liebesbriefe an die Braut. So nützte jeder dem anderen. Das war schön. ›Arbeit adelt‹ stand auf unserem Emblem; das war kein Spruch, wir haben das gelebt.«
Als das Pflichtjahr vorbei ist, weint er, weil er fort muß. Es folgen zwei Jahre Kommiß, ein Jahr Schule, um das Abitur nachzuholen, es folgt der Krieg. Er ist in Polen und Rußland, meldet sich freiwillig zum Unternehmen Seelöwe, will England besiegen helfen.
Statt dessen holt das Schicksal ihn aus dem Schlamm und versetzt ihn nach Berlin. Er wird Presseoffizier. Sachgebiet Rundfunk. Das war etwa Mitte 1943. »Es war Spitze«, sagt er, »ich war 26 Jahre alt und saß genau dort, wo ich hinwollte.« Dann folgen die typischen Reportergeschichten – von verlorenen Tonbändern; verhunzten Tönen, der Flickarbeit im Schneideraum; heiter sind die Anekdoten, von alltäglicher Harmlosigkeit – Alltag im Dritten Reich an exponierter Stelle? Natürlich habe ich Schwierigkeiten, ihm zu folgen, ihm zu glauben. Schließlich halte ich es nicht mehr aus. »Und die Juden«, frage ich, »was ist mit der Verfolgung der Juden?« »Das war 1943«, sagt er, »die waren weg, wie viele andere weg waren. Wir haben keine Juden gesehen. In den Jahren vorher war ich in der Provinz gewesen, in der Heide, in Niederschlesien, in Bayern – die Zeitung habe ich nicht gelesen, BBC hörte man nicht, das tat man nicht, das war eine Stilfrage, und wenn Goebbels von den Juden redete, hörte man gar nicht mehr hin. Laß den doch reden, hat man gedacht. Was geht uns das an. Wir wollten Menschen zusammenführen, nicht Juden umbringen. Juden waren nie ein Thema.«
Der Argwohn verknäuelt sich in mir, die Abwehr wächst, Abwehr auch gegen die Sympathie, die ich für diesen schon seit Stunden Berichtenden empfinde. Ein Sentimentaler von der

kantigen Sorte ist er. Sagt ›Sauhund‹ von dem, den er liebgewonnen, spricht von den Soldaten, die er befehligte, von ›seinen Buben‹. Sympathisch ist er mir, weil ich Ehrlichkeit ahne, suspekt bleibt er mir, weil sich die Grenze zwischen Sentiment und Sentimentalität bei ihm verwischt. Für die Buben hat er alles getan. Juden waren nie ein Thema. Kann ich ihm glauben, muß ich ihm glauben?
Und 1938, frage ich, was war nach der sogenannten Reichskristallnacht? »Im November 1938«, sagt er, »war ich in einem Arbeitsdienstlager, nichts haben wir mitbekommen.« Wenn ich ihm glaube, bleibt ihm weniger vorzuwerfen, denke ich, und merke, wie ich mich noch immer am Vorwurf festhalte, um klare Feindbilder malen zu können. Jetzt kann ich nur fragen: Wie konntet ihr so blind sein – und das fragt er sich sowieso schon selbst. »Ich habe keinen Grund, irgendeine Tat, die ich damals getan habe, zu bereuen. Aber warum bin ich so ein Depp gewesen. Wo ist die psychische Taste, die man drücken muß, um die Emphase auszulösen, die jeder Mensch in sich trägt. Warum bin ich der Suggestion erlegen? Nur die Selbst-Sezierung kann uns weiterbringen, und davor schrecken fast alle zurück.«
Er gehört zu denen, die von nichts was gewußt haben, aber er gehört nicht zu denen, die nie dabeigewesen sind. »Ich war kein Mit-Macher«, sagt er, »aber ein Mit-Marschierer. Und ich bin gern mitmarschiert.« Das Kriegsende erlebt er in Niederbayern, landet in Garmisch-Partenkirchen, geht zur Militärregierung und sagt: »Ich möchte arbeiten – als Lektor, als Journalist, irgendwo.« Es folgt die Routinefrage: Sind Sie belastet? Der Mann schaut dabei nicht einmal hoch von den Akten, erwartet die Antwort, die er immer bekommt, und springt wie angestochen von seinem Stuhl, als der Angesprochene seine Frage bejaht. Er rast ins Nebenzimmer, schreit begeistert »Hier ist ein Belasteter«, und erklärt unserem Chronisten schließlich, er sei ein Ereignis, »weil der gesamte Landkreis Garmisch-Partenkirchen bisher nur aus Widerstandskämpfern besteht.« »Wieso«,

frage ich, »haben Sie sich gestellt, warum haben Sie nicht wie die anderen gelogen?« »Kleinbürgerliche Erziehung«, lacht er, »meine Mutter hat mich einmal vorm Spiegel erwischt, wie ich mir verzweifelt die Stirn rieb, um den schwarzen Fleck wegzukriegen, der dort zu sehen sein mußte: Ich hatte nämlich gelogen. Das war peinlich. Das sitzt. Natürlich hatte ich einiges zu verbergen, aber ich hatte nichts zu verlieren. Ich bin immer mit der Wahrheit weitergekommen. Damit verblüfft man die Leute.« So auch jetzt. Er bekommt seine Arbeitserlaubnis, darf schreiben. Überall sagt er, er sei belastet, fast überall kommt es an wie ein ›Gag‹. Manchmal schadet es ihm, er wird als Mitarbeiter abgelehnt. »Einige haben erst meine Ideen geklaut und mir dann die Tür gewiesen. Aber ich habe mir jedenfalls nicht à la Höfer einen Knoten in den Charakter gedreht.«
So viele – und er nennt illustre Namen – hätten hinterher gelogen, geschwiegen und geschwätzt, sich zu Widerständlern hochgeschwätzt, die sie nie gewesen waren. »Das fand ich beschämend. Wenn Sie vom großen Schweigen reden, dieses schmutzige Gewäsch war es, das Leuten wie mir den Mund verschlossen hat. Man muß doch zu dem Mist stehen, bei dem man dabei war.«
Das imponiert mir und es irritiert mich. Nun tat einer, was ich von allen verlange, und ich bin es noch immer nicht zufrieden. Konnte er sich nicht so keck bekennen, weil ihn kein Unrechtsbewußtsein plagte, weil keine Scham ihn quälte, weil er unverstört blieb? »Sie sprechen von einem satten Gesichtspunkt«, sagt er, »ich hatte Hunger, hatte Angst vor den amerikanischen MPs, hatte keine Papiere; und da soll ich mich fragen, ob ich schuldig wurde oder unschuldig blieb? Mich traf kein Schock – ich hatte viele Schlachtfelder gesehen; es ging um die nackte Existenz. Ich würde lügen, wenn ich ihnen anderes erzählte.« War er denn nicht wütend, frage ich, daß Verbrechen begangen wurden, während er begeistert für höhere Ziele kämpfte? »Ich bin nicht nachtragend», spottet er, »das war gelaufen. Das waren Blödheiten und Perversionen, wie sie in jedem Volk

passieren. Es sind in der Geschichte so viele Menschen ermordet worden.« Aha, denke ich, tatsächlich ein Unverstörter, der es sich bequem macht in der Weltgeschichte der Massentötungen. Und wieder werde ich aus meinen Klischeegedanken verscheucht. So leicht macht er es mir nicht, ihn einzuordnen; so leicht macht er es sich nicht, sich herauszureden. »Wessen ich mich schäme«, beginnt er, »und davor graut mir noch heute, ist das Einmalige, das Erstmalige, das sich in der Eichmann-Geschichte niederschlägt, ich meine die Mordbürokratie. Da haben Leute Striche gemacht, Posten abgehakt – und die Posten waren Menschen. Der abgehakte Mensch« – er grinst, »kein schlechter Ausdruck, den schenke ich ihnen – daß es möglich war, Menschen abzuhaken, daß Striche-Bürokraten an die Macht gekommen sind, dessen schäme ich mich.«

11. Oktober

Ich bin ein zweites Mal zu ihm gefahren, um ihn zu befragen und um mich den eigenen gemischten Gefühlen zu stellen. Auch in ihm hat unser Gespräch rumort. »Wissen Sie«, sagt er, »die persönliche Befragung hat eigentlich erst zehn, zwölf Jahre nach dem Krieg eingesetzt. Vorher war man froh, überlebt zu haben, und wollte nun leben. *Wir sind noch einmal davongekommen* – kennen Sie das Stück von Thornton Wilder? Das war das Grundgefühl von Millionen, wer anderes behauptet, heuchelt im Rückblick. Ich habe«, fährt er fort, »noch über den Begriff der Scham nachgedacht, nach der Sie immer wieder fragen. Ich weiß, daß ich mich gleich nach dem Krieg nicht geschämt habe, ich glaube, daß wir abgestumpft waren. Wissen Sie, ich bin mit dem Leichenberg des Ersten Weltkrieges aufgewachsen, dann kam Rußland, da lagen meine Freunde, dann Dresden, dann die ersten Bilder von den KZs, dann Hiroshima – die Juden waren einer von fünf Leichenbergen. Und der

Judenleichenberg hatte für mich eine geringere Wertigkeit als der mit meinen Kameraden. Ich habe keinen Unterschied empfunden zwischen Kriegstod und Massenmord.«
Nicht das große Morden hat ihn im Rückblick verschreckt, sondern seine blinde Gläubigkeit an eine höhere Autorität. 1968 sei das Pendel zur anderen Seite ausgeschlagen, da sei er ein halber Apo geworden, habe gedacht: Die Kerle machen es richtig, stellen alles in Fage, statt alles zu glauben, setzen an die Stelle des Kadavergehorsams den Mut zur Freiheit. Es dauerte, sagt er, bis er merkte, daß die »Freiheit und Anarchie verwechselten. Erst seit zwanzig Jahren kenne ich die eigenen Maßstäbe, weiß, wie weit ich Freiheit geben und gleichzeitig den eigenen Freiraum bewahren kann.«
Es geht ihm um Menschen, heute wie damals, als er im Reichsarbeitsdienst beglückt das Gemeinschaftsgefühl genoß. »Nach wie vor würde ich viele der Dinge, die ich damals tat, wieder tun.«

13. Oktober

Warum komme ich nur mit diesem Mann nicht zurecht, der nichts verdrängt und unverstört bleibt. Vielleicht gerät mein apodiktisches Moraldiktat in Bedrängnis. Vielleicht mag ich nicht eingestehen, daß auch pragmatisches Umgehen mit der Vergangenheit als Ergebnis hat, worauf es letztlich ankommt: Gefeit zu sein vor Verführbarkeit.

14. Oktober

Auf dem Historikertag in Bamberg hat Richard von Weizsäcker eine Rede gehalten, in der er unter anderem genau davor warnt, wobei ich mich häufiger erwische: in Schablonen zu denken, statt nachzudenken. Während ich mich noch mit dem Unverstörten herumschlage, der sich ehrlich erinnert, spricht von Weizsäcker von denen, die vielleicht gerade deshalb schweigen, weil sie verstört sind. »Es ist nicht gut, diese Verstörtheit, auch wenn sie zum Wegsehen verleitet, als moralisch heillos zu diffamieren. Wissen wir immer, was sich dahinter verbirgt? Ist es wirklich stets moralische Unempfindlichkeit? Oder ist es eine Form nicht ertragener Betroffenheit. Gewiß kann es nicht darum gehen, einfach hinzunehmen, daß einer wegsehen oder vergessen will. Aber ebensowenig ist es die Aufgabe, den zu verdammen, der sich zunächst in seiner Verstörtheit verschließt. Notwendig ist es dagegen, ihm Mut zur Wahrheit zu machen.« Wie hat es neulich eine Familientherapeutin gesagt: »Wenn ich ein Kind behandle, beschimpfe ich es nicht, weil es böse war; ich will verstehen, warum es böse wurde.« Und ich will beides, denke ich, verstehen und wüten, und wundere mich, daß das nicht klappt.

17. Oktober

»Katalog-Nr. 4500: ›Toilettengarnitur von Adolf Hitler in Sterlingsilber nach einem Entwurf von Frau Professor Gerda Troost... Schätzwert 45 000 DM‹. Katalog-Nr. 4505: ›Ahnentafel des Adolf Hitler samt Beilagen und Nachrichten über seine Eltern. Schätzwert 3900 DM.‹«
Die *Süddeutsche Zeitung* von heute berichtet über eine Versteigerung heikler Gegenstände, die einen internationalen Markt haben. Das Auktionshaus »Hermann Historica« im traditions-

reichen München tummelt sich nicht zum erstenmal im Andenkengeschäft mit Souvernirs aus dem »Tausendjährigen Reich«. Im letzten Jahr verauktionierte man im selben Haus Hitlers Reiseschreibmaschine, auf der er angeblich das erste Kapitel von *Mein Kampf* getippt haben soll, für 120000 DM nach Amerika. Um Geschäften dieser Art den Ruch des Schmuddeligen zu nehmen, muß der Auktionator, bevor er sein Hämmerchen schwingt, einige gesetzlich vorgeschriebene Worte der Warnung und Ermahnung sprechen: »Die Auktionsteilnehmer versichern, daß sie die im Katalog enthaltenen Gegenstände aus der Zeit des Dritten Reiches nur zu Zwecken der staatsbürgerlichen Aufklärung, der Abwehr verfassungswidriger Bestrebungen, der Kunst, der Wissenschaft... erwerben.«

27. Oktober

Die Bundeskonferenz für Erziehungsberatung hat zur Wissenschaftlichen Jahrestagung nach Frankfurt gebeten. Thema: Was heißt Aufarbeiten nationalsozialistischer Vergangenheit? Es sind viele Therapeuten und Analytiker gekommen, denen offensichtlich immer deutlicher wird, daß in ihren Praxen nicht nur die Gegenwart, sondern auch die Vergangenheit auf den Couchen oder Stühlen Platz nimmt. Kinder von »zärtlichen Vätern, die als Schlächter durch Rußland gestürmt sind«, so sagt es ein Teilnehmer, leiden an Verfolgungsangst, flüchten eher in den Wahn, als sich der Wahrheit über den Vater zu stellen. Manche Kinder seien vom klinischen Bild her fast schizophren. Da ist die Rede von einem, der sich schon als Schüler weigerte, Lesen und Schreiben zu lernen, weil er sich wohl unbewußt vor jeglichem Wissen zu schützen suchte; ein anderer lebte in der Angst, vom Vater ermordet zu werden – erst später hört er, daß dieser Vater ein hoher Nazi war. Viele der Therapeuten fragen sich selbstkritisch, ob sie nicht vor den

entscheidenden Fragen zurückschrecken, weil sie sich auch selbst schonen wollen. »Wenn dann so eine Familie reden würde«, sagt eine, »und käme Schreckliches dabei heraus – ich weiß nicht, was ich täte.« Die eigene Unfähigkeit zu trauern resultiert in der Unfähigkeit, andere zu therapieren. Denn wie hilft man den Kindern der Täter und Zuschauer, mit diesen Eltern zurechtzukommen. Mit wütenden Vorwürfen rast man gegen Beton, mit verständnisvollen Fragen begibt man sich in Gefahr, sie »zu gut« zu verstehen.
Ist moralischer Rigorismus mutig, wie der Erziehungswissenschaftler Micha Brumlik es hier in Frankfurt erklärt, und der Wunsch nach Wiederannäherung an die Eltern zwiespältig, weil in dem »Großmut« auch ein Stück Feigheit steckt, Feigheit vor dem Verlust der Liebesobjekte? »An Traumata kann man erst herangehen«, warnt eine Analytikerin, »wenn die Menschen Tritt gefaßt haben.« »Wir müssen die moralische Niederlage der am Boden Liegenden erkennen und nicht noch darauf herumtrampeln«, erklärt eine andere. Nur, was tun, wenn die Eltern nicht einmal am Boden liegen! Da gibt es zum Beispiel Kinder, deren Eltern in KZs tätig waren – und heute noch stolz darauf sind –, die Angst haben, verrückt zu werden. Sie flüchten in die Rolle der Opfer, um sich so von den Tätern abzugrenzen, sagen, »wir sind die Juden unserer Eltern gewesen«. »Dann müssen wir unterscheiden lernen«, mahnt eine Analytikerin, »daß sie zwar Opfer ihrer Eltern, nicht aber Opfer des Holocaust sind. Es geht nicht, daß sie sich gemein machen mit den Überlebenden und deren Nachkommen.«
Mit der Vergangenheit leben – wie soll das gehen? Manche Ratlosigkeit mündet in Abwehr, gerät zum Rückzugsgefecht. Zu kompliziert, hört man in den Pausen, sei das Thema, um sich heranzuwagen. Irgendwie mache man es doch wieder falsch. Einige fühlen sich überfordert und reagieren mit heftiger Aggression. Als der Psychiater Hans Keilson »Überlebensgeschichten der Wehrlosen« erzählt, von seiner Arbeit mit Kindern von Verfolgten berichtet, die zum Teil selbst noch Opfer

der Verfolgung wurden, steht nach seinem berührenden Vortrag prompt eine Frau auf und fragt nach den Schäden, den palästinensische Kinder durch israelische Aktionen davontrügen. Keilson, selbst vertriebener Jude und heute in Holland lebend, fürchtet sich nicht vor solchen Ausfällen. Er habe keine Angst, in Deutschland zu sprechen, sagt er mir später, weil sein Publikum viel mehr Angst vor ihm habe.

Die Angst der Deutschen vor Vergeltung – auch sie ist Thema auf dieser Tagung. »Ich habe«, sagt eine Frau, »immer Angst, wenn ich einen Juden treffe, fürchte dann, er könne sich an mir rächen wollen.« »Eineinhalb Jahre lang«, fügt ein Mann hinzu, »war ich in Therapie, bevor ich erfuhr, daß mein Therapeut Jude sei. Das war ein Schock, und ich kriegte Angst.« Ob nicht, wird gefragt, die Angst der Deutschen vor der totalen atomaren Vernichtung, vor AIDS oder dem Waldsterben auch etwas zu tun habe mit der archaischen Angst vor Vergeltung? Nur, frage ich mich, vor welcher Vergeltung fürchten sich denn dann die Amerikaner, die zu Millionen auf die Straße gehen, um gegen Kernenergie und Kernwaffen zu protestieren? Jetzt übertreiben sie wie ich, denke ich, suchen alle Übel dieser Gegenwart aus einer einzigen Wurzel, der Vergangenheit, zu kurieren. Wenn mir zum Beispiel eine Freundin von Verlustangst erzählt, vermute ich, um es salopp zu sagen, sogleich eine Nazimutter, wenn sie Deutsche ist, und, wenn sie Jüdin ist, einen verschleppten Vater. Außerdem: 1. Viel verwunderlicher als die Angst der Deutschen vor jüdischer Rache ist ja wohl die Tatsache, daß es eben diese Rache nicht gab. 2. Viel erschütternder als die Verschreckungen der Deutschen finde ich die Furcht der Juden, die – so erzählt es der Analytiker Sammy Speier – mit Pflastern über ihren eintätowierten Nummern ins Krankenhaus gehen, um nicht als Überlebende erkannt zu werden.

Mir ist vor allem ein Satz nachgegangen, der in mehrfachen Variationen sich wiederholte: Wer steckenbleibt im Schuldgefühl oder allein im Haß verharrt, tut weder sich noch anderen gut.

29. Oktober

Über Schuld und Schuldanmaßung sprach ich auch mit Margarete Mitscherlich, die ich gestern besuchte. Das Buch, das Alexander Mitscherlich und sie gemeinsam verfaßten und das zum Standardwerk der Nachkriegsversäumnisse wurde, *Die Unfähigkeit zu trauern*, sei auch, sagt sie, ein Stück Selbstanklage gewesen. »Unendliche Schuldgefühle« habe sie gehabt, weil sie nicht in den aktiven Widerstand gegangen sei. Einmal habe ihr kleiner Sohn sie gefragt: »Warum hast du Hitler nicht erschossen« und traf einen wunden Punkt bei ihr: »Immer hatte ich das Gefühl, nicht annähernd genug getan zu haben. Man war bei Gott auch feige, war Anfang zwanzig, wollte furchtbar gerne noch leben.« Ihre Vorwürfe an sich seien bis zur Selbstaufreibung gegangen. »Nichts ist so hart und so scharf wie Selbstkritik.« Die kluge Frau mit dem klaren Gesicht, in dem manche Furche davon spricht, daß sie ihr Leben gelebt, also auch an ihm gelitten hat, berichtet mit ruhiger Stimme von ehemaliger Seelenpein, erzählt von sich wie von einem Fall aus ihrer langjährigen Praxis. Die Auseinandersetzung mit der eigenen Schuld sei schmerzhaft und gut gewesen, fährt sie fort, »sie läßt einen erkennen, daß man kein Ideal, sondern ein schwacher, leben wollender, ein durchschnittlicher Mensch ist.« Es war nicht leicht, das zu akzeptieren. Es hat sie gelehrt, milder mit sich und anderen umzugehen. Denn irgendwann hat sie begriffen, daß Schuld auch zur Anmaßung werden kann, »bilde dir nicht ein«, hat sie sich gesagt, »alles auf dich nehmen zu können.« Ihr englischer Analytiker Balint hat ihr als erster die Kur der Bescheidung verordnet, hat ihr klargemacht, daß Schuldgefühle auch mit Selbstüberhöhung zu tun haben können, hat die Selbstanklage als Narzißmus entlarvt. Balint, sagt sie, habe sie unter Qualen und Schreien vom Infantilismus befreit. »Man muß«, sagt sie, »die realen Grenzen sehen.«
Richtige von falschen, reale von überheblichen Schuldgefühlen unterscheiden zu lernen, das ist für sie zum Thema geworden.

Kein Mensch könne sich aus der Geschichte stehlen, könne ohne tiefe Schuldgefühle die Wahrheit ertragen, daß hier das schlechthin Unmenschliche passiert sei. Wer sich dem versage, vergifte sein Leben. Allein die Auseinandersetzung ermögliche die seelische Rettung. Dazu gehören die Schmerzen im Herzen. »Wie gut, Margarete, sag ich mir dann, das ist wie mit dem Zahn: wenn er nicht mehr weh tut, dann ist er tot.« Die Schuld sei nicht dazu da, in ihr zu versinken, sondern sie zu benutzen. Jeder sei aufgerufen, sich zu fragen: Wie kann ich verhindern, daß Werten gehuldigt wird, die gefährlich werden können. Ihr Credo sei der Satz von Sartre, daß jeder dafür verantwortlich sei, was er aus dem mache, was die Gesellschaft aus ihm gemacht habe. »Wer das nicht tut, der kann mich mal. Das muß man von jedem erwachsenen Menschen verlangen, der gelernt hat nachzudenken.« Wer sich der Vergangenheit nicht stelle und keine Konsequenzen ziehe, der versteinere als Mensch. »Ich bin zu alt«, lacht sie, »um noch alle Seelen retten zu wollen. Ich habe keine Lust mehr, Menschen zu erziehen, und habe auch keine Zeit, mich mit Idioten zu befassen. Man hat ja nur beschränkte Kräfte. Es gibt einfach Leute, die eng bleiben, die tun mir leid, und ich kann sie nicht ertragen.« »Sie haben«, murmele ich, »ein Stück gesunden Egoismus entwickelt.« »Nur so kann man etwas bewirken«, antwortet sie, »das Selbst ist verbunden mit all dem, für das man sich einsetzt – aber den Schmerz zu ertragen, heißt ja nicht, in Askese zu versinken. Liebe deinen Nächsten *wie* dich selbst. Es ist wichtig, mit Freunden reden, trinken und lachen zu können.« »Fähigkeit zu trauern«, fährt sie fort, »heißt ja nicht, das eigene Glück und die eigene Lebensfreude dafür aufzugeben und zu glauben, ein Christus der Selbstaufopferung werden zu sollen. Totale Selbstaufopferung macht aggressiv. Falsche Opfer sind unsinnig.« Wir sind nicht befreundet. Aber wir haben geredet, gelacht und Wein getrunken, während wir von Schuld und Trauer sprachen. Sie tut mir gut mit ihrem deftigen Selbstbewußtsein, das sie sich mühsam erkämpfte und nun geräumig lachend genießt. Sie geniert sich kein bißchen ob ihres gerüttelten Maßes an Arroganz und Überheblichkeit, an Egoismus und Anspruch auf Genuß. Sie hat sich – so scheint es – im Gegensatz zu Vigoleis Thelen ins Leben eingelebt und trägt nicht die »Untüchte«, sondern die »Tüchte« als Mal auf der Stirn. Es fehlt mir ein wenig das Stückchen Argwohn gegen sich selbst, das Stutzen angesichts eigener Sicherheit, das Wärme und Nähe verspüren ließe. Als Mensch bleibt sie auf Distanz und vermummt, lacht weg, was ihr nahe kommt, und erzählt dann doch ganz unverblümt von sich, erweist sich als unbestechliche Augenzeugin des eigenen Lebens. Mit der Vergangenheit und ihrem Erbe umgehen, sagt sie, »heißt für mich, daß wir menschlicher werden – auch mit uns.«

30. Oktober

»Warum schreiben Sie soviel über unsere sogenannte jüngste Vergangenheit?« fragte ich neulich einen Journalistenkollegen. »Es gab Deutsche«, sagt er, »die haben es als Schikane empfunden, daß sie befreite KZs besichtigen mußten. Kann man in einem solchen Land mit solchen Menschen zur Tagesordnung übergehen?« Ein anderer, dem ich dieselbe Frage stellte, war als kleiner Junge ein großer Nazi gewesen. »Wer weiß«, sagt er, »was aus mir geworden wäre.« Jetzt will er wissen, will es genau wissen, wie andere sich bewährten oder versagten. »Und Sie«, haben beide zurückgefragt. »Warum tun Sie es?« »Weil ich Angst vor der Feigheit habe, Angst davor, mich dann anzupassen, wenn ich ausscheren müßte, und Angst, diesen Punkt nicht rechtzeitig zu erkennen, die letzte Station vor der Grenze zu verpassen, hinter der die Unumkehrbarkeit liegt.«

1. November

In einem Bericht im *Spiegel* über die bevorstehenden Knesset-Wahlen in Israel und die prekäre politische Situation des Staates wird der Literaturdozent A. B. Joschua zitiert, der »›beginnt zu verstehen, wie Deutsche im Zweiten Weltkrieg behaupten konnten, von den Greueln des Holocaust nichts gewußt zu haben‹: Auch viele Israelis seien gegen die täglichen Opfer des Volksaufstands gleichgültig. Wenn der Mensch die Lage nicht ändern könne, versuche er sie zu ignorieren.« In acht Tagen ist die 50jährige Wiederkehr der sogenannten »Reichskristallnacht«. Wie viele Redner dieses Zitat wohl mit freudigen Fingern in ihre halbfertigen Manuskripte tippen.
Wieviel »institutionalisierte Scheinheiligkeit«, wie Richard Schneider es nennt, wohl in den nächsten zwei Wochen wie Schweißperlen aus politischen Poren rinnen wird. Wie viele Kammerorchester werden elegisch musizieren, wie viele weiße Chrysanthemen die Rednerpulte zu Särgen umdekorieren, wie viele Häppchen wohl verspeist werden, damit die Tiefsinnigkeit satt wird. Wie viele werden sich des ehrlichen Erinnerns zu entziehen suchen. Ob viele im stillen Kämmerlein des eigenen Herzens Rechenschaft vor sich selbst ablegen? Wie viele Zeitzeugen von denen, die nicht Gaffer waren, sondern »nur«, wenn sie Glück hatten, begafft wurden, von denen, deren Wohnungen zertrümmert und Geschäfte zerschlagen, deren Väter verschleppt und ermordet wurden, wie viele werden sich erinnern müssen, weil sie noch heute leiden an dem, dessen wir nur gedenken. Der Alptraum, aus dem wir Noch-Nazi-Kinder aufwachen können, bleibt für sie nie wegzuträumende Wirklichkeit. »Wir haben erlebt« sagen jüdische Überlebende, und damit ist für sie alles gesagt.

3. November

»Sie zogen aus Beuteln Holzhämmer heraus, und im nächsten Augenblick krachten die zerschlagenen Möbel und klirrten die Scheiben der Schränke und der Fenster. Auf mich drangen die Kerle mit geballten Fäusten ein, einer packte mich und schrie mich an, ich solle herunterkommen. Ich war überzeugt, daß ich totgeschlagen werde, ging ins Schlafzimmer, legte Uhr, Portemonnaie und Schlüssel ab und nahm Abschied von Berta. Sie sagte nur: ›Chasak!‹ (Sei stark). Wie ich die Treppe hinuntergekommen bin, weiß ich selbst nicht... Unten war die Straße voll von SA-Leuten... Ich wurde mit dem Rufe empfangen: ›Jetzt predige mal!‹... Um die Ecke, in der Stromstraße, sah ich die Straße bedeckt mit Büchern, die aus meinem Fenster geworfen worden waren, mit Papieren, Akten, Briefen. Zertrümmert lag auf der Straße meine Schreibmaschine.« So geschehen in Düsseldorf am 9. November 1938. Es erzählt der Rabbiner Dr. Max Eschelbacher, einer der Zeitzeugen, die Wolfgang Benz in dem von ihm herausgegebenen Buch: *Die Juden in Deutschland. 1933 bis 1945* zu Wort kommen läßt. »Der Novemberpogrom«, schreibt Benz, »als ›Reichskristallnacht‹ im Umgangston verniedlicht, bedeutete den Rückfall in die Barbarei; in einer Nacht wurden die Errungenschaften der Aufklärung, der Emanzipation, der Gedanke des Rechtsstaats und die Idee von der Freiheit des Individuums zuschanden.«

4. November

Die Zeitungen sind voll des ehrlichen Erinnerns. »Vor 50 Jahren in Aschaffenburg«, »Vor 50 Jahren in Friedrichstadt«, »Vor 50 Jahren« – und dann setzt sich einer hin und spricht ehrlich aus, was er bei uns nicht haben will: eine multinationale Gesellschaft auf deutschem Boden, durchmischt und durchraßt. Innenminister in Bayern ist der Mann, dem diese Worte so ohne weiteres in den Sinn und aus dem Mund kamen, ein einflußreicher Mann namens Stoiber. Sicher meinte er es gut mit uns Volk und will unser Tum vorm Vermasseln bewahren. Einheimischer Brauch gedeiht nur im eigenen Mief. Fremde Gerüche stinken anders. Das ist nichts für kulturempfindliche Nasen. Und man stelle sich vor, einer käme daher und wolle Weißwürste in Knoblauch braten. Durchrassung im Kochtopf – welch Unkultur! »Wat der Bur nicht kennt, dat freet er nich« – und Bauern wollen wir alle bleiben. Aus wie vielen Stämmen die Bayern wohl hervorgehen. Wer sich wohl alles mischte, bevor die bayerische Urwüchsigkeit in Reinkultur entstanden war, in der man nun unter sich bleiben möchte. Da degeneriert man lieber dumpf vor sich hin, als die nächste Generation griechisch oder gar türkisch versippen zu lassen. »Durchmischt und durchraßt« – was sind wir naiv, die wir dachten, daß jedenfalls auf die »institutionalisierte Scheinheiligkeit« fraglos Verlaß sei. »Ende der Schonzeit«, Ende des Scheins. Heilig ist das eigene Volk. Es ist zum Verzweifeln, mit welchem Zynismus Minderheiten der Ächtung preisgegeben werden – wie in Frankreich, wie überall, sagen einige und plädieren für Gelassenheit. Man soll gewiß keine Vergleiche ziehen, soll sich hüten vor übersteigerten Reaktionen – aber wissen wollen wird man wohl noch dürfen, was in dem Kopf eines Mannes rumort, der als Mensch von heute ein ungetümes Vokabular gebraucht, von dem wir hofften, daß es in das Wörterbuch der Unmenschen von gestern gehörte.

5. November

»Im Frühjahr 1935. Ein kleines Mädchen wagt auf der Straße nicht, an einem Pferd vorbeizugehen, das mit seinen Vorderhufen auf dem Bürgersteig steht. Ihre Schwester sagt beruhigend zu ihr: Geh doch, das Pferd weiß ja nicht, daß wir jüdisch sind.« Das erzählt Wolfgang Benz in einem Artikel, der heute in der *Süddeutschen Zeitung* steht.

6. November

Zur Zeit läuft in Nürnberg eine Ausstellung über die Geschichte und Kultur der Juden in Bayern: »Siehe der Stein schreit aus der Mauer«. Ein erstaunliches Ereignis sei das, befindet die *Jüdische Allgemeine Zeitung*. »Hätte es vor zehn oder gar fünf Jahren nicht unglaublich, ja geradezu phantastisch geklungen, wenn uns einer erzählt hätte, die bayerische Staatsregierung möchte so eine Ausstellung veranstalten. Diese Ausstellung wäre ihr die Summe von einer halben Million Mark aus dem Staatssäckel wert und sollte ausgerechnet im Germanischen Nationalmuseum in Nürnberg stattfinden, organisiert von eben dieser Institution und dem Haus der Bayerischen Geschichte, das unmittelbar zur Staatskanzlei gehört? Ein ungläubiges Kopfschütteln wäre bestenfalls die Antwort auf eine solche Idee gewesen.«
Als die Ausstellung geplant wurde, war Stoiber Leiter der Staatskanzlei.

8. November

Das Institut für Demoskopie Allensbach hat in Zusammenarbeit mit dem Zentrum für Antisemitismusforschung eine Studie über Antisemitismus heute verfaßt. Danach müssen 7,8 Millionen Bundesbürger über sechzehn Jahre aufgrund ihrer Aussagen zu den Antisemiten gerechnet werden. Es gibt 30 000 Juden in diesem Land. Aber wir wissen ja seit der Untersuchung von Alphons Silbermann, daß Antisemitismus keinen Juden braucht, um sich zu nähren. 41 Prozent der Jugendlichen halten die »Vergangenheitsbewältigung« für abgeschlossen, 9 Prozent finden, »Juden sollten bei uns weder Minister noch hohe Beamte werden«, 80 Prozent sagten: »Ich mache keinen Unterschied zwischen Juden und anderen Menschen.« 65 Prozent halten die Juden für erfolgreich im Geschäftsleben, 33 Prozent stimmen den Beschreibungen »gerissen« und »schlau« zu. 46 Prozent würden gern einmal einen Juden kennenlernen. 55 Prozent sind für die weitere Verfolgung ehemaliger KZ-Aufseher, 59 Prozent sind beschämt über die Verbrechen der Deutschen an den Juden. 14 Prozent meinen: »Wenn ich über Juden rede, bin ich immer sehr vorsichtig, denn da verbrennt man sich nur die Finger.« 16 Prozent finden das ganze Thema »äußerst unangenehm« – und morgen redet Helmut Kohl in der Synagoge in Frankfurt.

10. November

Und die Rede des Kanzlers war gut. »Uns muß immer und überall gegenwärtig bleiben«, mahnte er, »wo die Menschenwürde in unserem Mitmenschen beleidigt wird, da wird sie in uns selbst verwundet. Nur wenn wir uns diese Fähigkeit zum Mitleiden ... bewahren, kann es uns dauerhaft gelingen, eine gerechte Gesellschaft zu gestalten, in der Menschen verschiedener Herkunft und verschiedener religiöser und politischer Überzeugungen in Frieden und Freiheit zusammenleben.« Ob er dabei an Asylanten dachte? Oder nur an die Aussiedler? Denn in der Begründung zum Gesetzesentwurf eines neuen Ausländerrechts heißt es, es gehe darum, die »Homogenität der Gesellschaft zu bewahren«, die durch die Zugehörigkeit zur deutschen Nation bestimmt werde. Sprach er in der Synagoge aus, was er im Bundestag auch sagen würde? Die Rede war gut – jetzt werden seine Handlungen offenbaren, ob er Einsichten ablas oder sie meinte. Auffallend sind die Unterschiede zwischen den Reden des Bundeskanzlers und des neuen bayerischen Ministerpräsidenten. Helmut Kohl: »Diese Geschichte ist uns in ihrer Gesamtheit anvertraut und aufgegeben. Indem wir uns ihr in Freiheit stellen, kann aus der Last eine Chance werden ... Es wäre unwahrhaftig, sich aus der deutschen Geschichte nur die genehmen Teile herauszusuchen. Denn diese Geschichte ist unteilbar – sie ist unser im Guten wie im Bösen.« Für Max Streibl dagegen, so berichtet die *Süddeutsche Zeitung* von heute, ist die Zeit der NS-Gewaltherrschaft nicht identisch mit der deutschen Geschichte, sondern sie bedeutet vielmehr den schändlichsten Verrat an ihr.

11. November

Kein Eklat um Kohl in der Synagoge, dafür Chaos im Bundestag um die Aussprache von Jenninger. Zum Proseminar geriet, was Besinnungsstunde werden sollte. Brav und bieder belehrt der Präsident den Bundestag und seine Gäste, wie es im Deutschen Reich zu dem Entsetzlichen kam, dessen man heute in der Bundesrepublik gedenkt. Mit Verve versetzt er sich in die Lage der Zu- und der Wegschauer, der Macher- und Mit-Macher von damals und vergißt darüber die Empfindungen der Opfer, die auf der Tribüne des Hohen Hauses mitanhören müssen, wie sich der Redner in die Niederungen Hitlerscher Sexualverklemmungen begibt. Man kann auch, schreibt Sebastian Haffner, »am frischen Grab eines Ermordeten nicht über die interessanten Seiten seines Mörders« sprechen. Jenninger hält eine richtige Rede am falschen Tag, am falschen Platz, im falschen Ton, in der falschen Sprache. Da sagt einer, wie es war, wie die Deutschen dem Wahn und dem Haß verfielen, und vertolpatscht die Wahrheit, weil, was Analyse aus der Distanz werden sollte, wie schwärmerisches Bekenntnis klingt. Statt die

Nazis von damals zu porträtieren, scheint sich Jenninger mit ihnen gemein zu machen. Er spricht vieles aus, was die meisten nicht hören wollen, und schwadroniert die Wirkung dröhnend hinweg. Empfindliches Vokabular aus dem Sprachschatz der Volksverhetzer und auch des Volkes, mit Absicht zitiert, um es ja wohl zu enthüllen, deklamiert er mit Pathos hinab in den Saal und hinauf auf die Tribüne, auf der Heinz Galinski, der Vorsitzende des Zentralrats der Juden, mit versteinertem Gesicht die Zeit seiner Leiden als »Faszinosum« geschildert sich anhören muß. Der Jenninger hat es gut gemeint, sagen die Leute, der Arme, fast könnte man Mitleid mit ihm haben. Warum haben wir nicht lieber Mitleid mit uns selbst, daß bei uns träge Köpfe in höchsten Ämtern denken.

13. November

Nun ist er zurückgetreten, der unselige Redner, der auf eine Bodenmine tapste, die nationalsozialistische Vergangenheit heißt. Die Explosion, als sie hochging, setzte sich aus vielen Tösern zusammen; es waren gewiß auch redliche darunter, solche, die unter der Peinlichkeit litten, die die Prosa des Präsidenten ausgelöst hatte. Doch die vielstimmige Kantate der jubelnden Empörung, in der von eigener Wahrhaftigkeit und Jenningers Verfehlung aus vollem Hals gesungen wird, hat eine Menge falscher Töne. Das Entsetzen über »DIE REDE«, wie sie inzwischen heißt, klingt lauter als das Entsetzen über den Anlaß zur Rede, die sogenannte Reichskristallnacht, in der fast jeder Bürger des Dritten Reiches das Brennen und Schinden und Morden begaffen konnte und bemerken mußte. Sollte Jenninger sich auch »daneben«benommen haben, weil er ein Volk beschrieb, das nicht nur verführt wurde, sondern auch fasziniert war? Er hat, wie Dorothee Sölle es sagt, die Frage danach, wie es geschehen konnte, »ehrlicher beantwortet als viele andere mit ihrem Diktaturgeschwätz«. Wurde der Mann auch untragbar, weil er Tabus verletzte? Und warum hat Stoiber keine Tabus verletzt? Der Bundestagspräsident ist zurückgetreten, der bayerische Innenminister hat sich großmütig bereit erklärt, seine Begriffe nicht wieder zu verwenden. Jenninger hat ohne Frage getölpelt und hat sein Amt zu Recht verloren. Doch tölpelten auch jene, die meinten, sein Rücktritt habe den »Schaden begrenzt« und lasse Ruhe in die Gegenwart einziehen. Die Entlassung des Redners entläßt uns nicht aus dem Thema. Es bleibt der Nerv, an dem wir erkrankt sind. Versöhnung ist nicht das Mittel, das uns heilt, so gerne sie auch in den letzten Wochen beschworen wurde. Verdrängung ist ein Gegengift, das den Menschen, nicht die Krankheit abtötet. »Wie geht man mit dem Thema um?« habe ich Nikolaus Lehner gefragt, und seine Antwort war schlicht und wahr: »Indem man damit umgeht.«

18. November

Früher war der 9. November für mich nur Geburtstag meiner Mutter. Jetzt ist er auch Pogrom und »Rückfall in die Barbarei«, ist beides, ein Tag zum Feiern und zum Erschrecken. Früher war die Hamburger Moorweide ein Stück Oase für mich, da konnte man, des städtischen Pflasterstapfens müde, auf sandigen Wegen die Sohlen ausruhen. Heute weiß ich, daß dort die Juden zusammengetrieben wurden, die zum »Abtransport« bestimmt worden waren. Die grüne Ruhe genießen zu können und gleichzeitig die furchtbare Angst der aus ihrem Leben Verjagten zu erahnen, da beginnt man zu spüren, was es heißt, der Vergangenheit gegenwärtig zu bleiben.

21. November

Ausgerechnet in Bulgarien, so steht es heute in der *Süddeutschen Zeitung*, der faschistischen Monarchie, mit Hitler verbündet, gelang der Plan der Ausrottung jüdischer Bürger nicht. Quer durch alle Schichten leisteten Bulgaren Widerstand. »Im Mai 1943«, ist zu lesen, »sollten alle Sofioter Juden ins Landesinnere verschleppt und von dort aus in Vernichtungslager transportiert werden. Doch da schlug der Protest noch höhere Wellen. Bulgarische Bürger legten sich sogar vor die Züge, welche die Juden von Sofia in die Provinz brachten. Die Regierung wagte nicht mehr, die Transporte durchzuführen.« Auch das hat es also gegeben.

25. November

Das Jahr wird dünn. Es nähert sich seinem Ende, sagt man, als ob es sterben, zu Staub werden würde und modern auf dem Friedhof der Jahre. Das Leben geht weiter, sagt man, und das sagten auch viele von denen, die 1945 noch lebten. Und das Morden geht weiter. Seit Ende des Zweiten Weltkrieges wurden in mehr als 130 Kriegen oder kriegsähnlichen Auseinandersetzungen etwa 17 Millionen Menschen umgebracht.

1. Dezember

Ein Paderborner Sprachwissenschaftler hat »Robbensterben« zum »Wort des Jahres 1988« erkoren. In einer U-Bahn-Station in München hing vor einiger Zeit ein riesiges Plakat, das vor neuen KZs in Deutschland warnte. Es waren Tierschützer, die sich dieses Vokabulars bedienten, um Tierquälereien anzuprangern. Geschmacklose Ausrutscher – gewiß, doch kann man sie als nur peinlich abtun? Die Stadt Frankfurt gedachte der Pogromnacht vom 9. November 1938 unter dem Titel: »Zerstörung, Verlust, Erinnerung« – das klingt nach wehmütiger Melancholie, nicht nach »Rückfall in die Barbarei«. Eine über 80jährige erzählt mir, daß sie beim Besuch der Gedenkstätte Yad Vashem vor etwa 30 Jahren zum erstenmal wirklich begriffen habe, was Massenmord gewesen sei. Da war sie fast 50 Jahre alt. »Und ich habe mich immer nur um meine eigene Familie gekümmert.« Mit ihrer Engherzigkeit ist sie bis heute nicht fertig geworden. Daß sie intuitiv die Blindheit wählte, um ihren Mann zu schützen und ihre Ehe zu retten, ist ihr vielleicht nie bewußt geworden. Denn er war und blieb ein Unverstörter. Seine jüdischen Bekannten emigrierten, das Schicksal der anderen hat ihn nicht interessiert. Und Yad Vashem ist für ihn nichts anderes, wie er uns jetzt im preußisch schnarrenden Ton erklärt, als eine »fabelhaft gemachte Gedenkstätte«. Auf einer der vielen Veranstaltungen, die ich in den letzten Wochen besuchte, fragt eine Frau von Anfang 40 verzweifelt, woher sie denn die Kraft nehmen solle, sich der Erinnerung auszusetzen. Sie fühlte sich offenbar von dem Ansinnen überfordert und hoffte, so schien es, von der Zumutung befreit zu werden. Der Mann, den sie fragte, war ein Sohn von Überlebenden, es war der Psychoanalytiker Sammy Speier. Er hatte zuvor in seinem Vortrag daran erinnert, daß aus den in Auschwitz Ermordeten Seifen und Lampenschirme gemacht worden waren. »Sie sind zu Seifen, zu Lampen geworden, zu etwas von Menschenhand Geschaffenem, durch deutsche Menschenhand.« Das sind keine unzumutbaren Sätze, das waren unbeschreibbare Taten.

8. Dezember

»Zwischen denen, die nichts begriffen haben, und mir findet ein mentaler Bürgerkrieg statt«, sagt Ralph Giordano. Er sei gewiß kein »jüdischer Racheengel«, aber die Bornierten muß er befehden. Er erinnert sich zum Beispiel an eine Tagung in Tutzing, auf der er seinen Film über die straffrei ausgegangenen Nazirichter zeigte. Anwesend waren Richter und Juristen; die waren empört, begehrten auf, griffen an. »Da«, sagt er, »kam es zum Eklat.« »Sie sind meine Feinde«, hat er den Herren erklärt, »gegen Sie habe ich immer gekämpft.« Ralph Giordano, gebürtiger Hamburger, Autor des Romans *Die Bertinis* und des Buches *Die zweite Schuld*, Filmemacher und Zeitzeuge, hat die Wahrheit beharrlich bekannt gemacht. »Der jüdische Holocaust«, sagt er, »hat sich im bundesdeutschen Bewußtsein als historisches Faktum durchgesetzt.« Er sagt das, als sei es ein Fortschritt, und meint es auch so. »Sie sind zu jung, um zu wissen, welch brauner Wind in den fünfziger Jahren durch diese Republik wehte. Die Zeit war wie ein nationalsozialistischer Epilog.« »Aber«, fährt er warnend fort, »die Tatsache, daß der jüdische Holocaust anerkannt wird, hat auch eine Alibifunktion angenommen: Die Zahl der Opfer des Vernichtungsapparates wird halbiert. Der nichtjüdische Holocaust ist nach wie vor ein weißer Fleck. Immer ist die Rede von den Juden, aber die Nichtjuden bleiben unerwähnt. Wer weiß oder spricht denn von den sowjetischen Kriegsgefangenen, die systematisch von Angehörigen der Wehrmacht und der Wehrmachtführung umgebracht worden sind. Der frühere Nolte hat das einmal den ›größten Raub- und Vernichtungsfeldzug der Weltgeschichte‹ genannt.«
Ralph Giordano schreibt zur Zeit ein Buch über die mörderischen Pläne der Nationalsozialisten, die nach dem »Endsieg« ausgeführt werden sollten. Wenn Hitler den Krieg gewonnen hätte... das Ausmaß der avisierten Vernichtung sei unvorstellbar. Wenn Hitler den Krieg gewonnen hätte, dann würde dieser temperamentvolle Mann mit dem lebendigen Gesicht – gepflegt

und leger zugleich im blau-weiß-gestreiften Hemd unterm dunkelblauen Shetland-Pullover zu weiten Jeans – mir kaum gegenüber sitzen, würde er sich nicht erregt durch den üppigen grauen Haarschopf streichen und wäre ich womöglich als teutonisches Prachtexemplar – blond, blauäugig und breithüftig – im »Lebensborn« als Zuchtstute tätig. Jetzt frühstücken wir in der Kölner Wohnung des unermüdlichen Rüttlers, reden im eleganten Ambiente großbürgerlichen Mobiliars – das hanseatische Understatement bleibt zugleich unübersehbar. »Wie«, frage ich, »soll oder müßte sich ein Deutscher heute Ihrer Ansicht nach verhalten, damit er für Verfolgte akzeptabel ist?« »Ich bin mit jedem versöhnungsbereit, der sich mit dieser Thematik auseinandergesetzt hat. Ich akzeptiere selbst Nazis, die Trauerarbeit geleistet haben, deren großes Lebensproblem ihr Schuldgefühl wurde. Ich kenne Fälle, die mich erschüttert haben. Aber mit den Alten, die zeigen, daß sie die 40 Jahre nicht genützt und ihr menschliches Antlitz nicht wiedergewonnen haben, mit denen rede ich heute und schon seit einiger Zeit nicht mehr.« Das sei Zeit- und Energieverschwendung. Da kümmere er sich lieber um die Seelen derer, die von diesen Alten negativ beeinflußt werden könnten. Von den Jungen erwartet er nicht, daß sie homogen reagieren. Allerdings erklärt er auch denen, die sich als Nichtbetroffene ausgeben: »Es nützt euch alles nichts. Ihr werdet euch euer ganzes Leben lang damit beschäftigen, ob ihr wollt oder nicht. Dieser Leichenberg im Keller der deutschen Geschichte fragt euch nicht und niemanden, ob ihr ihn wahrnehmen wollt oder nicht. Der ist da, wie ein Berg eben da ist. Da kann man sich vor den Berg stellen und sagen: ›Du bist nicht da‹ – das macht dem überhaupt nichts aus.« 1200 Briefe hat er auf sein Buch *Die zweite Schuld* bekommen. »Das sind erschütternde Briefe«, sagt er, »weil aus ihnen die ganze Problematik ersichtlich wird, die sich quer durch alle Generationen zieht.« Von den Jungen werde vor allem ein Konflikt angesprochen: die Diskrepanz zwischen dem Schweigen im elterlichen und großelterlichen Haus und der ununterbrochenen Beschäftigung mit dem Nationalsozialismus und seinem Erbe in der veröffentlichten Meinung. Das erzeuge eine Spannung, die für viele ganz schrecklich sei. Und zu Hause, schreiben sie, wagten sie nicht zu fragen. »Genau deshalb«, antworte ich, »bricht das Thema aus«, und frage ihn, ob er es auch als Sieg empfinde, im Kampf gegen das Schweigen vielleicht doch noch zu gewinnen. »Die Auseinandersetzung ist unstoppbar«, meint er, »die armseligen Leute, die sagen, es muß doch endlich einmal Schluß sein, sitzen auf dem falschen Dampfer. Das ist ermutigend unter einem schrecklichen Aspekt, daß nämlich die Täter davongekommen sind. Die organisierte, systematische Entstrafung der Täter ist ein historisches Faktum, das irreversibel ist. Das ist eine gefährliche Wahrheit, weil sie die Täter von heute und morgen ermutigen könnte. Es ist auch eine unerträgliche Wahrheit. Umkehrbar ist allerdings das Schweigen, das organisierte Verschweigen der zweiten Schuld – die in den Schulbüchern noch immer nicht Thema ist. Es gibt kein Siegesgefühl, weil die Täter davongekommen sind, weil es keine Gerechtigkeit gibt, weil die zweite Schuld eine Niederlage war.« Doch Ralph Giordano ist kein Mann, der sich abfindet. »Ich bin völlig resignations- und kapitulationsunfähig. Dazu haben die Nazis mich geprügelt. Solange die sich regen, rege ich mich auch. Solange die die Schnauze aufreißen, reiße ich sie noch größer auf.«

10. Dezember

Die Wochen des Gedenkens sind nun vorbei. Wir gehen zur Tagesordnung über. Der bayerische Ministerpräsident Max Streibl hat in seiner Regierungserklärung in gepflegteren Worten die Maxime seines Innenministers wiederholt: »Wir wenden uns – ich sage das bewußt – gegen Tendenzen zu einer multinationalen und multikulturellen Gesellschaft in unserem Land« – und er forderte die Abschaffung des Grundrechts auf Asyl. »Von den frühesten Zeiten«, sagt der Historiker Raul Hilberg in Claude Lanzmanns Film *Shoah*, »vom vierten, fünften oder sechsten Jahrhundert an, hatten die christlichen Missionare zu den Juden gesagt: ›Ihr könnt unter uns nicht als Juden leben.‹ Die weltlichen Herrscher, die ihnen vom Spätmittelalter an folgten, entschieden: ›Ihr dürft nicht unter uns leben.‹ Und die Nazis beschlossen: ›Ihr dürft nicht leben.‹« Es geht nicht darum, Parallelen zu ziehen, es geht nur darum aufzupassen.« Als Sammy Speier kürzlich von einer empfindsamen deutschen Seele gefragt wurde: »Wie halten Sie es nur aus, in Deutschland zu leben?« gab er die Frage prompt zurück: »Und Sie? Wie halten Sie es aus?« Wieder fällt mir Nikolaus Lehner ein, der gesagt hatte, man geht mit der Vergangenheit um, indem man mir ihr umgeht. Wer meint, »mit Auschwitz fertig zu werden«, übersieht die Kleinigkeit, daß Auschwitz mit ihm noch nicht fertig ist. Die Massenvernichter vollbrachten ihr Werk – oder jedenfalls einen Teil davon. Die Schattenvernichter waren erfolgreich – die Täter sind davongekommen. Doch, so sagt ein arabisches Sprichwort, wenn die Sonne tief steht, werfen auch Zwerge lange Schatten. Enttarnen wir die Schattenvernichter, bevor die Nacht hereinbricht. Denn wenn uns der Schatten abhanden kommt, verlieren wir uns selbst dabei. Nur wer seinen Schatten hat, lebt mit sich. Wer ohne Schatten leben will, muß stets im Dunkel bleiben.

14. Dezember

Es gibt kein Rezept, kein Fazit, keine Katharsis. Es gibt kein Ende. Es hört nie auf. Man kann sich nicht lösen und wird nicht erlöst, aber man kann trotzdem leben und erst recht lieben. Ich bin in diesem Jahr des Lesens, des Zuhörens und des Schreibens die Vergangenheit nicht losgeworden. Im Gegenteil: Ich habe sie hinzugewonnen.

Literaturverzeichnis

Améry, Jean Jenseits von Schuld und Sühne. Bewältigungsversuche eines Überwältigten. Stuttgart 1980

Anders, Günther Besuch im Hades. Auschwitz und Breslau 1966. Nach »Holocaust« 1979. München 1985

Barzini, Luigi Auf die Deutschen kommt es an. Die unzuverlässigen Europäer. Hamburg 1983

Bauriedl, Thea Die Angst vor der Vergangenheit. In: Anmerkungen aus dem Institut für Politische Psychoanalyse. München Dez. 1987

Benz, Wolfgang (Hrsg.) Die Juden in Deutschland 1933–1945. Leben unter nationalsozialistischer Herrschaft. München 1988

Besier, Gerhard, Sauter, Gerhard Wie Christen ihre Schuld bekennen. Die Stuttgarter Erklärung 1945. Göttingen 1985

Bettauer, Hugo Die Stadt ohne Juden. Ein Roman von Übermorgen. Frankfurt 1988

Bielenberg, Christabel Als ich Deutsche war. 1934–1945. Eine Engländerin erzählt. München 1987

Boveri, Margret Tage des Überlebens. Berlin 1945. München 1985

Brasch, Thomas Vor den Vätern sterben die Söhne. Berlin 1984

Broch, Hermann Briefe über Deutschland. 1945–1949. Die Korrespondenz mit Volkmar von Zühlsdorff. Frankfurt 1986

Broder, Henryk Der Ewige Antisemit. Frankfurt 1987

Broder, Henryk / *Lang, Michael (Hrsg.)* Fremd im eigenen Land. Frankfurt 1979

Broszat, Martin Nach Hitler. Der schwierige Umgang mit unserer Geschichte. München 1988

Brumlik, Micha (u. a., Hrsg.) Jüdisches Leben in Deutschland seit 1945. Frankfurt 1988

Chamisso, Adelbert v. Peter Schlemihls wundersame Geschichte. Frankfurt 1973

Craig, Gordon Über die Deutschen. München 1985

Deutscher, Isaac Der nichtjüdische Jude. Berlin 1988

Eggebrecht, Axel (Hrsg.) Die zornigen alten Männer. Hamburg 1982

Elias, Ruth Die Hoffnung erhielt mich am Leben. Mein Weg von Theresienstadt und Auschwitz nach Israel. München 1988

Edvardson, Cordelia Gebranntes Kind sucht das Feuer. München 1986

Epstein, Helen Die Kinder des Holocaust. Gespräche mit Söhnen und Töchtern von Überlebenden. München 1987

Finkielkraut, Alain Der eingebildete Jude. Frankfurt 1984

Friedländer, Saul Wenn die Erinnerung kommt. Stuttgart 1979

ders. Kitsch und Tod. Der Widerschein des Nazismus. München 1986

Funke, Hajo (Hrsg.) Von der Gnade der geschenkten Nation. Berlin 1988

Gaus, Günter Die Welt der Westdeutschen. Köln 1986

Glaser, Hermann Kulturgeschichte der Bundesrepublik Deutschland. Zwischen Kapitulation und Währungsreform. München 1985

Giordano, Ralph Die zweite Schuld oder Von der Last, Deutscher zu sein. Hamburg 1987

Grabitz, Helge NS-Prozesse. Psychogramme der Beteiligten. Heidelberg 1986

Haffner, Sebastian	Anmerkungen zu Hitler. München 1978
ders.	Die sieben Todsünden des Deutschen Reiches. Hamburg 1965
ders.	Von Bismarck zu Hitler. Ein Rückblick. München 1987
Hecht, Ingeborg	Als unsichtbare Mauern wuchsen. München 1987
Heimannsberg, Barbara / Schmidt, Christoph (Hrsg.)	Das kollektive Schweigen. Nazivergangenheit und gebrochene Identität in der Psychotherapie. Heidelberg 1988
Hilsenrath, Edgar	Der Nazi und der Friseur. Frankfurt 1979
Historikerstreit	Eine Dokumentation. München 1987
Jäckle, Renate	Die Ärzte und die Politik. 1930 bis heute. München 1988
Janssen-Jurreit, Marielouise (Hrsg.)	Lieben Sie Deutschland? Gefühle zur Lage der Nation. München 1985
Jaspers, Karl	Lebensfragen der deutschen Politik. München 1963
Kaléko, Mascha	Der Gott der kleinen Webefehler. München 1985
Kempowski, Walter	Haben Sie davon gewußt? Deutsche Antworten. Hamburg 1979
Klee, Ernst *Dreßen, Will (Hrsg.)* *Rieß, Volker*	»Schöne Zeiten.« Judenmord aus der Sicht der Täter und Gaffer. Frankfurt 1988
Koeppen, Wolfgang	Das Treibhaus. Frankfurt 1980
Kogon, Eugen	Der SS-Staat. Das System der deutschen Konzentrationslager. München 1988
Krüger, Horst	Das zerbrochene Haus. Eine Jugend in Deutschland. Frankfurt 1976
Kuby, Erich	Das ist des Deutschen Vaterland. 70 Millionen in zwei Wartesälen. Hamburg 1959

Lanzmann, Claude	Shoah. München 1988
Leinemann, Jürgen	Die Angst der Deutschen. Beobachtungen zur Bewußtseinslage der Nation. Hamburg 1982
Levi, Primo	The Drowned and The Saved. New York 1988
Lewy, Guenter	Die katholische Kirche und das Dritte Reich. München
Mann, Golo	Erinnerungen und Gedanken. Eine Jugend in Deutschland. Frankfurt 1986
Meier, Christian	40 Jahre nach Auschwitz. Deutsche Geschichtserinnerung heute. München 1987
Meyer, Sybille Schulze, Eva	Wie wir das alles geschafft haben. Alleinstehende Frauen berichten über ihr Leben nach 1945. München 1984
dies.	Von Liebe sprach damals keiner. Familienalltag in der Nachkriegszeit. München 1985
Mitscherlich, Alexander / Mitscherlich, Margarete	Die Unfähigkeit zu trauern. München 1983
Mitscherlich, Alexander	Ein Leben für die Psychoanalyse. Frankfurt 1984
Mitscherlich, Margarete	Erinnerungsarbeit. Zur Psychoanalyse der Unfähigkeit zu trauern. Frankfurt 1987
Müller, Ingo	Furchtbare Juristen. Die unbewältigte Vergangenheit unserer Justiz. München 1987
Müller-Hohagen, Jürgen	Verleugnet, verdrängt, verschwiegen. Die seelischen Auswirkungen der Nazizeit. München 1988
Müller-Marein, Josef	Deutschland im Jahre 1. Reportagen aus der Nachkriegszeit. München 1986

Nathorff, Hertha — Das Tagebuch der Helga Nathorff. Berlin – New York. Aufzeichnungen 1933–1945. Frankfurt 1988

Niederland, William G. — Folgen der Verfolgung. Das Überlebenden-Syndrom. Seelenmord. Frankfurt 1980

Plack, Arno — Ohne Lüge leben. Zur Situation des Einzelnen in der Gesellschaft. Stuttgart 1976

Porth, Wolfgang — Endstation. Über die Wiedergeburt der Nation. Berlin 1983

ders. — Zeitgeist. Geisterzeit. Berlin 1986

Rehmann, Ruth — Der Mann auf der Kanzel. Fragen an einen Vater. München 1981

Richter, Horst-Eberhard — Die Chance des Gewissens. Erinnerungen und Assoziationen. München 1988

Sahl, Hans — Wir sind die Letzten. Gedichte. Heidelberg 1986

ders. — Die Wenigen und die Vielen. Roman einer Zeit. Frankfurt 1959

ders. — Memoiren eines Moralisten. Zürich 1983

Salomon, Ernst v. — Der Fragebogen. Hamburg 1961

Sichrovsky, Peter — Schuldig geboren. Kinder aus Nazifamilien. Köln 1987

Sieburg, Friedrich — Abmarsch in die Barbarei. Gedanken über Deutschland. Hrsg. von Klaus Harpprecht. Stuttgart 1983

Sinkel, Bernard — Väter und Söhne. Eine deutsche Tragödie. Frankfurt 1986

Sombart, Nicolaus — Jugend in Berlin. 1933–1945. Frankfurt 1987

Stern, Carola — In den Netzen der Erinnerung. Lebensgeschichten zweier Menschen. Hamburg 1986

Stern, Carola (Hrsg.) amnesty international. Wer schweigt wird mitschuldig. Frankfurt 1981

Thelen, Albert Vigoleis Die Insel des Zweiten Gesichts. Aus den angewandten Erinnerungen des Vigoleis. Düsseldorf 1981

Turgenjew, Iwan Väter und Söhne. Frankfurt 1974

Wehler, Hans-Ulrich Entsorgung der deutschen Vergangenheit. Ein polemischer Essay zum »Historikerstreit«. München 1988

Westernhagen, Dörte v. Die Kinder der Täter. Das Dritte Reich und die Generation danach. München 1987

Wiesel, Elie One Generation After. New York 1970

Wolffsohn, Michael Ewige Schuld? 40 Jahre deutsch-jüdisch-israelische Beziehungen. München 1988

Wyman, David S. The Abandonment of the Jews. America and the Holocaust. 1941–1945. New York 1984

Zwerenz, Gerhard Die Rückkehr des toten Juden nach Deutschland. München 1986